椒盐小甜饼 著

上册

青岛出版集团 | 青岛出版社

图书在版编目（CIP）数据

昭昭春日 / 椒盐小甜饼著. -- 青岛 ：青岛出版社,
2025. -- ISBN 978-7-5736-2462-8

Ⅰ. I247.5

中国国家版本馆CIP数据核字第2025379E28号

ZHAOZHAO CHUNRI

书　　名	昭昭春日
作　　者	椒盐小甜饼
出版发行	青岛出版社（青岛市崂山区海尔路182号）
本社网址	http://www.qdpub.com
邮购电话	18613853563
责任编辑	郭红霞
校　　对	王子璠
装帧设计	王晶璎
照　　排	梁　霞
印　　刷	三河市良远印务有限公司
出版日期	2025年2月第1版　2025年2月第1次印刷
开　　本	16开（710mm×980mm）
印　　张	38
字　　数	809千
书　　号	ISBN 978-7-5736-2462-8
定　　价	69.80元（全2册）

编校印装质量、盗版监督服务电话 4006532017　0532-68068050

目录

上册

卷一 枫露白	1
卷二 八宝妆	37
卷三 玫瑰珠	66
卷四 胭脂水	98
卷五 晓露痕	129
卷六 照夜清	162
卷七 一衿香	193
卷八 明月夜	226
卷九 满庭霜	253
卷十 雪中春	285

I

目录

下册

卷十一　谒金门	317
卷十二　正乾坤	348
卷十三　如梦令	376
卷十四　千山雪	406
卷十五　春归处	445
卷十六　日月辉	486
卷十七　露华浓	510
卷十八　清平调	530
番　外　河清海晏	557
特殊故事线番外一　折花令	565
特殊故事线番外二　千金诺	584

II

卷一　枫露白

白露时节，暑热渐收。

披香殿内的宫娥们将殿外悬挂的湘妃竹帘一一撤下，换上牙白底绣重瓣木芙蓉的锦绣垂帘。

廊庑尽头，侍女月见提着个红木食盒自小厨房的方向过来，笑问守在隔扇前的宫娥："公主可从笄礼上回来了？"

宫娥答道："已经回了，正在里头由竹瓷姑娘净面呢。"

月见挑帘进去，绕过一座金雀屏风，便望见了正坐在镜台前的李羡鱼。

李羡鱼尚穿着笄礼上的华服，面上的盛妆却已被卸去，犹带水汽的肌肤白若羊脂，乌黑的羽睫上沾着细密的水珠，愈显一双杏眸清澈明净，似两丸浸在温水里的墨玉。

她正与自己的侍女竹瓷说着小话，眉眼弯弯，唇畔梨涡浅浅，天生甜美可人，令人心中柔软。

月见将手里的红木食盒放在小几上，从里头取出新做好的冰碗来，笑着打趣："礼部的郎官可真是懈怠，公主都回来许久，怎么还不过来问询？难道是怕咱们狮子大开口，讹他们不成？"

依照大玥的规矩，公主在及笄那日，可向礼部索要一样东西，作为自己的贺礼。

只要不是刻意刁难人的东西，皇帝皆会令礼部允准。

其余公主及笄时，都是笄礼方毕，礼部的人便到了殿外，今日却不知为何，拖延这么久。

李羡鱼却不着急，只是拿银签挑起一块甜瓜喂到她嘴里，笑声清脆："迟也好，早也好，总归是要来的，我们在这儿等着他们便是。"

正在一旁拧帕子的竹瓷见状，也出声问道："公主可想好问他们要什么了？"

李羡鱼道:"早在及笄前几个月的时候,我便想好了。

"殿内那口小池塘荒废了许久,唤了内务府几次,他们总拖着不肯来。正好趁着今日,让礼部去请人,将塘底的淤泥清一清,重新种上睡莲与菡萏。"

她杏眸弯起,眼底满是向往:"我在宁懿皇姐的小池塘里见过一种菡萏,听闻是徽州贡来的,叶多而密,花色纯白,最重要的是,结出来的莲藕格外脆甜可口,无论是拿来做汤,还是浇了蜜浆放在冰碗里,都格外好吃……"

她正说着,隔扇就被叩响。

守在廊庑里的宫娥通禀:"公主,礼部的郎官来了。"

"说曹操,曹操便到。"李羡鱼轻轻眨了眨眼,放下冰碗,端正地坐好,对月见道:"你去请他进来吧。"

月见应声,打起帘子去了。

少顷,游廊里脚步声由远及近。礼部郎官隔帘拜倒,语声恭敬:"礼部侍郎盛云参见殿下。今日微臣公务缠身,因故来迟,请公主恕罪。"

李羡鱼正想让他起身,闻言又有些好奇。

"是什么政务?"

她不由得想:难道是父皇又寻到了什么新的由头,想赶在入冬之前,再举办一次选秀?

盛云如实作答:"三个月后,呼衍来朝。礼部上下皆为此事奔波,这才怠慢了公主,还望公主宽宥。"

李羡鱼微微一愣,眼里的笑意晨雾般散去。

上一回外邦来朝是去岁隆冬。

在使者们的接风洗尘宴上,父皇亲自定下了淳安皇姐与贺术可汗的婚约。

送嫁前夜,她去看过淳安皇姐。

殿外鼓乐齐鸣,笙歌漫天,淳安皇姐穿着一身大红嫁衣,孤零零地坐在成堆的嫁妆中,掩面而泣。

她说,她不想离开大玥,不想远赴大漠,嫁给素未谋面的贺术可汗。

她说,她有青梅竹马的心上人,还说婚事定得这样仓促,她甚至都来不及和他道别。

她哭了一整夜,天明后,却还是被蒙上了喜帕,被搀上了送嫁的鸾车。

从此,李羡鱼再未见过她。

宫人们对此却极平静。毕竟,近十年来,大玥已有五位公主嫁去外邦。

她们谁都没有回来过,如同涟漪消散在水中。

如今,呼衍来朝,而她过完了自己十五岁的生辰,到了可以嫁人的年纪。

她垂下眼,纤白的指尖攥紧了自己的袖口。

月见伸手,轻轻碰了碰她的臂弯。

李羡鱼回过神来，这才发觉，帘外的郎官已第三次问她"公主想要何物"。

"我……"

一瞬间，李羡鱼想起了自己的小荷塘，想起了夏天的莲叶、秋天的莲蓬与雪白的莲藕。

可是，三个月后，她大抵便要嫁到呼衍去了，再也见不到自己的小荷塘，见不到宫墙外的天地，也见不到话本里描绘的那些繁华与热闹了。

她从出生起，便一直住在披香殿里，从未离开过宫禁半步。

两道深红的宫墙组成了一个框子，将她如画里的人物般框在其中。她想出去看看外间的景象，却不想第一次走出画框，便是跟随呼衍的马队，走到可汗的胡帐里去。

她慢慢垂下羽睫，原本想好的答复在唇畔停了停，渐渐变了模样，再落地时，变作了轻轻的一句。

"我想出宫看看。"

皇帝允准的圣旨来得很快。

不过半个时辰，一辆轩车便停在了大玥最繁华的街市——青莲街上。

如今方过晌午，正是一日里最热闹的时候。街上游人如织，两侧的商铺与小摊前聚满了游人，更有不少货郎挑担行走，唱着自己新编的顺口溜，闹嚷嚷地沿街叫卖。

李羡鱼穿着一身寻常官家千金的服饰，带着侍女穿梭其中。

李羡鱼原本因呼衍来朝的消息而略微低落的心绪，也渐渐因市井间的热闹重新雀跃起来。

"这个蜻蜓笼纱灯好看，莲蕊总说殿内的灯千篇一律，这个看着倒是新奇，买回去送给莲蕊吧。"

"还有这个，茜草年纪小，一定会喜欢这样鲜艳的东西，也带着吧。"

"还有这些……"

她说了一路，也买了一路，直到怀里拿满了东西，也累得有些走不动了，这才依依不舍地回到车内。

她方一坐稳，外头的侍卫便问道："公主，酉时将至，可要启程回宫？"

李羡鱼有些不舍："可现在时辰还早。要不，你们将马缰松开，由着它往前走一阵，等它停了，我便回去。"

"是。"

侍卫拱手答应，松开了手上的缰绳。

骏马先是在原地踱了两步，继而迈开四蹄，不紧不慢地向前行去。

李羡鱼也放下锦帘，重新整理起要带回宫的小玩意儿。

这件是给月见的，这件给陶嬷嬷，这件给茜草……

数来数去，总觉得少了一件，她低头想了片刻，侧首去问竹瓷："新来的那名小宫娥叫什么名字？"她伸手比了比，"这般身量，生得白白净净的。"

竹瓷略想了想，答道："她似乎唤作栀子，昨日才来披香殿当值。"

"还好还好，险些漏了她。"李羡鱼拍拍自己的心口，对外头的侍卫道："且停一停，我再买一件东西。"

侍卫应声勒马，竹瓷也探过身去，伸手替李羡鱼打起锦帘。

眼前的光景令二人皆是一愣。

骏马的脚程极快，又是这般信马由缰地走了一阵，轩车早已在不觉间驶离了青莲街，离开了玥京城中的繁华地界。

入目的是低矮的屋舍、斑驳的墙面、衣衫褴褛低头行走的流民，皆是破败的景象。

李羡鱼迟疑少顷，终于还是踏着脚凳，缓缓下了车辇。

"这里是什么地方？"

几名侍卫翻身下马，神色皆有些紧张："前面便是昼巷。公主还是请回吧。"

"昼巷又是什么地方？"

李羡鱼的话音未落，远处就遥遥地传来一声吆喝。

"新到的货，要选的主赶紧，过了这村可没这店啊！"

这一声，立时便将李羡鱼的注意力吸引过去。

"是货郎。"

李羡鱼心里惦记着自己缺的那件礼物："我过去瞧瞧，看看他卖的是什么稀罕东西。"

她说着便快走几步，进了眼前的陋巷里。

陋巷深处，并没有她想象中的担着挑子的货郎，唯有手里拿着皮鞭的粗野汉子与随意放在地面上锈迹斑斑的铁笼。

笼内装的亦不是货物，而是衣衫破碎、面黄肌瘦的……人。

李羡鱼一愣，缓缓停住了步子。

巷子里的汉子们却已经发觉了她的存在。

一双双凶恶的眼睛看向她，视线落在她的面上、身上、衣饰上，骤然变得贪婪而狰狞，像是午夜里眼冒绿光的豺狼。

李羡鱼羽睫一颤，下意识地挪步往后退去。

"姑娘！"

侍卫们及时追上前来，横刀挡在她身前，目光凌厉地看向那群粗野汉子。

不少人顿时偃旗息鼓，悻悻低头。

其中一个穿褐色短打的汉子却眼珠一转，拿鞭柄重重地敲击着自己身后的铁笼，高声对李羡鱼吆喝道："那边的贵人，过来瞧瞧，有你喜欢的货吗？"

不待李羡鱼回答，他已倒过皮鞭，"唰"的一下抽在铁笼上。

笼内面黄肌瘦的男女们惊惶地起身，推挤着瑟缩到笼角。

偌大的铁笼空出大半，锈迹斑斑的笼底倒卧着一名少年。

他发冠已经碎裂，一头墨发凌乱而下，一半披散在肩背上，另一半散落于笼底，掩住了容貌，浸透了血污，显出格外令人心惊的色泽。他身上一件玄衣早已支离破碎，浸透了鲜血的布片紧贴在肌肤上，依稀可见无数狰狞的伤口。

李羡鱼从未见过这样骇人的伤势。

刀伤、剑伤、纵横交错的鞭痕，旧伤未愈，又叠新伤，他身上流出的鲜血早已染红了笼底，甫一望去，尽是深浓血色，触目惊心。

竹瓷伸手握住李羡鱼的袖口，语声颤抖：“是人牙子。姑娘，我们快回去吧。”

褐色短打的汉子将她们的神情看在眼中，此刻见到口的"肥羊"要走，霎时间急了眼，上来就要抓李羡鱼："你这小娘子看着便是大家出身，怎么却是个一毛不拔的性子？你都到了人市，还装什么清高，还不赶紧掏银子买人！"

黝黑的指尖还未碰到李羡鱼的衣袖，他眼前便落下四柄明晃晃的钢刀。

"放肆！"

侍卫们竖眉厉喝。

人牙子视线往刀锋上一扫，立时便缩回了手，随之话锋一转，假笑道："救人一命胜造七级浮屠，姑娘不发发慈悲吗？"他伸手指向倒在地上的少年，笑得有些瘆人，"若是他死了，姑娘岂不是见死不救？夜里也不怕鬼魂索命？"

李羡鱼低头看向笼中生死不知的少年，视线触及他身上的鲜血时，羽睫轻轻颤了颤。

她终是问道："你想要多少银子？"

人牙子眯眼打量着她身上的衣饰，十指交错扣在一起："十两！少一个子儿都不成！"

十两银子，就一个奴隶而言，已是天价，但对李羡鱼来说并不算多。

李羡鱼松了口气，侧首对竹瓷道："竹瓷，拿十两银子给他。"

竹瓷愕然："姑娘，您不会是……？"

李羡鱼点了点头，启唇，轻声道："竹瓷，我想买他。"

竹瓷瑟缩了一下，见李羡鱼没有收回成命的意思，只得取出荷包，从里头拿出一锭银子递过去。

人牙子却没接银子，他那贪婪的视线在鼓鼓囊囊的荷包上一转，当即改口："等等，我方才记差了！这人花了我不少银子，十两银子就带走可不成，起码得……"

他张开五指，高声道："五十两！"

"我看你是活腻了！"

随行的侍卫大怒，夺过人牙子手中的皮鞭，重重的一鞭抽在他肥胖的身子上。

竹瓷也愤愤地说道："你这人贪得无厌，是欺负我们不懂价吗？五十两银子，都能买个宅院了。哪有这般金贵的人？"

那人牙子龇牙咧嘴地捂着伤处，嚣张的姿态像是被这一鞭子抽没了，立刻点头哈腰地去摸自己腰间的钥匙。

"是小的有眼不识泰山！小的这便将人给您……"
他说罢，一低头掩住了眼底的阴狠，扭身去开笼门。
侍卫们随之上前，探了探倒在笼中的少年的鼻息，见还有一口活气，便将他抬出。

一行人往回行至巷口，真到了轩车跟前，李羡鱼却望着昏迷不醒的少年犯了难。
竹瓷也问："公主，这人可怎么办？"
李羡鱼想了想："离宫门下钥的时辰还早，要不，先把他送去医馆，让郎中们看看。"
"是。"侍卫们齐声答应，抬手便要将少年丢到马背上。
"等等。"
李羡鱼唤住了侍卫，担心地看着少年身上大大小小的伤口。
若是就这般被丢到马背上，一路颠簸运到医馆，他怕是血都要流尽了。
李羡鱼叹了口气，说道："还是将他放到车内吧。"
"是。"侍卫们拱手答应。
昏迷中的少年遂被他们抬到车内，放在了李羡鱼对面的坐凳上。
随即银鞭一响，轩车急急向前。
车内，竹瓷瑟瑟发抖地道："公主，奴婢一直觉得心慌，总感觉要出什么事。等到了医馆，给他留些银子，我们便赶紧回宫去吧。"
李羡鱼正想启唇，轩车却蓦地一个急停。
李羡鱼不防，身子骤然向前一倾，眼见着便要磕在跟前的小桌上。
"公主！"
竹瓷连忙扑过来，伸手牢牢地护住了她。
二人在颠簸中倒在一处，正支撑着起身，又听见对面传来"咚"的一声闷响，是坐凳上的少年脊背重重地磕上了车壁。
同时，车外侍卫声音急促："来了些贼寇，姑娘千万不要现身。"
"贼寇？"
李羡鱼错愕。
天子脚下，怎么会有贼寇？
未待她想明，外头一声狞笑传来："就是这伙人，有的是银子！干了这票，顶得上兄弟们贩一辈子人！"
"是那个人牙子。"
李羡鱼将垂落的车帘挑起一线，一眼便看见了那名穿褐色短打的牙人，而他身后还跟了一群拿着钢刀铁剑的粗鲁汉子。众人听到银子后，一个个眼露精光，饿狼似的拍马朝轩车冲来。
"杀！"
随行的侍卫们立时拔刀，与贼寇混战在一处。

一道鲜血飞溅在车辕上，李羡鱼指尖一颤，锦帘重新滑落。

她不敢再看，只伸手掩口，与竹瓷一同缩在车厢一角，在心底不住地祈祷这场风波快些过去。

但更令人害怕的是，那厮杀声非但未能平息，反倒离马车愈来愈近，像是隔着车壁都能闻见刀剑上浓重的鲜血气息。

慌乱中，李羡鱼倏地想起，她今日是扮作官家千金出宫游玩，为了不引人注目，仅带了四名侍卫……

一截雪亮的刀尖突然刺入车壁。

她眼前的垂帘蓦地被人扯断，帘后露出一张满是横肉的脸。他手里的弯刀染满鲜血，锋利的刀刃近乎要贴上她的鼻尖。

李羡鱼再也忍耐不住，失声惊叫。

来人已经杀红了眼，此刻听见惊呼，想也不想，便一刀劈下。

弯刀在空中划出一道弧线，耀眼如虹。

"公主！"

在众人撕心裂肺的呼喊中，李羡鱼害怕得紧紧地闭上了眼睛。

在生死一线时，她倏然后悔，后悔今日不该出宫，后悔方才误打误撞进了陋巷里，后悔自己为了轻车简行，没有多带些侍卫。

可等她将今日之事都后悔了一遍，想象之中的疼痛并未落在身上。

李羡鱼小心翼翼地睁开了眼。

隔着一层模糊的泪光，她看见了陌生的少年面孔：肤极白，寒如霜雪，微垂的羽睫下，狭长的凤眼冷寂清澈，如寒潭照鹤影。

她低头，看见少年握住了刀刃的右手。

白刃悬停在她的心口前。鲜血顺着少年修长的手指滑落，带着与她擦肩而过的死亡一同破碎在她的手背上。

厮杀声里，李羡鱼听到自己心跳若擂鼓。

少年并未看她，在白刃刮骨的刹那，那双琉璃般冰冷的眸中涌起重重暗色。

继而，仿佛是本能，他抬手、夺刃、抹喉，一气呵成，未有半分迟疑。

鲜血溅上车壁，少年左手持刀，跃下轩车。

李羡鱼下意识地支起身来，扶窗往外望去。

轩车外，原本心生绝望的侍卫们见她尚活着，皆是心神一振，纷纷大喝一声，重新持刀迎向贼寇。

无人对救驾的少年动手。

少年提刀立在场中，双眉紧蹙，似在习惯着骤然醒转时脑中尚未散去的钝痛。

但旋即，一名贼寇杀红了眼，提刀向他冲来。

少年霍然抬首，眼底是利刃出鞘般的凌厉锋芒。

他抬手，弯刀在空中划出致命的弧度，贼寇溅出的鲜血如泼墨。

他的世界似乎不分敌我，规则极其简单——谁想杀他，他便杀谁。

锋刃过处，战局逆转。

李羡鱼从未见过这样的人、这样的场景，一时间竟忘了害怕，只是愣愣地扶窗看着。

直至竹瓷哆嗦着爬上前来，拉了拉她的衣角，她才回过神来，看到倒在车内死不瞑目的贼寇尸身，觉出后怕。

二人合力将贼寇的尸身推下马车，一同蜷在车厢一角，瑟瑟发抖地听着外头的动静。

每一声刀剑相交的"铮铮"之声都令人心一跳，唯恐下一瞬又有贼寇闯入车内，将她们也变作两具冰冷的尸首。

二人煎熬许久，外间的动静终于平息。

车外旋即传来侍卫统领嘶哑的嗓音："公主，贼寇已平。"

短短六个字，令她高悬的心终于放下。

李羡鱼松了口气，支撑着起身，步下车辇。

疾风吹过劲草，送来腥浓的血气。

侍卫单膝跪于她跟前，疾声回禀："逃了几名余寇，属下已令人去禀报顺天府。此地不宜久留，还请公主即刻回宫。"

李羡鱼并未立时作答。

她的视线落在远处的梧桐树下。

叶影深浓处，少年孤身而立，身姿英挺如刃，手臂修长笔直，骨节分明的手上握着的弯刀寒芒四射，照亮了冷峻的眉眼，而他的脚下横七竖八地倒着贼寇的尸首，鲜血层层浸透了土地，显出妖异的黑红色泽。

李羡鱼的视线最终停于少年的右手上。

深可见骨的伤口虽以几根布条胡乱缠裹，血却仍未止住。鲜血如珠，顺着他苍白的指尖滴落，色泽触目惊心。

李羡鱼鼓起勇气，向着少年的方向开口："你的手还在流血……这里离皇宫很远，我们先送你去医馆可好？"

少年闻声，侧首望向她。

鲜血顺着他的羽睫往下滑落，染红了那双微寒的眼睛。

他握紧了手里的弯刀。

李羡鱼下意识地后退了一步，指尖紧紧地攥住了自己的袖口。

挟着血气的风呼啸而来，她听见自己"咚咚"的心跳声。

"你是谁？"

少年开口，语气冰冷。

李羡鱼回答："我是嘉宁公主——李羡鱼。"

嘉宁公主。

公主。

少年的眼底寒意骤起。

明月夜中,有无数像她这样的权贵,戴着镶嵌红宝石的黄金面具深夜而来,三五成群地坐在高台上,傲慢地俯视着"斗兽场"中的生死。

他们会花一整袋红宝石,买下最好的位置,只为看清一个奴隶如何咬穿另一个奴隶的喉咙,而不让脏污的鲜血溅到他们尊贵的脸上。

他在场中厮杀时,曾无数次想象过那些面具后的脸——应当如他们露在面具外的眼睛一样,布满扭曲的狂喜、嗜血的快意,充满恶意。

他低头,端详起眼前的少女,目光幽暗。

他从未想过,那些黄金面具后会有这样一张脸——明眸红唇,肤如羊脂。

她怯生生地仰头望着他。秋日的天光落于她卷翘的长睫上,仿佛为其镀上了一层羽毛般柔软而细密的金晕,愈显少女眸光清澈,温婉单纯。

他顿了顿视线。

李羡鱼耳根微红。

她自幼在宫禁中长大,还从未被陌生男子这般直白地注视过,且是在大庭广众之下。

这也太不合规矩了。

李羡鱼微微侧过脸去,避开他直白的视线,小声问他:"你呢?你叫什么名字?家住在哪里?我让侍卫们送你回家可好?"

少年抿唇。

他没有名字。

他的记忆起始于半年前的春夜,他在明月夜中的铁笼里苏醒;终止于昨夜,他杀出明月夜,将追来的走狗杀尽,抹去他们留下的记号,最终力竭倒在墙下,其余的记忆尽是空白——仿佛他生来便没有名字,没有家人,没有过去,只是单纯地为了厮杀而存在。

他启唇:"你捡到了我?"

李羡鱼轻轻摇头:"我是从人牙子那里买的你。

"方才你看见的,便是他的同党。不过你不用怕,侍卫们已经去请官府的人过来了。"

她抬起脸,视线落在他仍在滴血的右手上,担忧地轻声问:"你身上的伤口还在流血,我们先带你去医馆好不好?"

医馆。

少年的薄唇抿成一线。

他周身的伤口皆在剧烈地作痛,失血带来的冰冷眩晕感潮水般汹涌而来。

他咬紧牙关忍耐,却明白,自己急需处理身上的伤口。

在新的追兵找到他之前。

少年的视线下移，停留在她的手臂上。

他眼前的少女手指白皙如玉，纤柔如荑，没有半点儿练武的痕迹，衣袖下露出的皓腕纤细，一折即断，连一柄最轻的陌刀也提不起。

这样手无寸铁的少女，若是心生歹意，他有足够的把握，在刹那间拧断她的脖颈。

于是，少年抬步向她走去。

李羡鱼想了想，轻声道："你的手伤了，不便骑马，便坐我的马车吧。我带你去寻医馆。"

"公主，"竹瓷惊愕地看着她，"这……"

这不太合规矩。

李羡鱼其实是知道的。

方才他昏睡着，他们事急从权便罢了，可他现在已然醒转，对她而言，便是陌生的外男。

若是在宫里，她与外男同车而行，教引嬷嬷们恐怕立刻便要拥进披香殿里来，重重地罚她。

可是她现在是在宫外，教引嬷嬷看不到的地方。

而且，眼前的少年是自己的救命恩人，都说救命之恩当涌泉相报，她只是让他乘个马车而已，应当……不为过吧？

李羡鱼说服了自己。

她轻轻"嗯"了声，装作没听见竹瓷的话，提起裙裾，飞快地上了马车。

车门口垂挂的锦帘在方才的变故中被贼寇扯断，大片天光投入车内，正照在李羡鱼的面上。

她下意识地抬手挡在眼前。

倏然，眼前的天光暗下，少年步上车来。

李羡鱼旋即将素手放下，规规矩矩地叠放在裙面上，坐直了身子。

随着清脆的马鞭声一响，轩车重新启程。

许是多了一名陌生少年的缘故，轩车内静默得有些迫人。

李羡鱼正想着是否该开口说些什么，竹瓷却轻轻碰了碰她的衣袖，悄悄递来一方蘸了清水的锦帕。

"公主，您的手背。"竹瓷悄声提醒。

李羡鱼顺着竹瓷的视线看去，却见自己雪白的手背上几点殷红触目惊心。

是少年夺刀时滴落在她手背上的血迹。

李羡鱼接过锦帕将血迹拭去，又抬眼去看少年的右手。

那里果然仍在流血。

她迟疑了一下，从袖袋里取出自己干净的锦帕，想要递给他，方探出指尖，对面的少年霍然抬首，眼底尽是凌厉的锋芒，像一头被侵犯了领地的野兽，即将露出锋利的獠牙。

李羨鱼愣了下，慢慢停住了动作。

"你的手还在流血。要不，先拿我的帕子包扎一下。"她放轻了语声。

少年眸底的警惕之色未消，受伤的右手紧握，掩住掌心的伤口。

"不必。"他语声冷淡。

李羨鱼略想了想，将帕子放在他触手可及的小几上，又将话题转回原处。

"对了，你叫什么名字？家里可还有旁人？我让侍卫们去请你的家人过来接你可好？"

少年垂下视线，简短地答道："我不记得了。"

李羨鱼愣了下。

她想起了自己宫里的小答子。

据说他便是自小被人牙子拐出来，一道道地转手，最后辗转卖进了宫中，当了名最低等的宦官，做最脏最累的活计，后来被分配到披香殿，日子才好过了些。

虽然如今长大成人了，可他始终想不起自己的名字与身世。

用小答子的话说，便是"连个念想也没有了"。

李羨鱼悄悄叹了口气，正想着该如何安慰他，却听外间利落的勒马声传来。

医馆到了。

坐在她对面的少年随之起身，步下车辇。

李羨鱼跟在他身后，二人一同进了医馆里。

里头坐堂的郎中正在称药，甫一抬头，见少年满身血迹地进来，倒是骇了一跳。

"公子，你身上这伤势可耽搁不得，快随老朽进来。"

他带着少年匆匆地进了内室。

李羨鱼不好跟着进去，只得坐在外间的一把木椅子上等着。

这一等，便是半个时辰。

秋日午后明亮的日光渐渐淡了，柔柔地落在她低垂的羽睫上，在她白瓷般的面上落下两道轻轻晃动的影。

"会不会有事？"李羨鱼不安地站起身来，小声问竹瓷。

竹瓷安慰她："公主宽心，云竹馆里的大夫是玥京城里的名医，定然不会有事。"

李羨鱼也没有旁的办法，只得叹了口气，重新坐到小木椅上枯等。

幸而，又是一盏茶的工夫后，她们等候许久的少年终于自内堂步出。

他身上依旧穿着那件支离破碎的玄衣，通身的伤口却已被细细地包扎过，原本狰狞的伤口皆隐于干净的纱布下，已不再往外渗血。

李羨鱼这才松了口气。

她从椅子上站起身来，望着他终于有了些血色的薄唇，拍了拍自己的心口，弯眉笑起来："老天保佑，血可算是止住了。"

少年却没露出高兴的神色。

他垂下那双神色淡漠的眼睛看向她，平静地问道："我欠你多少银子？"

李羡鱼被他问得一愣，好一会儿才明白过来，他说的，是她方才代付的诊金。

"不要你还的。"李羡鱼连连摇头。

诊金再贵，也没有性命重要。

救命之恩当涌泉相报的道理她还是懂的。

"我不欠别人的银子。"少年皱眉，向她走来，"或者，你想要别的什么？"

少年端详着她，眸色深深。

会在牙人手中买奴隶的贵族少女，与喜好在明月夜中围观奴隶厮杀的权贵，应当没有什么不同。

他想：他似乎明白她想要什么了。

李羡鱼并不知少年心中所想，只是下意识地摇头："我没什么想要的。"

她的话音未落，少年已俯下身来，贴在了她的耳畔。

这样近的距离，近得李羡鱼都能闻见他身上血气与药香糅杂的味道——清冷又浓烈，这般矛盾与特别。

李羡鱼白瓷般的小脸蓦地通红，她还来不及往后躲闪，耳畔便传来少年冰冷的声音："你想看杀人吗？"

"我可以找个人，杀给你看。"

他找个人，杀……杀给她看？

李羡鱼惊愕地睁大了一双杏眸，一时连躲闪都忘记了。

"咚咚"的心跳声里，她抬起羽睫，对上那双琉璃般冰冷漠然的眼睛，渐渐意识到，他不是在与她说笑。

她慌忙摇头："你别去找人，我不看。"

少年皱眉："当真？"

李羡鱼拼命摇头："我当真不看，你千万别去找人。"

少年不再多言，略一颔首，利落地转身往医馆外走。

李羡鱼抬步想追上他："等等，你打算去哪儿？"

她刚迈开步子，竹瓷便小跑着追来，在她的耳畔一迭声地劝道："这位公子身上的伤已经包扎好了。公主，我们也该回去了。

"如今天色不早了，若是我们再耽搁下去，被教引嬷嬷们知道，传到陛下耳中，只怕又要罚您。"

侍卫统领也拱手："天色不早，此处亦不太平，容属下即刻送您回宫。"

李羡鱼被众人团团围拢，迈不开步子，眼见着少年的身形渐远，急得秀眉紧蹙。

"我若是就这般回去了，他可怎么办？

"他连自己的名字都不记得，身上还有伤，又没有银子，能回哪里去？"

· 12 ·

毕竟宫门下钥后，很快便是宵禁。

若是宵禁后他还未寻到去处，在街上随意行走，是会被巡城卫抓进衙门里治罪的。

"公主……"

竹瓷还想开口再劝，李羡鱼却已下定了决心。

她抬起眼来，表情是少有的认真："他方才救了我的命。我们大玥可没有就这样将救命恩人丢在路上的道理。"

竹瓷一时卡壳，李羡鱼已提起裙裾追了出去。

少年的步伐极快，她要小跑着才能勉强跟上。

她追了许久，终于，在街巷拐角处，少年骤然停住，回身睨视她，眸底布满了霜一样的寒意，手中弯刀紧握。

李羡鱼停住步子，扶着墙，努力顺了顺气息，微微抬起羽睫望向他："再过一个时辰便是宵禁，你打算去哪里？"

少年薄唇微抿，并不答话，似乎不愿透露自己的行踪。

李羡鱼想了想，将小荷包里剩余的银票尽数取出来，放在掌心上："你救了我的命，母妃说过，救命之恩，不可不报。我给你银子，替你作保。你先住在客栈里。之后你看郎中的钱，我会让竹瓷偷偷给你送来。"

少年皱眉，终于开口，语声淡漠："我不欠人银子。"

他顿了顿，又简短地补充道："我去找银子还你。"

说罢，他不再停留，转身便走。

这都什么时辰了？他要去哪儿找银子还她？

李羡鱼只当是托词，便轻轻摇头，重新强调了一次："你救了我的命，还因此受了伤，我替你付诊金是应当的，你不用还我。"

少年不再回头。

竹瓷自后追了上来，见到这个场景，便轻轻握住李羡鱼的袖口，小声劝她："公主，既然他都说了不要，您便回去吧。"

李羡鱼迟疑："可是，他今夜要往哪里去？"

她想起方才昼巷里的情形——面目狰狞的人牙子、锈迹斑斑的铁笼、躺在笼底生死不知的少年……

她走后，他会不会又被哪个人牙子给抓回去？

他毕竟是她的救命恩人，她就这样不管，是不是太忘恩负义了？

"等等。"李羡鱼下定了决心，"若是你不喜欢欠人银子，那我也可以试着给你安排些差事。"

可是，她能有什么差事安排给他呢？

李羡鱼有些为难。

披香殿里当值的，除了宫女，便只有宦官。侍卫们则多是世家子弟，由侍卫处单独掌管，并不由她择选。

少年越走越远，颀长的身影即将消失在日色尽头。

李羡鱼倏然想起一个职位。这也是除宫女与宦官外，她唯一能够做主的职位。

她明眸微亮，启唇道："我想起来了，披香殿里还有一个影卫的缺。

"你愿意跟我回宫，做我的影卫吗？"

她的话音落下，竹瓷面色便是一白。

"公主！"

她最怕的终于还是来了。

她虽从未见过，但在宫中隐约听过几句有关影卫的传闻。

那是自公主及笄，一直在暗中跟随、保护公主之人。

这一职，攸关公主的安危生死，多由公主的母族亲自择选，再不济也是由宫里的影卫司指派，皆是知根知底之人。

这等要职，公主就这般贸然许给眼前的凶戾少年，让人如何放心得下？

话音落下，李羡鱼自己也是微微一怔。

但是话已出口，再反悔，便显得她有些言而无信了，而少年的身影，已经远得快要看不见了。

她没有太多迟疑的余地。

李羡鱼轻轻咬了咬唇瓣，登上旁边一块一尺多高的大青石，对着少年离去的方向，站直了身子，仰起脸来认真地强调："我会付你月钱的，这钱一定比你在宫外做活要多些。

"你如今既没有盘缠，又没有照身帖（古代的身份证），无人作保的话，你是出不了玥京城的，甚至都住不了客栈。

"过一会儿便是宵禁，若是你还留在街上，会被巡城的官兵抓到衙门里打板子的……"

她终是想到了说辞。

可少年的背影已消失在她视力所能及之处。

秋风送着李羡鱼的声音从空巷里一声声地涌回来，如水面涟漪，渐归平静。

李羡鱼愣了愣。

少顷，她拢了拢耳后被风吹乱的碎发，略带怅然地从大青石上下来，后知后觉地去问身旁搀扶她的竹瓷："竹瓷，我方才……是不是又多话了？"

她分明是反复告诫过自己的，在披香殿外的地方，一定要谨言慎行，像诸位皇姐一样，像文武百官们所期许的那样，有个端雅沉静的公主模样，可是方才情急之下，还是没能忍住。

也许便是她的话太多，将人给吓走了。

李羡鱼悄悄叹气：若是她方才能够再克制些多好。

若是她能再克制些，那少年是不是就会答应跟她回宫了？她闷闷地想。

竹瓷却很庆幸那名凶戾少年终于走了。

她放下了心,轻声去劝自家公主:"怎么会呢?公主方才的话并不算多。且他又是自个儿走的,更不能算您忘恩负义。如今天色已晚,奴婢带您回宫去吧。"

李羡鱼只好轻轻点了点头,略想了想,又问竹瓷:"方才去顺天府的侍卫,是不是还没回来?"

竹瓷迟疑地道:"按理说,他们应当早回来了才是。兴许他们是因为什么事耽搁了。"

"那我们先回方才的地方等他们一会儿。"李羡鱼又看了眼空荡荡的巷子,微微失落,说道,"待他们回转,便一同回宫去吧。"

此时,天边燃起火红色云霞。

京郊一处破庙中,尸首纵横。

玄衣少年单手持刀,立在色彩斑驳的佛像前,足下踏有一人。

"你捡到我的时候,可曾见到旁人?"他问。

被他踏着的牙郎满身是血,一张脸都被靴底压得变了形,此刻开口说话,浑身的肥肉都在哆嗦:"没……没有。那地方偏僻,我去的时候,就……就没看见旁人,只有一地的死人。我看您还有口气,这才想着捡个便宜,看看能不能顺道卖出去。是……是小的有眼不识泰山……"

牙郎的求饶声霎时间被自己的惨叫打断——一柄弯刀贯穿他的右手。牙郎的鲜血飞溅而出,浇湿了佛前的青砖。

持刀的少年神色冷漠:"你没有骗我?"

剧痛之下,牙郎几近崩溃:"没有……没有,小的记得清清楚楚,荒郊野外,一地的死人,有……对,足足有十二个!"

少年淡淡地垂下眼睫。

十二具尸首,人数倒是对上了。

牙郎仍在哆嗦,见少年未再动手,以为尚有活路,更是铆足了劲求饶,只是话音未落,就见他抬起羽睫,一双浓黑的眸子中似凝着冰川万里。

"那么,你是最后的尸首。"少年平静地启唇。

他抬手,牙郎的鲜血溅落在石砖上,荒庙归于寂静。

莲花台上的佛陀宝相慈悲,垂眼看着芸芸众生,也俯视着庙中少年神色漠然地一具具翻转尸身,在他们的身上搜寻自己想要的东西。

直至将最后一具尸身搜遍,他方才起身,抬眼看向庙外的高远天幕。

象征黄昏的火红云霞早已散尽。

天色冥冥,正是华灯初上的时节。

城内的荒地上,贼寇的尸身已被侍卫们挪至一旁,为李羡鱼的轩车空出一块干净的地方。

李羡鱼独自坐于车内，正低头瞧着一个方才自街市上买来的磨喝乐。

这个磨喝乐也被做成少女模样，穿着藕荷色的衣裳，戴着华美的首饰，正弯着眉，十分乖巧地对她笑着。

李羡鱼摸了摸它的小眉毛，有些出神地想：也许这便是父皇与教引嬷嬷心中公主该有的模样，衣着端庄，行止得体，见谁都微微笑着，娴静乖巧且不会多话，而不是她这样的——自己昨日里刚聆听完教引嬷嬷的训谕，今日便趁着及笄的日子出宫游玩，还想带一名身份不明的少年回去做自己的影卫，一点儿也不像个谨言慎行的淑女。

她思绪未定，远处马蹄声急急而来。

李羡鱼回过神来，见是去顺天府禀报的侍卫回来了，便从轩车上步下，不解地问道："你们怎么独自回来了？顺天府的官兵呢？那些贼匪呢？可都捉住了？"

侍卫下马，俯身向她行礼，面色有些古怪："属下与顺天府的官兵一同前去缉拿贼匪，可终究还是去迟了一步。"

李羡鱼倒抽一口凉气："是让那些贼匪逃出城去了吗？"

"不。"侍卫迟疑少顷，方缓缓开口，"待我等在荒庙中寻见那伙贼匪时，只见一地尸首，无一活口。"

李羡鱼错愕："这……这是他们之间起了内讧？"

她话音落下，却听马蹄"嗒嗒"，一人飒然而至。

少年骑在一匹乌鬃马上，左手握缰，劲窄的腰间系着一柄弯刀。其上不见刀鞘，锩了刃的刀锋上是一重又一重凝固的血色。

秋风呼啸而过，卷起他身上浓浓的血腥味。

灯火阑珊处，少年单手勒马，将一个破旧的荷包向她递来。

"欠你的银子。"

他未在牙人处搜到可用的照身帖，但至少找到了该还她的银子。

李羡鱼抬起羽睫，视线从他修长的手指上移到那个残留着血迹的荷包上，一时间竟不知该不该上前。

少年在马上垂首看向她。

"嫌脏？"

李羡鱼"嗯"了声，不知该如何答复。

少年睨她一眼，将荷包里的银子尽数倒在自己的掌心上，重新向她递来。

李羡鱼一眼便从里头看见了那锭崭新的官银。

一个完整的银元宝，恰好十两银子的分量，正是竹瓷之前付给人牙子的那锭。

李羡鱼想：自己大抵猜到这些银子是从哪儿来的了。

她迟疑了一下，走上前去，从少年手里拿回了那锭银子。

"只要这锭便好。"

少年淡淡地应了声，收回手，重新握紧马缰。

"等等。"在骏马扬蹄之前，李羡鱼唤住了他，"除了银子，你可寻见自己的照身帖了？还有，都快宵禁了，你可有落脚的地方？"

她忖了忖，又道："或者，你还能想起自己在玥京城里有什么亲戚可以投奔吗？"

少年只是沉默。

对他而言，是否有照身帖并不重要，以他的身手，躲过城门卫出城并非难事。

至于落脚之处，天下之大，他何处不能容身？

李羡鱼似乎从他的沉默里得到了答案。

她停了一停，又轻声问道："既然你没有地方落脚，也没有亲戚可以投奔，为什么不愿意做我的影卫呢？"

少年并未立刻答话。

他垂手，指尖悬停于一道旧伤上，目光淡淡。

那是明月夜留给他的第一道纪念。

半年前，他在明月夜的暗牢中醒来，重镣加身，眼前是浓得化不开的黑暗，耳畔是扭曲尖锐的哭号，浓浓的血腥味浮动在逼仄的囚室中，如同人间炼狱。

他想不起自己的身份，想不起自己究竟是从何处至此，只知道在这里，唯有杀人才能活下去。

一间囚室里十个人，最终活着的人可以走出囚室。

一座暗牢中十二间囚室，走过十二间囚室的人，才能踏出暗牢。

暗牢外，是明月夜的斗兽场。

高台上，坐满了戴着红宝石面具的权贵。

他们正为这场杀戮的盛宴狂欢。

一名输了赌注的肥胖男子从座席上探身，气急败坏："狗东西，害爷输了一百两银子！还不爬过来给爷磕头！"

少年往前踏出一步，掷出的兵器削掉了那蠢货的半边耳朵。

高台上一片混乱，明月夜蓄养的走狗们立刻出手。

带着倒刺的铁鞭砸上他的脊背，卷过肋骨，留下了这道伤痕。

他记住了面具后那双眼睛。

只要他不死，就一定会回去，亲手剜出那双丑陋的眼睛，拧断对方的脖颈。

少年目光转寒："我还有事要做。"

他握紧了缰绳，还未来得及催马，耳畔就传来少女轻柔的嗓音——怯生生的，带着几分担忧。

"你要带着这一身的伤去寻仇吗？"

少年微微一顿，回首看向她。

黄昏中，李羡鱼抬眸看向他。

少女的目光清澈如水，映着身后的灯火，愈显娴净。

"我不知道你曾经遇到过什么，更没有立场劝你放弃寻仇。"但若只是短短三个月呢？"她轻声细语地与他商量，"你当我三个月的影卫。三个月后，若你还想离开，我一定会让影卫司放你走。"

李羡鱼对影卫的了解并不多。

她只知道影卫司隶属天家，司中影卫一旦上名，便会终生跟随公主。

除非影卫死，抑或，公主出降。

但是，她没有骗他。

她快要出降了。

礼部的郎官说过，三个月后，呼衍便要来朝。

那时候，少年的伤应当已经养好，而她应当也会随着使臣的马队离开大玥，到草原上，呼衍可汗的胡帐里去，成为他的第八个阏氏。

"若你信不过我，我可以立张字据。"

李羡鱼绽开笑颜，半真半假地与他保证。

她穿着的胭脂罗裙被秋风吹动，在暮色里绽放如海棠。

乌鬃马上，单手持缰的少年隔着万家灯火与她对视。

"我从未保护过人。"

对他而言，杀一个人更为顺手。

李羡鱼莞尔，唇畔生出两个浅浅的梨涡："保护我并不麻烦的。"

她仰起脸，轻声细语地与他解释："我平日里就在披香殿起居，除宫宴外很少出门。即便是宫宴，我也会按时回来，不会乱走。我不去御花园，也不去御湖，不去偏僻的地方，哪儿也不去。

"披香殿内也没有危险的地方。唯一的一口井又远又偏，我从来不去。后殿的小荷塘干涸了许久，一滴水都不见，淤泥也不过半尺来深。就算我不小心摔下去，也至多是换一件衣裳的事，不会有危险，更不会连累到你。"

她得出结论："保护我，并不麻烦呀。"

少年审视着眼前的少女，似在分辨她话中的真假。

天穹上明月初升，银白月光澄净如水，衬得少女眼眸如星，清澈明净。

少年终是垂下眼帘，沉默着松开了手中紧握的缰绳。

暮色渐浓，四面燃起华灯。

李羡鱼的辇轿于披香殿前落下。

竹瓷上前，叩开了殿门。

朱红色的殿门一启，先出来两个身着朱衣的小宦官，都笑着对李羡鱼行礼："公主万安。"

他们的语声落下，身后又有十数名宫人手提宫灯鱼贯而来，将李羡鱼簇拥在其中，你一言我一语地说个不停。

"公主回来了，可用过晚膳？奴婢做了蜂蜜枣糕与百合糕，都在灶台上温着呢，您打算先吃哪样？还是奴婢一同给您端来？"

"今日教引嬷嬷们又过来了，听闻您不在，还想罚人。奴婢便说您是奉旨出宫的，将她们的话都给堵了回去。您是没瞧见，那时候她们面上的神情可是有趣得紧，一副想发作又不能的模样。真没想到，她们也有这样忍气吞声的时候……"

"公主，民间是不是比话本里写的还好玩些？方才见天都擦黑儿了您还不回来，奴婢还以为您要长住宫外，将我们都给忘了。"

迎来的宫人们"叽叽喳喳"地说着，逗得李羡鱼笑个不停，还不忘一一作答。

"我还不曾用过晚膳，等会儿一同端来吧。还有月见煨的鸭子和白露茶，我想了一整日了，都不许落下。

"看来这回的立规矩，我算是侥幸躲了过去。只是下次教引嬷嬷们再来的时候，我可要分外小心，可不能给她们拿到错处，不然披香殿下个月的俸银又要折损了，连带着吃食也要减一档。"

"民间倒是和话本里说的不大一样。果然好多事都是眼见为实。"她眨了眨眼，将在人市上看见的事藏到心底去，重新弯眉笑起来，"不过民间再好，我也是要回宫里来的，更不会将你们忘了——我还给你们带了东西。"

她对竹瓷招手："竹瓷，你快将东西从马车上取来，我们就在这儿分了，也好早些用膳。"

"是。"竹瓷笑着应下，步履匆匆地往宫门的方向去了，再回来的时候，手里多了一堆颜色各异的布包，里头放的俱是李羡鱼从民间买来的小玩意儿。

"陶嬷嬷，这是给你的。"

"莲蕊，这是你的。"

"茜草，这是你的。"

李羡鱼笑着将布包一一递过去，连新来披香殿的小宫女栀子，也得了李羡鱼临时买来的一朵浅粉色珠花。

正当她将东西分完，打算让众人各自回去用晚膳的时候，她的贴身侍女月见却凑过来，指了指宫门的方向道："公主，这是新分到披香殿的侍卫吗？这么晚了，他怎么还留在这儿，不回侍卫处去？"

"他是我带回来的影卫。"

李羡鱼顺着月见手指的方向转过身去，一眼便看见了自己带回来的那名少年。

他立在风灯照不见的黑暗处，清丽的容貌隐在檐下深浓的阴影中，脊背绷直，修长的手指紧握着腰间的弯刀，显出青白的骨节，孤僻、冷寂、离群索居，似一头独行的野兽，与此间的热闹划开泾渭分明的纵线。

少年正注视着夜色中的披香殿——雕栏红墙，檐牙高啄，青碧色琉璃瓦映着清冷的秋光，迤逦至天穹尽头。

这座殿宇在建成时极为富丽。

可如今，即便隔着夜色，亦能看出，殿内的一应陈设都已有些老旧了。

遍涂椒泥的红墙上已经有数处朱漆剥落。殿顶的琉璃瓦光泽微暗，飞檐上的屋脊兽也在不知不觉间破损甚多，像是已经很久没被好好修葺过。

思绪未定，眼前的月光却暗下一处，他垂下视线，望见穿着红裙的少女步履轻盈地走到廊下，笑盈盈地望着他。

"我有事要与你商量。"

她仰起脸来，轻声细语。

廊前的夜风卷起她的裙裾，送来她身上清甜的木芙蓉香气。

她离得有些太近了。

少年垂眸，往后退开一步，与她维持着三步的距离。

"什么事？"

李羡鱼小声说："我方才想起一条规矩，所有的影卫都是要在宫中的影卫司上名的。"

"可是我想起，你之前说过，不记得自己的名字了。"

名字吗？

少年神色淡漠。

他确实不记得了，也不觉得一个称呼有何要紧。

李羡鱼像是从他的沉默里得到了答案。

她轻轻眨了眨眼："那我帮你重新起一个名字可好？"

她弯眉笑了笑，露出唇畔两个浅浅的梨涡："我可会起名字了，披香殿里许多宫人的名字都是我起的，她们都说好听。"

李羡鱼说着，便低头认真地想了起来。

许是夸下海口的缘故，她愈是着急想出个好名字来，便愈是觉得脑子里乱作一团。

她分明想回忆自己读过的诗书，第一个回忆起的，却是教引嬷嬷们成日里以一成不变的刻板语调在她耳畔诵读的《女则》《女训》。

"女有四行，一曰妇德，二曰妇言，三曰妇容，四曰妇功……"

她想到这儿，赶紧摇了摇头，将那些乱七八糟的东西从脑子里甩了出去——总不能从这里给他找个名字。

倏然，她灵光一现。

"既然你是我的影卫，与我形影不离，要不，便唤作'临渊'吧。"

临渊、羡鱼，多好，一听便是她披香殿里的人，连名字都紧紧地挨在一处。

李羡鱼轻轻地笑起来，满怀期待地问他："怎么样？好不好？"

夜风拂过廊庑，吹得檐下悬挂的莲花风灯在二人头顶悠悠打转。

光影陆离间，少年垂下羽睫，语声平淡："好。"

李羡鱼展眉："那便这样定下了。

"你是第一日来宫里，许多地方都不熟悉。这样吧，我带你去住的地方，在路上还能与你讲讲宫里的一些规矩。"

她转过身，步履轻盈地往殿前走。

"其实披香殿里的规矩并不算多。卯时起，亥时歇，值夜的时候并不多。分内的事做完了，便可以回到自己的配房里歇息。每月食银三两，米三斗，公费制钱七百。吃穿都是现成的，不用另花银子。

"如今殿内的宫人并不算多，各处的配房大多空着。你喜欢哪一间，可以直接住进去。宫人们原是二人一间，可你若是不习惯与旁人同住，独自一间也无妨。

"配房里有浴桶可以沐浴，我待会儿让月见选几套干净的衣裳送来，你先穿着，等明日去影卫司上完名，再换他们的服装不迟……"

回到自己的披香殿里，李羡鱼便将在殿外时谨言慎行的规矩忘到了一旁，想到什么便说起什么，不知不觉间说了这么多。

临渊始终跟在她身后三步远处，只沉默地听着，并未出言打断她的话。

直至她止住了话茬儿，临渊方淡淡地应道："好。"

月见远远地瞧着，悄悄拿胳膊肘子捣了捣身旁的竹瓷，贴着她的耳朵小声道："看着是个不好相与的主呢。"

"岂止是不好相与？"竹瓷想起白日里的事来，语声有些发抖，"你可知道，方才在宫外……"

她语声方起，就突然对上少年冷冷的视线。

隔着深浓的夜色，一直沉默地跟在李羡鱼身后的少年不知何时转首看来。

他眼眸浓黑，目光却如出鞘的白刃，寒意十足，锋锐迫人。

只是短暂的一眼，竹瓷脸色便已白透。

她本就惊魂未定，此刻更是立刻缩到月见的身后去，抓着月见的衣袖瑟瑟发抖，再不敢吱声。

李羡鱼从宫娥处取了盏莲花风灯，带着临渊走进西偏殿里。这里是宫人们居住的地方。

她站在偏殿中央四四方方的天井里，将三面最好的配房指给他看。

"西面离小厨房近，每日用膳最是方便。

"南面离水房近，每日里去取水，来回都不用花一炷香的工夫。

"北面离库房近，若是从里头领了一大堆东西，不用走太远，几步便到自己的住处。"

临渊的视线却落在西偏殿对面，另一座寂静的偏殿上。

他问："那里可有配房？"

李羡鱼顺着他的视线看过去，微微一愣。

"有……"她羽睫轻轻扇了扇，杏眸里流转过一缕迟疑，"不过东偏殿一般是不让住人的。"

临渊没有为难她，略一颔首，便跟着她重新往前走去。

他顺着廊庑走到尽头，终于看见，朱红色的宫墙下，一间配房隐在树影深处。

许是过于偏僻的缘故，配房周遭寂静，了无人声。

"这间便好。"他道。

"这间偏僻了些，不过你喜欢便好。"李羡鱼弯眉，抬手推开隔扇。

宫人居住的配房不大，里头的摆设也简单。外间不过一桌两椅，一个看起来半新不旧的橱柜。被一道木制屏风隔断的内间则是宫人们每日起居的地方，放有衣箱、木榻、浴桶等物件。

李羡鱼在外间略微转了一圈，想了想，道："可能有些简陋，你若是还缺些什么，我便让月见去库房里找找。"

"这样便好。"临渊出言拒绝。

他并不觉得有何不妥。

对他而言，如今的摆设已经足够了，甚至有些多余。

许是在明月夜中养成的本能，他并不习惯在物件繁杂的地方入眠。

毕竟每一件杂物后，都能藏一个致命的杀机。

李羡鱼只当是他不好开口，便轻轻眨了眨眼："那我先回寝殿了。你若是住着住着觉得要添置什么了，直接与月见她们说便好。"

临渊道："好。"

李羡鱼便不再打扰他。她退出配房，独自顺着来时的路，往自己的寝殿走。

一路上，丹桂飘香，夜风清凉。

秋夜里的游廊中，李羡鱼想起白日里的事，渐渐有些入神。

每一桩、每一件，都是这样惊心动魄，是她往日在宫里从未见过，甚至连想都未能想到的。

但其中最奇特的一件事，还是她竟真的从宫外带了名陌生少年回来。

少年现在就住在她身后的配房里，还救过她的性命。

这一切对她而言都极新奇，似秋夜里一场荒诞的梦境。

李羡鱼回到自己寝殿的时候，正是戌时初刻。

小厨房里炊烟已歇，月见也提着个红木食盒回来了，正打算为她布菜。

"月见？"李羡鱼回过神来，微微一愣，"怎么是你过来？我记得今日是竹瓷当值，怎么不见她？"

月见将手里的食盒放在长案上："原本是竹瓷当值的。可她方才脸色一直不大好，许是出去的时候被风扑着了。奴婢便和她换了值，让她先回去歇息了。"

李羡鱼担忧地道："那你记得让小厨房的人熬些姜汤给她送去，要熬得浓浓的，让她热腾腾地喝下去，可千万别染上风寒。"

与她最相熟的顾太医数日前返家了，如今还未回来，而太医院里的其余太医大多眼高于顶，是见人下菜碟的主。

上个月殿内的小顺子病了，月见去请了三四回，可一听说是给下人诊治，那些太医都推托不来，最后还是月见塞了银子，才有太医勉强过来开了点儿药。

也亏得小顺子命大，才熬了过来。

月见连连点头："奴婢省得。"

李羡鱼又问道："对了，让你送过去的衣裳与伤药，可送到临渊手上了？"

月见道："奴婢倒是送过去了，不过他没给奴婢开门，奴婢便放在屋外的坐凳上了。"

李羡鱼想了想："那还是我过去一趟吧。正好小厨房的晚膳也快做好了，我顺路给他带去，还能与他商量下明日上名的事。"

临渊的配房选得偏僻，李羡鱼顺着游廊走了许久，才到了他的住处。

"临渊，你在配房里吗？"

李羡鱼提着食盒走上前去，伸手轻轻叩了叩隔扇。

房内传来少年淡漠的语声："什么事？"

李羡鱼道："小厨房的晚膳做好了，我顺道替你送来。"她语声轻盈带笑，"今日是白露，小厨房做的晚膳格外丰盛，有小厨房最拿手的八宝鸭子、新蒸的番薯饭与枫露茶。"

"多谢。"临渊冷冷的嗓音隔门传来，愈显冷漠疏离，他说，"公主放在门外即可。"

李羡鱼想了想："临渊，我有事想与你商量，你也不给我开门吗？"

室内静下来，临渊并未立刻作答。

李羡鱼以为他是拒绝，便抬步走到坐凳旁，想着将食盒搁下，先回寝殿去，等明日再与他商量。

但食盒还未放稳，她身后便传来隔扇开启的声响。

李羡鱼讶然回眸，原本紧闭的隔扇在她的眼前打开。

配房内并未掌灯，光线略昏暗。

临渊站在半敞的隔扇后，廊中的月光落在他的眼睫上，衬得少年的眼眸深黑。李羡鱼看不清他眼底的情绪。

"公主。"他淡淡地道。

李羡鱼也回过神来。

"我是来给你送晚膳的，"她杏眸微弯，将手里的食盒递与他，"顺道说说明日的事情。"

临渊踏前一步，伸手接过。

一递一接间，半掩的隔扇彻底敞开。

李羡鱼也看清了室内的情形。

少年赤足立在晦暗的斗室内，身上仅披了件玄色武袍，衣襟尚未系好，半湿的墨发被拢在肩侧，透明的水珠顺着发尾滚滚而落，于锁骨间积起一小汪水。

银白月光穿帘入室，照在少年线条明晰的胸膛上，泠泠一层霜色。

秋夜清寒，他身上的热气却扑面而来。

李羡鱼微愣，雪白的双颊霎时间滚烫。

她慌忙垂下眼，羞赧间语无伦次："我不是有意偷看的。我……我不知道你在沐浴。我只是顺道给你送晚膳过来，还有……还有与你说说明日上名的事……"

她努力解释着，双颊却愈来愈烫，仿佛随时都要烧起来。

临渊垂眼，视线落在她绯红的双颊上，略微一顿，又低头看了眼自己身上的武袍。

李羡鱼的反应，令他险些以为自己是赤条条地站在她身前。

"无事。"他道，"我穿了武袍。"

他顿了顿，只道是李羡鱼情急之下看错了，便道："公主可以再看一眼。"

李羡鱼一愣，继而脑中轰然一响，连原本尚余几分白皙的耳根都红透了。

"我不看。"她连连摇头，满脸通红，语声也似往外冒着热气，"明日辰时，我来带你去影卫司上名，便这样说定了。"

李羡鱼丢下这句话，终是忍不住落荒而逃。

临渊立在原处，眼神深深，在夜色里看不清心绪。

待她的背影消失在视线尽头后，他垂眼，抬手打开了李羡鱼递来的食盒。

菜肴的香气扑面而来。

正是她之前说过的八宝鸭子、番薯饭、枫露茶，一样不差。

李羡鱼脸颊绯红地回到自己的寝殿，将手里的宫灯一放，便钻进红帐里和衣躲到榻上。

守在殿内的月见见状，连忙放下手里的活计跟过来，却见李羡鱼蜷在锦被里，双手捂着脸，指缝里露出的肌肤鲜艳滚烫，如同抹了上好的凤仙花汁。

月见被惊到："公主，您的脸色怎么这样红？是出去的时候被风扑着了吗？要不奴婢也去御膳房给您熬一碗姜汤过来？"

"不要。"李羡鱼把通红的脸埋进枕头里，语声从锦被间传来，藏着掩不住的心虚，"月见，我什么也没瞧见。"

"瞧见什么？"月见不解。

李羡鱼却不答话了。

她在锦被里翻了个面，捂着滚烫的脸想：等明日，她一定要在披香殿里立一条新的规矩——不穿好衣裳，不许给人开门。

夜阑人静，偏房的榻上空荡无人。

少年盘膝坐在偏房的横梁上，脊背抵着坚硬的脊瓜柱，羽睫密闭，骨节分明的手却依旧紧握着那柄弯刀，半点儿不曾松懈。

远处的滴水更漏轻轻地响着，不知敲过了几更。

一阵轻而急促的足音在静夜里传来，将梁上的少年惊醒。

临渊霍然睁眼,更加用力地握紧始终系在腰畔的弯刀,跃下横梁。

配房内灯烛已熄。

临渊踏着银白月色行至窗畔。

隔着一扇半掩的支摘窗,他看见远处的游廊里有灯火亮起。

数名青衣宫娥手提风灯,簇拥着李羡鱼匆匆而来。

此刻,她面上终于恢复了柔白的本色,只是神情比方才落荒而逃时更为慌乱,那头乌缎似的长发散在身后,精致的兔绒斗篷底下露出寝衣一角,足上未着罗袜,只胡乱趿了双云白色的软底睡鞋,像是刚自榻上起身。

她步履匆匆,往东偏殿的方向而去。

临渊轻轻垂眼。

他还记得李羡鱼与他说过的话。

东偏殿里不让住人。

还有,她既不麻烦,也绝不乱跑。

然而她此刻的行径,与她说过的话背道而驰。

临渊皱眉。思量片刻后,他越过长窗,飞身跟上。

夜色深沉。

少年的身影于廊庑上掠过,似一道浅灰色的影子,淡而无声。

他在夜色中穿行,不远不近地跟随着李羡鱼的队伍,直至宫人们终于在一座偏殿跟前停步。

半旧的殿门"吱呀"一声打开,两名宫娥匆匆地迎上前来,语带慌张。

"公主,您快过去看看吧。"

"今日不知为何,发作得比往日还要厉害。奴婢们将往日的法子都用了,也不见好。"

李羡鱼闻言,神色焦急,接过宫娥手里的宫灯,往殿内小跑而去:"我这便过去。你们快去按顾太医之前开的方子熬上,药好了立刻送进来。"

随着她转过照壁,宫娥们又迅速将殿门合拢,动作急切得像要掩饰什么。

只是她们关得住殿门,却挡不住殿内传来的声响。

他听见了殿宇深处女子声嘶力竭的哭喊,听见了寝殿中的摆件因她的挣扎而一件一件砸到地上的闷响。

每一道声响,在静夜中听来,皆是如此惊心动魄。

少年的神情仍是漠然的。他半坐在道旁枝繁叶茂的凤凰树上,看着李羡鱼的背影,修长的手指无声地叩着腰间的弯刀。

要跟进去吗?他问自己。

他隐约能够猜到,殿内藏着一个秘密,李羡鱼的秘密。

但是旋即,他又想起了方才在配房外,李羡鱼的神情。

莹白的月色下，少女连耳根都红透了，头也不敢抬地落荒而逃，像是在他这里受了多大的委屈。

临渊的指尖微顿。

还是算了，他本就不是多管闲事之人，更没有欺负人的嗜好。

于是少年重新在高树上坐下，背倚着树干，微微合上眼，静静地等着李羡鱼自殿内回返。

东偏殿内的喧嚣声持续了足足小半个时辰，直至离去的宫娥从膳房赶来，送入一碗漆黑的汤药，其中的声响才渐渐停歇。

少顷，紧闭的殿门再度开启。

临渊垂眼，望见李羡鱼与侍女一同自殿内行出。

她以手掩口，恹恹地打了个哈欠，小声问身旁的侍女："竹瓷，什么时辰了？"

"快到三更天了。"竹瓷伸手替她拢好身上的兔绒斗篷，似有些欲言又止，"夜深露重，奴婢带您回寝殿歇下吧。"

李羡鱼轻轻眨了眨眼，侧首看向竹瓷。

她总觉得，竹瓷今日不大对劲，先是与月见换了值，后来又寻了个理由换了回来，当值的时候，却一直是神情不属的模样，像是藏着心事。

于是她问道："竹瓷，你有话要与我说吗？"

竹瓷被说中心思，本就有些苍白的脸色越发地白了。

她迟疑着开口："公主……您真要将人留下吗？"

李羡鱼微微一愣，半晌才反应过来，竹瓷说的是临渊。

一时间，她又想起方才配房外的情形，面上顿时一烫。

她心虚地侧过脸去，轻轻点了点头。

"我都与他说好了。"

竹瓷不由得握紧她的袖口，语声微颤："公主，你可还记得白日里的情形……他杀起人来的模样，熟练得像是不知做了多少次。您留这样一个人在身旁，若是他起了歹心，可怎么是好？"

竹瓷劝道："公主，我们明日还是给些银子，打发他走吧。"

她的语声不高，却足以令树上的少年听见。

临渊面上的神情仍是淡漠的。

不必等到天明，夜出宫门不是易事，但他也并非不能。

思绪未定，他听见凤凰树下传来李羡鱼的声音。

"可是，我想留下他。"

她的语声很轻，藏在风吹凤凰树叶的"沙沙"声里，仅余一点儿温柔的尾音。

树上合目倚坐的少年终于掀起薄薄的眼皮，看向她伫立的方向。

凤凰树摇曳的叶影里，提灯的少女轻轻侧过脸，略带心虚地悄悄避开竹瓷的视线。

她不能赶临渊走。

不仅仅是因为临渊是她的救命恩人，也不仅仅是因为她不想食言，还有一个难以启齿的原因。

方才去配房的时候，她看见了临渊衣衫不整的样子。

若是明日一起身，便急着撵人走，那她岂不是成了那些看过姑娘身子就始乱终弃的登徒子？

以前看话本的时候，她可最瞧不起这些人了。

可这样的话，她不好与竹瓷说起。

于是李羡鱼低头看着地上摇晃的树影，努力搜寻起新的理由来。

半晌，她才试着道："竹瓷，我已经答应过他了。

"出尔反尔，传出去，是会被笑话的。"

可惜这个理由并不能令人信服。

连竹瓷也道："可您是公主，是主子，即便反悔，旁人也不敢说些什么。"

李羡鱼只好另寻借口。她又想了许久，才小声道："可是，这是我遇见过的最有意思的事了。"

竹瓷微微一愣。

李羡鱼也有些出神。

似乎从她记事起，身边的一切事物就极有规律——

卯时起，亥时歇。

每日，御膳房会送来当日的吃食。

每月，织造司会送来当季的衣物。

每季，内务府会送来选好的首饰。

周而复始，循环往复，日子过得淡如流水，仿佛只是一合眼的工夫，一整年便这般过去了，什么都不曾留下，唯有庭院里的凤凰树一年高似一年。

在宫外捡到一名陌生少年，是她遇见过的最新奇、最有趣、最在意料之外的事了，像五岁时得到的那个色彩鲜艳的磨喝乐，七岁时得到的那个难以解开的九连环，十二岁时偷偷藏下的那套胡服一样新奇有趣。

她舍不得就这样放弃。

于是李羡鱼坚持道："临渊是我遇到过的最特别的人了，与宫中其他的人都不一样。"

她说："我想留下他。"

竹瓷哑口无言。

李羡鱼也因自己说出这样的话而惊讶。她微微面红，悄然将话茬儿转开："竹瓷，我有些倦了，我们快些回寝殿歇下吧，明日还要早起。"

竹瓷唯有点头，拿银簪子重新挑亮了风灯里的红烛。

二人提灯往回走，暖橘色的烛光飘摇渐远，渐渐消散于回廊深处。

夜色重回。

凤凰树上倚坐的少年沉默着收回视线。

有趣吗？像他这样的人。

他将指尖停留在腰间那柄沾了无数人鲜血的弯刀上，目光淡淡。

他并不能理解李羡鱼的想法。

翌日辰时，远处的滴水更漏方响过一声，配房的隔扇便被人敲响。

外面传来少女清甜的嗓音："临渊，你可起身了？"

是李羡鱼的声音。

即便是昨夜三更才回的寝殿，她今日依旧十分守时。

临渊轻轻抬眼，将手中擦拭到一半的弯刀束回腰间，起身打开隔扇。

配房外天光明媚。

李羡鱼正立在门外等他。

昨夜里穿着寝衣、提灯夜行的少女，今日倒是规规矩矩地换了件浅云色的银缎面衣裙，雪白的珍珠纽轻轻垂下，掩住柔细的脖颈，及腰的乌发也不再散于腰后，而是被盘成精致的百合髻，簪了支雕刻成蜻蜓模样的羊脂玉簪子，衬得她白兔似的乖巧，温软单纯。

临渊启唇："公主。"

李羡鱼却没有抬头，仍旧低垂着眼，望着廊前半旧的木板。

"临渊，你起身的时候，穿好衣裳了吗？"她小声问道。

临渊默了默，淡淡地应声："嗯。"

李羡鱼抬起眼来，先是小心翼翼地瞥了他一眼，确认他是真的穿好了衣裳后，这才弯眸笑起来："你起身了便好。如今方至辰时，我们这时候去影卫司里上名，回来之后还能吃上热腾腾的早膳。"

临渊并未挪步。他将视线落在李羡鱼微弯的杏眸上，语声平静冷淡："若是我不曾猜错，影卫上名后，不可轻易更改。"

李羡鱼微微讶然，似乎好奇他为何会知道。但是旋即，她轻轻点头："这是宫里的规矩。可是，我答应过你，三个月后会放你离开，便一定会做到。"

临渊道："公主可会后悔？"

李羡鱼略想了想，再启唇的时候，语气格外认真："宫里的人总说，人心易变。若是很长的时间，我也不能与你保证。毕竟，我也不知道，十年后的我，会变作什么样子，又会想什么样的事。"

她说着，又抿唇笑起来："可是，只是短短三个月，又能变到哪儿去呢？我现在不觉得后悔，三个月后一定也一样。"

临渊垂眼看她，没有立刻回答。

远处的滴水更漏又轻响几声，终于归于寂静。

李羡鱼侧首看了看他，重新提起裙裾，步履轻盈地走到廊下。她回头望向站在晦暗斗室内的少年，笑着催促："走呀。再不走，可赶不上回来吃早膳了。"

秋日浅金色的日光斜照而来，落在她白瓷般的侧脸上，温暖而柔和。

临渊沉默少顷，抬步跟上。

影卫司居于宫中东北角，离李羡鱼的披香殿并不算远，走过去不过一盏茶的时间。

李羡鱼踏入其中时，影卫首领羌无早已在此等候多时。

"公主。"他上前躬身行礼。

李羡鱼抬起羽睫看向他。

眼前的男子戴着张冷灰色的铁质面具，看不出容貌与年龄，唯独面具后的一双眼睛格外锐利。

他终年都是这样的打扮。

"司正。"李羡鱼轻声道，"我记得前几日，司正遣人来披香殿里送过口信，说是司内的影卫们都被宁懿皇姐支走，其余的影卫尚未训好，只能先从侍卫中临时选人替上。"

她往旁侧站了站，好让羌无看见她身后的临渊："如今我自己带了人来，司正帮他上个名便好。"

她努力让自己的话听起来理直气壮，心里却忍不住有些发虚。

毕竟临渊来历不明，甚至连照身帖都没有。

宫里可从未有过这样的先例，而羌无执掌影卫司十数年，绝不是心慈手软之人。

羌无视线扫过二人，开口时声音沙哑，像是嗓子曾被毁过："其余的影卫几日之内便能训好。公主可要再思忖一二？"

"我已经想好了，劳烦司正帮他上名。"李羡鱼说着，将素手伸进袖袋里，捏住了几张银票。

她其实一早便做好了使银子的打算，如今正等着羌无开价，只希望他不要狮子大开口才好。

令她意外的是，面前的羌无仅是略一颔首，便将手里拿着的锦册摊开递来。

翻开的那页上，"嘉宁公主李羡鱼"几个字底下已写好一个名字——临渊。

墨迹尚新，应当是她来影卫司不久前写成。

但她分明从未告诉过羌无临渊的名字。

李羡鱼羽睫轻扇，还未得及惊讶，便见羌无又递来一枚崭新的银针。

"一滴血。"羌无将目光落在临渊身上，简短地补充道，"他的。"

李羡鱼略微忐忑，偏首看向身旁的少年："临渊。"

临渊并未言语，视线仅往她手中的书册上一落，便抬手接过羌无递来的银针。

针尖微偏，一滴鲜血旋即落在纸上，又被重重地摁下，化作一枚朱印。

羌无见状收回锦册，平静地起身："公主可以回返了。"

李羡鱼捏着银票的手轻轻一顿，她有些讶然："这样便好了吗？不用其他的？"

羌无既没有问临渊的身份，也没有问她要银子，一切顺利得有些不可思议。

羌无十指交错，一双锐利的眸子看向她："公主还想要什么？"

李羡鱼转身，视线落在临渊腰间那柄弯刀上。

"这柄刀已经卷刃了，你要不要换一把新的？"她放轻了语声提醒他，"如今在影卫司里，你想换什么样的兵器都是有的，若是回了披香殿，便只有切肉的厨刀了。"

临渊领首，利落地解下腰间的弯刀，丢在案上。

这柄兵器对他而言，确实不称手。

羌无击掌，一个身穿浅灰色武袍的男子旋即自暗处现身。

"带他去兵器库。"

男子拱手领命，带临渊往后院而去。

李羡鱼偷眼看着。直至二人的背影彻底消失在远处的月洞门后，想是他们再听不见此间的谈话，她才缓缓转过身来。

她语声很轻，带点儿忐忑与好奇："司正，我还有一桩事想问你——影卫平日里，都要做些什么？"

羌无毫不避讳："影卫，顾名思义，便是公主的影子，藏在暗处，为公主而生，为公主而死。公主可以吩咐他们做任何事。"

李羡鱼轻轻抬起羽睫。

任何事吗？

那她昨夜与临渊说，影卫的职责是保护她，应当不算骗他吧。

她轻轻眨了眨眼，趁着临渊还未回返，又道："还有一件事。你这里，能做新的照身帖吗？"

"可以，"羌无道，"且能够以假乱真。"

李羡鱼却摇头："不要以假乱真，是要真的照身帖。"

羌无抬眼看她，目光微深："公主想给他什么身份？"

李羡鱼略想了想，轻声道："只要是一个能够自由行走在世上的身份便好。"她小声追问，"可以吗？"

"自然可以。"桐木案几后，羌无短促地笑了一声，那双凌厉的眼中却无笑意，"但公主，这是另外的价钱。"

李羡鱼反倒松了口气。

羌无方才的态度令她有些害怕。

毕竟宫里总是这样，无缘无故的好处背后大多藏着各式各样的算计，让占了好处的人百倍千倍地付出代价。

这样直白地要银子倒让她觉得安心些。

于是她问："司正要多少银子？"

羌无竖起三指。

李羡鱼道："三百两？"

羌无淡淡地道："不，是三千两。"

李羡鱼那颗刚刚放下的心立刻又提了起来。

"三千两？"她震惊地道，"司正是在与我玩笑吗？我怎么会有这么多银子？而且，不过是一块照身帖罢了，为什么会值这么多银子？"

羌无道："因为公主要的是'真'而非'假'。要凭空捏造出一个人的生辰、籍贯、亲族，让他天衣无缝地在世上出现，再让他悄无声息地从皇宫里走，这其中要做多少事，打通多少关节，公主可想过？"

羌无看着她，对她摊开掌心，语调平静："若公主没有银子，属下亦无能为力。"

李羡鱼唯有叹气："那等我筹够了银子，再来寻你。"

羌无对此显然没抱什么希望，只是恭敬地应了声，便不再说话。

李羡鱼也安静地坐下来，等着临渊从后院回来。

不多时，后门重新被人推开。

李羡鱼回身望去，看见玄衣少年持剑而来。

他手中的剑足有三尺来长，两寸多宽，通体乌黑，无半点儿纹饰，但寒光照人，应是玄铁铸成。

李羡鱼光是瞧着，都觉得手腕发酸，忍不住小声问他："这柄剑看起来很重，你就这样拿着，不沉吗？"

临渊并未作答，只是随意换了个持剑的姿势。

三尺长的重剑在他的手中挽出一道利落的剑花，轻若无物。

李羡鱼的目光轻轻一亮。她想起了自己在年节上曾经见过的将军舞剑——静若伏虎，动若飞龙，惊艳非常。

只可惜，她不能常常看见。

临渊会的话，他练剑的时候，自己是不是也能在旁边看上一会儿呢？

李羡鱼微微欣喜，同时莞尔："那你也不能总是这样拿着。过几日，等宫里匠造司的人过来修葺殿顶的时候，我让他们在你的配房里做一个剑架吧。"

她追问："你喜欢什么木料？花梨木，还是酸枝木？"

临渊尚未开口，羌无却突兀地开口："公主令他居于配房？"

李羡鱼转过视线，轻轻点了点头："西侧殿还有许多配房空着，我便让他先住着了。"

她话语一停，有些迟疑："只是一间配房罢了，这应当……没有违背宫里的什么规矩吧？"

羌无以指节敲了敲方才上名的锦册，用沙哑的语声重复道："影卫是公主的影子，必须跟在公主身侧，寸步不离，"他一字一字地补充，"夜晚也从不例外。"

李羡鱼微微一愣。少顷，她明白过来羌无话中的意思，慌乱地抬眼。

"你是说……临渊夜里要睡在我的寝殿里？"

得到肯定的答复后，李羡鱼脸颊红透，赧然间都不知是如何回到披香殿里的。

漫长的白日倏忽间过去，转眼便是更深露重。

披香殿内灯火阑珊，窗外的虫鸣声也渐渐停歇。

李羡鱼躺在榻上，抬眼将帐顶绣的金色鸾鸟看了上百遍，却仍旧没能生出半点儿困意。

她还是生平第一次与一名男子同殿过夜。

虽说二人隔着重重红帐，可在过去的十五年中，她即便是与诸位皇兄，也不曾这般亲密过。

她想到此处，双颊又隐隐有些发烫，连忙扯过被子蒙住头，不让自己往深处想。

可殿内这样安静，显得她的心跳声都这般突兀，一声连着一声，像是随时都会被人听见。

"临渊，你在吗？"

她终于心虚地打破了沉寂，试着轻轻唤了一声。

"什么事？"

少年的声音，隔着重重红帐听来，愈显疏离冷淡。

李羡鱼局促地揉着被角："没什么事……"

她只是想试试，看看临渊是不是在这儿。

毕竟他这样不喜旁人接近，被迫与她共处一室，一定比她不自在得多。

她原本还以为，他一定是远远地避出去了。

好在临渊并未多问，只是淡淡地"嗯"了声，便不再开口。

殿内重归寂静，落针可闻。

李羡鱼越发局促。她独自在榻上辗转了一阵，始终没有困意，终于还是转过身来，隔着红帐问他："临渊，你困不困？"

她试探着提议："你要是不困，陪我聊会儿天吧。"

"聊什么？"临渊问。

"什么都行。"李羡鱼想了想，"或者，你在宫外遇见过什么有趣的事吗？"

"没有。"临渊道，"时已三更，公主该就寝了。"

"可我睡不着。"

李羡鱼抿了抿唇，索性从榻上坐起身来。她摸索着找到衣裳，严严实实地穿好，这才小心翼翼地将红帐撩起一线。

今夜无星也无月，寝殿内十分晦暗。唯一的光源，便是放在稍远处长案上的一盏碧纱灯，光线朦胧，仅能让她看清周遭大致的轮廓。

李羡鱼左右望了望，没瞧见临渊的身影。她略想了想，便趿鞋起身，走到长案前，拿起那盏碧纱灯，在能够藏人的地方又仔细地找了一圈。

"临渊，你躲在哪里？"李羡鱼有些忐忑，"是在我的衣橱里吗？"

语声刚落，她便听到耳畔风声微动。

玄衣少年身形如燕，自梁上而下，稳稳地立在她身前三步远处。

他微微垂下眼，淡淡地答道："不是。"

李羡鱼怔住。她抬头看了看头顶挑高三丈的横梁，一双杏眸渐渐睁大。

她道："你方才在梁上？"

临渊颔首。

李羡鱼震惊地问道："那你睡着的时候，不会从梁上掉下来吗？况且，寝殿里有这么多桌椅长案，再不济将绒毯往地上一铺也成……你为什么会睡在梁上？"

"不会。"临渊道，"梁上清静。"

他不习惯在杂物太多的地方入睡，而李羡鱼的寝殿里，东西实在是太多太杂，唯独梁上还算清静。

李羡鱼劝不住他，只好独自在最近的玫瑰椅上坐下，略想了一会儿，又将话题转了回来。

"我睡不着。"她将碧纱灯放在长案上，托腮看向他，"要不，你与我说说宫外的事吧。兴许听着听着，我便困了。"

临渊问："公主想听什么？"

"什么都可以。"李羡鱼想了想，"例如……例如上个月的这时候，你在做什么？"

她说着，自己也试着回想。

"上个月，丹桂初开。我应当在与月见她们折枝插瓶，抑或是取桂花做点心……"

与此同时，临渊给出了回答："杀人。"

李羡鱼轻轻点头，继续说着："多余的桂花，我让月见她们晒好收起来，想着等过段时日，拿去泡茶……"

李羡鱼后知后觉地回过神来，停住话茬儿，愕然抬眼看向他："临渊，你方才说什么？"

"杀人。"

少年立在她三步之外的夜色中，眼眸浓黑。

"杀人、剥皮、制灯笼。"

"你……你别吓我。"李羡鱼往后瑟缩了一下，"以前柳阿嬷便是这样，我不肯好好就寝，她便讲些骇人的事来吓我。"

临渊没有辩解。

二人一坐一立，隔着一盏碧纱灯遥遥对望。

灯火朦胧，照不亮少年眸底的晦暗，唯见他怀中的长剑冷光照人，寒意横生。

李羡鱼的心跳骤然加快几分。

她现在已不是八九岁的孩子，早已明白柳阿嬷的鬼怪之说是假的，即便她不好好安寝，也不会有长着牛头的恶鬼来抓她。

但临渊不像是在骗她。

李羡鱼的指尖不自觉地攥紧了自己的袖口，她小心翼翼地问他："是有人逼迫你做这些吗？"

逼迫吗？

临渊垂眼，看向自己的右手。

掌心的伤口深可见骨，即便愈合了，亦会留下一道抹不掉的伤痕，而他的身上，还有无数这样的伤痕。

"我不杀他们，他们便会杀我。"

他语声平静，仿佛在讲述一件极为寻常的事，一件李羡鱼从未经历过的事。

少女睁大一双清澈的杏眸望着他，羊脂玉似的小脸上仍旧残留着受到惊吓后的苍白。

"抱歉。"

少年垂下视线，背过身去。

在展开身形，再度回到梁上之前，他身后传来李羡鱼轻柔的声音："是我自己要问的。虽然有些吓人，但总比你扯谎骗我要好。"

临渊回过头，见李羡鱼坐在玫瑰椅上，轻轻弯了弯秀气的眉毛，反过来安慰他。

"以前的事都已经过去了。现在你在披香殿里，没人能再欺负你。"

她从玫瑰椅上站起身来，拿过长案上的那盏碧纱灯递向他。

"我要去睡了。这盏碧纱灯送你，往后可别再剥别人的皮做灯笼了。"

灯火微温，照得少女唇红肤白，清澈的杏眸里笑意盈盈，不见怯色。

少年沉默良久，终于抬手，接过了纱灯。

"好。"

红帐重新垂落。

李羡鱼又回到榻上，更衣睡下。

不知过了多久，殿外传来细密的雨声，"淅淅沥沥"，如泉打青石，声声催人入眠。

榻上的少女抱着自己的锦枕，渐渐呼吸变得均匀。

玄衣少年自梁上跃下，步履无声，往敞开的长窗行去。

在经过李羡鱼的红帐时，少年短暂地一停。

他解下自己腰间的佩剑放在李羡鱼的红帐外。

"我去去便回。"

话音刚落，临渊不再停留，身形晃动，穿过敞开的长窗，隐入殿外深浓的夜色里。

雨夜昏黑，各宫檐下悬着的风灯在风雨里悠悠打转，晦暗不明。

临渊藏身在一座假山之后，目光微寒，伏低身子，等着一列巡夜的金吾卫走过。

他留在宫中，并非单单是为了养伤。

他要在这偌大的宫阙里找到两个人。

一是少了一只耳朵的权贵。

二是明月夜背后的主人。

前者是为了寻仇；而后者，除了寻仇，他还想问上几句话——关于他的身份、他的过往。

夜雨沾衣，金吾卫们的背影消失于走道尽头。

少年身影紧随，似一只雨燕在晦暗处穿行，又被大雨抹去所有的痕迹。

寅时一刻，秋雨初歇。

少年踏着雨后深浓的夜色回返。

两个时辰，只够他探明披香殿周遭的地形，草草弄清附近金吾卫们巡夜的规律。

对偌大的皇宫而言，这点儿地方不值一提。

好在，他还有三个月的时间去找他想找的人。

他稳住心绪，借着尚未散去的夜色向前疾行。

在回到李羡鱼的宫室前，他途经东偏殿。

此刻恰逢宫人换值。

两名刚下值的宫女正一边支着眼皮往配房走，一边耳语。

"我在殿外听见，里头又闹了半宿。你说是不是连顾太医的药也不灵验了？这可怎么是好？"

"有什么法子呢？这些年来不都是这样，好一阵坏一阵的。起初不也请陶院正过来看过，还不是束手无策。更何况如今这个情形了，整个太医院，也只有顾太医愿意看在公主的面上，往咱们披香殿里走一走。若是哪一日公主出降了……"

"若是公主出降了，这披香殿，怕也要彻底败落了。"

二人对视一眼，齐齐叹了口气。

她们的谈话声并未令临渊停步。他径自回了自己的配房，将湿衣换下，在破晓前重回李羡鱼的寝殿，取回佩剑，无声地掠至梁上，闭目小憩。

少顷，卯时的更漏响起。

候在殿外的宫娥们鱼贯而入，拿巾帕的拿巾帕，捧铜盆的捧铜盆，持罗裙的持罗裙。

月见上前撩起红帐，与竹瓷一同将李羡鱼从锦被里搀起来："公主，该起身了。"

李羡鱼困得睁不开眼。她昨夜本就睡得晚，在此刻倦意最浓的时候被人唤醒，本能地又想往锦被里钻。

"我再睡会儿，就一会儿。"

月见连忙俯下身去，在她的耳畔小声道："公主，今日教引嬷嬷们要来，还有半个时辰就到偏殿。"

李羡鱼这才睡眼蒙眬地点头："那便先洗漱吧……"

月见应声，从侍女手里拿了挤好苓膏的齿木过来，伺候她漱口。

竹瓷也调好温水，绞好帕子，服侍她净面。

李羡鱼只是混混沌沌地倚在月见身上，由着她们摆弄来摆弄去，上眼皮不住地往下坠，直到洗漱罢，方勉强找回几分神志，轻轻睁开一双犹带蒙眬的杏眸。

此时，竹瓷正从宫娥手中拿了干净的罗裙过来。

"奴婢伺候您更衣。"

竹瓷说着，便轻车熟路地去解她寝衣领口的珍珠纽。

白露时节的清晨已有些凉，珍珠纽方被解开一粒，李羡鱼颈间细腻的肌肤上便微微起了鸡皮疙瘩。

她也终于清醒过来。

"等等。"李羡鱼慌忙伸手摁住了自己的领口，双颊滚烫，"你们先出去，衣裳放在那儿便好，我自己会更衣的。"

竹瓷一愣，下意识地将手里的罗裙放下。

月见与她相视一眼，只好道："那奴婢们出去伺候，公主要是有什么吩咐，记得唤奴婢们一声。"

殿内的宫人们鱼贯退下，缓缓掩上了殿门。

李羡鱼连忙将自己领口的珍珠纽扣好，犹豫了片刻，这才小声对梁上问："临渊，你在吗？"

卷二　八宝妆

"在。"

梁上传来临渊的答复,他声音略显低哑,似乎也是小睡初醒。

李羡鱼道:"你先从梁上下来,我有话要与你说。"

临渊淡淡地应了一声,自梁上而下,立在她榻前三步远处。

李羡鱼还未启唇,就从少年浓黑的瞳孔中看见了自己的影子——云鬓未绾,寝衣素白。

李羡鱼的脸上更烫。她匆忙将锦被拉过头顶,掩住自己绯红的双颊,也后知后觉地想起来,珍珠纽扣得再好,她身上穿的还是寝衣。

虽说秋日的寝衣没有夏日的那般轻薄,可是,再怎么说,这也是寝衣呀,怎么能随便让男子瞧见?

更要紧的是,她连头发都没来得及梳好。

这一整夜翻来覆去,她头发都不知道乱成什么样了……

李羡鱼躲在锦被里,心里乱哄哄地想了一阵,终于想起自己要更衣的事来。

她隔着锦被闷闷地出声:"临渊,你先转过身去。我不唤你,你千万别回过身来。"

隔着锦被,她听见临渊低低地应了一声,声音依旧有些低哑,大抵是昨夜同样未能睡好。

李羡鱼略想了想,将锦被打开一线,偷眼看去。

临渊在稍远处背对她而立,从她的视角只能望见少年挺阔的脊背与随意束起的墨发。

他似乎也是匆匆起身,也来不及重新束发。

李羡鱼的心里平衡了些。她小心翼翼地探出半个身子,拿指尖将春凳上的罗裙钩了过来,继而是上裳、系带、披帛……

一套衣裳穿好，李羡鱼这才有了些底气。她趿鞋站起身来，蹑足走到镜台前，拿起玉梳，给自己盘了个简单的发髻，以色泽柔和的琉璃簪绾住。

做罢这一切，李羡鱼略想了想，又站起身来，在镜台前转了一圈，确认自己已经衣着端庄，云鬓整齐，即便是最严苛的嬷嬷来看都挑不出错处，这才在玫瑰椅上端端正正地坐好，对依旧背对着她的少年道："临渊，你可以看我了。"

临渊依言转过身来。

窗外晨曦微露，身着胭脂罗裙的少女乖巧地坐在那里，白皙如羊脂的面上透出柔软的粉色，似是一朵小小的还未绽放的木芙蓉花。

她指尖揉着自己的袖口，欲言又止的模样。

"临渊，其实……其实披香殿里也是有规矩的。"

临渊应了声，问她："什么规矩？"

李羡鱼面上的薄粉往耳根那儿蔓延过去，她说："例如……例如男子不穿好衣裳，不许给人开门。"

"还有，在女眷们没穿好衣裳、梳好头发的时候，你也不能去看她们。"

她对此懂得的并不多，仅有的认知还是从几本偷偷藏起来的话本里得来的：男子若是瞧见了姑娘家衣衫不整的模样，就要娶她。

这可是一桩不得了的事。

她偷眼看着临渊，等着他如往常一样答应。

临渊垂眼，眸色微深。

他忆起在披香殿中度过的第一个夜晚。

月色如霜。

少女乌发垂腰，精致的兔绒斗篷底下露出寝衣一角，未着罗袜的赤足上胡乱趿拉着一双软底睡鞋，步履匆匆地自廊里而过。

于是他反问："若是已经违背，又当如何？"

惩罚是鞭刑，还是廷杖？

李羡鱼慌张地抬眼，红唇微启，却没能说出话来。

什么叫作"已经违背"？

分明她将寝衣穿得这样严整，领口又扣得那般高，仅仅解开了最上面一枚领扣，这样也算是衣衫不整吗？

可是，她又不能嫁给临渊。

父皇是不会同意的。

满朝文武更不会同意。

她迟疑了一瞬，开始抵赖。

"这不算！"她绯红着脸，有些底气不足地移开了视线，"我是刚刚立的规矩，之前发生的事，都不作数。"

话音落下，她越发心虚，甚至有些害怕听见临渊的回答，怕临渊生她的气，怕临渊说她是个言而无信的公主。

好在，在临渊答复之前，隔扇被人急急地叩响。

殿外传来月见焦急的语声："公主，您可换好常服了？奴婢们能进来伺候吗？"

李羡鱼如蒙大赦，立刻从玫瑰椅上站起身来，对临渊道："月见她们催我了，想必是嬷嬷们快到了。你先躲起来，千万别让她们瞧见。有什么事，等嬷嬷们走了你再提。"

她语声急促，像是真的遇到了火烧眉毛的大事。

临渊便没有多问，身形展开，重新隐回梁上。

李羡鱼偷偷松了口气。她拿微凉的手背捂了捂犹在发烫的面颊，装作什么也没有发生过，对殿外的宫人们道："好了，你们进来吧。"

宫人们鱼贯入内，加紧动作，替李羡鱼梳妆。

竹瓷将李羡鱼简单盘起的发髻重新打散，绾成精致乖巧的百花髻，饰以羊脂玉簪与红宝珠花。

月见则替她重新净面，又从妆奁里取了胭脂水粉过来，为她妆饰。

李羡鱼连续两日未能睡好，如今洗漱过后，仍旧没什么精神，一双鸦羽似的长睫恹恹地垂着，眼下淡淡的青影依稀可见。

月见拿脂粉给她遮了三次，才勉强算是遮住了。

"只能这般了，等教引嬷嬷们来的时候，公主留意些，可别弄花了妆容，让她们瞧出来了。"月见说着将水粉盒子搁到一旁，又拿起一盒口脂来，小心翼翼地替李羡鱼点上，"她们成日里鸡蛋里挑骨头，没事还要生出事来，若是发觉您昨夜没睡好，指不定又要借着这点儿由头，闹出什么风波来。"

李羡鱼还想着方才的事，有些心不在焉："我会小心的。"

月见放心不下，便又将一个香球装满了焙干的薄荷叶，然后塞进李羡鱼的袖袋里。

"公主，您待会儿若是困了，便趁着她们不留意，拿出来闻上一闻。待将这些瘟神送走，奴婢再伺候您好好睡个回笼觉。"

她的话音未落，在廊里伺候的莲蕊匆匆地打帘进来："公主，教引嬷嬷们过来了，人已经快到主殿跟前了。"

一语激起千层浪。

殿内的宫人们立刻忙作一团，梳妆的梳妆，整理披帛的整理披帛，可算是在一刻钟内将李羡鱼打扮停当。

待李羡鱼在宫娥们的簇拥下走到正殿的时候，教引嬷嬷们已在殿外等候。

为首的正是何嬷嬷。

她是宫里颇有资历的老嬷嬷了，自李羡鱼幼时便负责来披香殿中教导李羡鱼的言谈举止，为人极其刻板严肃，罚起人来从不手软。

直至今日，李羡鱼仍有些怕她。

"公主金安。"何嬷嬷福身向李羡鱼行礼，语气却严厉，"敢问公主，老奴上回留下的课业，您可完成了？"

李羡鱼颔首："已完成，请嬷嬷过目。"

她抬手，示意竹瓷将一沓整理好的宣纸递过去，心里却不住地打鼓。

这课业留得不是时候，正好留在了她生辰前日，而之后的两日，她半日去参加及笄礼，半日出宫游玩，傍晚又带了临渊回来，这许多事撞到一处，全然抽不出做课业的时间。

这回的课业，还是竹瓷写好后，她跟着誊写了一遍，也不知道能不能蒙混过关。

何嬷嬷将课业拿在手里，一页页细细地看过去，倏然开口："公主生辰那日，做什么去了？"

李羡鱼心猛地一跳，知道这恐怕是兴师问罪来了。

"出宫去了。"这样的事，宫中恐怕早已经传遍，瞒是瞒不过的，她只好照实答了，紧接着又解释道，"可这是父皇与礼部答应的，不违宫中的规矩。"

"陛下与礼部自不会错。"何嬷嬷看着她，嘴角一撇，显出两道凌厉的深纹，"公主身为主子，也自不会错。错的是您身边的奴才，没能劝好您！"

她厉声道："每人二十廷杖，拉下去！"

"是。"

几个跟来的粗使嬷嬷齐齐应声，将几条长凳往殿前一架，手持半尺粗的红杖，就要将月见、竹瓷几个贴身伺候的宫娥往长凳上摁。

"等等！"

李羡鱼慌忙出言拦住了她们，面色有些苍白。月见、竹瓷她们都是正值韶龄的姑娘，若是被当着众人的面扒了下裳打廷杖，将来还如何能出去见人？

何嬷嬷冷眼看着她："公主是觉得老奴罚得重了，还是觉得这几个蛊惑主子的奴才不该罚？"她冷冷地道，"公主是非要老奴去禀明陛下不可？"

若是事情被何嬷嬷添油加醋地传到父皇跟前，月见她们只怕会被罚得更重，这是李羡鱼自幼便知道的事。

何嬷嬷的职责，便是让她乖顺地低头认错，一次次地低头认错，直到她不再生出不该有的妄念来。

于是她轻轻摇头，缓缓垂下眼睫，像是仙鹤在雨中低下纤细的颈。

"是嘉宁错了，不该生出那样的想法。"

何嬷嬷睨着李羡鱼，缓缓道："这可是公主自个儿说的，并非老奴不敬。"她道，"那老奴便罚公主……哎哟！"

李羡鱼一愣，下意识地抬起眼来。

她看见方才还不可一世的何嬷嬷在她的面前打了个趔趄，继而臃肿的身子一个后仰，"咚"的一声栽进了披香殿前用来储水的大缸里。

李羡鱼讶然睁大了一双杏眸。

何嬷嬷"咕噜噜"喝了几口雨水，肥胖的身子在大缸里挣扎，扑腾出巨大的水花，而她带来的粗使嬷嬷们都惊呼着丢了廷杖，一股脑儿地拥上前去，手忙脚乱地将她往外拉。

原本静谧的披香殿里一片嘈杂。

李羡鱼愣愣地立了一会儿，轻轻眨了眨眼，悄悄转身唤少年的名字："临渊？"

"嗯。"

她身后不知何处，临渊低低地应了一声。

此刻场面混乱，众人的心思皆在水缸那儿，唯有李羡鱼一人屏息听见。

她明眸微抬，正想说些什么，却听"哗啦"一声水响。

那群粗使嬷嬷终于七手八脚地把何嬷嬷从缸里拉了出来。

储水的大缸前，素日里趾高气扬的何嬷嬷是从未有过的狼狈，一身深褐色的袄裙湿透了，盘好的发髻也散了一半，残留的水珠顺着她的老脸往下淌，衬得她脸色发青，面上的神情极为难看。

众目睽睽下，何嬷嬷试图找回些面子。她重新将身子站得笔直，咬牙切齿地道："那老奴便罚公主……哎哟！"

话音未落，随着一声惊叫，何嬷嬷又一次栽进了方才的水缸里，而且这次栽得更快，更狠。

粗使嬷嬷们急忙拥上前去，手忙脚乱地将她往外拉。

这回，连披香殿里的宫人们都有些震惊。

月见更是在一旁拉着竹瓷咬耳朵："这恶嬷嬷成日里来我们披香殿作威作福的，这回可算是遭了天谴。"

在她们眼中，好好的，何嬷嬷突然从平地摔进水缸里，还一连摔了两次，可不就是遭了天谴？

李羡鱼轻轻眨了眨眼，没有作声。

在月见她们的耳语声里，何嬷嬷再一次被从水缸里拉出来，重新站在地面上，形容看着比方才还要狼狈许多。

这一次，何嬷嬷没有急着开口，而是狐疑地扫视四周。

披香殿的宫人们站得极远，而离她最近的，是嘉宁公主。

穿着胭脂罗裙的小公主肤白唇红，云鬓堆鸦，娇娇俏俏地立在那儿，缸内溅出的水甚至都没能沾到公主的裙裾，遑论伸手推她了。

秋日的清晨已微寒，冷风过去，何嬷嬷打了个哆嗦。

她想张口，又有些畏惧。她右边的膝盖疼得厉害，光是站着都有些打战，想必是被那群手脚没个轻重的婆子从缸里拽出来的时候磕到缸沿的缘故，偏偏还两次都磕在了同一个地方。

要是再来一次，她即便不落下病根，也得在榻上躺几个月才能下地。

何嬷嬷在原地僵立了一会儿，最后咬牙改口："既然有陛下的允准，那今日之罚……便罢了。"

她说完，再不敢停留，只阴沉着脸，带着那群粗使嬷嬷，一瘸一拐地出了披香殿，连今日的课业都忘了布置。

她们的背影方消失在照壁后，月见便笑出声来："这群瘟神可算是走了！看这情形，应当好几日都不会再来。"

她对李羡鱼道："公主，现在奴婢便伺候您回去歇下吧。"

李羡鱼却没有立刻回答。她把视线落在远处空了一半的大水缸上，杏眸微弯。

"可过了这么久，我都不觉得困了，倒不如先用早膳。"她抿唇笑起来，小声叮嘱月见，"今日的早膳，记得多做些。"

一盏茶的时间后，早膳便被送到了偏殿中。

月见一样样地替她布着菜："今日的早膳是芙蓉鸡丝粥，佐三样小菜，另有糯米藕与乌米糕。奴婢之前还吩咐小厨房里的嬷嬷们烤了些胡饼，刚出炉，便一同拿来了，您多少用些。"

李羡鱼弯眉："知道了，早膳不用人伺候，你们都去小厨房里用膳吧。"

"奴婢这便过去。"

月见笑着应道，带着宫娥们往小厨房的方向去了。

殿内重新安静下来，仅余李羡鱼一人坐在长案前。

她起身掩上隔扇，仰头对着横梁的方向小声唤道："临渊，你下来。"

临渊应声自梁上而下，立在她三步远处，平静地问道："什么事？"

李羡鱼弯眉，将装着胡饼的小碟子往他那儿推了推："今日有新烤的胡饼，你过来一起吃些。"她怕临渊不答应，便又笑盈盈地道，"便当作我谢你赶走了何嬷嬷。"

临渊应了声，从盘中拿走一块胡饼，却没吃。

他道："我可以替你杀了她。"

人若死在披香殿里，容易给李羡鱼惹来麻烦，但若死在别处，便与李羡鱼无关。

李羡鱼正拿银筷子攒着糯米藕，闻言一慌，刚攒起的糯米藕也无声无息地掉在了碗里。

"你别去。"她抬起眼来，略带紧张地想要说服他放弃此事，"就算你杀了何嬷嬷，也还会有王嬷嬷、张嬷嬷、李嬷嬷……都是一样的。"

她低语："而且今日的事也不能让旁人知道，不然父皇一定会差人过来重罚你。"

临渊道："好。"

他低头，咬了口手中的胡饼。

李羡鱼却没再动筷，抬起眼眸，望着与她相隔一整张长案的少年，羽睫轻扇，有些出神。

· 42 ·

似乎自两个人相识起，临渊便一直站在她的三步之外，从未靠近过。

即便是守着男女之防，这也远了些。

她想：他都要够不到放在自己面前的那碗糯米藕了。

于是李羡鱼搁下手里的银筷，小声问道："临渊，我很讨人厌吗？"

临渊动作微微一顿，垂眼看向她。

长案后的少女也正望着他，卷翘的羽睫微微抬起，一双明眸波光潋滟，清澈照人。

二人的视线对上，那双清澈的杏眸轻轻眨了眨。

"临渊，你很讨厌我吗？"

临渊垂下眼帘，淡淡地道："没有。"

李羡鱼越发好奇："那你为什么每次都要站得那样远？"她道，"我又不会吃人。"

临渊回答："习惯罢了。"

以无数鲜血与教训养成的习惯。

在明月夜中，所有接近他的人，无论是奴隶还是权贵，皆是心怀恶意。

没有人知道轻信的背后是什么，是算计，是暗害，还是杀机？

他已习惯与所有人都保持三步远的距离。

一个无论面对何种暗算，都来得及反击的距离。

李羡鱼似懂非懂地点头，又轻蹙眉心："可你也不能总这样站着吃饭。"

她想了想，站起身来，走到离长案稍远的玫瑰椅上落座，对临渊弯眉道："你坐下吃吧。我现在，离你可不止三步远了。"

临渊没有落座。他问："公主坐在那儿，拿得到桌上的早膳？"

李羡鱼却不在意。她道："你先吃呀，反正嬷嬷们都走了，有的是时间来用膳。"

她轻声催促："再不吃，胡饼可就不脆了。"

临渊仍旧没有落座。他放下手中的胡饼，重新打水净了手。在李羡鱼惊讶的视线中，他将远处的长案挪到她跟前，自己则在离她最远的那端坐下，有些不适应地微微侧过脸去，低声问道："这样可以吗？"

李羡鱼略想了想，眉眼弯弯地应下来："这样便好。"

虽然距离还是很远，但两个人终归能够在一张长案上用饭了，不用一个等着另一个，等到菜都凉了。

于是二人各坐一端，分别开始用饭。

李羡鱼吃着她的糯米藕与芙蓉鸡丝粥，临渊则用着离他最近的一碟胡饼。

用到一半的时候，李羡鱼将视线落到那碟没人动过的乌米糕上，秀眉微蹙。她试探着问："临渊，你挑食吗？"

临渊答道："不挑。"

"那便好。"李羡鱼弯眉笑起来，趁机将自己不喜欢的乌米糕也推给了他，"那你把这个也吃了吧。"

在她期待的目光里，临渊伸手接过。

李羡鱼的心情微微雀跃起来。

她有些挑食，不喜欢的东西一筷都不会动。每次月见与竹瓷见了，总要劝她。如今可好，月见她们瞧不见有东西剩下，自然不能拿这个唠叨她了。

那她以后是不是都可以这样，偷偷找临渊搭伙吃饭？

李羡鱼思量间，隔扇被人叩响。

"公主——"

外间传来月见急促的语声。

李羡鱼收回思绪，低头看着临渊碗里的乌米糕，有些心虚："月见，你不是去小厨房里吃早膳了吗？怎么这么快便回来了？"

月见语声焦急："公主，是东偏殿那儿……"

李羡鱼羽睫一颤，霎时间没了用膳的心思。

"我这便过去。"

她面色微白，立刻从长案前站起身来，提着裙裾，一路小跑到隔扇前。

临渊起身，跟在她身后。

李羡鱼却在隔扇前短暂地回了头，轻轻咬了咬唇瓣，小声道："临渊，你等我一会儿，我很快便回来。"

临渊应声，停下了步伐。

临渊这一等，便是足足两个时辰。

桌上的早膳早已散尽了热气，而李羡鱼始终未能回返。

临渊看着她未用完的小半块糯米藕，握在佩剑上的手微微收紧。

李羡鱼是个守时的人，不会平白无故失约这么久，除非遇到了什么事。

他皱眉，终于隐匿身形，向着李羡鱼离开的方向追去。

披香殿并不算大，他很快便寻到了李羡鱼的下落——在东偏殿中。

一墙之隔，他听见李羡鱼与一名陌生女子的声音。

伴随着东西不住被扫落在地上的闷响，那女子的声音尖利又急促，她喊："你们是谁？这是哪儿？都放开我！放我回去，我要回家去！"

紧接着是李羡鱼的声音，格外轻柔，格外小心。李羡鱼说："顾家的车驾已经在宫门外了，喝了这碗药，我们便回去，好不好？"

自己要进去吗？临渊眉心微皱。

李羡鱼让他在偏殿中等她，如今既然知道她无恙，他是否应该回去？

可紧接着，里头又是一声急促的惊呼——

"公主！"

临渊目光一寒，不再迟疑，闪身入内。

东偏殿内一片狼藉。

李羡鱼被人推倒在地上，身旁一个甜白釉碗盏摔得粉碎，流出漆黑的药汁。

宫娥们纷纷惊呼着来搀她。

与此同时，另一名女子挣脱了宫人们的钳制。她身着玉石蓝宫装，长发披散，神态癫狂，正跌跌撞撞地往殿门处走，口中念念有词："回去……我这便回家去。"

李羡鱼挣扎着起身，握住了女子的手腕。她摔得不轻，疼得面色发白，一双好看的杏眸里满是水汽，气息尚未喘匀，以至语声听着颤抖得厉害："现在已经宵禁了，宫门下钥了。我们明日……明日再出去。"

宫娥们也纷纷围拢过来。女子挣不开，竟冷不防地伸出手来，一把便拔下了跟前小宫娥发上的银簪子。

"放开我，都放开我！"

簪尖雪亮，她把簪子当匕首胡乱比画，像是随时都要扎进自己的喉咙里。

李羡鱼慌了神，下意识地抬手去抢。

女子不肯，挣扎之下，反手刺来。

锋利的簪尖在众人眼前一晃，眼见便要扎进李羡鱼纤细的手腕里。

李羡鱼躲避不及，正等着疼痛的到来，女子抬起的手臂却猛地被一只骨节分明的大手握住，不能再前进分毫。

李羡鱼抬眼，望见本应在偏殿内等她的少年挡在她身前，目光幽暗。

"临渊？"她错愕地出声。

临渊没有回答。他左手制住女子，空出的右手并指为刀，凌厉地劈向女子的颈项。

此刻，他听见了李羡鱼慌乱的语声："临渊，别，她是我的母妃！"

临渊招式已出，无法收回，仓促之下卸去九分力道，仍旧打在女子的颈侧。

女子动作顿住，方才还在挣扎的身子像是骤然间失了所有力气，就这般软软地倒在身旁宫娥的怀里。

"淑妃娘娘！"宫娥惊呼。

李羡鱼的面色霎时间雪白。

临渊看向她，低声解释："她无碍，只是被击中了睡穴。"

贴身伺候淑妃的陶嬷嬷也跟跄着过来，颤抖着伸手探了探淑妃的鼻息，面上紧绷的神情这才松弛下来："还好，还好，娘娘只是晕了过去。"

李羡鱼的面上渐渐恢复了血色，她上去扶住淑妃的腰，与宫娥们一同将淑妃扶抱回榻上，拿了大迎枕来让淑妃倚着，又匆忙地对竹瓷道："竹瓷，你快去将药重新熬上。我在这里守着。"

竹瓷应声，白着脸，步履匆匆地去了。

李羡鱼这才抽出空来，回过头去。

殿内一切如旧，连方才那碗被打翻的汤药与小宫娥的银簪子都还散落在原地，没来得及收拾。

唯独不见了临渊的身影。

李羡鱼略想了想，悄悄抬起眼来，看向横梁的方向。

东偏殿在建成时极为富丽，横梁也挑得极高，她从所在的方向，看不见横梁上的情形。

　　李羡鱼心中忐忑，可众目睽睽之下也不好出声唤他，唯有在心里安慰自己：临渊一定是不习惯人这般多的地方，这才躲了起来。等她照顾完母妃回寝殿的时候，他一定会跟来的。

　　李羡鱼这般想着，重新垂下眼去，起身替淑妃将床畔的帷帐放下，乖巧地坐在脚踏上，静静地等着母妃醒转。

　　原本好奇这突然出现的少年的身份的宫娥们见状，都噤了声，重新在殿内忙碌起来。

　　小宫娥捡回了自己的银簪子，碎瓷碗也被人收走。

　　新熬好的汤药被端了上来，又渐渐散尽了热气。

　　窗外的日光由明亮转为昏黄，最后彻底沉入夜色。

　　当小宫娥们点燃了殿内第一盏宫灯的时候，淑妃终于醒转。

　　"母妃。"

　　李羡鱼的语声落下，倚坐在梁上的少年随之睁眼，垂下视线看向她。

　　连带着，他看见了被李羡鱼扶坐起来的淑妃。

　　那张面孔，与李羡鱼的有五六分相似。

　　她们都有双形状美好的杏眸。

　　只是少女的瞳孔分外乌黑明净，每每望向旁人时，像是沉在清水里的两丸墨玉，带着一点儿玉器特有的灵秀与清澈；而淑妃的眼中早已没了这份清澈与灵秀，只余一片灰蒙蒙的空茫，像是燃尽的红烛。

　　她依旧挣扎，哭闹，嘶喊着说要离开。

　　但是这一次，李羡鱼终于半哄半劝地让她喝下了新熬的汤药。

　　少顷，淑妃安静下来，不再挣扎，也不再言语，只是目光空茫地望着窗外的夜色。

　　李羡鱼也放下药碗，坐在她身畔，试着轻轻唤了她一声："母妃。"

　　淑妃没有任何回应。

　　临渊皱眉，看向坐在榻沿上的少女。

　　李羡鱼却没有如他所想那般露出难过的神色，纤长的羽睫轻轻颤了颤，再抬起眼来时，仍旧是高兴的模样。她弯眉笑着，从竹瓷手里接过食盒："母妃，现在是晚膳的时辰了。竹瓷刚从御膳房领了吃食回来，母妃快看看，可还合胃口？"

　　她说着，停了一停，像是在等淑妃回答。

　　可淑妃仍旧目光空茫地看着窗外的夜色，不答，也不动。

　　李羡鱼便自己将食盒打开，弯了弯眉眼："是羊肉锅子、酥炸鲫鱼、清汤雪耳，还有母妃最喜欢的脆笋。

　　"这个时节笋可是稀罕物，难得御膳房里有，母妃要不要尝一尝？"

　　殿内安静，淑妃神情木然，像是并未听见她的言语。

　　李羡鱼等了少顷，轻轻低下头，轻车熟路地将各种菜肴挑出一些，放到一个小碗里，等菜变温了，才小心翼翼地喂她。

李羡鱼喂一口，淑妃便吃一口，目光始终空茫，像是被抽走了魂魄的木偶一般。

一场晚膳用下来，东偏殿内静默无声，压抑得令人喘不过气来。

最终还是竹瓷接过空碗，小声对李羡鱼道："公主，该回去就寝了。"

李羡鱼轻轻点了点头，从榻沿上起身，弯眉对淑妃笑，像是她能听懂一样，对她说着："母妃好好歇息，昭昭改日再来看你。"

李羡鱼遣退了所有宫人，独自拿了盏莲花灯，顺着廊庑徐徐往前走。

廊里夜风微凉，渐渐剥离了东偏殿里遗留的情绪，让李羡鱼想起那个沉默寡言的少年来：临渊现在还跟在她身后吗？

李羡鱼心底轻轻转过这个念头。可等到他的名字都到了唇畔，她又不敢张口唤出来。

她怕临渊指责她失约，指责她隐瞒，更怕他如当初的那些宫人一样，默不作声地离开。

她迟疑了许久，直至走到东西偏殿的交界处，自己的寝殿已遥遥在望时，才终于停下了步子，小心翼翼地唤道："临渊？"

话音未落，她身后传来少年的回应。

"什么事？"

李羡鱼的心快速地跳动了两下。她急忙转过身去，看见夜色里持剑的玄衣少年，杏眸微亮。

少顷，她又低下头去，小声地道歉："母妃的事……我不是有意瞒着你的。我只是……还没想好，要如何与你说起。"

她说着，悄悄抬眼，看了眼面前的少年。

临渊比她高出许多，夜色里她看不见他面上的神情，只听他轻轻"嗯"了一声，声音辨不出喜怒来。

李羡鱼的心悬起。她垂着眼，拿指尖反复揉着自己的袖口，许久才轻声问道："那……临渊，你也会走吗？"

在她的记忆中，披香殿里来过许多宫人。

起初，他们都信誓旦旦地说会一直跟随她，绝不会生出背主的心思。

可是，在去过东偏殿，见过母妃后，他们便想了各种法子，陆续离开了。

所以，披香殿里的配房才总是住不满。

她不想再空上一间了，尤其是临渊这一间。

临渊也垂眼看着她，看着莲花灯后，低垂着羽睫，绞着袖口，忐忑不安的少女。

少顷，临渊淡淡地道："我答应过，做你三个月的影卫。"

他反问："如今才两日，我为何要走？"

李羡鱼微微一愣，抬起眼来。

她有双过于明净的眸子，望向人时波光潋滟，此刻映着手中莲花灯的辉光，更是明若星子。

"你真的不走吗？"不待他答话，李羡鱼便笑起来，杏眸弯弯，唇畔梨涡浅浅，"那我明日再请你吃胡饼吧。"

她说着左右看了看，见自己身边没有其他东西，便将手里的莲花灯递过去："这个也送你。"

临渊其实并不想要。

这盏莲花灯花纹过于繁复，又偏偏是最娇嫩的粉色，底下还系着一枚圆滚滚的白兔吊坠，由李羡鱼提着显得玲珑可爱，但是由他拿着，总觉得有股说不出的怪异。

然而他刚一沉默，李羡鱼那双潋滟的杏眸里便涌出失落的神色，她低声问："临渊，你还在生气吗？"

临渊默了默，将那盏莲花灯拿过来，垂下视线。

"没有。"

李羡鱼这才重新展眉，带着他一路往寝殿的方向走。

夜路迢迢，四面寂静，二人甚至能听见彼此的呼吸声。

素来多话的少女难得地安静了一阵，终于还是轻声开口："临渊，你若是有什么想问我的，便问吧。"她紧接着又补充道，"我绝不骗你。"

临渊"嗯"了声："你若不愿，也可不说。"

李羡鱼点头："你问吧。"

临渊颔首，启唇问道："既然她一直说想归家，为何不送她回去？"

李羡鱼轻轻摇头。她抬起眼来，看着遥遥闪耀的星子，像是看着母妃描绘过的梦里水乡："母妃她姓顾，祖籍江陵。已经辞官的外祖便住在那儿。江陵千里之遥，她又怎么回得去呢？"

她语气低落下去："而且父皇下了旨的，连东偏殿都不许她出。"

临渊顿了顿，又问："你的母妃如此，是有人害她？"

这一次，李羡鱼没有回答。

临渊沉默地等了一阵，微微侧首，见少女不知何时停下了步伐。

她立在廊里薄霜似的月色中，垂落的羽睫上盈满了月光，像是载着一个沉甸甸的秘密。

正当临渊以为李羡鱼不会回答的时候，她轻声道："没有人害她。她只是被困在这里了。"

她被困在这偌大的宫阙里，再也走不出去。

李羡鱼不知想起了什么，单薄的双肩慢慢塌了下去。

夜风拂过廊庑，她浓密纤长的羽睫轻轻颤了颤，上面的月光便坠落下来，碎成朦胧的雾气，像是随时都要凝成水珠。

临渊还是第一次见到这样的李羡鱼。

他想：应当是他问错话了吧。

可是话已出口，不能收回。

少女眼睫上的水珠盈盈将坠。

临渊握着莲花灯的长指微微收紧。他错开视线，改口，随意问出一个问题，一个在他心中再简单不过，绝不会让李羡鱼为难的问题。

"昭昭是你的小字？"

话音落下，少女轻轻抬起一双潮湿的眸子望向他。

月色渐渐隐于云后，宫灯暖橘色的光辉照在廊庑上，映出少女白皙的双颊一寸寸变得绯红。

灯影摇曳，风吹树响。

李羡鱼的双颊在这样清凉的秋夜里渐渐滚烫，红如涂脂。她既不说是，也不说不是，只是轻轻咬了咬唇瓣，扭过脸去。

半晌，夜风里传来少女小小的抱怨声，她说："临渊，你占我的便宜。"

她绯红着脸，腮帮微鼓："你知道了我的小字，我却不知道你的，这不公平。"

临渊垂眼："我不记得了。"

临渊没有骗她。他连自己的名字都不记得，遑论小字。

李羡鱼似乎越发不悦，抿着唇，整个人都转过去，气鼓鼓地不说话。

从血与火里走出的少年第一次面对这样的情形。

他眼前的少女情绪变得这样快，方才还在为以前的事伤心，现在便这样气鼓鼓地背对着他。

难以处理的情形。

在他的记忆中，能与眼前的困境相当的，唯有浑身是伤的他在窄巷中遇到十二名全副武装的杀手。

可他眼前的少女分明没有兵器，更没有盔甲。她穿着胭脂红的罗裙，臂弯处挽着洁白的披帛，腰身纤细，皓腕雪白。她生得这样娇小，柔弱得像是一朵初开的木芙蓉花。

他却拿她毫无办法。

他唯有重新答道："待我想起，便告诉公主。"

李羡鱼微微转过脸来，一双清澈的杏眸望向他，半晌，才让步似的道："那等你想起来了，一定要第一个告诉我。"

说完，她似乎仍旧觉得自己吃了亏，便又追加道："在你告诉我之前，即便知道了，也要装作不知道我的小字。"

她脸颊微红："更不许唤出来。"

对临渊而言，这些都是极简单的事，简单得似乎不足以哄好眼前的少女。

于是他问李羡鱼："公主可还有什么想要的？"

李羡鱼转过半个身子，一双清澈的杏眸微亮："什么都可以吗？"

临渊回答："力所能及。"

李羡鱼立刻低头去想。许是太过仓促的缘故，她想了好一阵也没想出什么迫切想实现的愿望，便轻轻抿了抿唇："那……便先欠着，等我想到了再告诉你。"

临渊应道："好。"

李羡鱼这才重新高兴起来。她回过身，步履轻盈地往前走："那我们回寝殿去吧。我都有些困了。"

临渊颔首。他提着那盏色泽娇艳的莲花灯，与李羡鱼一同向寝殿的方向走去。

夜路迢迢，偶有秋风穿廊而过，送来清甜的桂花香气。

李羡鱼的步伐渐渐慢了下来。她想起了许多与桂花有关的东西——桂花糖藕、桂花蒸饼，还有又香又糯的桂花糕。

她忽然有些想吃桂花糕了。

于是她侧首，小声问身旁的少年："临渊，你是不是还没用晚膳？"

临渊道："是。"

李羡鱼弯眉笑起来："那我请你吃桂花糕吧。"

二人便没有回寝殿，而是拐去了小厨房，让厨房里的嬷嬷们现蒸了桂花糕出来，用荷叶包好。

李羡鱼自己拿了一块，又将剩下的都塞给临渊，这才心满意足地重新往寝殿走。

一块桂花糕很快吃完，寝殿的殿门亦出现在视线尽头，李羡鱼却停住了步子。她在原地踌躇了一会儿，支支吾吾地开口："临渊，你能不能先回寝殿去？……你也有自己想做的事吧？你可以先不跟着我，我不会乱走的。"

临渊颔首："好。"

李羡鱼松了口气，却仍旧没有挪步。她抬眼望着临渊，小声催促："你快去吧，至多一个半时辰，我便回来。"末了，她还心虚地补充道，"你可千万别跟来。"

临渊深深地看了她一眼，终是没有多问，转身，步入寝殿。

李羡鱼看着他的背影消失在寝殿深处，这才提起裙裾，快步走到廊角。

一名小宫娥正在廊下值夜。

李羡鱼招手唤她过来，在她的耳畔小声道："栀子，去备水。我想沐浴。"

寝殿内，方跃上横梁的少年身形微微一顿。

少顷，他将手里的莲花灯放在梁上，与另一盏碧纱灯放在一处，低垂羽睫，轻轻合上眼。

他还是装作没听见吧……

一个时辰后，李羡鱼沐浴方毕。

她依依不舍地从温热的浴汤里出来，换上质地轻软的衣裙，裹上厚实的绒线斗篷，踩着木屐，"嗒嗒"地往自己的寝殿走，直至走到殿门前了，才想起让小宫娥寻了双软底睡鞋匆匆地换上。

殿门一启，殿内安静无声。

李羡鱼遣退了宫娥，持着一盏琉璃灯独自往里走。待走到横梁下的时候，她停住步子，仰起脸来，试着向梁上道："临渊，你在吗？"

"在。"临渊应声，自梁上而下，依旧是立在她跟前三步远处。

李羡鱼顺着灯影看向他，微微一愣，眼前的少年依旧是武袍束发的打扮，可发尾犹有水珠，武袍也依稀不是方才那件。

夜风过，带来他身上淡淡的皂角香气。

李羡鱼微红着脸，在心里悄悄猜测：他是不是也刚从浴房回来？

临渊也垂眼看向她，眼前的少女将自己严严实实地裹在一件银灰色的绒线斗篷里，只露出一张羊脂玉似的小脸。

李羡鱼大抵是觉得自己已掩饰得足够好。可她不知道的是，她卸去了盛装的脸颊格外白嫩，身上香气扑鼻，还冒着热气，像一块刚出炉的香软米糕。

沐浴归来的二人对视少顷，皆没有开口。

最终，还是更为心虚的李羡鱼先启唇。她拢着自己身上的绒线斗篷，轻声掩饰道："外面天寒，我……我加了件衣裳。"

她话未说完，腮边倒是先红了一层。李羡鱼怕临渊看见，连忙吹熄了手里的琉璃灯，一转身，撩起红帐，将自己连斗篷带人一同埋进锦被里。

"我先就寝了。"她在锦被里轻轻出声。

红帐外的少年低声答应，再度回到梁上。

李羡鱼在锦被里等了一阵，才小心翼翼地开始解自己身上的衣裳，好不容易摸黑将斗篷解下，想往春凳上放，又怕临渊瞧见，只好堆在自己的身侧。

她想：幸好她的床榻宽敞，放了一件斗篷也不影响她就寝。

于是李羡鱼就这样躺在榻上，轻轻合上眼，听着长窗外夜风摇动凤凰树叶的"沙沙"声，努力让自己快些入睡。

可没多久，她便想起方才的事来。

秋夜微凉，寂静的廊庑里，玄衣少年提着莲花灯，用十分平静的语调问她："昭昭是你的小字？"

李羡鱼睡不着了。她捂着绯红的脸从榻上坐起身来，对着红帐外喷道："临渊！"

"什么事？"

梁上传来少年冷冷的语声。

李羡鱼启唇，话到唇畔，又生生顿住。

方才在廊庑里，他们已将这事给轻轻揭了过去。她还请临渊吃了桂花糕，表示不再计较，如今再提起，岂不是又要那般窘迫一次？

李羡鱼想起方才的情形，连忙咬紧了唇瓣，打消再提起的念头。

可红帐外，临渊还在等她答复。

李羡鱼一时想不出什么事来，半晌才红着脸小声道："我就是想问问……你睡了吗？"

临渊默了默，答道："没有。"

李羡鱼越发局促。她顿了顿，努力补救："我是想着，你若是没睡，不如……"

她原本想的是让临渊陪她聊会儿天的，可一想起昨夜里临渊回答她的"杀人、剥皮、制灯笼"，便赶紧打消了这个念头，转而道："不如，给我念点儿话本听吧。"

她道："以前我睡不着的时候，都是竹瓷念给我听的。"

"好。"临渊自梁上而下，立在她的红帐外问她，"话本在哪儿？"

李羡鱼"嗯"了声，伸手去拿身旁的斗篷。

"你等等。"她很快便用斗篷将自己严严实实地裹好，这才将红帐撩起，趿鞋站起身来，"我帮你拿。"

她说着，便小跑到衣箱那儿，先是打开了一道金锁，又一层层地往外拿东西。

临渊看着她先拿出几件不常穿的衣服，又拿出一些字画，最后才从箱子最底下的夹层里小心翼翼地捧出一沓话本来。

李羡鱼将这沓话本递给他，后知后觉地问道："临渊，你识字吗？"

临渊接过话本："识。"

李羡鱼却仍旧有些不放心，又小声问他："你说的识，是识多少呀？"

例如宫里的小答子，便只会写自己的名字。

月见要比他好些，却也只能识些常用的、简单的字。

竹瓷的父亲生前曾开过私塾，因而她不但识字，还能偷偷替李羡鱼做些教引嬷嬷们布置下的课业。

李羡鱼说罢，担心这句话伤到少年的自尊，便又轻声道："你若是不会，我可以教你。"

眼见着李羡鱼真的要去翻笔墨出来，临渊只得启唇："都识。"

李羡鱼迟疑着重新回到榻上。

"那你要是遇到不会的，可要记得问我。"她在红帐后很是诚恳地向他保证，"我发誓，绝对不会笑话你。"

临渊道了声"好"，拿着那些话本，重新回到梁上。

他点亮了放在梁上的碧纱灯，就着摇曳的灯火，缓缓地给她念一本《虞初新志》。

李羡鱼躺在榻上安静地听着，少顷微微讶然。她道："现在的人牙子，还会教人识字吗？"

临渊顿了顿，说道："大抵不会。"

李羡鱼有些好奇："那谁教你识的字？"

大玥纸贵，书籍更是昂贵。

她听竹瓷说，寻常百姓是上不起私塾，识不起字的，能识几个常用的字便已是十分难得了。

李羡鱼这般想着,小声问道:"是谁家的贵女吗?"

她停了停,又问:"她长得好不好看?"

少年修长的手指翻过一页,他语气淡漠:"我没什么印象,应当不是。"

李羡鱼"哦"了声,不再开口,只是轻轻合上眼,安静地听他念书。

夜色静谧,风动红纱。

少年语声低沉,如雪上松风,冷而洁净,无端地令人觉得安心。

李羡鱼静静地听了一阵,渐渐困意上涌。她蒙眬地道:"临渊,明日,我想去见见雅善皇姐。"

她想问问她的皇姐,都是怎样与影卫相处的。

皇姐们的影卫,也知道她们的小字吗?

少年顿了顿,答道:"好。"

李羡鱼放下心来,拥着锦被,轻缓地垂下眼帘。

良久,少女的呼吸变得轻缓而均匀。

临渊放下手中的书册,侧首看向夜色中的长窗。

今夜并未落雨,窗外月朗星稀——不宜出行。

于是,少年吹熄了身旁的碧纱灯,安静地合眼。

翌日午后,金光铺地。

李羡鱼抱着一捧金灿灿的桂花坐在游廊坐凳上,认真地清点着刚装进食盒里的点心。

"如意糕、玫瑰酥、芸豆卷、甜合锦……嗯,小厨房拿手的点心都在这儿了,且没有山药馅的。"

她仔细地确认过,又将手里的桂花放进身旁一个雨过天青色的梅瓶里,把梅瓶举高些,给立在她身边的少年看。

"好不好看?"她眉眼弯弯地等着他的夸赞,"我亲自折的桂枝,修剪了许久,里头一片黄叶都没有。"

临渊并不觉得有何不同,但视线落在她期待的神情上时,还是平淡地道:"好看。"

李羡鱼笑起来,抱着梅瓶起身:"临渊,我带着竹瓷她们去看看雅善皇姐。你在这里等等我,至多日落前,我便会回来。"

临渊应了声,视线一垂,眉心却骤然一蹙,低喝道:"别动!"

李羡鱼一愣,抬眼看向他,见他的视线落在自己的裙角处,便下意识地低头去看自己的裙裾:"是我的裙子脏了吗?竹瓷也不告诉我……"

临渊的动作比她的更快。李羡鱼方垂下眼,还未来得及看清,耳畔便是风声一响。临渊在她的身前俯身,迅速地从她的裙摆处抓起一团毛茸茸的白色东西。

那东西极不安分,在临渊的手中极力挣扎,试图扭过身去咬他的虎口,还时不时发出示威般的"呲呲"声。

李羡鱼看着那小东西，讶然睁大眼睛："是宁懿皇姐的雪貂！它怎么又过来了？"

以前小棉花在的时候，这雪貂惦记着，三天两头往她的披香殿里跑。

现在小棉花被送到顾太医那儿养伤去了，但这雪貂已经养成了习惯，还是成日里在披香殿周围晃悠。

这次也不知哪名小宫娥没看好，被它给溜了进来。

临渊道："你认识？"

李羡鱼连连点头，匆忙地将手里的梅瓶放下："你等等，我去拿样东西。"

她担忧地道："它凶得很，你可千万别被它咬到了。"

临渊"嗯"了声，顺手将雪貂放到坐凳上摁住，气得那小东西又是一阵龇牙咧嘴。

李羡鱼很快回来了，手里还拿了个金丝编的小笼子。

"你看看能不能把它装到这里面来。"

临渊颔首，将还想咬他的雪貂首尾调了个过儿，直接头下脚上地丢了进去，顺手关死了笼门。

李羡鱼重新将金丝笼接过来，提在手里，看着里头正不甘心地啃咬金丝的雪貂，轻轻咬了咬唇，最终还是妥协似的叹气。

"看来雅善皇姐那儿是去不成了，我得将这雪貂给宁懿皇姐送回去。"

毕竟，若是托宫娥送去，宁懿皇姐可是不接的。

一盏茶的工夫后，李羡鱼立在凤仪殿外，试图将手里的金丝笼交给殿中的大宫女执霜。

"这是宁懿皇姐的雪貂，跑到我的披香殿里来，被我捉住。有劳姑姑转交一下。"

"有劳九公主。"执霜恭恭敬敬地向她福身，面上盈满笑意，却坚决不伸手来接，"我家公主便在殿内，奴婢引您过去。"

李羡鱼闻言知道躲不过，唯有认命般地点了点头，跟着执霜往里走。

途中花木扶疏，雕栏如画，可李羡鱼看着笼里的雪貂，情绪始终不高。

她的皇姐们几乎都嫁与了邻国，尚未出降的，唯有先皇后所出的嫡皇姐宁懿与赵婕妤所出的六皇姐雅善。

雅善皇姐的性子最是温和，待她也极好，可身子是这般孱弱，仿佛自她有记忆起，便一直缠绵病榻。

宁懿皇姐身子康健，无病无灾。

可李羡鱼着实不愿来见她。

李羡鱼思绪未定，二人已进了内殿。

李羡鱼行过重重红帐，绕过一座金雀屏风，抬眼便望见了自己的嫡皇姐宁懿。

殿内并无宫人伺候。

红帐深处放着张宽阔的贵妃榻。

双十年华的女子慵懒地倚在榻上，左手支颐，右手懒懒地垂在小腹处，云鬓蓬松，凤目微合，双颊上染着未褪去的胭脂色，似海棠春睡。

执霜悄无声息地退了下去，掩上了隔扇。

李羡鱼略想了想，蹑足走上前去，正想将金丝笼放在女子身旁的春凳上，贵妃榻上的女子已睁开一双妩媚凤眼看向她，鲜红的唇角微抬，勾出浓浓的笑意："真是稀罕，竟有小兔子主动来寻我的一日。"

宁懿嗓音又甜又哑，说话的速度很慢，每一个字都似带着促狭。

李羡鱼见她醒了，只好道："我是来还皇姐雪貂的。它又跑到我的披香殿里去了。"

李羡鱼说着，便将装着雪貂的金丝笼放在她的手畔，归还于她。

宁懿睨了李羡鱼一眼，抬手，以尾指将笼门挑开。

笼内的雪貂立时便从里头蹿出来，顺着宁懿赤红的裙裾一直爬到她的玉臂上，还不忘扭过头来，对李羡鱼示威似的"呲呲"作声。

宁懿不轻不重地拍了它一下，又心情颇好地对李羡鱼招手："小兔子，过来。"

李羡鱼立时打起了十二分的精神，说道："雪貂已经还给皇姐了，嘉宁这便回去。"

说罢，李羡鱼也不待宁懿挽留，提起裙子急忙便走。

宁懿在她身后"啧"了声，也不着急，等李羡鱼走到金雀屏风前了，才抚着雪貂柔顺的皮毛，轻声细语："皇妹与新来的影卫相处得可还好？"

李羡鱼步履微顿，像是惊讶皇姐怎么会知道。但在短暂的权衡后，她还是决定装作没听见，转身便要绕过眼前那座金雀屏风。

"你若是想去寻雅善，还是趁早歇了这个心思。"宁懿抬眉嗤笑，"近日连落两日的雨，雅善身子越发不好，见不得风，十天半个月内都会闭门谢客，谁也不见。"

李羡鱼抿唇，表情明显不信："皇姐骗我。"

宁懿也不在意，只慵懒地道："你可以自己去瞧瞧。不过若是在她那儿吃了闭门羹再想来寻我，可就没这般容易了。"

李羡鱼迟疑一下，步履终是停住了，指尖轻揉着袖口，心里天人交战。

宁懿皇姐面软心硬。若是她真去了雅善皇姐那儿，却发现皇姐正病重，想回凤仪殿来，宁懿皇姐定不让她进来。

可若等雅善皇姐身子好转，这个时间却是说不定的，从往常来看，少则十来日，多则一两个月。那时候，她与临渊约好的三个月都要过去一大半了。

思绪落定，李羡鱼最终不情不愿地转过身来，轻轻唤了声："皇姐。"

宁懿并不意外，鲜红的唇瓣扬起，懒懒地向她招手："小兔子，过来。"

李羡鱼唯有挪过去，坐在皇姐贵妃榻边的靠背椅上。

离得近了，李羡鱼便看见皇姐的外裳松松地敞着。她一低头，便能瞧见里头绣着重瓣玉芙蓉的心衣与皇姐雪玉似的肌肤。李羡鱼红了脸，有些不自在地移开了视线。

宁懿褪下尾指上的镂金护甲，伸手抚着她白嫩的小脸，凤眸微眯："小兔子想问什么？"

李羡鱼往后缩了缩身子。她不喜欢皇姐身上的香气，像麝香，又不像，味道很是古怪。

来皇姐寝殿的时候，她常常能从皇姐身上闻到这种味道。

她曾经与皇姐说过，让皇姐换一种熏香。皇姐却只是望着她笑个不停，笑完后，还揉着她的脸，说"真是只可爱的小兔子"。

她不喜欢皇姐揉她的脸，也不喜欢皇姐叫她"小兔子"。可此刻有求于人，李羡鱼只好将心里的话都咽下去，只小声问："我想问问皇姐，素日里都是怎么与影卫相处的。"

她略带好奇："皇姐也会不习惯吗？"

宁懿望着她，凤眼里的笑意与促狭之色都更深了些："你是主，影卫是仆，对你唯命是从。你想做些什么便做些什么，又有什么好在意的？"

宁懿轻声嗤笑，反问："难道你身边的月见、竹瓷伺候你的时候，你也会觉得不习惯？"

李羡鱼脸上更烫。

这怎么能一样？

月见与竹瓷都是女子，而临渊是男子，这怎么能一样？！

宁懿以指尖摩挲着她的脸颊，感受着上头升腾起来的热度，满意地眯了眯眼，倏然凑近了些，在她的耳畔吐气如兰："小兔子，你见过其余皇姐的影卫吗？"

李羡鱼轻轻摇头。

宁懿轻轻笑了声，倏然收回手，击掌唤道："云涤。"

下一刻，一名影卫自暗处现身，同样是一身玄衣，墨发高束，手中的武器却不是长剑，而是一柄弯刀。

李羡鱼视线落在影卫的面上，先是一愣，赶忙又垂眼去看她的喉间，一双杏眸随之睁大，声音里满是震惊："皇姐，你的影卫怎么是女子？"

宁懿终于忍不住，捧腹笑出声来。

"我的小兔子，你有没有想过，别人的影卫皆是女子？

"你自己带了个男人回来，却来问我该怎么办？"

李羡鱼微怔，少顷，整张小脸蓦地红透。在理智消失前，她妄图做最后的挣扎："可是羌无……"

她带临渊去上名的时候，羌无明明什么也没说！

可宁懿听见"羌无"两个字，非但没有露出谎言将要被道破的心虚神色，反倒笑得越发开怀肆意："你说羌无吗？是我给了他一笔银子，让他给你开的特例。"

宁懿凑近了些，伸手挑起李羡鱼的下巴，细细地看着她面上的神情，一字一句地问她："怎么样，小兔子？高兴吗？"

她高兴吗？

在宁懿皇姐带着促狭的询问声里，李羡鱼只觉得面上的热度一阵高过一阵，连带着思绪也是乱糟糟的一团。

高兴，或者不高兴，好像她怎样回答都不对。

思绪混乱中，她犹豫着问："皇姐，我应当觉得高兴吗？"

宁懿眼底的笑意愈浓。她俯身，贴到李羡鱼的耳畔，红唇微启，语声又甜又哑，蛊惑一般："这宫里有趣的事不多，你应当学着自己找些乐子，让自己高兴些。

"若是他不能让你高兴，便由我做主，让羌无将他撵出宫去，再换个新的。"

李羡鱼没能听懂前一句话，但是听懂了后一句。

若是临渊不能让她高兴，宁懿皇姐便要让羌无将临渊撵出去。

于是她抬起眼来，格外坚定地道："临渊能让我高兴。"

宁懿闻言，凤眼微眯，就这般端详了李羡鱼一阵，倏然轻笑出声。

"怎么个高兴法？说来让我听听。"

李羡鱼答不上来。她往后缩了缩身子："那是我与临渊的事，不能说与皇姐听。"

她说完，又怕宁懿追问下去，便从靠背椅上站起身来，心虚地福身便走。

"时辰不早，我先回去了。"

宁懿似笑非笑地望着李羡鱼，并不起身，直至她的身影消失在金雀屏风后，才缓缓垂手，抚着怀中雪貂柔顺的皮毛，低笑出声。

"小兔子可真有意思。"

同时，凤仪殿外，东宫舆轿落地。

年轻的储君着一身月白色银纹锦袍，戴沉香玉冠，自轿上缓缓而下，略一抬目，却见身着红裙的少女自玉阶上匆匆而下，雪腮微红，神色慌乱，他的视线微顿。

"小九？"

李羡鱼离得稍远，并未听见他的语声，仍旧提着裙裾，顺着来时的方向匆匆而去。

储君身旁的长随便道："殿下，可要属下前去拦下九公主？"

"不必了，小九怕生，别吓到她。"李宴温声道，收回视线，沿玉阶而上。

殿前守着的执霜上前行礼："奴婢叩见太子殿下，殿下万福金安。"

李宴问她："皇妹可在殿内？"

执霜迟疑着道："公主大抵是在歇息，请您容奴婢先去通禀一声。"

她说罢，见太子颔首，便立即福身，往殿内疾步而去。

少顷，她重新打帘出来，小心翼翼地道："殿下，公主正在喂她的雪貂。"

执霜已转述得极为婉转，毕竟方才在她进殿通禀的时候，公主可是连头也未抬，仿佛这位嫡亲皇兄的到访还不如喂怀中的雪貂吃食重要。

长随们也是眼观鼻，鼻观心，皆不作声。他们跟随在东宫身侧多年，早知东宫与嫡公主虽是一母所出，却一个温和文雅，另一个张扬恣意，性格迥异，不和睦更是常事。

李宴亦只是轻轻垂眼："引路吧。"

执霜唯有称"是"。

李宴将长随留在殿外，独自入内。

红帐深处，嫡公主宁懿依旧倚在贵妃榻上，神色慵懒，并未更衣，只随意披了件银狐毛的斗篷掩住松垮的外裳。

见李宴前来，她并无多大反应，仍旧从金盘内拈起一块生羊肉去喂那雪貂。

李宴走近，先闻见带血羊肉的膻腥味道，继而便是那似麝香而非麝香的味道。

"宁懿。"李宴抬手轻轻揿了揿眉心，"你在宫中不要太过荒唐。"

宁懿却并不在意，轻"哧"了声，将手里的羊肉丢给雪貂，漫不经心地拿帕子揩着指尖："皇兄有这份闲心，不若去管管父皇。

"听闻父皇月前才办了大选，如今又想在通州大建行宫，广纳沿途佳丽，可比本宫荒唐得多，怎么也不见皇兄过去劝劝？"

李宴俯身，从屉子里取出一罐沉水香来，以小银匙舀出些浅棕色的香药添进博山炉中，语调平和："皇妹怎知我未曾劝过？"

宁懿逗弄着怀中雪貂："上一个去劝父皇的，已经被贬去守城门了。皇兄可要当心，可别落得个储君守城门的下场。"

李宴颔首，将博山炉中的香药点燃，神色淡淡："那便多谢皇妹提点。不过，天子尚且守国门，若是大玥有需要储君守城门的那一日，我亦在所不辞。"

他的语声落下，沉香水清冷的香气随之从博山炉中腾起，将殿内旖旎的气息驱离。

宁懿眯眸，凤目轻抬。

红帐深处，兄妹二人一卧一立，隔一个珐琅博山炉遥遥对望，视线交会处尽是凌厉锋芒。

少顷，宁懿坐起身来，鲜红的唇瓣扬起。

"我可等着皇兄这一日。"

兄妹俩针锋相对时，李羡鱼已回到自己的寝殿，第一桩事，便是着急地去寻临渊。

穿着红裙的少女匆匆地绕过照壁，走过九曲回廊，终于在离开时的庭院中见到了临渊。

此刻正是黄昏。

少年独自坐在空寂的庭院中等她，身后红枫似火，落日熔金。

李羡鱼踏着凤凰树金黄的落叶小跑过去，弯眉唤他："临渊！"

她一路跑到少年跟前，微微喘气，眉眼间却犹带笑意："我可算是在晚膳前回来了。"

比起皇姐的凤仪宫，她更喜欢自己的披香殿。

比起皇姐，她更愿意与临渊在一起。

毕竟临渊身上没有古怪的香气，也不会一言不合便伸手来揉她的脸。

"公主。"

临渊从石凳上起身,拿起一直放在身畔的食盒与梅瓶。

梅瓶中的桂花依旧粲然如金,食盒内的点心却早已散尽了热气。

"时已黄昏,公主可还要去看望皇姐?"

李羡鱼渐渐喘匀气息。她轻轻摇头:"宁懿皇姐说,雅善皇姐的身子不好,一连十数日都要闭门谢客。"

她说着,接过临渊手里的食盒与梅瓶又放回坐凳上,抬起一双清澈的杏眸望向他:"而且,我现在还有更重要的事。"

临渊问道:"什么事?"

李羡鱼认认真真地解释:"当务之急是,你得让我高兴。你若是不能让我高兴,宁懿皇姐便要把你撵出去了。"

临渊淡淡地看着她。

"公主现在不高兴吗?"

李羡鱼略想了想。只要是在她的披香殿里,教引嬷嬷们不来的日子,她大多数时候都是高高兴兴的。即便要做各种课业,她也能抽出空来,自个儿翻翻话本,抑或是与月见、竹瓷她们打打香篆,制制香饼,再做些其他有趣的事。

她想至此,像是倏然明白过来,为何皇姐问她"怎么个高兴法"的时候,她会答不上来了。

"你得陪我玩才行。"李羡鱼弯眉,笑声清脆,"来披香殿那么久,你都没陪我好好玩过。"

临渊顿了顿:"公主想玩什么?"

李羡鱼刚想启唇,将素日里与月见她们玩的那些一一说给临渊,话到唇畔,却又顿住。

临渊是男子,男子喜欢玩的东西,大抵与女子喜欢玩的东西是不一样的。例如她的皇兄们便更喜欢蹴鞠、捶丸、投壶之类的。

可是蹴鞠与捶丸两样她都不会,投壶她虽会,却玩得不好。每逢年节的时候,和皇兄皇姐们一起玩投壶,她从来没能赢到过彩头。

一个人要是总输,又怎么能高兴得起来呢?

她这般想着,便提个折中的法子:"要不,你与我玩六博吧。"

"六博?"

临渊眉心微皱。他似乎听过这个词,可往深处去想,脑海中依旧一片空白。

李羡鱼以为他不会,便安慰他:"很简单的,我教你,保准你听完便学会了。"

说着,李羡鱼便拉着他的袖口,带着他走到寝殿里,从屉子里翻出打六博用的棋盘与棋子来。

"喏,这是棋盘,这是棋子。六黑六白,左右分立,中间隔一道为水,水中放有两'鱼'。博时先掷采,后行棋。棋到水处则食鱼,亦名'牵鱼'。每牵鱼一次得二筹,连牵两鱼则得三筹，谁先获得六筹便为胜。"

李羡鱼说完，隐约觉得似乎还缺些什么。她略想了想，杏眸微亮。

"对了，还缺些彩头……"

打六博一般都是要彩头的。

可临渊是第一次玩六博，若是她就这样赢他的东西，是不是有些不好？颇有乘人之危的嫌疑。

她这般想着，便没去拿通常用来当彩头的银瓜子，只是又从屉子里拿了支湖笔，从妆台上取了盒胭脂。

"彩头便是，赢的人可以用湖笔蘸着胭脂，往输的人脸上画画。画什么都成，赢家说了算，输家不许抵赖。"

临渊对此并无异议。他抬手，根据李羡鱼说的规则往棋盘上布子，又将掷采用的博箸递与她："公主先行。"

李羡鱼耻于占他这个第一次玩的人的便宜，便将棋盘调了个过儿，把黑子与博箸都让给他："还是你先行吧。"

临渊见她坚持，便不推辞，执黑先行。

起初，他玩得有些生涩，几个回合后，就变得十分熟练，像是曾经打过千百次一般，很快便连牵走河中两鱼。

李羡鱼愣愣地看着，鼓起腮来："你之前一定是玩过六博的。"

她却当作他从未玩过，还偷偷让着他。

她说着，也不再手软，也连牵走河中两鱼。

临渊想了想，说道："或许吧。"

他顺势牵走最后两鱼，平静地道："我不记得了。"

说罢，他垂眼看向眼前正望着空空如也的"水"还未回过神来的少女，想了想，又道："这局可以不算。"

他话音方落，李羡鱼已将胭脂与湖笔递到他的手边。

"我可不是那等输了便抵赖的人。"她弯了弯眉毛，仰起脸来，大大方方地道，"你画吧。不过下一局，我可是要赢回来的。"

临渊薄唇轻抬，旋开手里的胭脂，湖笔略微一蘸，在她的面上轻点一下，说道："好了。"

李羡鱼立刻回过身去，望向身侧不远处的镜台。

镜中的少女面颊白净，唯独左边的梨涡处被以胭脂点上一个红点，小巧可爱。

李羡鱼轻轻眨了眨眼：似乎也不是不能接受。

毕竟与月见、竹瓷玩的时候，她赢了棋，可是要往她们面上画乌龟的。

李羡鱼这样想着，却仍旧将棋盘调了个过儿，将黑棋拿到手里。她道："这次轮到我先行。"

既然临渊玩过六博，她便不让着他了。

临渊没有异议，顺手将博箸也递与她。

可惜这次，李羡鱼运气却不好，每次掷箸时箸都不向着她。

很快她便又输一局，右边的梨涡处也被点了对称的一点，往镜里一照，像是年画里的娃娃。

李羡鱼不甘心，又执起箸来。她道："这次我一定能赢你。"

很快，棋局过半，二人相持不下，只等最后一鱼分出胜负。

正在这个节骨眼儿上，临渊却倏然抬首，看向隔扇的方向，一个分心，手中的白子落偏，将最后一鱼拱手让给了李羡鱼。

李羡鱼笑起来，立刻便牵走了那鱼："这次可轮到我画你了。"

她将临渊手边的湖笔拿了过来，重新蘸了蘸胭脂，满心欢喜地凑近了些，想着要画些什么。

既然临渊牵走了她那么多鱼，要不，她便画一条小红鱼吧。

她这般想着，便要在少年的面上落笔。

许是她离得太近的缘故，临渊下意识地往后仰，笔尖落空。

李羡鱼有些着急。

"说好的，不能抵赖。我方才都没抵赖。"

她说着，又将身子欺近了些，一只手压着他的肩，不让他闪躲，另一只手拿着蘸了胭脂的湖笔，往他的面上伸去。

她离得这般近，身上的淡香如云雾拂来，纤长的羽睫随呼吸轻扇，蒲花般轻柔地拂过他的鬓发。她道："愿赌服输。"

临渊身子微僵，修长的手指握紧了棋盘，手背上青筋微显，却终于没再后退。

李羡鱼便这般高高兴兴地在他的面上画出个圆滚滚的鱼身来，正打算勾勒出鱼尾，却听隔扇被人叩响。

外头传来月见的语声："公主，奴婢给您送晚膳过来。"

李羡鱼一惊，手里的湖笔一时没有拿稳，从指尖掉落下去。

她下意识地伸手去接，临渊的动作却比她的更快，他先她一步将那支湖笔握在了手中。李羡鱼没收住手，纤指一收，便紧紧地握住了少年的手腕。

少年手臂修长，腕骨分明，触感宛如硬玉，却又这般炽热，令李羡鱼与他相触的指尖也滚烫起来。

她慌慌张张地收回手，将指尖藏回袖中，双颊却掩不住地红成胭脂。

"我不是有意……"

她想解释，可话一出口，便觉得不妥，面上愈红。

临渊握着湖笔的长指微微一僵，他掌心向内收紧，臂侧的青筋凸起，似仍未习惯这突如其来的触碰，亦似在克制，让自己不要本能地往后退。

在李羡鱼握住他手腕的一刹那，他本能地想要挣脱。可少女的手指这般柔软，带着微微的凉意，像柔嫩的花枝缠绕在他的腕间，仿佛一个略微粗暴的动作便会将她弄伤，令人不敢妄动。

"无事……"临渊薄唇微抿，松开紧绷的指节，将拾回的湖笔重新递向她，微微抬起眼睛，"公主还画吗？"

李羡鱼两颊微红，羽睫轻扇，视线从他紧绷又松开的指尖上移开，落在他面上才画了一半的红鱼上，想伸手接过湖笔，又怕方才的情景重现。

毕竟一次尚且能算巧合，若是接二连三，岂不是变成了她蓄谋已久，非要占他的便宜？

正当李羡鱼为难的时候，月见的语声又自殿外响起，将她从窘迫的境地里解救出来，月见问："公主，奴婢送晚膳过来，您在殿中吗？"

李羡鱼杏眸微亮，立刻便回过身去。

"月见在唤我，我去给她开门。"李羡鱼说着，便小跑过去，将隔扇打开小半，对外头的月见伸手，轻声道："今日的晚膳也不用人伺候了，你将食盒给我便好。"

月见应了声，将食盒交到她手里，视线微抬，却是一愣："公主，您面上……？"

李羡鱼这才想起，自己走得匆忙，还未净面，两边的梨涡上还留着临渊点下的红点。

李羡鱼面上更烫，越发心虚："我之前……嗯，之前在仕女图上见过这种妆容，今日得空便试了试。"

为了印证这个说法，她红着脸，悄声问月见："怎么样？好看吗？"

月见笑起来："公主怎样打扮都好看。"

月见又道："对了，方才匠造司的人也过来了，说是公主要他们建个东西，想问问公主，是什么东西，要建在哪里。"

李羡鱼杏眸微亮。匠造司处她遣人去过好几次，那些工匠一直推说不得空，今日可算过来了。

"你等等，我将食盒放下就来。"

她抿唇笑了笑，又将隔扇掩上，快步走到殿内，悄声问坐在棋盘边等她的少年："临渊，匠造司的人过来了。你想要什么样子的剑架？有没有喜欢的木料？"

临渊忖了忖，说道："坚固耐用的便好。"

李羡鱼便将食盒往他的身旁一放："那你等等我，我与匠造司的人说完便回来用膳。"

她说着，正想抬步，却听身后临渊道："等等。"

李羡鱼回过身去，见临渊已自长案旁起身，视线落在她的面上："公主要带着这个出去吗？"

从他浓黑的眸子里，李羡鱼看见了自己如年画娃娃般的模样。

她略带赧然地抿唇笑起来："我这便洗了去。"

她说着，便往铜盆里倒了些清水，拿锦帕将自己面上的胭脂点轻轻拭去。

铜盆中水波渐静，李羡鱼低头，于水中望见临渊的倒影。

少年容貌清丽，肤如寒玉，密如鸦羽的长睫后，凤眼明亮，眼尾修长，俯仰之间，如星如夜，满是拒人于千里之外的冰寒。

明明是这般冷的容貌，偏偏面上却画着个胖胖的鱼身，还是以鲜艳的胭脂画成，一下便冲淡了原本的疏离之感，令李羡鱼"扑哧"一下笑出声来。

她取出一块新的锦帕，在铜盆里蘸了点儿清水，回过身去递与他，眉眼弯弯："你也快擦擦吧，可别让人瞧见了。"

临渊伸手接过锦帕。

蘸了水的锦帕柔软微凉，像少女轻轻落下来的指尖。

临渊长指微顿，锦帕停在红艳的鱼身上。

胭脂晕开，给少年冷白的面颊添上淡淡的艳色。

李羡鱼与月见一同行至偏殿时，匠造司的工匠早已在此间等候。

工匠统共不过二人。

一个人手中捧着文房四宝，另一个人则拿着墨斗、曲尺、刨子等物，唯独没带木料来，大抵是想着今日先来量个尺寸，未曾想过动工，故而选在黄昏时分。

两位工匠上前，向李羡鱼行礼，还未开口，便被月见一句话堵了回去。

月见愤愤地道："你们匠造司的人脾气真是越来越大了。公主差人请你们好几次，却一而再，再而三地拖延。如今你们好不容易来了，却又选在黄昏。怎么？一点儿小事，你们还要分两日做不成？"

为首的工匠赔着笑："月见姑娘说笑了。不是我等怠慢公主，只是如今宫中正大兴土木修承露台，我们匠造司实在是抽不出人手，这才来迟了些。若是些小物件，我们今日量好，明日便能做完。"

他顿了顿，神色为难："若是多宝阁、雕花隔扇之类大而精细的物件，公主恐怕还得再等等。"

这一等，便不知道要到什么时候了。

李羡鱼轻轻点了点头："只是建个剑架罢了，不是什么十分为难的事。"

她依照记忆中临渊佩剑的尺寸比画了一下："三尺来长，两寸多宽，要结实又好看的木料。"

匠造司的工匠闻言答应下来，又问："公主想建在何处？"

李羡鱼迟疑了下。临渊如今住在她的寝殿里，这剑架，自然是建在她那儿好些。可是月见不知道这事，偏殿里的诸多宫人更不知道。她又不习武，无端要在自己的宫里建个剑架，也太奇怪了。

于是她只好退而求其次："要不，便先在配房里建一个吧。

"地方有些偏僻，我带你们过去。"

一盏茶的时间过去，一行人行至临渊的配房前。

此处偏僻安静，鲜有宫人路过。

李羡鱼抬步上前，正想伸手推开隔扇，略一转眼，却望见远处的坐凳上似乎堆有什么杂物，色泽鲜艳，五彩斑斓，看着很是奇怪。

李羡鱼轻"咦"一声，转身走近了些，这才发现堆在坐凳上的，竟是各式各样的吃食，有造型精美的糕点、精心挑选的水果、模样可爱的糖块等等，品种繁多，琳琅满目，像是要在配房前开一间小小的食肆。

李羡鱼一愣，侧首去问月见："这些吃食是谁送来的？为什么要放在这儿？"

月见抿唇笑，凑到李羡鱼的耳畔小声道："公主，您可还记得上次您带临渊侍卫来东偏殿的事？

"您回去后，便有不少小宫女私底下偷偷打听临渊侍卫住在哪间配房。想是今日终于给她们打听着了。"

她伸手指了指那一大堆吃食："这些便是她们送来的。临渊侍卫不给人开门，她们也只好放在这儿了。"

李羡鱼轻轻眨了眨眼。

临渊又不住在这儿，当然没法给她们开门了。

她只是不明白，她们为什么要将吃食放在这儿。

在她的印象里，祭奠先祖才会在地上放一堆吃的做供品，还会在其中点上几炷香，烧点儿纸钱。

可是临渊还活得好好的，刚刚还在与她说话，往她的脸上点红点呢。

李羡鱼正想再问问月见，却听一阵轻轻的脚步声愈来愈近。她抬眸，望见一名穿水绿衫子的小宫娥从游廊尽头低头走来。

落日的余晖里，小宫娥脸颊微红，一步一停地走到配房前，正迟疑着想抬手叩门，一扭头，却见廊里已站了许多人。她先是一愣，在看见李羡鱼后更是面色一白，慌乱行礼："公……公主。"

李羡鱼认出她来。

"碧玉，你不是在东偏殿那儿上值的吗？怎么突然到这里来？"

李羡鱼左右看了看，怎么看都觉得这里荒凉至极，既无人，也没什么景色好看，唯一吸引人的，便是放在坐凳上的那一大堆吃食了。

于是她问："你是饿了吗？"

她瞧了瞧坐凳上放着的吃食，觉得临渊肯定吃不完这些，便替他做主，将离自己最近的那块米糕拿起来，递与她："那这块米糕便送你吧。若是不够，还有其他的。"

李羡鱼说着，正想看看里头还有什么好吃的，却见碧玉慌乱摆手，脸色通红："奴婢不饿，奴婢这便回去。"

碧玉说着，一福身，便慌慌张张地往回走，仓促间，怀里还掉下了一件东西。

月见俯身拾起，还未来得及唤住那小宫娥，却见她已跑得没影了，便偷笑着递给李羡鱼看："公主，您看，是荷包。"

李羡鱼接过荷包，先看了看绣工，又忍不住伸手摸了摸布料，鲜红的唇瓣渐渐抿起。

月见见状一愣，面上促狭的笑意渐渐收了。她凑过去，在李羡鱼的耳畔道："公主若是在意，不如直接下令，不许她们再往临渊侍卫这儿跑。"

李羡鱼没说话，将手里的荷包翻来覆去地看着，最后气鼓鼓地往月见怀里一塞。

"月见，我对她们不好吗？"

月见闻言便板起脸来，替她不平："谁不知道，宫里那么多位公主，就您待宫人最好。这些吃里爬外的东西，奴婢明日便与她们说……"

月见话音未落，却见李羡鱼转过眼来，抿着唇，偷偷往荷包上看了一眼，又一眼。

"那她们为什么不送我荷包？"她终于忍不住，不甘地向月见抱怨。

月见愣住，半响才缓缓地道："公主……您是想要荷包了？要不，奴婢给您绣一个？"

李羡鱼脸颊微红。她道："我才没有。"

月见给她绣荷包有什么意思？

月见的手艺没有方才那个小宫娥的好，而且从小到大，她身边好多东西都是月见绣的，早就不稀奇了。

她闷闷地想着，低着头，谁也不理。

直至匠造司的工匠们试探着问"公主，剑架是建在这个配房里吗？"，李羡鱼才回过神来。她想了想，问道："剑架建好后，还能挪动吗？"

工匠一愣，下意识地道："并非不可，但挪来挪去，终归麻烦。不若公主吩咐一声，奴才们直接在您想挪去的地方建便好。"

李羡鱼脸颊更烫："不用，你们建在配房里便好。我还有事，便先回去了。"

她说罢，便抿唇让月见在原地守着匠造司的工匠们，自己先行回了寝殿。

殿内，少年仍在等她。

"临渊。"李羡鱼望向他，闷闷地唤了一声，在玫瑰椅上坐下来，"用膳吧。"

"好。"

临渊应声，将食盒打开，往案几上布菜。

菜香浓郁，李羡鱼却只是支颐坐在玫瑰椅上，蹙着秀眉，神色快快。

她在披香殿里长到十五岁，对小宫娥们那么好，却从来没有给她送过荷包；临渊才来，便有人给他绣这样好看的荷包，这未免也太不公平了。

她愈想，便愈是没有食欲，手中的银筷拿了又放，最终还是忍不住抬起眼来，望向坐在长案尽头的少年，小声试探道："临渊，你上次说过，会答应我一件事，还作数吗？"

临渊停下执筷的手，垂眼看向她："公主想要什么？"

"那……"

他眼前的少女微红着脸，似乎有些赧然。半晌，她蚊蚋般轻声问道："那……你会绣荷包吗？"

65

卷三　玫瑰珠

殿内安静少顷。

坐于长案尽头的少年微窒，半晌方抬眼看向她。

隔着案上米粥腾起的蒙蒙白雾，少女在案几另一侧托腮望着他，羽睫纤纤，杏眸殷殷。

"临渊，你应当会绣荷包吧。"她秀眉弯起，清澈的杏眸里满是希冀，"你身手这样好，拿得动那样重的长剑，绣出来的荷包，一定比旁人的都要好看。"

临渊又沉默了良久，才低声问："公主可还有什么想要的东西？"

荷包以外的东西。

李羡鱼羽睫轻扇，顺着他的话往别处想了想，可不知为何，思绪绕了一圈，又落回方才小宫娥绣的那个荷包上了——群青色的底布上绣着接天莲叶，色泽青碧，针脚细密，那样好看，比月见绣给她的还要好看许多。

于是李羡鱼坚持："我不想要别的东西，只想要荷包。"

她轻轻眨了眨眼："我不多要，只要一个便好。"

少年静默良久，终于微微侧过脸，错开她殷切的目光，低声道："我不会绣荷包。"

李羡鱼愣了愣，很快又展眉。

"我教你呀。

"很简单的，你肯定一学便会。"

她说着，重新执起银箸，笑着催促："快将晚膳用了。等用完晚膳，我便将做荷包用的物件都寻出来。"

她满怀期待地想：若是晚膳后便开始动工，应当不出两三日，她便能用上临渊绣的荷包了。

·66·

一顿晚膳很快用完。

李羡鱼从长案前起身,在箱笼里翻出绣绷、剪刀、针、线、炭笔等物件来。

荷包用的布料,她选的是一块月白色的雪缎。

月白色即浅蓝色,方便以炭笔描画;而雪缎柔软,绣起来很是省力,正是初学刺绣最适合的料子。

她这般想着,便弯眉将绣绷递过去:"绣布已经蒙好了,你现在往上面画花样子便好。"

她从小匣子里拿出支炭笔来,一同递与他:"这是炭笔,你想绣什么,便用它在绣布上画出相应的花样子来。"

临渊双眉紧蹙,没有伸手接过。

这次与李羡鱼教他六博时截然不同,眼前的一切对他而言,都略感陌生。

尤其是李羡鱼递过来的那个绣绷,他确信自己从未见过。

李羡鱼见他犹疑,以为他是怕画错,便又轻声安慰他:"你放心画。即便画错了也不打紧,这炭笔画的花样子,用清水一洗,便褪色了。"

临渊依旧沉默,见李羡鱼已将炭笔与绣绷递到眼前,终于一合眼,艰难地道:"我试一试。"

他将绣绷与炭笔接过去,只当作寻常的纸笔,便往雪缎上落墨。

可炭笔不好着色,而雪缎极软,略一受力,便顺着绣绷往下陷落,令人不好使力。

他几番尝试,月白的雪缎上仍旧只留下一点儿模糊的印子。

李羡鱼在旁边看着,轻声教他:"炭笔不是徽墨,着色需要用些力道。你略微用力试试……"

她话至一半,耳畔传来"刺啦"一声脆响。

绣绷上的雪缎以临渊的炭笔为中心裂出一个洞来。

李羡鱼语声顿住,一双杏眸讶然微睁。她还是第一次瞧见,有人在画花样子的时候,将绣布给画出个洞来。

临渊握着炭笔的长指微顿。

"抱歉。"

他并非有意。

李羡鱼回过神来,轻声安慰他:"许是这块布料在箱笼里放久了才会这样,我去换块新的。"

她起身,很快又从箱笼里翻出一块同色的银缎来。

银缎,顾名思义,是在织造时往里掺了银丝的布料,虽不如雪缎轻柔,却色泽鲜亮,又比雪缎坚固些许,不似雪缎那般容易撕裂。

她将绣绷蒙好,重新递与临渊,轻声叮嘱:"只比寻常写字多一点儿力道便好。像素日里拿眉黛描眉一样,若是浓了,便要擦了重画;若是淡了,多描几次便好。"

临渊低应一声,将绣绷接过。他未曾描过眉,也不知描眉应当用什么力道,只是一味地收着力，发觉难以着色后，方一点点地慢慢加力，几经尝试，终于在一盏茶的时间后，在银缎上画出了第一道纵线，竟比挽弓持剑还要艰难。

临渊垂了垂眼，侧首看向李羡鱼，问道："公主想要什么纹样？"

李羡鱼轻轻眨了眨眼："要不，画两条小金鱼吧。"

她想起临渊是初学刺绣，描花样子又这般艰难，便又想改口，让他画些简单的，例如一朵桃花、一丛春草，什么都好，只是还未启唇，临渊就已应声："好。"

李羡鱼有些放心不下，倾身凑近了些，望着绣绷里月白的银缎道："我看着你画吧。你若是有画不成的地方，将炭笔给我便好。"她弯眉，"我可以替你画些的。"

临渊应声，握紧了手中的炭笔。他将炭笔抵在银缎上，像是抵着自己的咽喉，每一笔都须万分谨慎，否则便是万劫不复。

半个时辰后，两尾金鱼画好，汗亦透了重衫，他未说什么，只是将绣绷递向李羡鱼，低声道："好了。"

李羡鱼从他的手里接过绣绷，望见雪白的绣布上果然生出两条炭笔画的小金鱼来。

圆滚滚、胖嘟嘟的鱼身，蓬松如棉花的长尾，灵动又可爱，她看着便喜欢。

等绣好了，做成荷包，她一定要天天戴在身上，还要向月见、竹瓷她们炫耀，向所有的小宫娥炫耀。

她就知道，临渊果然是会绣荷包的。

临渊侧首，见雪肤红唇的少女坐在灯下，抱着青竹制的绣绷，望着绷里的两尾金鱼，眉眼弯弯，杏眸亮得像是坠入了天上的星河。

他想：李羡鱼应当还算满意，应当不用更改了。

于是他想起身，回梁上小憩，身形未动，李羡鱼已回过身来，笑着将绣绷塞回他怀里，对他道："临渊，你等等我，我给你挑些颜色好看的绣线来。"

临渊的身形顿住，他问："什么？"

"描好了花样子，自然是要往上刺绣呀。"李羡鱼往银针里穿好了红线，笑着递给他，满眼期待，"你试试。"

她道："你连花样子都画得这样好看，刺绣的手艺一定更好。"

临渊沉默了半晌，最后抬手接过。

李羡鱼殷殷地望着他，却见少年持绣花针的手势宛如持剑，像是能将眼前刚描好的绣布再捅个窟窿。

李羡鱼愣了下，下意识地道："不是这样的。"

她将绣绷接过去，自己先起了一针，又递给他："像这样拿着针，从这里穿进去，再看着描好的花样子穿过来，便不会绣歪……"

她轻声细语，却见少年手持针线，一道红线一闪，直接从鱼头横到了鱼尾。

李羡鱼一愣，又道："这样……这样也不对。"

她又将绣绷接过去，将方才那针退回来，将绣绷再次递给他："是这样的，一点点地描过去，幅度要小，力道要轻，这样鱼的鳞片才能绣得细密好看。"

临渊重新将绣绷接过，提针再绣。

少顷，寝殿内又响起了李羡鱼的语声："不是这般……"

临渊忖了忖，艰难地再绣。

李羡鱼也为难地道："也不是这般……"

几个来回后，临渊掌心生汗，手中的绣花针终于一偏，扎上自己的指尖。

一滴鲜血自指尖冒出，如殷红的珍珠。

临渊淡淡地看了一眼，见不曾弄污绣布，便随意地取了布巾揩去。

李羡鱼"哒"了声，想起自己方学刺绣时的情形来。

那时候她年岁尚小，又娇气爱哭，被银针扎一下，可是要掉眼泪的。

临渊的动作比她的更重，他扎得肯定比她要疼上许多。

"临渊，你等等。"

她匆匆地起身，小跑到妆奁前，从里头翻出个白底青花的盒子来。

"这是白玉膏，敷上便不疼了。"

李羡鱼想伸手接过临渊手里的绣绷，再将白玉膏给他，他却闪身避开了她的手。

他只是平静地道："不必。"

在明月夜中，即便刀斧加身，血流遍地，他亦不过草草包扎便重新提剑上阵。

如今不过是一个针眼，对他而言，并无什么要紧，他亦并不觉得疼痛。

他轻轻垂眼，继续往绣布上落针。

李羡鱼迟疑一下，只好在他的身畔坐下："那你小心些……"

她话音未落，少年便又扎到了自己的指尖。

李羡鱼语声顿住，轻轻倒抽了口冷气。

临渊却仍不在意，只是随手拿起身侧的布巾揩去。

李羡鱼秀眉微蹙，轻声与他商量："临渊，要不，还是我来绣吧。"

她伸手想去接绣绷，临渊却仍道："不用。"

他答应过李羡鱼给她绣个荷包，便不会轻易反悔。

说话间，银针又是一偏，临渊依旧不在意，照例去取布巾。

李羡鱼却看不过眼了，抿唇站起身来，将他手里拿着的绣绷抢过去，背到身后，小声道："临渊，你别绣了。

"我不想要荷包了。下次，你送我别的吧。"

他比最笨的小宫娥还要笨，五针里就要扎自己两针，一整个荷包绣下来，不知道要将自己的指尖扎成什么样子。

临渊只是抬目看向她，少顷，下了结论。

"公主想要。"

李羡鱼脸颊微红，却不肯将绣样还给他。

她是想要这个荷包，但这个荷包如果要临渊这般来绣，她便不想要了。

于是她转开话茬儿:"我要睡了。临渊,你也早些歇息。"

她说完便转过身去,步履匆匆地回到了榻上。

为了防止临渊来拿,她还将绣样从绣绷里取下来,小心翼翼地压到自己的枕头底下。

她想:过上几日,等临渊忘了这件事,她便悄悄地将临渊画的花样子给绣出来,缝成荷包,应当……应当也算是临渊送给她的吧。

她这般想着,秀眉微展,于锦被中轻轻合眼。

殿外虫鸣声声,风声细细。

李羡鱼侧耳听着,渐渐沉入梦乡。

长窗畔,少年凤眼轻抬,看向低垂的红帐,素来冰冷的目光微凝,似有不解。

他能看出李羡鱼想要这个荷包,却不明白她为何要中途放弃。

他在夜色里沉默少顷,垂眼去看自己的指尖:因为这点儿微不足道的小伤?

这一夜,李羡鱼睡得不好。

她梦见自己变成池里的一条红鱼,被看不清容貌的人给捞起来,养在一个奇丑无比的水缸里,这水缸还被人搬来搬去,连带着缸里的她都差点儿被摇晃出去。

这般奇怪的梦境令她在辰时之前便醒转。

彼时天光微亮,月见她们还未来唤她起身。

李羡鱼便蒙眬地坐起身来,摸索着往自己的身上披了件兔绒斗篷,还未来得及趿鞋起身,红帐外便传来少年的语声:"公主醒了。"

李羡鱼愣了一下,脸颊微红,悄悄缩回伸出去的脚尖。

"临渊,你……你先去殿外等我。"

临渊应声。

李羡鱼又在榻上坐了少顷,听见殿内再无声息,猜想临渊大抵是出去了,这才悄悄地从红帐里钻出来。

她也没唤月见她们,而是自己匆匆地洗漱更衣,又到镜台前绾起个简单的发髻,便起身推门出去。

殿外晨曦初露。

玄衣少年长身立在滴水更漏下,凤眼微红,神色有些倦怠。

李羡鱼轻唤道:"临渊。"

她抬眼望着他,略带惊讶:"你昨夜也没有睡好吗?"

临渊昂首,见是她走来,便抬手将一物递来。

"给。"他简短地道,"荷包。"

李羡鱼微愣,下意识地伸手接过。

她手中是一个银缎面的荷包,用红线绣着双鲤戏水。红鱼画得极好,姿态轻盈灵动,可绣工不好,针脚又粗又乱,许多地方还有错线的情况,手艺甚至都不如月见的。

李羡鱼却没有出声嫌弃，低垂的羽睫轻轻扇了扇，慢慢从自己的袖袋里取出荷包，将里头的物件全都倒出来，放进临渊送她的荷包里，又小心翼翼地把荷包藏进袖袋深处。
　　日影斑驳处，她轻轻抬起眼来，对着少年弯起秀眉，杏眸里波光潋滟："临渊，谢谢你的荷包。"

　　临渊不以为意，只是轻轻"嗯"了声，便垂下眼，转过身，想隐回暗处。
　　李羡鱼从身后唤住了他。
　　"等等。"
　　她的语声很轻，柔软得像是春日里新发的柳枝。
　　"临渊，我能看看你的手吗？"
　　临渊身形一顿，握着佩剑的长指微蜷。
　　他道："没什么好看的。"
　　李羡鱼提裙走上前去，伸手轻轻牵住了少年的袖口，不让他躲回暗处。
　　"可是，我想看。"
　　临渊薄唇微抿，挪开视线，并不答应。
　　李羡鱼轻轻眨了眨眼，指尖略微倾注了力道，想隔着衣袖将他的手从剑柄上挪开，好看看他的指尖。
　　玄色的武袍袖口渐渐被拉直，临渊的手臂却仍然纹丝不动。
　　李羡鱼抬眼望向他。
　　"临渊。"
　　临渊垂眼："公主不去用早膳吗？"
　　李羡鱼道："你将手给我看看，我立刻便去。"
　　临渊薄唇抿得更紧。
　　二人在廊里僵持了一会儿，临渊最后拗不过她，便大步行至庭中，于最近的石凳上落座。
　　他将手放在石桌上，别过脸去。
　　李羡鱼提裙跟来，在他身旁的石凳上坐下，略想了想，比着太医诊脉的样子，将自己的锦帕盖在他的手腕上。
　　"我放了丝帕的，不算占你的便宜。"
　　她这样说着，才隔着丝帕，轻轻将他的手腕翻转过来，低头去看他的右手。
　　临渊的指尖上残留着不少细小的血点，但更引人注目的是，他掌心处那道刀伤，虽已结痂，却仍未痊愈，看着格外狰狞。
　　李羡鱼轻轻倒抽了一口气，站起身来。
　　"你等等我，我去拿白玉膏来。"
　　她起身匆匆地往寝殿里去，再回来的时候，手中多了个白底青花的小盒。

李羡鱼坐到临渊身畔的另一张石凳上，将小盒旋开，指尖蘸了薄薄一层膏脂，轻轻落在他掌中结痂的伤痕上。

她的动作轻柔，如羽毛拂过，点尘不惊。

可少年的反应极大，他迅速地收手，从石凳上站起身来，与李羡鱼拉开三步远的距离。

李羡鱼愣了愣，抬起眼来望向他。

"临渊，是我弄疼你了吗？"

可月见、竹瓷她们做活计伤了手的时候，她也是这样给她们上药的，她们都没有这样大的反应。

临渊默了默，说道："没有。"

他只是不太习惯有人离他这般近，也不习惯这等来自旁人的触碰。

李羡鱼羽睫轻扇，那双清澈的杏眸里有疑惑之色闪过："那你为什么要躲得那么远？"

她指了指方才他坐过的石凳，像是哄怕疼的小宫娥一样，放软了语声："过来呀，早些抹完药，好去用早膳。"

在她的轻声催促下，临渊迟疑少顷，终于还是走上前去，重新将手放在石桌上，侧过脸，垂下眼睫不去看她。

他坐得稍远，李羡鱼有些够不着他，便从石凳上站起身来，款款走到他的身畔，重新打开了那盒白玉膏。

她就这般立在临渊身旁，微微俯下身来，隔着帕子，轻轻压住他的手腕，指尖蘸了些半透明的膏脂，重新落在他掌心的伤口上。

白玉膏微凉，她的指尖却软而温热，像是春日里被日光晒过的柳絮，拂过之处，留下绵软而酥麻的触感。

临渊身子一僵，垂在身侧的左手骤然握紧了身下的石凳，手背青筋微凸，忍耐着不让自己起身退开。

李羡鱼却没有察觉到他的紧绷。她正低垂着眼，又蘸了些白玉膏，小心翼翼地抹在他指尖的血点上。

她离得这般近，身上淡淡的香气扑鼻而来，臂弯上挽着的披帛垂落到他的膝上，柔软明亮，像一道月光下的溪水。

临渊有些不自然地询问："好了吗？"

李羡鱼道："还没涂匀呢，你再等等。"

她垂眼看着临渊指尖上的伤口，秀眉轻蹙，小声抱怨他："我都将绣样藏了起来，你怎么还是将它拿出来绣完了？你即便要绣，也不用非赶着这一夜便要……"

她话至一半，微微一愣，抬眼看向他："等等，临渊，你是从哪里找到的绣样？"

临渊如实道："公主枕下。"

李羡鱼的双颊蓦地通红。她其实已经猜到了答案，可是听他这般直白地答出来，面上仍旧烧得滚烫。

临渊至少……至少也骗骗她呀，即便说绣样是她睡着的时候从枕头底下掉出来的，也比他这样直白好些。

她慌乱地道："不……不是说好了，在女眷没穿好衣裳、梳好头发的时候，你不能去看她们吗？"

临渊颔首："我未曾看公主。"

"那……你是怎么拿到绣样的？"她红着脸，努力给彼此搭起一个台阶，"是不是……我睡的时候，它自己从枕头底下掉出来，被你捡到了？"

临渊道："不是。"

李羡鱼呼吸一窒，脸颊滚烫。

正当她不知该如何作答的时候，临渊却简短地道："听声辨位即可。"

李羡鱼一愣，羽睫轻轻颤了颤，有些左右为难。

她其实也很想顺着临渊的话，将这件事悄悄揭过去，可是，即便是听声辨位，那也得有声呀。要是她相信绣布会说话，那传出去会不会成为宫中的笑话？

临渊似乎看出了李羡鱼的迟疑，凤眼轻合，对李羡鱼道："请公主换个位置，手中拿一样东西。"

李羡鱼望向他，见眼前的少年不似玩笑，心里的好奇渐渐占了上风。

"真的有这样的事吗？"她略想了想，便顺手捧起那盒白玉膏站起身来，往前走到梧桐树下，说道，"我站好了。"

于是临渊也自石凳上起身。

庭院安静，他轻易便从风吹树木的"沙沙"声里分辨出少女浅浅的呼吸声。

他循着这轻柔的声音走过去，一直走到李羡鱼身畔不远处，继而依着他记忆中她的身量抬手，准确地取走了她掌心里的那盒白玉膏。

瓷器微凉的触感传来，临渊随之睁眼。

他看见梧桐树下，李羡鱼正仰脸望着他，那双清澈的杏眸微睁，像是看到了什么极不可思议的事。

临渊微顿，垂手将白玉膏还给她。

李羡鱼下意识地收拢指尖。

原本微凉的瓷器被临渊触碰过后，似乎也沾染了一些他指尖的热度。

李羡鱼愣了愣。

一阵秋风穿堂而过，拂过她垂落的披帛与裙裾，也将瓷器上残存的热度吹散。

微凉的触感告诉她，这一切不是梦境。

李羡鱼回过神来，惊讶又新奇。

她方才立在梧桐树下，看得清清楚楚，临渊并没有睁眼偷看，却还是准确地向她走来，将白玉膏从她的手中取走，修长的手指甚至未曾碰到她的掌心。

她想：原来他说的是真的，真的有听声辨位这种事。

他昨夜当真没有偷看她，没有看到她穿着寝衣、散着头发那样不端庄的样子。

李羡鱼在心里悄悄松了口气，杏眸随之亮起。

"这个听声辨位是怎么练的？难学吗？你能不能教我？"

临渊沉默一瞬：不过是长期在黑暗中行走养成的习惯罢了。

"可以学。"他问，"只是，公主学来做什么？"

他垂眼，看向李羡鱼。

少女立在梧桐树下，风吹过微黄的梧桐叶，浅金色的日光自叶隙间坠下，于她的眉眼间盈盈流转，衬得那双清澈的杏眸如映星河。

她是大玥的公主——只要她想，一生都会站在日光之下。

他想不出李羡鱼学这个的理由。

李羡鱼弯眉笑起来。

她道："藏猫呀。若是我能学会这个，以后与月见她们玩藏猫的时候，不是想捉住谁便捉住谁？"

"那样可就没人能赢过我了。"

临渊沉默地看着她，少顷，羽睫轻垂。

这个理由也不是不行……

于是他问："公主现在便开始学吗？"

李羡鱼的羽睫轻轻扇了扇。

她听说，江湖人的本事，都是要磕头拜师，历经千辛万苦才能学到的。

临渊什么都没要便答应教她，她若是不回赠些什么，是不是有些占人便宜？

她这样想着，又想起临渊送她的那个荷包来。

临渊亲手绣的那个荷包，她也还没来得及回礼。

可是，临渊每日都与她待在一块，当着他的面准备回礼，她多不好意思呀。

她想：她得想个法子，将临渊支开才行。

"其实，我明日再开始学也不迟。"李羡鱼用指尖不自觉地轻轻拨弄了下小瓷盒的边缘，"临渊，你有没有想做的事？"

临渊抬眼。见李羡鱼羽睫轻扇，似有些心虚，他想起她曾问过他类似的话。

那次，她是为了沐浴。

于是他道："有。"

李羡鱼杏眸微亮，又小心翼翼地问道："你这件事要做很久吗？是那种……一时半会儿不能回返的那种吗？"

临渊微顿，问道："公主希望这件事做多久？"

李羡鱼听出临渊话里的意思，脸颊微红，但顷刻，给他回礼的念头便占了上风。她小声道："一整日，两日也行的。"

临渊忖了忖，说道："有。"他道，"我打算出宫一趟。"

李羡鱼展眉："那你等等我。"

她转身返回殿内,又很快出来,将一块象牙制的小牌子递向他。

"这是出宫用的牙牌,你拿着它,给守宫门的金吾卫看,说是出宫采买便好。"

临渊抬手。

他答应得太过爽快,李羡鱼反倒有些迟疑,将牙牌递出去一半,却迟迟不肯松手:"那你这次出去,一两日后,还会回来吗?"

上回出宫的时候,她觉得民间的一切都是那样新鲜有趣。

若不是宫规不许,她定要留在宫外多住几日。

连她自己也不知道,会不会住着住着,便再不愿回宫了。

更何况临渊原本便是宫外的人,是她劝了半晌,好不容易才带回披香殿的人。

她略带忐忑地看着眼前的少年。

临渊握着佩剑的长指微屈,他抬起眼,端详着李羡鱼的神情。

片刻后,他垂眼,平静地道:"回来。"

李羡鱼这才重新笑起来,唇畔生出两个浅浅的梨涡。她一松手,牙牌便落进他的掌心里。

"那便一言为定。"

早膳后,临渊独自离宫,李羡鱼则将自己浸在浴桶里,趴在桶沿上,垂眼想着应当给临渊什么样的回礼。

她想:以前自己送小宫娥们的,多是衣裳、簪花、胭脂等物,但临渊是男子,应当用不着这些。

然而她一时半会儿也想不到男子会喜欢的物件,便侧首去问正往浴桶里添水的竹瓷:"竹瓷,若是要送男子东西,送什么好些?"

竹瓷正在为李羡鱼添水,闻言犹豫地问:"公主打算送给什么人?"她小心翼翼地询问,"是您的哪位皇兄吗?"

李羡鱼耳根微红,含糊地道:"差不多吧……"

反正,皇兄与临渊皆是男子,喜好应当是差不多的吧。

竹瓷隐隐松了口气:"若是公主想送,便送些贵重的笔墨、砚台之类的物件,既得体,又挑不出错处来。"

李羡鱼道:"可是,他素日里用不上这些。"

竹瓷略想了想:"那公主想想,那位皇兄素日里喜欢什么,投其所好便好。"

李羡鱼以手支颐。

临渊素日里喜欢什么?

她努力去回想,良久,脑海里却仍是一片空白。

她这才发现,她对临渊似乎知之甚少,只知道他总是穿着玄衣,持着长剑,沉默地跟在她身旁。

临渊会喜欢什么呢?长剑吗?

可是，他已经有一柄长剑了，她再送长剑似乎有些多余。

李羡鱼托腮，认真地想了一阵，杏眸微亮。

临渊已经有佩剑了，可是他的佩剑上没有剑穗，她可以做一枚剑穗给他。

沐浴更衣后，李羡鱼便回到寝殿里，从她的箱笼里寻出临渊给她绣荷包时未用完的五彩丝线，捧着选好的绸缎与流苏，在长案后一坐便是大半日，连中途匠造司的工匠们前来也未能使她分心。

配房里"叮叮当当"的制木声起了又落，长窗外的天色渐渐由明亮转为昏暗。

直至星月高悬，一枚剑穗终于被她制好。

以近乎玄色的深青色为底，下垂藏蓝色流苏，一枚色泽乌亮的黑曜石被锁在宝蓝色丝线交织打成的络子中，远远望去，像是即将迎来破晓的长夜里，一枚星子荧荧闪烁。

李羡鱼弯眸。她想：临渊应当会喜欢的。

远处，亥时更漏敲响，到就寝的时候了。

李羡鱼便将剑穗放在枕畔，更衣上榻去。

灯火熄去，殿内十分寂静。

李羡鱼睡不着，便习惯性地朝红帐外轻声道："临渊，你困了吗？若是不困，便陪我聊会儿天吧。"

她的语声落下，帐外许久没有传来回应。

李羡鱼这才想起，临渊出宫去了，今夜不会回来。

于是她在榻上翻了个身，伸手轻轻拨弄着剑穗底下的流苏，有些出神地想：临渊现在在做些什么呢？他是不是正在宫外的某处，就着今夜明朗的月色，吃着好吃的糕点，清点着他新买的有趣的小物件？

城外荒郊，玄衣少年持剑而行。

夜风吹过道旁衰草，将少年身后几道浅至近乎不闻的呼吸声送入他的耳中。

这伙人虽然人数不多，却皆是好手。

这些明月夜的爪牙已跟了他半日，只待一个动手的时机。

临渊握紧了手中的长剑，拇指无声地推开剑鞘。

他亦在等这个时机。

风吹云动，将一轮明月掩至云后。

其中一跟踪者猛然发难。

临渊骤然回身，剑鞘落地，手中长剑与攻势凌厉的匕首相击，爆出火星。

来人一击不成，立刻后撤，东西两面立即有人猱身接上，一个人持刀，另一个人持钩。

刀锋劈面，来势汹汹；而铁钩阴狠，专攻腰腹。

临渊后撤一步，避开刀锋，手中长剑自肋下穿出，刺向持钩之人，剑势凌厉，一往无前。

持钩者拧身后退，临渊却并不收剑，改刺为扫，三尺长的重剑如有千钧之力，迎面击中一人。

隐在暗处的持匕之人连连后退，吐出一口鲜血。

腥浓血气将夜风染透，天穹上的夜色愈显浓重。

这场在荒野中的搏杀狠戾无声，直至隐在云后的明月重新朗照，方渐渐决出胜负。

两具尸身倒在地上，于枯黄的秋草上洇开深浓的血色，而持钩者也终于被击中手腕，铁钩脱手飞出。

临渊欺身而上，单手锁住他的咽喉，将他重重地摁在身后的胡杨树上。

死士的后背猛地撞上树干，树上落叶"萧萧"而下。

临渊冷声道："带我去明月夜的入口。"

明月夜有两个入口，一个供奴隶竖进横出，另一个供前来享乐的权贵们来往。

他要寻的是后者。这便是他这次出宫诱敌的目的。

那持钩之人死死地盯了他一阵，嘴角骤然生出些扭曲的笑意。

"没有奴隶能活着离开明月夜，你也不例外。"

他说话间，口中开始淌下黑色的鲜血，继而七窍都往外涌血。

临渊立刻收手。

明月夜的死士在地上抽搐了一阵，很快便彻底气绝，没了声息。

四面彻底归于寂静。

风声渐歇，一轮明月高悬于天，照得临渊身旁的溪水如银，"潺潺"而过。

临渊在溪畔青石上蹲下，就着溪水，洗去长剑与自己双手上沾染的血迹。

薄红如线，于明净的溪水中摇晃远去。

水中的月影时聚时散，依稀可见天上明亮的星子。

临渊起身，自袖内取出布巾拭剑，一抬手，却觉掌心的触感有异。他垂眼看去，却见掌中并非他平常随身携带的布巾，而是一方柔软的锦帕。

月白底，绣着重瓣海棠与玉蜻蜓，散发着清新而浅淡的木芙蓉香气，是白日里李羡鱼覆在他腕上的锦帕，应当是仓促间被他错拿过来的。

临渊垂眼，在满地的血腥气中突兀地想起那个木芙蓉花似的柔软纤细的少女。

这个时辰，李羡鱼应当已经睡了吧。

翌日辰时，披香殿里秋光正好。

李羡鱼坐在长窗畔，望着支摘窗外新结果的凤凰树，吃着一碗温热的甜酪。

少顷，她身后的锦帘轻轻一响。

竹瓷自外打帘进来，对李羡鱼福身道："公主，顾太医返乡归来了，正在偏殿中等您。"

"顾大人回来了？"李羡鱼杏眸弯起，当即搁下手里的吃食，"我这就过去。"

从寝殿到偏殿的路并不漫长，仿佛还不到一刻钟，她便绕过廊前的照壁，看见了偏殿朱红的殿门。

此刻殿门左右敞开着，一名眉眼温润的青年正在此间等候。

他是宫中的太医，姓顾，本名唤作悯之，与她的母妃是同宗。

若是在宫外，将族谱搬出来，一页页地细细翻过去，再依辈分来算，李羡鱼还要唤他一声"表哥"。

"顾大人。"

李羡鱼弯眉唤了声，带着竹瓷一同走进偏殿里。

殿内的顾悯之眉头微展，起身向她行礼。

"公主万安。"

他着深青色太医服，发束玉冠，怀中的白兔正扒着他的衣袖探出头来，往李羡鱼的方向张望。

李羡鱼秀眉微展，轻声唤它的名字："小棉花。"

这是她养在披香殿里的白兔，月前因伤寄存在顾悯之处医治，如今看来，应是大好了。

她抬步走近了些，从顾悯之的怀中接过小棉花抱在怀里，低头看了看它的后腿，却见剃了毛的皮肉上还留着个浅浅的牙印，不免心疼地道："宁懿皇姐的雪貂也太凶了些……它的腿还能下地吗？"

顾悯之语声温和："它的腿已没有大碍。待伤口处的毛发重新长出，便能将伤痕掩住。"

"有劳顾大人了。"李羡鱼抱着小棉花谢过他，又放轻了语声，"嘉宁还有一桩事要劳烦大人。"

她羽睫轻扇，低声道："大人不在的这段时日里，母妃病情似乎又重了些，时常闹着要返家去，连送来的药也不肯再喝，即便哄她喝下，药效似乎也不如从前了。"

顾悯之微垂眼帘。

淑妃的病情持续许久，他曾换过无数方子，有成效的少之又少。

如今这服新方不过半载，便已不再得用，大抵也象征着淑妃的病情难以转圜。

但他对上李羡鱼担忧的视线，终究未曾言明，仅温声安抚："大抵一种方子用得久了，渐渐失了药效，臣另开新的方子便好。"

李羡鱼似懂非懂，唯有轻轻颔首。

"那我带大人去重新给母妃诊脉。"

即便是白日里，淑妃居住的东偏殿亦是殿门深锁，十数名宫人轮番守在殿前，寸步不离。

李羡鱼抱着小棉花，带着顾悯之走进殿内，刚绕过一座玉兰屏风，便望见淑妃顾清晓正端坐在支摘窗前。

她才用过汤药，神态不似夜间那般癫狂，仅是木然地枯坐在那儿，连殿内来客也未曾回首。

"母妃。"

李羡鱼低低地唤了声，步履轻轻地走到她的身畔，又顺着她的视线往窗外望去。

支摘窗外，是东偏殿的庭院，院内有一株生长十余年的桃树，是母妃入宫那年所植，春来时也曾花开似锦，如今却只余枯枝残叶，萧索伶仃。

"母妃，我带着顾大人过来看你了。"李羡鱼在她的身畔坐下，将怀里的白兔抱起来给她看，"母妃还记得小棉花吗？它前段时日伤了后腿，被送到顾大人那儿去医治了。今日顾大人将它送了回来，说是已经可以下地了。"

她又将小棉花往淑妃那儿递了递，让它柔软的白毛轻轻挨着顾清晓瘦削的手腕："母妃喜欢小棉花吗？若是喜欢，我便将它留在这儿陪您。"

顾清晓没有回应，只是漠然地看着窗外。

李羡鱼等了一阵，又将小棉花放到地上，轻声细语与她说话："对了，今日小厨房的点心是甜酪，应当是刘嬷嬷的手艺——她做的甜酪最是好吃，又香又软，等会儿我让月见她们带两碗过来，与母妃一同用些。"

顾清晓仍旧毫无反应，仿佛眼前的一切都与她无关。

李羡鱼似乎早已习惯如此。

她一壁说着近日里发生的趣事，一壁悄悄拉过顾清晓的手腕，放到自己的膝盖上，覆上一张丝帕，又回首悄悄对顾悯之做了个口型："顾大人，诊脉吧。"

顾悯之随之俯身，将指尖停在丝帕上，面上神情微凝。

淑妃的脉象与他月前离开时相比，并无多大变化，依旧是细若丝弦，脉象大滑，显是病久心脾两虚，火盛伤阴之态，易诊却难治。

他双眉微皱，半晌收回指尖，却迟迟未能落笔开方。

李羡鱼在旁侧等了少顷，见他眉心深锁，也不由得随之忐忑。

"顾大人，可是母妃的病情又加重了？"

"不曾。"顾悯之摇头，心中依旧沉重。

淑妃的病情并未加剧，却也不曾好转，数年来始终如一。

无论是药性温和的方子，还是药性更为猛烈的偏方，他都试过，但他开的药始终如雨水落在青石上，毫无成效。

他悬笔良久，看向身旁殷殷望着他的少女，终是不忍，只能合眼道："心病终须心药医，我唯有开些固本清瘀的方子，以待来日。"

低垂的羽睫微微颤了颤，李羡鱼终于轻轻点头。

"多谢大人。"

此刻，宫外的青莲街上。

临渊已买齐了自己想要的东西，正往北侧宫门处走。

长街热闹，两侧的商铺与摊子前聚满游人，偶有货郎走过他的身畔，摇着手中的货郎鼓叫卖。

蓦地，一阵马蹄声"嗒嗒"而起。

临渊蓦地回首，见一辆银顶轩车自长街尽头呼啸而来。

街上的游人慌忙避让，有未及躲闪的，便被车辕上的马夫持鞭抽中，疼得滚倒在地上，更有无数街边的摊子被骏马掀翻践踏，却无一人敢上前讨个公道。

有初至玥京城的游人险险避开，惊魂未定地去问身旁的亲友："这是谁家的马车？敢在青莲街上这样纵马，不怕旁人告官吗？"

另一人压低声音道："你可看见了车辕上刻的螣蛇图案？那是摄政王府的徽记，这玥京城里，谁又敢管摄政王府的事？"

言语间，银顶轩车与临渊擦身而过。

劲风将垂落的车帘短暂地扬起，临渊抬眼，看见车内大马金刀地坐着一名身着蟒袍的中年男子。男子身形魁梧，目光阴沉冰冷，即便只是这般随意地坐在车内，亦如龙盘虎踞。

只一眼，车内的男子便似有所察觉，凌厉的视线向他所在之处扫来。

临渊却已移开目光，看向一名险些撞到他身上的货郎。

货郎的挑子上放着各式各样的物件，其中一样是个做成少女模样的小泥偶——玉白的小脸、弯弯的眉毛，唇角还有两点小小的面靥，倒有点儿像刚输了六博的李羡鱼。

他依稀记得，自己在还李羡鱼银子的时候，似乎从她的手中见过这个东西。

他侧首问货郎："这是什么？"

货郎正扶着一旁的墙站稳身子，听见有生意上门，赶紧接话道："这是磨喝乐。这位小郎君可要买一个？只要十五文钱。"

话音落下，二人身后被劲风扬起的车帘无声地垂落，骏马拉着轩车自长街上呼啸而过，往北面疾驰而去，似乎是北侧宫门的方向。

临渊皱眉，目光微凝。

货郎并无所觉，只一心想做成这笔生意，仍旧格外热络地兜售着："公子可别嫌贵，姑娘家都喜欢这个东西，您可以买个去送心上人，保准她喜欢……"

他说至一半，人流倏然往这边一涌。

货郎下意识地往靠墙的方向闪躲，等再回过神来时，身前早已不见了少年的踪影。

货郎一愣，赶紧低头去看自己的挑子，却见方才的那个磨喝乐早已不知所终，而原本放磨喝乐的地方，整整齐齐地铺着十五枚铜钱。

少年身法极佳，一路踏瓦前行，比沿途驱散游人的银顶轩车更快赶至北侧宫门。

他未等那辆轩车到来，而是迅速地验过牙牌，返回披香殿中。

此刻，辰时的更漏尚未过半。

· 80 ·

少年握着那个磨喝乐，疾步绕过照壁，往李羡鱼的寝殿赶去。

途经偏殿时，他听见了李羡鱼的声音。

他当即驻步，抬眼望向声来之处。

秋日淡金色的日光下，怀抱白兔的少女与深青色太医服的青年并肩走来。

"今日有劳顾大人了。"李羡鱼清澈的杏眸里铺着明亮的笑意，她正从竹瓷手里拿过一个小瓷碟递与青年，"这是披香殿小厨房新做的白玉霜花糕，比御膳房做的还要好吃许多，顾大人趁热尝尝。"

顾悯之见盛情难却，停下脚步，执箸取了一块尝了，语声温和："多谢公主。"

李羡鱼杏眸弯起，对身旁的月见道："快将这些都用荷叶包了，给顾大人带上。"

太医院中的太医虽多，愿意往披香殿里来的却少，即便愿来，也要塞许多银子，才肯略尽心力，可许是连着一层远亲的缘故，顾大人不但每次都会过来，而且从不收她的诊金，也不肯收其他贵重物件，还为她母妃的事费了不少心力。

李羡鱼总觉得过意不去，每次在顾大人过来的时候，都会让小厨房多做些点心包给他，也算是一份谢意。

月见对此早已见怪不怪，立刻便笑着退下，很快便拿荷叶包了点心过来。

顾悯之没有推辞，只道："这次的药方未必比之前的稳妥。若淑妃娘娘不适，公主可随时遣人来寻微臣。"

李羡鱼轻轻点头。

她与月见一同将他送到偏殿外，就在雕刻着卷云纹的照壁前驻步，望着顾悯之的背影渐行渐远，最终消失在红墙尽头。

李羡鱼也提裙往回走，走了几步，似乎想起什么，转首去问身旁的月见："对了，之前让你温着的点心可还留在小厨房里？"

月见应声，又道："公主可是饿了？奴婢这便过去拿来。"

"不急着拿，"李羡鱼弯眉，"你先去将药熬上吧，我待会儿自己去小厨房便好。"

月见应了声，便转身带着小宫娥们往小厨房熬药去了。

李羡鱼没再挪步。她抱着白兔在游廊的坐凳上坐下，托腮望着远处安静的庭院，秀眉微微蹙起。

辰时都过了，临渊怎么还不回来？

亏她还特地给他留了点心。

他再不回来，刚做好的酥饼都不香了。

她这般想着，忍不住又试着往身后唤了声："临渊？"

话音未落，她便见玄衣少年自廊上现身。

他轻轻垂眼："公主。"

李羡鱼讶然放下托腮的素手："临渊，你什么时候回来的？"说着，她立刻便想起了留在小厨房里的点心，又抿唇笑起来，"你回来得正好，我带你到小厨房里吃点心去。"

她从坐凳上站起身来，抱着小棉花去牵他的袖口。

临渊往后退开一步，避开她的指尖，薄唇微抿，语声冷淡："我不吃别人吃剩的东西。"

李羡鱼羽睫轻扇，微有不解。

她确实没等临渊回来便将早膳用了，可是，给临渊那份，是她用膳前便留下的呀，怎么成了旁人吃剩下的？

"那份早膳，是单独留给你的。"她弯眉解释。

临渊薄唇紧抿，还未开口，又听李羡鱼小声道："而且，你也没说你什么时候回来呀。"

她说得这样理直气壮，像是在怪他回来得不是时候。

临渊顿住，少顷淡淡地道："公主若是为了这等事，不必刻意支开我。"

他道："我只答应保护公主的安危，其余之事，与我无关。"

他与李羡鱼之间，不过存在一个为期三个月的约定。

李羡鱼给他一个养伤之处，而他答应短暂地保护她的安全，仅此而已。

三个月之后，两个人便重归陌路。

李羡鱼想见谁，想做什么，无须刻意支开他，徒增麻烦。

他漠然垂眼，转身便欲重新隐回暗处，身后却传来少女略带心虚的语声："临渊，你都知道了？"

临渊没有回头，却又听她轻声道："我还想着等早膳后再拿给你。"

临渊步履微顿，半转过身来，说道："什么？"

李羡鱼抿唇走近了些，将抱着的兔子一把塞给他，这才空出手，从袖袋里取出那枚制好的剑穗来。

"这个给你，谢谢你之前送我的荷包，我很喜欢。"

她将剑穗递来，杏眸轻弯。

临渊动作微顿，半晌，终于伸手接过。

剑穗做得很是精致，络子细密，流苏整齐，细微之处足见用心。

这还是他第一次收到旁人送的礼物——李羡鱼送的礼物。

临渊沉默了半晌，终于启唇："公主支开我，是为了制这枚剑穗？"

"是呀。"李羡鱼轻轻抿唇，"你不是都知道了吗？"

话音落下，她似乎觉察到了不对之处，讶然抬起眼来，对上临渊的视线。

庭院里沉寂了一瞬。

"你不知道呀？"李羡鱼杏眸微睁，下意识地道，"那你方才说的'这等事'是什么事？"

临渊沉默，抱着小棉花的右手不自觉地收紧。

"没什么。"

他有些不自在地侧过脸去，将剑穗收进掌心里。

小棉花吃痛，在他的怀里踢蹬挣扎起来。

临渊皱了皱眉，抓住兔子脊背上柔软的皮毛，想如之前提雪貂一样将它拎起。

李羡鱼却连连摇头："你那样会把它抓坏的。"

她道："小棉花只是不认识你，你顺顺它的毛，哄哄它便好。"

临渊眉心微蹙，勉强垂手，在小棉花柔软的长毛上顺了两下。

这还是他第一次去哄一只兔子。

好在小棉花性情温驯，很快便安静下来，还拿耳朵蹭了蹭他的掌心。

毛茸茸的触感，有些酥痒，像李羡鱼给他上药时的感受。

临渊剑眉紧皱，将小棉花重新塞给李羡鱼。

"还你。"他生硬地道。

李羡鱼伸手来接。

小棉花也一蹬腿，从临渊的手上重新跳进李羡鱼的怀里。

李羡鱼将它抱了个满怀，一垂眼，却见临渊的袖口处露出绣帕的一角来。

月白底，依稀可见绣在其上的海棠花瓣，似乎是她那日弄丢的帕子。

李羡鱼轻轻"咦"了声，伸手去拿："这不是我的帕子吗？怎么在你那儿？"

绣帕被她拿到手中。李羡鱼这才瞧见，绣帕上的海棠染了血迹，那暗红的色泽在这般素净的底色上分外显眼。

她微微一愣，有些担忧："临渊，你……你去宫外做什么了？"紧接着，她又忐忑地小声补充道，"要是……是去杀人，你就不要告诉我了。"

临渊没有回答她的话，只是轻轻垂眼："是我错拿了你的绣帕，这个赔你。"

他将一物递来。

李羡鱼下意识地伸手接过，是个小小的磨喝乐，雪白的小脸、弯弯的眉毛，唇角还有两点小小的面靥，玲珑可爱。

李羡鱼重新弯眉笑起来："临渊，你怎么知道我喜欢这个？我的妆奁里还藏了几个呢，凑起来，刚好能演一出默剧。"

她说着，便抱着小棉花，带着临渊，步履轻快地往寝殿里走。

二人一同回到寝殿。李羡鱼打开妆奁，将里头的几个磨喝乐放在一处给他看。

"你看，这个像月见，这个像竹瓷，这个……"她的视线落在临渊送她的磨喝乐上，她后知后觉地惊讶出声道，"这个有些像我。"

她说着，又仔细地看了看磨喝乐的模样，见那少女模样的磨喝乐还画了首饰，便从妆奁里寻出几件相近的戴上，眉眼弯弯地问临渊："怎么样？像不像？"

正往剑柄上系剑穗的少年垂眼看向她。

他还是第一次看见李羡鱼同时戴上这么多首饰——红宝石手镯、镏金红宝步摇、绞银纹织红宝璎珞……

手腕、发上、颈间……

能戴的地方都被戴满，衬得她比手中的磨喝乐还要精致美丽许多。

临渊的视线骤然一顿,他问:"为什么都是红宝石?"

他似乎见过太多红宝石。

明月夜的面具上镶有红宝石,人牙子身上携有零碎的红宝石,连李羡鱼的首饰,也多是以红宝石为主。

李羡鱼讶然望向他,答道:"当然是因为红宝石数量多呀,而且又好看,又便宜。"

大玥的群山间盛产红宝石,数量仅次于白银,多到她的父皇与几位皇兄都曾经拿红宝石磨成珠子,拿去打鸟雀玩。

临渊皱眉。

听李羡鱼的语气,仿佛这是尽人皆知的事,可不知为何,他全无印象。

李羡鱼望着他的神情,羽睫轻扇。她想:她是不是说错话了?毕竟落到人牙子手里的人,应当都是穷苦人家出身,也许临渊根本买不起她觉得价钱低廉的红宝石。

李羡鱼心中生出些愧疚来。

她将小棉花放到地上,从妆奁里拿起些上好的红宝石珠子递给他,轻声道:"临渊,这些都送给你吧。"

临渊收回思绪,说道:"不必。"

他用不上这些东西。

李羡鱼又想了想:"那……你喜欢红宝石吗?我知道有个地方有一座红宝石雕成的塑像,足有二人多高呢。"

她弯眉,轻轻牵起少年的袖口:"我带你去看。"

镂刻着螣蛇徽记的银顶轩车直入宫门,一路疾行至太极殿前。

身着蟒袍的摄政王步下车辇,沿白玉长阶而上。

宦官承吉迎上前来,赔着笑脸低声劝道:"陛下昨夜劳累,如今恐怕还未醒转,摄政王您看,是否改日再……"

摄政王冷"哧"一声,一把挥开他,疾步行入殿中。

承吉眉心冒汗,只得自个儿小跑着跟在摄政王身后,又一个劲地给身旁的小宦官使眼色:"还不快去通传!"

可仍是晚了一步,小宦官们方进内殿,摄政王已绕过最后一道江河万里锦屏。

脂粉浓香与酒气扑面而来。

原本用于朝会的太极殿中并无臣子,倒是有数十名身着羽衣的乐师与衣衫不整的美姬环绕其中。

墁地金砖上凌乱地散落着乐器、小衣、酒樽等物,显然是通夜宴饮。

波斯绒毯上,年近不惑的君王躺在美姬膝上,醉眼半睁地看着头顶华美的藻井,喝着另一名美姬喂到唇畔的胡酒。

"皇兄。"

摄政王阔步行来，一脚踢开奉酒的美姬，声如雷霆："臣弟来找皇兄议政！"

众美姬皆是噤若寒蝉，纷纷跪爬至一旁。

独自躺在绒毯上的皇帝愣了少顷，方缓缓找回些神志。他歪披着龙袍，醉醺醺地坐起身来，说话含混不清："皇弟，你……真……真是不懂得怜香惜玉。"

摄政王冷眼看着他："北面战事告急，急需粮草。"

皇帝双眉紧皱："修……修河堤？"他有些烦闷地道，"修什么河堤，朕的神仙殿还未建成……"

摄政王厉声道："再不整齐军备，北面的戎狄就要打进来了！"

皇帝这才打了个哆嗦："不能让他们打进来，你赶紧……赶紧去户部支银子……"

摄政王冷冷地打断皇帝的话："户部已经支不出这笔银子了。"

皇帝愣怔一瞬，似乎缓过神来，竟又缓缓拊掌笑起来。他支撑着起身，伸手搭上摄政王的肩："皇弟，你真是多虑了。我们大玥有天险，有绵延千万里的和卓雪山，他们打不进来！至多……至多也就是扰边罢了。"

他道："他们扰边，不就是想要大玥的红宝石吗？让朕的女儿们带着红宝石嫁过去，都嫁过去便好了！"

他笑起来，酒色过度的身子很快开始发软，又慢慢坐倒在地上，口中"喃喃"自语："朕还有许多女儿，还有数不清的红宝石……"

皇帝重复着这句话，重新醉倒过去，鼾声如雷。

四周众人噤若寒蝉，而摄政王脸色铁青。

此刻，宦官承安小跑着入内通传："陛下，太子殿下前来问安……"

他的话音落下，年轻的储君孤身而来。

李宴行过摄政王身侧，微微颔首："皇叔。"

摄政王冷冷地睨了他一眼，拂袖而去，大步行出内殿，走下白玉阶，步履比来时更快，像是蕴着雷霆之怒。

途经朝臣们等候的高台时，他略一驻步，望向远处的朱雀神像。

由整块红宝石雕琢而成的神像在日光下熠熠生辉。

神像下依稀可见两道身影。

身着红裙的少女手里拿着糕点，正侧首与身侧的少年说着话，眉眼弯弯，神态亲昵；而那持剑的少年隐约有些熟悉，他似在市井间见过。

摄政王皱眉，问身旁之人："那人是谁？"

长随极目眺望了好一阵，方躬身道："回王爷，似乎是嘉宁公主与一名侍卫……王爷，您要去哪儿？"

摄政王眼底冰寒彻骨，握紧腰间的佩剑，疾步走向神像所在的高台。

祈风台上，穿着红裙的少女躲在朱雀巨大的羽翼下，探手轻拉少年的袖口。

她杏眸微眨，像是在告诉他一个秘密："临渊，你快过来，这儿有能坐的空地。"

临渊看向她所指的方向。

所谓空地，不过是朱雀两只巨大爪子间的空隙，看着至多五六尺宽。

李羡鱼拿锦帕拭了拭，见上头没有灰尘，便敛裙落座，将带来的瓷碟放在自己的膝上。

五六尺的空隙被她占去小半，看着越发不宽敞。

临渊皱眉，微微迟疑。

李羡鱼抬眼望向他，见他并不挪步，不免有些着急。

"快呀。"她轻声催促，"我们站得这样高，若是被嬷嬷们看见了，可就麻烦了。"

要是嬷嬷们发现她没好好地待在披香殿里，而是跑到神像这儿来，是一定会向父皇禀报，说她不守规矩的。

在她的连声催促下，临渊终于抬步走来。

他在空隙里离李羡鱼最远的地方坐下，连身侧的武袍都碰上了朱雀的爪子。

即便如此，两个人依旧太近了，近得仿佛他一侧首，便能看清少女乌黑的羽睫。

他身形微僵，不敢动作。

李羡鱼却先侧过脸来，弯起秀眉，轻声问他："好看吗？"

临渊被迫转过视线，看向她。

这般近的距离，他看见少女如云的乌发、白皙的肌肤、鲜红的唇瓣，还有那双总是带着盈盈笑意的、清澈明净的杏眸。

她生得太过纤柔美好，像一朵新开的木芙蓉花。

临渊一时未能答上话来。

李羡鱼见他不答，以为是高台上的风声太大，他没能听见，便离得越发近了。她身上清新的香气扑面而来，似乎带着春日里融融的暖意。

"不好看吗？"她小声追问。

临渊本能地往后撤身。

朱雀爪子间的空间这般狭窄，以至他的后背都紧贴着朱雀雕刻精致的羽毛。

良久，他只得哑声道："好看。"

李羡鱼嫣然而笑，唇畔浮起两个浅浅的梨涡，满意地仰脸去看头顶巨大的雕像。

红宝石雕成的朱雀在日光下熠熠生辉，剔透如琉璃，华美威严，不可逼视。

"我也觉得好看。"她眉眼弯弯，"听宫里的老嬷嬷们说，这尊朱雀神像，是大玥开国的时候建成的，庇佑着大玥每一位子民。"

临渊抬眼看向神像，视线微顿。

少顷，他淡淡地应了声，重新移开视线。

他理解错了李羡鱼话中的意思。

幸而，李羡鱼并未发觉。

许是他的回应并不热烈，身旁的少女又垂下眼来，好奇地打量了他一阵，像是对他的兴致不高有些讶然。

她略想了想，执起银箸，从小瓷碟里搛起一块蒸饼给他，作为"贿赂"。

"临渊，你素日里都喜欢什么呀？"

她想知道临渊都喜欢什么，不喜欢什么，这样下次想给他送东西的时候，便不会像昨日那般手足无措。

临渊执箸的长指微微一顿，继而他平静地道："我没什么喜欢的东西。"

李羡鱼杏眸微眨，有些不信："即便是圣人，也该有他喜欢与不喜欢的东西。"

比如她喜欢小厨房做的甜酪，喜欢玲珑可爱的磨喝乐，喜欢藏在书箱里的各种话本。

她抬手指了指临渊的佩剑："我听说习武之人都特别看重自己的兵器，你至少应当喜欢自己的长剑吧？"

临渊握住剑柄，看向腰间的佩剑。

他道："我喜欢这柄剑，是因为它称手锐利，换了其他佩剑，亦无不同。"

李羡鱼挪了挪视线，看向剑柄上系着的深青色剑穗："那你换了长剑，会将我送你的剑穗也一同换了吗？"

临渊沉默了半晌，有些不愿回答，但最终在李羡鱼殷切的目光中微微侧过脸去，低声作答："不会……"

李羡鱼笑起来："那你不是有喜欢的东西吗？你喜欢我送的剑穗呀。"

她的话音落下，祈风台上倏然静了下来。

临渊半晌没有启唇，似乎本能地想否认，又不知该如何说起。

李羡鱼也只是好奇地望着临渊，像是不明白她何处说得不对——他分明是喜欢她送的剑穗的呀。

静默间，高台上的风拂过她鬓间戴着的红宝石步摇，细密的流苏轻轻扫过少女白皙的侧脸，光影斑斓。

临渊看向她，又迅速地移开视线，薄唇紧抿，似在斟酌如何否认。

蓦地，少年目光一厉，握紧佩剑，看向来时的玉阶，神情警惕："有人来了！"

"怎么会？"李羡鱼满是惊讶地顺着他的视线往下望去，"祈风台除了日常的洒扫，是不会有宫人来的……"

话至一半，李羡鱼倏然停住。李羡鱼看向即将踏上玉阶的摄政王，杏眸微睁："皇叔？他怎么会来祈风台？"

她蓦地慌乱起来，连忙伸手推了推临渊："你快找个地方躲起来，可不能让皇叔看见你。

"还有，无论皇叔一会儿说了什么，你都千万不能出来。"

这是她诸位皇叔里最凶的一位，据说未及弱冠便在沙场上征战，如今虽封了摄政王，常驻玥京，可当初的凶名仍在，可止小儿夜啼。

李羡鱼在小的时候便怕他，如今更怕，怕他说自己不守规矩，身为公主没好好待在自己的披香殿里，也怕他因此为难临渊。

好在临渊不曾多问，她的话音未落，临渊便已起身。

祈风台上并无可以藏身的地方，唯有一座巨大的朱雀雕像立在其中。

临渊唯有藏身于朱雀像后，让朱雀巨大的羽翅遮住他的身体。

李羡鱼匆促回望，见没有大的破绽，便也顾不上其他的，连忙站起身来，整理着自己被秋风吹得微乱的裙裾。

上一瞬，她刚将裙幅敛好；下一瞬，摄政王便已步上高台。

李羡鱼低头挡住自己面上慌张的神情，福身向他行礼："皇叔。"

摄政王看向眼前孤身一人的少女，沉声开口："嘉宁一人在这儿？"

李羡鱼不能否认，唯有点头道："是。"

她怕皇叔追问，便顺着他的话杜撰出个理由来："嘉宁想过来看看神像。"

"看看神像？"摄政王问，"孤身一人，不带侍女，却带了供品？"

许是久经沙场的缘故，他即便只是这样寻常地问话，也严厉得宛如审讯。

李羡鱼羽睫轻颤，小心翼翼地往朱雀神像那儿看了一眼。

只一眼，她便看见了那碟她方才情急之下来不及藏起的蒸饼。

更要命的是，蒸饼旁还放着两双银箸。

李羡鱼怔住，一时间把饼和箸藏起来也不是，不藏也不是，左右为难，答不上话来。

摄政王语声转寒："嘉宁，你还要掩饰下去？"

他的气势太过迫人，以至李羡鱼有些害怕地往后退了一步，心念有片刻的动摇。

但很快，她重新坚定下来。

她想：是她将临渊带到这儿来的，是她想让临渊看看红宝石做的朱雀神像的，不关临渊的事，他更不应该因此受罚。

于是她轻轻咬了咬唇瓣，硬着头皮道："嘉宁没有掩饰，是真的……"

她话音未落，却听金铁之声铮然一响。

摄政王抽出腰间的佩刀，刀势凌厉，毫不留情地向她的肩胛劈来。

劲风扑面，刮得少女步摇上的流苏乱舞，连串的红宝石珠子互相撞击，急促作响。

李羡鱼慌张地往后闪躲，却又撞上身后的朱雀神像，避无可避。

正当李羡鱼以为皇叔要将她斩于当场时，她只觉眼前的天光骤然暗去。

身着武袍的少年横剑挡于她身前，他手中的长剑甚至来不及出鞘，只横剑当胸，是打算以剑鞘，以自己的力道，硬生生地接下这一刀。

剑柄上系着的剑穗扬起，藏蓝色流苏拂过他的眉眼，更显他目光森寒，像野兽露出了獠牙。

然而摄政王手中的佩刀并未劈落，只是悬停在半空中。

他刀收得极稳，像是早已做好这般打算。

但在少年现身后，他改了主意，手中的佩刀迎风落下，如有万钧之力。

临渊毫不迟疑，持剑迎上。

刀锋与剑鞘相击，响声沉闷。

摄政王冷声道："嘉宁有失身份，当罚。"

临渊毫不相让，立刻拔剑出鞘，目光锐利："是我让公主带我来此的。"

他本就不是宫中之人，不认这宫规，也绝不认罚。

刀刃与剑锋再度相击，金戈之声震耳欲聋。

李羡鱼站在临渊身后，面色苍白，红唇微启，有心劝架，却又不知该先劝谁。

眼见二人还要出手，李羡鱼终于下定决心，去劝这个她最怕的皇叔："皇叔，临渊是我的影卫。他……"

她若是能劝住皇叔，临渊自然会收手。

李羡鱼话未说完，却见摄政王横眉看向眼前持刀挡在她身前的少年，冷冷地吐出几字："还算忠心。"

话音落，摄政王收刀回鞘。

李羡鱼微微一愣，一直高悬的心终于放下，悄悄松了口气，看向还持剑挡在她身前的临渊，放轻了语声："临渊，皇叔不生气了，你先收剑吧。"

临渊睨她一眼，薄唇微抿，将长剑收回鞘中，但左手依旧紧握剑柄，并未松懈分毫。

摄政王的视线重新移到李羡鱼的身上，他沉声训斥道："嘉宁，不要忘了你的身份！"

李羡鱼素来怕他，如今更是一句也不敢反驳，只乖乖地领首，小声道："是，嘉宁记住了。"

她想：皇叔定是在恼怒她不守规矩的事，她下回一定不会这样在宫中乱跑了。

摄政王收回视线，如来时那般，疾步走下高台。

跟了他二十余年的长随走上前来，问道："王爷，此事……？"

摄政王冷声道："嘉宁也算是得到了教训。"

他握着佩刀的手掌收紧，鹰眸冷厉："只望她不要步皇姐的后尘！"

李羡鱼确实是得到了教训。她没敢继续在祈风台上逗留，拿起那碟蒸饼，便带着临渊慌慌张张地躲回自己的披香殿。

一路上，素来话多的少女安静得像只小鹌鹑。

直至回到寝殿，又将隔扇紧紧地掩上，李羡鱼才像是回过神来，后怕地连连拍着自己的心口："皇叔还是这样凶，这样吓人。"

她说着，抬起眼来，看向跟随她的少年，心有余悸地问："临渊，你不害怕吗？"

临渊垂眼看向李羡鱼。

眼前的少女面色微白，指尖不自觉地紧紧攥着领口，似乎真的被吓得不轻，连手中那碟凉透的蒸饼都忘记放下。

临渊将装着蒸饼的瓷碟接过，放在长案上："他时常为难你？"

李羡鱼轻轻摇头。

"皇叔很少进宫来，即便入宫，也多是找父皇议政，更不管内宫里的事。"她想了想，"我也只有年节的时候偶尔能见到他。"

临渊又问："公主为何要怕他？"

李羡鱼往后缩了缩身子，想起小时候听过的关于这位皇叔的传闻来，羽睫微微颤了颤:"可是,这位皇叔是上过战场,杀过人的,即便是进宫来,年节时也带着那么长一把佩刀,看着便怕人。"

临渊听她说完,握在剑柄上的长指微屈。

他说:"那公主也应当怕我。"

他是从斗兽场里出来的人,杀的人并不比摄政王在疆场上杀的少。况且,他也随身携带利器。

李羡鱼若是怕摄政王,那便更应当怕他。

毕竟摄政王来得极少,他们却要朝夕相处。

李羡鱼微愣,抬起羽睫看向他。

寝殿的隔扇紧闭,四面的长窗也未来得及打开,殿内的光线这般晦暗,而少年逆光立着,她看不清他面上的神情。

他的身量是那般高,与她的摄政王皇叔不分上下,虽说皇叔身形魁梧,而临渊身姿颀长,可他们握着兵刃的手同样修长有力、骨节分明。他们即便只是与人面对面站着,亦会令人觉得压力迫人,不自觉地想往后退。

李羡鱼想:她第一次见到临渊的时候,应当也是怕的吧,而如今……

她站起身来,将身后的一扇支摘窗推开,让殿外的天光穿帘入室,照亮少年清丽的眉眼。

浅金色的日光里,她半转过身来,鲜红的唇瓣轻抬:"临渊,我怕你做什么?"

她莞尔:"你又不会像皇叔一样凶我。"

像是为了印证自己的话,她又提裙走近些,清澈的杏眸里笑意盈盈:"对了,你之前答应教我听声辨位的,现在可以开始了吗?"

临渊还记得这件事。他颔首:"公主可有厚些的绢帕?深色为佳。"

"有的。"李羡鱼点头,从衣箱里寻出一块宝蓝色绣银盏花的帕子来,大方地伸手递向他,轻轻眨了眨眼,"这便算是拜师礼吗?"

临渊却没接,只道:"请公主叠好后缚在眼上。"

李羡鱼拿着帕子微微一愣:"可是,这样我不就看不见东西了?"

临渊却问:"公主不是想学听声辨位吗?"

李羡鱼连连点头。

临渊又道:"公主闲暇时蒙住双眼,便当作自己目不能视,时日长了,自然能做到听声辨位。"

李羡鱼呆住。

原来是这样一个简单的道理。

她伸手揉了揉手里的绣帕,微感失落:"我还以为,你要拿出一沓武功秘籍给我呢。"

毕竟,话本里都是这样写的。

临渊垂下羽睫:"公主可还想学?"

李羡鱼想了想,仍是点头。

毕竟披香殿里长日无聊,她即便不学,也没多少有趣的事可做,便当作与临渊玩藏猫了。

李羡鱼弯眉:"那这样吧,你当猫,我来捉你,以一刻钟为准。赢的人可以问输家一桩事,抑或是拿一样东西走,输家不许抵赖。"

她说着,又伸手指了指跟前的长案:"不过我们得先将身旁数十步内的东西都挪开,再用红色的棉线圈起来,以防待会儿藏猫的时候撞到。"

临渊应声,替她将长案挪开。

李羡鱼也帮他将一些放在地上的小物件拿走。

二人很快便清理出一块干净的地方来,还在边缘处拉好了红线,以防蒙眼的时候误走出去。

"这样便好了吗?"临渊问。

"等等,还有一样东西。"李羡鱼说着,小跑到被搬走的镜台前,又从妆奁里找出一个金铃铛来,拿红线从顶端的小孔里穿过,在手里轻轻晃了晃。

清脆的铃声里,她道:"这是藏猫用的铃铛,要系在腕上。"

临渊"嗯"了声,伸手向她展开掌心。

李羡鱼却没明白他的意思。她未将铃铛放进他的掌心里,只是轻轻卷起他的衣袖,将红线往他的腕间系去。

临渊身形微顿,本能地想要收手。

"你不用往后躲的。"李羡鱼轻轻压住他武袍的袖口,像是看出了他的不自在,鲜红的唇瓣微抬,轻声保证,"我不会碰到你的。"

临渊唯有硬生生地止住动作,微微侧过脸去,低声道:"那你快些。"

李羡鱼轻声应了。

好在少女的手指纤细灵巧,玉蝴蝶般在他的腕间轻盈地翻转两下,很快便将红线系好。

整个过程对他来说并不算煎熬。

临渊垂首,那铃铛随着他的动作轻轻一响,声音清脆,令他有些不适应。

李羡鱼却已将丝帕叠好,系在自己的脑后,蒙住双眼,说道:"我数十下。十下后,我来捉你,你只能在红线的范围内躲我。"她说着,似乎想到了什么,连忙又补充道,"头顶上的地方不算,你不能躲到梁上去。"

临渊道了声"好",往后撤了十步。

李羡鱼也开始倒数:"十、九、八……"

她很快数完,估摸着,往最后看见临渊的地方迈出一步。

她并不是第一次玩藏猫,蒙上眼后,略微提裙小跑几步,倒也不至于摔倒。

临渊便也没有上前,仅立在不近不远的地方等她。若她走到近前,他便侧身避开。

他身法素来极好,躲开十数人的围攻都不在话下,遑论一个蒙着双眼的少女。

李羡鱼试了十几次,发觉怎样都捉不到他。有时候明明觉得金铃声近在耳畔了,她走近一些，铃声又会倏然变得很远。

眼见一刻钟的时间就要过去，李羡鱼有些着急，步履也快了些。

冷不防，她一脚踏在自己的裙裾上，身子一个不稳，便往前倾去。

李羡鱼惊呼出声，伸手本能地想扶住身旁的物件，可方才玩藏猫之前，数十步内被他们清理得干干净净，连朵绢花都没留下。她扶了个空，身子失去平衡，更快地往地上倒去。

立在她三步外的少年皱眉，立刻展开身形，在她倒在地面上之前赶至她身前，伸手想将人拉起。

可少女的身材这般纤细，柔弱得像是初生的花枝，一触即折，浑身上下竟没有能供他使力的地方。

仓促之间，他握住她臂弯间垂落的披帛。

丝质的披帛柔软光滑，他一使力，便将月白色的披帛连带着李羡鱼一同拉向他，反而使她更快地往地上摔去，难以挽回。

随着一声闷响，李羡鱼疼得倒抽了一口冷气。她觉得自己一定是摔在地上了，地面又不平坦，又那般硬，磕得她身上隐隐作痛。

她支撑着想起身，手腕却骤然被人握住，身下传来少年低哑的嗓音："别动！"

李羡鱼一愣，微微侧首，脑后系着的帕子随之一松，无声地坠下。

短暂的蒙眬后，李羡鱼看清了眼前的光景。

临渊倒在地上，一只手护着她的后脑，另一只手握着她刚刚想撑"地"的手腕，薄唇紧抿，乌眸沉沉，而她倒在临渊的身上。

李羡鱼脑海里"嗡"地一响，手忙脚乱地想要起身。

然而临渊的动作比她的更快。

二人配合得并不好。

李羡鱼的鼻尖撞上临渊坚硬的胸膛，撞得生疼；而他的手臂也被李羡鱼垂落的披帛层层裹住，他一时竟挣不脱。

二人视线对上。

李羡鱼的脸颊通红，而少年的耳根处亦微染绯色。

他咬牙，伸手便想将缠绕住他的披帛扯断。

李羡鱼惊呼："你别乱扯。你……你要扯到我的衣袖了。"

临渊的动作僵住。

"我……我自己来。"李羡鱼脸颊滚烫，忍着窘迫低下头去，伸手去解缠绕在二人之间的披帛。

她这一解，便牵动了少年的手臂，腕间的金铃"丁零"作响。

李羡鱼脸颊更烫，脑中空空，连带着原本灵巧的手指也笨拙起来，一条披帛解了好几次才终于解开。

在披帛坠地的那一刻，少年像是从网里逃出的银鱼，立刻从地上弹起身来。

金铃又是一响，他的身影迅速地消失在梁后。

李羡鱼红透了脸，始终没好意思再唤他，只在清脆的金铃声里悄悄理了理身上乱糟糟的披帛，努力装作这件事并未发生过。

但这件事显然并没有这样好忘却。

披香殿的寂静从午膳时分一直延续到窗外明月初升。

这期间临渊未再于李羡鱼的面前现身，连中间的两顿膳食都没跟她在同一张案几上用，而她也没有唤他。

她面上热度始终未退，心里也是七上八下的，纷乱的念头海潮般涌来涌去，像是要将她淹没。

她想：这算是占人家便宜吧。

在话本里，这样占了人家便宜的，可是要负责的。

可是，她又不是男子，不能娶临渊，即便嫁给他，也是不行的。满朝文武、她的父皇、她今日见过的皇叔，都不会答应。

那她这样，岂不是成了话本里的登徒子？

正当她胡乱想着一些不着边际的东西的时候，倚坐在梁上的少年同样心绪烦乱。

他素来不喜旁人接近，这还是生平第一次这样猝不及防地被人扑倒在地上。

他应当厌恶才对，即便因此动了杀心亦不奇怪。

可少女的身子是这样轻，又是这样软，像一朵被春风从枝头吹落的木芙蓉花，轻轻柔柔地落在他的身上，柔软、纤细、淡香宜人，令人甚至不敢用力地收拢指尖。

这是他从有记忆以来从未有过的感受。

少年心烦意乱，眉心紧蹙，而此刻，红帐垂落处还传来"祸首"轻柔的语声："临渊，你……你要不下来吧。我向你道歉。"

临渊薄唇紧抿，并不作声。

他并不想要李羡鱼的道歉。

他只想尽快将此事带过，永不再提。

殿内安静了一瞬，立在梁下的少女局促地揉了揉自己的衣角，终于鼓起勇气，小声道："你下来吧，我会对你负责的。"

负责？

李羡鱼对他？

在李羡鱼说出更荒谬的话之前，临渊翻身跃下横梁，立于她跟前，剑眉紧皱："不必。"

李羡鱼迟疑了一下，先放下手中捧着的东西。

"真的不用吗？"她有些犹豫地指了指方才放于长案上的白玉博山炉，"我都已经拿好博山炉了。"

临渊眉心皱起："公主拿博山炉做什么？"

李羡鱼道："为了对你负责呀。"她格外认真地向他解释，"拿一个香炉过来，在里面供上三炷清香祷告天地，我们再一起对着香炉拜上三拜，便算是礼成了。"

　　虽说她的寝殿里没有香炉，也没有贡香，但往博山炉里添些香药，应当也是一样的吧？

　　她这般想着，便又从小屉子里寻出自己最喜欢的香药来，弯眉对临渊道："至于祭礼，祭礼……我明日便补上。"

　　临渊却越听越觉得古怪。

　　祷告天地，拜上三拜？怎么听着像是……？

　　临渊身形微僵，生硬地打断了她的动作："不必。"

　　李羡鱼拿着火折的素手轻轻一顿，她抬起眼来，有些苦恼地轻轻蹙了蹙眉："可是，我若是什么都不做，是不是……"

　　她便成了话本里的登徒子了？

　　那多不好。

　　少年原本冷白的耳根微红，他语声却更冷："公主从哪里听来的规矩？"

　　究竟是谁告诉她，碰一下手腕，便要拜堂成亲的？

　　李羡鱼很自然地答："话本呀。里头便是这样写的，要先上香，再祷告天地，然后拜上三拜，礼便成了。"

　　她眉眼弯弯："礼成之后，我便能唤你一声'阿兄'了。"

　　少年耳根处的红色褪去，似乎察觉到不对，他侧过脸来，皱眉反问："阿兄？"

　　李羡鱼点头："是啊，话本里都是这么写的。"

　　临渊迅速地回忆起李羡鱼所拥有的话本。

　　那些话本应当皆是经由宫人之手仔细地筛选过，多是些志怪杂谈，并无任何一本涉及情爱与男女婚嫁之事。

　　于是他问："哪本话本？"

　　李羡鱼答得毫不迟疑："《三国演义》。"她想了想，又详细地补充道，"是桃园三结义那一回。"

　　那本书她拿到手中时便是残缺的，好多回都没有。

　　她还问过竹瓷她们，她们说买到的时候便是这样了。

　　临渊没再开口，薄唇紧抿，面如凝霜。

　　寝殿内一片寂静，周遭的温度仿佛突然降了下来，像是提前入了冬。

　　李羡鱼缩了缩脖子。她觉得临渊似乎比之前更生气了。

　　李羡鱼不明白：与她义结金兰，是这样令人生气的一件事吗？可是临渊之前分明说过不讨厌她的。

　　李羡鱼想不出结果，而临渊已寒着脸转过身去，似乎想回到梁上。

　　若是让他回去了，她再想唤他下来，恐怕便没这般容易了。

　　李羡鱼这般想着，便伸手轻轻拉住了他的袖口："等等。"

临渊半侧过身来，语声冰冷："什么事？"

李羡鱼想了想，小声道："那……之前，我算捉到你了吗？"

临渊身形一顿，并不辩解。他问："公主想要什么？"

李羡鱼想了想，说道："什么都可以吗？"

临渊仍旧给出了与上回同样的答复。

"力所能及。"

李羡鱼羽睫轻扇，提裙走近了些，仰头望向他："那你……能不能不要再生气了。"

她语声这般软，拉着他衣袖的手指纤白如水葱，那条险些被他扯断的披帛也好好地挽在她的臂弯处，随着夜风拂过他的手臂，带来少女身上淡淡的花香。

他不得不回忆起方才的情形以及那陌生的感受。

少女身子纤细柔软，肌肤细嫩如羊脂，令他触及她的指尖似被点燃般炽热，他周身的血液短暂地沸腾。

这种陌生的感受令他本能地觉得危险，像是坚固的铠甲出现了裂痕，独行的野兽骤然被人看见了软肋。

临渊倏然抽回衣袖，往后退开三步。他道："公主早些安寝。"

说罢，他不再停留，立刻展开身形回到梁上。

李羡鱼愣愣地立在原地。少顷，她想：临渊这次似乎是真的生气了。

她一时没想到什么合适的哄人方法，只好依着他的话，乖乖地回到榻上，换了寝衣，盖上锦被。

躺在锦枕上，合眼的时候，她想：也许等明日吃了早膳，临渊便消气了。

毕竟小厨房做的早膳是那样好吃。

待红帐后的少女呼吸渐渐变得均匀，倚坐在梁上的少年终于睁开眼来，侧首看向长窗。

今夜亦未落雨，窗外月朗星稀，白光铺地，照出每一个夜行之人的行踪。

临渊收回视线，解开从宫外带回的包裹。

包裹里头的东西不多，不过一柄轻剑、一张铁面具、一套夜行衣，皆是为了在夜晚更好地隐匿行踪。

他仅留在宫中三个月，没有多余的时辰可以耽搁。

临渊垂眼，迅速地换好夜行衣，将自己的容貌隐在铁面之后。

他跃下横梁，无声地落地。从李羡鱼的红帐前经过的时候，他顺势将手中新买的轻剑放在李羡鱼的红帐外，低声道："我去去便回。"

红帐内，少女睡得香甜。

临渊垂眼，背过身去，将身形再一次隐入夜色。

寅时一刻，少年踏着夜色回返。

昨夜清朗，似一柄双刃剑——能使夜行之人暴露踪迹，却也能令宫中巡查的金吾卫与隐在夜色中的暗哨暴露无遗。

这一夜，他弄清了披香殿附近金吾卫们的巡夜规律与暗哨的布置。

待明日，他便能走得更远。

只要他要找的二人在宫中，他有把握，不出一个月，必能寻见他们的踪迹。

卯时，李羡鱼被殿外的敲门声唤醒。

外间传来月见略显急促的语声："公主，教引嬷嬷们过来了。"

仍在榻上的李羡鱼被她这句话惊醒，不得不顶着睡意坐起身来，裹上放在一旁的绒线斗篷，说道："快进来吧。"

话音方落，她又想起临渊来，生怕临渊此刻也是半梦半醒，忘了回避，便略微扬起语声，说了句"我想先更衣"，好让临渊听见，及时背过身去。

她的话音刚落，隔扇随之开启，殿外的宫娥们鱼贯而入，伺候她更衣的更衣，洗漱的洗漱，忙得不可开交。

竹瓷在为她绾发上妆的时候，视线落在她眼底淡淡的青影上，隐隐有些担忧："公主，您这几日可是睡得不好，怎么眼下又青了？"

李羡鱼有些心虚。

她确实没睡好。昨夜，她在榻上睡得极不安稳，翻来覆去，怎么也想不明白：义结金兰这样美好的事，为什么临渊非但不答应，还因此生了她的气？

可这些不好与竹瓷说，她唯有道："兴许是天气转凉，被子薄了。"

竹瓷更加担心："公主若是染了风寒可怎么是好？等教引嬷嬷们走了，奴婢便去库房里寻一套厚些的被子与褥子，趁着晌午天热的时候晒一晒，在日落前为公主换上。"

月见则仍然灌了个薄荷香球塞到她的袖袋里："公主困的时候记得拿出来闻一闻，千万别被她们找到纰漏。"

李羡鱼连连点头，将香球藏好。

待侍女们为李羡鱼梳妆完毕，她便起身和她们一同往偏殿而去。

今日，何嬷嬷亦早早等候在此，见李羡鱼过来，便弯腰向她行礼："公主万安。"

许是有上回的阴影在，这回她站得离水缸足有十几步远，生怕自己再失足栽进去。

李羡鱼轻轻颔首，心底却有些忐忑。

昨日睡下前，临渊还在生她的气，今日若是何嬷嬷又为难人，也不知临渊还会不会帮她。

她思忖间，何嬷嬷循例开口："公主上回的课业可做完了？"

李羡鱼轻声道："嬷嬷上回走得急，并未布置课业。"

何嬷嬷面上一僵，似乎想起自己上回临走时的狼狈情形，原本要说的话卡了壳。

她咬牙在原地立了会儿，一半是因为后怕，另一半是因为她自己理亏，寻不出什么新的由头来，只得生硬地道："既然如此，便开始今日的授课。今日授《女四书》，请公主往偏殿中落座。"

李羡鱼松了口气，抬步走进偏殿里。

粗使嬷嬷与宫人们在殿外伺候，何嬷嬷则立在上首，持一本《女诫》开始诵读，语气严肃："妇行第四。女有四行，一曰妇德，二曰妇言，三曰妇容，四曰妇功……"

除了《女四书》，何嬷嬷从不讲别的。

仿佛在这位迂腐的老嬷嬷心里，除了这四本书，其余的都是歪门邪道，女子读了，都会移了心性，生出不该有的妄念来。

李羡鱼听得昏昏欲睡，原本整齐地叠放在膝上的手也不自觉地探进袖袋里，握住了月见塞给她的那个薄荷香球。

李羡鱼将香球藏在掌心里，想轻轻把玩几下。不防窗外"扑棱棱"一只鸟雀飞过，本就心虚的李羡鱼手上一个不稳，香球便从掌心里掉了下去，顺着光洁的汉白玉宫砖滚出老远，直到碰上一方石青色的裙面才终于停下。

李羡鱼杏眸微睁，困意顿消。

那可是何嬷嬷的裙面！

何嬷嬷上次吃了那样大的暗亏，应当正愁想不到法子来罚她。

若是被何嬷嬷瞧见了……

李羡鱼轻抽一口冷气，提心吊胆地看着那香球，有心去捡，却又不敢起身，试着伸出足尖去够，也总是差着一截，几番下来，非但没将香球拿回，自己反倒出了一身细汗。

情急之下，她想到了临渊。

临渊身手那样好，一定能在何嬷嬷没察觉的情况下将香球捡回来。

李羡鱼立刻便提笔在宣纸上写下一行字："临渊，快帮我捡一下那个香球……"

书至一半，李羡鱼方想起临渊正在生气的事来，迟疑了一下，又匆匆地在宣纸上加了一句话："何嬷嬷要是发现了，一定会罚我的。"

为显诚意，她还三笔并作两笔，在字底下画了一只四脚朝天的死兔子，以示自己待会儿的惨状。

写罢，她悄悄往上首看了一眼，见何嬷嬷还在拖长音调念着那本《女诫》，便趁机将手中的宣纸立起来，轻轻晃了两晃，好让梁上的少年瞧见。

临渊并未让她久等。

她手里的湖笔还未搁下，耳畔的发丝已被劲风拂起。

少年如寒鸦一般掠过她身畔，来去无声，刹那间，修长的手指已握住了地上的香球。

李羡鱼的心情重新雀跃起来，她弯起一双潋滟的杏眸，对向她飞掠而来的少年摊开掌心，鲜红的唇瓣轻轻开合，背着何嬷嬷，偷偷对他做了个口型："你不生我的气了呀？"

卷四　胭脂水

　　临渊不答，身形如雁，无声地掠过她的身畔，长指一松，一个镏金香球便稳稳地落进她的掌心里。

　　李羡鱼迅速地合拢掌心，将香球与绘着死兔子的宣纸一同藏进自己的袖袋里。

　　她想悄悄与临渊说声"谢谢"，可还未来得及启唇，少年的黑靴已踏上一旁的矮几，借力之下，身形腾起，无声地落在横梁上，重新隐于暗处。

　　李羡鱼轻轻眨了眨眼。

　　临渊总是这样来去无踪。

　　她有些好奇地抬起眼来，试着在横梁上找到临渊的踪迹。

　　上首的何嬷嬷念罢最后一句，一抬眼，正瞧见李羡鱼抬头望着藻井，顿时拧眉道："公主？"

　　李羡鱼连忙垂下眼来，紧紧地攥着自己的袖口，心里又是庆幸又是后怕。

　　还好是临渊，若是她，不说走到近前，恐怕在起身的时候，便被嬷嬷发觉了。

　　何嬷嬷那双老眼里透出狐疑的光："公主方才可是分心了？"

　　李羡鱼心虚地轻声否认："没有，我方才是……是在想书里的意思，一时想得入了神。"

　　何嬷嬷越发认定她是分了心，立刻追问道："那敢问公主，老奴最后说的几句是什么？又是什么意思？"

　　李羡鱼轻声道："嬷嬷最后念的几句是'在彼无恶，在此无射。其斯之谓也'。

　　"意为无厌恶心，无忌妒心，便可美善相随，名誉彰显。"

　　她答得并不迟疑。

　　只因何嬷嬷每次过来，反反复复只讲这《女四书》，数年下来，她早已倒背如流，即便不曾细听，对背诵和释义也能信手拈来。

何嬷嬷呼吸一窒，不甘地注视李羡鱼良久，终究未能寻出什么纰漏，不得不将手中的《女诫》搁下，换了另一本书册。

她拖长了音调："既然如此，容老奴再给公主讲授这本《女论语》。"

也不知是不是为了出上次那口恶气，这次何嬷嬷讲得格外久。直至日头高悬，远处的小厨房里渐渐升起炊烟，何嬷嬷才板着脸，收了手里的书册。

正昏昏欲睡的李羡鱼抬起眼来，藏起心里的雀跃："何嬷嬷可是讲完了？"

何嬷嬷面部微微绷紧，可更漏催人，她不得不道："今日的授课，至此为止。

"课业老奴已写在册上，还请公主切莫懈怠。老奴下回来的时候自会细细地查验。"

李羡鱼轻轻应了一声，目送何嬷嬷带着粗使嬷嬷们出了偏殿殿门。

待她们走远，李羡鱼立刻站起身来，连何嬷嬷留下的锦册都没拿，便匆匆地提裙回到了自己的寝殿，和衣倒在榻上。

《女四书》这般枯燥，何嬷嬷的语调又这样刻板，将每一个词都拖得又细又长，比安神香更能催人入睡，若是再过上一会儿，她恐怕立刻便要伏案睡过去。

在李羡鱼郁郁合眼时，红帐被人撩起，跟来的月见道："公主，快到午膳时辰了，您先用了膳再歇息吧。"

李羡鱼将自己团进锦被里，困得睁不开眼睛："你们先用吧，将我那份留在小厨房里温着便好……"

她语速愈来愈慢，很快语声便轻得几不可闻。

月见等了一阵，没等到下文，撩起床帐看了看，才发觉李羡鱼穿着常服便在榻上睡了过去。

"公主？"月见轻轻唤了一声，见李羡鱼没有回应，便轻手轻脚地替她将外裳褪下，好让她睡得舒服些。

解下的外裳被月见搭在臂弯里，藏在袖袋里的镏金香球随之坠下，落在地上，滚出三五步远。

"这不是早间那个香球吗？"

月见抬步追上，弯腰将香球拾起，正打算放回妆奁里，视线却落在裹着香球的生宣上。

"这是什么东西？"月见看着纸上的图画，困惑地出声，"一只死兔子？"

李羡鱼睡了约莫有一个时辰，直至日上中天，方蒙眬起身。

"公主醒了？"

守在红帐外的月见听见动静，快步走来，拿起准备好的干净外裳伺候她穿上："早膳与午膳都温在小厨房里。奴婢还吩咐她们现熬了些热粥，这会儿应当也好了，可要一同端来？"

李羡鱼轻轻点头："那便一同端来吧。"

她正趿鞋起身，月见却又将一物递到她手里："这是方才奴婢替您宽衣的时候掉出来的东西。奴婢也不识几个字，看不懂上头写了什么，只是怎么画了只死兔子？"

李羡鱼耳根微红，将手里的宣纸揉成一团，远远地丢进纸篓中，略带心虚地道："没什么，是嬷嬷授课的时候，我觉得无聊，顺手画的。你别在意这些，快去布膳吧。"

月见笑着应下，转身往小厨房去了。

今日的吃食很快被送来。

早膳与午膳堆在一处，摆了满满一长案，看着格外丰盛。

李羡鱼将众人遣退，自己坐在长案后，匀出一副碗筷来，对着梁上轻声唤道："临渊。"

玄衣少年自梁上而下，如常地问她："什么事？"

李羡鱼便将匀出来的碗筷递给他："用膳呀。"

她想了想，又问道："你还在生我的气吗？"

临渊接过碗筷的长指一顿，他垂眼看向她，眼前的少女捧碗坐在那儿，微微仰脸望着他。

她小睡初醒，雪白的双颊上还染着浅淡的红晕，羽睫长而密，潋滟的剪水杏眸里，清晰地映出他的影子，天真乖巧，柔软可亲。

临渊握着碗筷的长指收得更紧，半响他终于侧过脸去，在长案边离她最远的地方落座，顺手带走了一块她不喜欢吃的黑米糕，低声道："没有。"

李羡鱼弯眉笑起来，舀了勺热粥放进自己的碗里，小口小口地吃着。

日光从一旁半开的支摘窗漏进来，均匀地落在临窗而坐的少年的发上。光影如线，顺着他的发尾落下，描金般缓慢而清晰地勾勒出少年的轮廓——墨黑的剑眉、修长的凤眼，高挺的鼻梁下是一双唇线清晰的淡色薄唇。

日色可亲，过于凌厉的线条都被柔化，像是锋利的刀剑入了鞘，敛了迫人的锋芒，余下的，便是少年人特有的俊朗与英气。

李羡鱼侧首看了阵，慢慢放下了手里的小银匙。

她出神地想：其实临渊生得极好，比她见过的所有侍卫，甚至她的几位皇兄都要好看，若是不终日冷着张脸，一副拒人于千里之外的模样，应当会更好看些。

她正思量，坐在长案尽头的少年察觉到她的视线，轻轻垂下的羽睫抬起。

二人的目光撞上。

李羡鱼耳根微红，飞快地垂下眼去，又掩饰般地指了指放在他面前的一碟糕点。

"临渊，那块槐花糕放得太远了，我够不着它。"

她的语声落下，那碟槐花糕便被少年递来。

李羡鱼微红着脸，用银箸挟起一块，轻轻咬了一口。

槐花糕出乎意料地香甜。

一场午膳很快用完。

膳后，二人分道而行，李羡鱼抱着小棉花，去东偏殿陪自己的母妃；临渊则去配房，将已建好的剑架挪至李羡鱼的寝宫，二人再碰面时，已是华灯初上。

李羡鱼带着沐浴后的水汽回返,与同样沐浴归来的少年对视一眼,便微红着脸,悄悄移开视线,往榻上躺下。

锦被是新换的,比之前的要厚实一些,还带着被日光晒过后暖融融的气息,催人入睡。

李羡鱼半合着眼,蒙眬地问:"临渊,今日念什么话本?"

倚坐在梁上的少年长指拂开书页,淡淡地看了一眼上首写的名字:"《三言二拍·闹阴司司马貌断狱》。"

李羡鱼没听清。她有些倦了,抱着自己的锦枕缓缓睡了过去。

当夜,李羡鱼便因这本没听清名字的话本做了噩梦。

她梦见今日临渊给她捡香球的事被人捅到了何嬷嬷那儿,何嬷嬷听到后,立时便化作个青面獠牙的恶鬼,四处找她与临渊索命。

李羡鱼被吓得不轻,一下子从榻上坐起身来,胡乱裹上斗篷,撩起了红帐。

"临渊,何嬷嬷……"

她语声未落,便对上临渊的视线。

少年一身玄衣立在她的帐外,面上冰冷的铁面掩住了他清丽的容貌,一柄佩剑悬在腰间,而另一柄轻剑被他握在手中,来势凌厉地指向她。

李羡鱼愣住。

临渊的动作也骤然一顿。

他未曾想到,李羡鱼会在此刻倏然醒转,原本想放在她帐外的剑险些抵上她的咽喉。

面对如此令人误会的情形,临渊持剑的手下意识地收紧,又立刻松开,他道:"我不是要杀你。"

李羡鱼愣了愣,迟疑了一下,伸手指了指放在远处长案上的几个雪梨:"那……你是想着……削个水果给我吃吗?"

她小声道:"我夜里不吃东西的。"

临渊默了默,说道:"剑能辟邪,放在此处不易梦魇。且我不在时若是有人过来,公主亦能持剑防身。"

李羡鱼似懂非懂地轻轻点头,看向他手里那柄明显比寻常佩剑要细上许多的轻剑:"那……你是怕我拿不起重剑,才特地买了把新的佩剑过来?"

临渊微微颔首。

李羡鱼觉得新奇极了,试着伸手过去:"我从没拿过剑……我真的能拿起来吗?"

临渊道:"这柄剑的材质特殊,你应当可以。"

他将剑递来。

李羡鱼杏眸微亮,小心翼翼地从他的掌心里拿起那柄轻剑。

与她想的不同,这柄剑不像是沉重的铁器,倒像是什么好看的饰物,拿在手里,并不比圆滚滚的小棉花重上多少。

　　李羡鱼想了想，满是期待地望向他："那我日日将它放在床头，是不是便不会做噩梦了？"

　　我是不是，便不会再梦见何嬷嬷了？

　　临渊道："公主若是喜欢，便留下。"

　　李羡鱼莞尔，立刻便将长剑放到自己的枕畔，回过脸来时，看见临渊的装扮，这才后知后觉地回过神来。

　　"这么晚了，你要去哪儿？是去披香殿外吗？"她担忧地抬眼，小声劝他，"宫里入夜后是不能出殿门的，你若是被金吾卫抓到，便会被送到慎刑司去。我听说，里面的精奇嬷嬷们格外可怕，折磨起人来从不手软。"

　　临渊语气平静："我不会让他们发觉的。"

　　他有这个把握。

　　李羡鱼略想了想，似乎明白了什么，羽睫轻轻扇了扇。

　　"临渊，你是已经在夜里出去过了吗？"她从榻上坐起身来，忍不住悄声问他，"夜里的宫廷是什么样子的？你都去了哪里？可看见什么好玩的地方？"

　　临渊于铁面后抬起羽睫，端详着李羡鱼的神情。

　　少女眼眸明亮，纤细的身子倾向他，流露出几分掩藏不住的好奇与向往。

　　临渊忖了忖，问道："公主想去？"

　　李羡鱼像是意识到了自己方才的失言，面颊绯红，微带赧然，伸手揉着自己的袖口，嗫嚅着道："其实……其实我只是有些好奇……"

　　临渊颔首，又问："公主想去吗？"

　　李羡鱼低垂的羽睫轻轻扇了扇，揉着自己袖口的素手收得更紧，语声越发轻柔："这不大合规矩……"

　　临渊等了一会儿，见她十分为难，便不再迟疑，转身便走："那公主早些歇息。"

　　他方抬步，袖口便被扯住。

　　临渊侧身，见披着绒线斗篷的少女匆匆地站起身来，指尖紧紧地攥着他的武袍袖口，脸颊绯红，连语声都似在往外冒着热气。

　　"你……你怎么就不问了呀？"

　　她两靥通红，不敢看他，语声也轻得如同蚊蚋，像是怕他听见。

　　"你再问一次，说不定……我就答应了呢？"

　　夜风清凉，拂得寝殿内的帷帐起落如潮。

　　少年自冰冷的铁面后垂下羽睫看她："公主想去？"

　　李羡鱼的脸颊愈烫，她轻轻点了点头，语声也轻得像是草间的朝露："想去。"

　　她自然是想的，这可是她第一次有机会去看看披香殿外的夜色。

　　哪怕就是在殿外十几远步的地方逛上一圈，对她而言也是很新奇的事。

临渊颔首："公主可有想去的地方？"

他话音刚落，眼前的少女杏眸亮起。

"什么地方都可以吗？"

临渊道："不可离披香殿过远。"

远处的地形他尚未探明，且李羡鱼不会武功，若是迎面撞上金吾卫，他们俩极难躲藏。

"那御花园可以吗？"李羡鱼秀眉弯起，松开扯着他袖口的指尖，转而拿了盏风灯过来，对着敞开的支摘窗照了照，"哪怕你不识路也没关系，我可以带你去。那里离披香殿不算远。"

临渊去过御花园，因夜里无人，且周遭并无宫室，御花园的守备不算森严。

他颔首，方想转身，李羡鱼却又轻声唤住了他："临渊，等等。"

临渊回首，见李羡鱼抱着那盏琉璃灯站在红帐前。

她就着暖橘色的灯光看着他身上玄色的夜行衣，少顷又若有所思地低头摸了摸她刚披上的那件石榴红绒线斗篷，语声里略带忐忑："临渊，我就这样出去，会不会跟悬在夜里的红灯笼一样显眼？"

临渊默了默，启唇道："公主穿月白色更显眼。"

李羡鱼"嗯"了声，有些为难。

她的衣裳多是以色泽鲜艳的锦缎制成，其中最为素净的，便是临渊说的月白色。

至于老绿、深青等颜色，她素日里并不喜欢，衣箱里恐怕一件都翻不出来。

她垂下眼帘，认真地想了少顷，微蹙的秀眉重新展开。

"临渊，你等等我，我去水房里找件衣裳过来。"

她这般说着，便手里提着那盏琉璃风灯，步履轻盈地往隔扇的方向走去。

还未走出几步，她又在殿内那座金雀屏风前回过脸来，眉眼弯弯地向他保证："我很快就回来。"

临渊垂下眼帘，未再隐回梁上，就这般在殿内等她。

想去夜游的少女极为守诺。

不到一盏茶的时间，伴随着轻轻的足音响起，殿门"吱呀"一声开启。

临渊抬眼，见李羡鱼提着盏风灯，小跑着回来，怀里还抱着两件衣裳。

她杏眸微亮，当着他的面将衣裳展开。

"你看，这是殿内小宫娥的服装。这两件都是没人穿过的，只是压箱底久了，怕生了霉，才拿出来浆洗。"

临渊看向那两件衣裳——一大一小，一长一短，形制相同，色泽也皆是深绿色，虽说隐蔽性远比不上夜行衣，但比之李羡鱼身上的斗篷，确实要好上许多。

临渊方想颔首，视线一顿，又问道："为何是两件？"

李羡鱼秀眉弯弯："因为你也要穿呀。"

她说得这般理直气壮，以至立在她身前的少年都为之一怔，疑心自己听错了。

直至李羡鱼拿着那件长些的宫女服往他的身上比了比,有些苦恼地蹙起眉来:"好像短了些……可是这已经是最长的了。"

她望向临渊,轻声细语地与他商量:"临渊,要不,你将就一下吧。"

临渊剑眉皱起,往后撤步,避开她递来的宫女服装,说道:"不必。"

李羡鱼望向他,以为他是在说自己已经穿了夜行衣这件事,便认认真真地与他解释:"临渊,这不一样。你穿着夜行衣与我出去,被人看见了,便是刺客挟持公主。

"若是我们一同穿着小宫娥的服装出去,即便被看见了,也只是两个不懂事的小宫娥夜里出行……"

临渊垂下羽睫看向她,目光微凝。他抬手,三两下脱去了身上的夜行衣,露出里头穿着的侍卫武袍,说道:"这样可行?"

李羡鱼迟疑着道:"可我还是觉得小宫娥的服装……"

临渊摘下铁面放在长案上,薄唇紧抿:"公主若是再迟疑,天便要亮了。"

李羡鱼抬起羽睫看向他。

少年的轮廓在夜色里依旧分明,且他的身量是这般高,她要踮起足,伸长手臂,才能碰到他的眉心。

好像,的确有些不合适。

他即便扮上了,应该也不大像小宫娥。

李羡鱼只好歇了心思,乖巧地点头:"那我去换上。"

这样若是真被人瞧见了,他们俩也是宫女与侍卫,总比公主与侍卫好些。

这次,临渊没有反对。

李羡鱼便拿了那件小巧的衣裳钻进红帐里,再出来的时候,身上的石榴红斗篷已经被换下,取而代之的,是一件深绿色的宫女服装。

小宫娥们的服装都偏素净,通体没什么装饰,这件衣裳偏又宽松了些,并不算合身,穿在她身上,便似将初开的木芙蓉装进一个过了时的古板梅瓶中。

偏偏少女未着脂粉的小脸软白如羊脂,杏眸乌亮,唇瓣柔软鲜红,一颦一笑间,娇艳得像是瓶中的一枝春色,雪里胭脂般惹人瞩目。

她却对此浑然不知,还走到镜台前,认真地梳了个小宫娥们常盘的发髻,戴上一支最素的银簪子,左右照了照,觉得远远看来谁都认不出她了,这才弯起眉来,满怀期待地对他露出笑靥:"那我们现在便去吧。"

临渊默了默,最终没有说破,只是微微颔首。

"好。"

夜凉如水,天穹间星月皎洁。

临渊带着李羡鱼沿路避开宫人,行至披香殿前殿的照壁处,又在她身后熄灭了手中的琉璃风灯。

李羡鱼跟着他躲在照壁的云纹后,悄悄踮足往外张望。

照壁往外，是披香殿朱红的殿门。

两名小宦官在殿门处值守，此刻正打着哈欠，不着边际地讲着话提神。

"顾太医的方子果然灵验，这一剂药下去，夜里东偏殿那儿似乎都没什么动静了。"

"毕竟顾大人算得上公主的族兄，连着亲呢，办事自然也上心些。"

"可惜了，公主毕竟是公主。若是在宫外，这表哥表妹的，说不准还是一桩佳话……"

他们交头接耳，说话声李羡鱼并不能听清，只是借着殿门上悬挂的红灯笼依稀看清了他们的容貌："似乎是小答子与小应子。临渊，我们能绕开他们吗？"

她话至一半，侧首却见方才还立于她身侧的少年已不见了踪影，只有一盏熄灭的琉璃灯孤零零地躺在地上。

李羡鱼微愣，又听见殿门处传来两声闷响。

她立刻抬眼看去，却见小答子与小应子一左一右地歪倒在地上，半点儿声响也无，比门口的石狮子还安静。

李羡鱼杏眸微微睁大，险些惊呼出声。

千钧一发之际，临渊回到她的身旁，淡淡地解释道："他们只是晕了过去。"

李羡鱼高悬的心这才回到原位。她将琉璃灯递给临渊，又提起裙裾，蹑足跟着他往外走。

迈过殿门的时候，她担忧地看了眼两个小宦官，心虚地轻声道："明日……明日，我给你们加月钱。"

临渊低声提醒道："公主，走。"

他们再不走，巡夜的金吾卫便要行至披香殿前了。

李羡鱼轻轻点了点头，收回视线，小跑着跟上他。

披香殿很快便被他们抛在身后，周遭渐渐沉入寂静。

李羡鱼伸手拽着少年的袖口，跟着他行走在偏僻的小径上。

此刻月色转淡，铺地的白光幻化成朦胧的纱雾，落在少年武袍的箭袖上，淡如蒙霜。

夜色是很好的容器，将一切的感知都成倍地扩大。

夜风拂面的触感清凉，道旁栽种的桂树香气浓郁，连绣鞋踏过草叶的"沙沙"声，入耳亦是那般轻柔。

偶有一两列金吾卫从远处经过，更是令李羡鱼屏住了呼吸，心跳迅疾。

夜晚的宫廷与白日里的截然不同，一切都是那样新奇而刺激。

李羡鱼越发期待夜色中的御花园。

她轻轻拉了拉临渊的袖口，悄声询问："我们离御花园还有多远？"

临渊抬眸看向身前的夜色，并未立刻作答。

待出了披香殿，他才明白，带李羡鱼出行是一件多么麻烦的事。

屋檐、残墙、水坑……许多他能走的路，李羡鱼都走不得。

行程比他预想的要慢上许多。

但少年并未抱怨，只淡淡地答："至多一刻钟。"

李羡鱼放下心来，一边走，一边轻声问他一些旁的事："临渊，你时常在夜里出来吗？"

临渊道："不算时常。"

李羡鱼又问："那你出来做什么呀？一般都去哪里？也去御花园吗？"

临渊半垂羽睫，掩下眸底晦暗的光："寻仇。"

李羡鱼微愣，纤长的羽睫轻轻扇了扇："宫里也有人牙子吗？"

临渊简短地道："没有。"

李羡鱼还想再问，身前行走的少年却骤然停住脚步。

李羡鱼没收住步子，险些撞上临渊的脊背。

"临渊，你怎么……"话至一半，李羡鱼语声顿住，杏眸微亮。

夜幕中的御花园已近在眼前。

李羡鱼提裙走近，沿一道汉白玉铺就的曲折花径而行。

她的身侧是繁花异草、藤萝翠竹，沐浴在铺霜般的月色中，与白日里看来格外不同。

李羡鱼步履轻盈地走了一阵，很快便在一朵大如金盘的花前停下。

"好香。"她探手将花枝拢低了些，给身畔的少年看，"我认得这花，这是父皇为王美人从青泸运过来的金丝银盏。你快看，好不好看？"

临渊侧首，尚未来得及俯身，李羡鱼已松开了手里的花枝，视线又被另一朵斗雪红引了过去："临渊，你看这朵，这朵是为了苏才人从宝泽观挪过来的。还有这朵……"

她在花木间穿行，心思变得这般快，仿佛每朵花她都喜欢，每朵花都有来历。

临渊跟在她身侧，看见她终于在御园深处停步。

花木掩映处有一架悬在梧桐树下的秋千。

李羡鱼提裙小跑过去，伸手轻轻握住两旁垂下的秋千索，小心翼翼地试着踏上秋千凳。

少顷，她在秋千上站稳了身子，便对临渊弯眉笑起来："临渊，帮我推一下秋千吧。"

临渊抬眼看向她。

他想说，这样并不安全，容易被远处的金吾卫察觉，可穿着小宫娥服装的少女立在秋千凳上，笑盈盈地望着他，雪肤乌发，唇红齿白，眼里流动着星河一般明亮的光。

他想起这应当是李羡鱼第一次在夜里出行，还是别留下遗憾的好，毕竟带她出行这般艰难，大抵不会再有下次。

于是，他松开紧皱的剑眉，走到李羡鱼的身后，抬手握住了秋千索的上端，微一使力，木制的秋千便载着秋千上的少女轻盈地往前荡去，像是落在水面上的叶子被风吹起。

微凉的夜风从李羡鱼的面上拂过,她的心也随着秋千飞起。

她在秋千上微侧过身来,眉眼弯弯:"临渊,能不能再推高些?"

临渊没有回答,略微加了力道。

木制的秋千带着李羡鱼飞得更高,令她能看见远处的亭台楼阁、水榭长廊,荡到最高处时,像是伸手便能摘到漫天星辰。

李羡鱼看向远处的夜景,鬓边散落的乌发拂过她雪白的脸颊,色彩分明得像一幅名家笔下的水墨画。

临渊的视线至此顿住,有短暂的走神,但仅仅刹那,他便回过神来,当即伸手握住秋千索,停住这架桐木秋千。

正玩到兴头上的李羡鱼转过脸,不满地鼓起腮来:"怎么这便停了……"

临渊打断她的话:"有人来了。"

他骤然抬眼,看向御园外,目光微厉,语速很快:"东南面,共有七人,皆有内力在身,应是巡夜的金吾卫。"

"公主下来。"

李羡鱼羽睫一颤,慌忙从秋千上下来。

临渊隔衣握住她的手臂,疾步带她往御花园深处走。

李羡鱼被他拉着小跑起来,仓促间回望一眼,便见夜色里有数支火把如星子,正往此处急急聚来。

她觉出后怕,抬首望向身前的少年,语声慌乱:"怎么办?你带着我,一定会被他们追上。"

临渊自然也想到这层。他道:"再往前,便有藏身的地方,一个山洞。"

李羡鱼连连点头,气喘吁吁地跟上他。

幸而,在迈不动步子之前,李羡鱼看见了临渊所说的那个藏身之处——在假山的两块奇石之间,与其说是山洞,不如说是一块巨石中间被劈出的一道缝隙。

"这……这里,能藏下我们吗?"李羡鱼呼吸紊乱地问了声。

身后愈来愈近的火光却不容李羡鱼挑剔,她轻轻咬了咬唇瓣,侧过身,尝试着往缝隙里去。

她未曾想到的是,这缝隙中别有洞天,过了狭窄的入口后,里头竟有个隐蔽的山洞,不算宽敞,可容纳她不成问题。

李羡鱼松了口气,对临渊道:"临渊,快,快进来。"

临渊侧身钻进来。

原本便不算宽敞的山洞立时变得逼仄无比。

李羡鱼站在里面,努力将自己的后背更紧地贴着石壁,给他空出更多地方来。

可她的努力收效甚微。

山洞这般窄,令临渊不得不与她贴面站着。

少年一双修长的手臂无处安放，最后还是不得不放在她腰的两侧，长指抵住她身后的石壁，与她隔开寸许距离。

山洞并不算高，迫使他低下头来，疾走过后的炽热呼吸拂在她的颈侧，于这般清凉的秋夜中愈显滚烫，令她脖颈上细嫩的肌肤被烫红般寸寸泛出粉色。

李羡鱼两靥绯红，连指尖都不敢擅动。

她似乎终于明白过来，为何临渊素日里要离她那样远了。

如今这般，也太……太古怪了些。

临渊的身形同样僵硬。

习武之人的感官本就比常人的敏锐，遑论这般近的距离。

李羡鱼的呼吸因方才的奔跑而微乱。本就不合身的小宫娥服装微微歪向一旁，露出少女一段羊脂玉似的柔白细腻的颈，肌肤上浮起浅淡如透水胭脂般的粉色，似一枝初发的春棠，于静夜里暗香浮动。

他不得不紧紧地合上眼，竭力令自己去细听外界的动静，不再分心。

山洞外，金吾卫正在御花园里四处找他们，行走间，腰间的佩剑"当啷"作响。

搜寻一圈之后，并无所获，便有人道："哪有什么人？我看是你听错了！"

又有人接话："少说废话！赶紧走吧，大半夜的，御花园里能有什么人？"

金吾卫们互相招呼着离去。

被抵在石壁上的李羡鱼听见，心下微松，连忙伸手去推身前紧挨着她的少年，小声道："临渊……"

语声方起，临渊立即抬手，紧紧地掩住她的口。

少女红唇微张，鲜红的唇瓣如棠花般拂过他的掌心，带来轻柔的痒意。

临渊的动作立刻顿住。他合了合眼，俯身凑到她的耳畔，语声因克制而微显低哑："他们没走。"

李羡鱼微愣，后怕般转过视线，越过他的肩头往外望去。

不过转瞬，她便看见御花园里迅速地拥进人来。

竟是适才离开的金吾卫们杀了个回马枪。

当然，这次他们看见的，仍旧只有空荡荡的御花园，与一架停在梧桐树下，早已不再晃荡的桐木秋千。

"哪有什么在夜里荡秋千的小宫女？"一名长脸的金吾卫笑起来，伸手去拍自己同僚的肩，"我看你怕不是夜里动了春心，想婆娘了！"

被他揶揄的那名金吾卫格外不服，梗着脖子道："胡说！老子看得清清楚楚，怎么可能有错……"

长脸的金吾卫挥手打断了他的话："行了，行了，想婆娘就直说。等明日下值，我带你出宫，喝花酒去。"

"喝花酒"几个字落下，另外几名金吾卫也都笑了起来，纷纷帮了把手，拖着那还欲辩驳的同僚往御花园外走，大抵是继续巡夜去了。

李羡鱼这次却没敢出声，直至临渊松手，才敢忐忑地问他："这次，他们是真的走了吧？"

她抬眼，望向还将她抵在石壁上的少年，面上一阵阵地往外冒热气，语声也轻得像是蚊蚋一般："那……那你是不是可以松开我了？"

临渊迅速地往后退开一大步，侧身出了窄小的山洞。

"抱歉。"他有些不自然地微微侧过脸去，夜色里嗓音微哑，"公主还想继续打秋千吗？"

李羡鱼两靥通红，连连摇头："先……先回披香殿去吧。"

她又轻声补充："改日再来。"

少年睨她一眼，薄唇紧抿，没有接话。

他想：没有下次了。

归途中，月影深深，夜风淡淡，渐渐吹散了二人面上的热气。

李羡鱼走近了些，伸手碰了碰少年的袖口，轻声打破了沉寂："方才好险，险些被金吾卫们察觉。"

临渊握着佩剑的长指骤然收紧。

李羡鱼的话，让他被迫回想起方才山洞内的情形。

陌生而危险的感受令少年鲜有地焦躁起来，他侧过脸去，剑眉紧皱，并不答话。

李羡鱼望向他。

夜色里，少年眉眼冷峻，霜雪般冰寒。

李羡鱼忖了忖，觉得临渊应当是生她的气了。

毕竟，是她执意要去玩那架秋千，才会引来巡夜的金吾卫。

李羡鱼这般想着，有些心虚地轻轻扇了扇羽睫，打算将人哄好。

她轻声问："临渊，你有什么想要的东西吗？"

少年薄唇紧抿："没有。"

李羡鱼想了想，又问："那你有什么想做的事吗？"

少年简短地答："寻仇。"

这次轮到李羡鱼为难起来。她总不能也去找几个人，杀给他看。

但旋即，她想起方才金吾卫们的对话，杏眸微微亮起。

她伸手轻轻拉了拉临渊的袖口，放软了语声："要不，我带你去喝花酒吧，你别生气了。"

夜幕下，临渊蓦地转首看向她，问："公主可知什么是花酒？"

李羡鱼轻轻点头："知道呀，我喝过的。"

她弯了弯眉，理直气壮地道："我们披香殿里有时候也会酿酒。与外头的酒都不同，是用梅花上堆积的雪来酿，这样酿出的酒里便带着梅花的清气，是最好的花酒。"

她很喜欢吃这样的酒。

她酒量不好，一喝便醉，醉了还会拉着月见她们胡言乱语，即便这样也不能阻止她对花酒的热爱。

她的回答令少年呼吸一窒。

良久，他皱眉扭过头去："公主往后别再对旁人提起花酒，尤其是男子。"

李羡鱼不明就里，抬起杏眸轻轻地望了他一眼，又轻声问道："为什么呀？"

少年薄唇抿得更紧，并不答话，只是加快了步子。

李羡鱼要小跑着才能跟上他。她一壁跟着，一壁好奇地问："为什么不行？"

临渊道："没有为什么。"

李羡鱼又问："皇兄也不行吗？"

临渊道："不行。"

李羡鱼忖了忖，又道："那……"

话至一半，绣鞋的鞋尖却蓦地碰到一块翘起的青砖，她惊呼出声，身子不稳，往前倒去。

大步行走的少年立刻回身，伸手扶住了她的手臂。

李羡鱼却没能就着他的手站起身来，低低地惊呼了一声，潋滟的杏眸里涌上水雾："好疼。临渊，你快放开我。"

临渊只道是自己捏疼了她，立刻卸下指尖的力道。

李羡鱼的身子却像是从枝头落下的花瓣，一直往下坠去，很快便坐倒在地上。她站不起身来，只伸手捂着自己的足踝。

"好疼。"她轻轻地抽气，泪汪汪地望向他，"临渊，我崴到脚了。"

临渊一怔，在她的跟前蹲下身来，低声道："我看看。"

李羡鱼愣了愣。她记得嬷嬷们说过，女子的脚，是不能随意给男人看的，男人要是看了，就要娶她。

于是李羡鱼捂紧了自己的裙裾，红着脸连连摇头："不行。你不是大夫，不能看我的脚。"

临渊唯有伸手去扶她："公主可还能起身？"

李羡鱼犹豫了一下，试着将指尖搭上他的手臂，想支撑着起身，可是刚一动，脚踝便热辣辣地疼，让她立刻又坐倒在地上。

李羡鱼轻声道："不行……"

即便勉强站起身来，她也走不回披香殿去。

可是，她也不能就这样一直坐在地上，若是真的被巡查的金吾卫们瞧见了，传到旁人的耳朵里，其他人一定会说她是宫里最不守规矩的公主。

李羡鱼光是想想便觉得面上发烫。于是她抬起眼，看向眼前的少年，小声道："临渊，你能不能帮我个忙？"

临渊掀起薄薄的眼皮看向她。

眼前的少女坐在秋夜生凉的地砖上，纤细的秀眉紧蹙着，此刻水雾凝满了那双素日里总带着盈盈笑意的杏眸，在月色下晶莹剔透，盈盈将坠。

少年紧抿的唇微松，他缓缓垂下羽睫，放轻了语声："什么事？"

李羡鱼羽睫沾露，语声轻柔："那你能不能……能不能替我去太医院看看，今夜是不是顾悯之顾大人当值。

"是的话，你便让顾大人来这里出诊，记得与他说，是我崴伤了足踝。"

风吹云动，一轮明月隐至云后。

少年的目光黯淡了下去。

"若不是呢？"

他将李羡鱼问住了，眼前的少女微微一愣，显然有些迟疑："若不是……"

整个太医院里，她相熟的太医唯有顾大人。

也只有面对他，她才敢试着说情，让他回太医院记档时，将出诊的地点从路边改到披香殿里。

若是其他太医过来，再将出诊的地点如实一写，岂不是宫里的人都会知道她半夜偷偷溜出去玩，还崴了脚的事？

她怕是要被皇姐笑上一辈子。

李羡鱼双颊绯红，立刻摇头："若是其他太医，还是不要了。"

临渊"嗯"了声，语气很淡："此处离太医院有多远？"

李羡鱼想了想："去得快的话，来回一趟，大约是半个时辰。"

临渊又问："公主就这样一直坐在路边？"

李羡鱼双颊更烫："可……可也没有更好的法子……"

她话音未落，便觉眼前暗下一处。

继而，冷香欺近，她的身子一轻，被少年打横抱起。

李羡鱼太过震惊，以至都忘了惊呼，只愣愣地看向他。

临渊却并不看她。他一只手托着她的背，另一只手环过她的膝弯，稳稳地抱着她，展开身形，往披香殿的方向飞掠而去。

李羡鱼回过神来，面上"唰"的一下仿佛被点燃，从双颊一直红到耳后。她又羞又急，在他的怀中挣扎着要起身，语声又慌又乱，像是也腾腾地往外冒着热气："临渊，你……你……你快放开我，这不合规矩。"

临渊没有多余的手制住她，便将她的膝弯扣得更紧，以免她在挣扎中坠下。

他语声淡漠："我只是送公主回去。"他道，"即便太医院的人来了，不也是这般送公主回去？"

李羡鱼愣了愣，迟疑着解释道："其实……太医院里有抬人的竹床……"

临渊扣着她膝弯的长指微微一顿，他再开口时语声仍旧冷淡："披香殿已在眼前，公主可还要等太医院的竹床？"

李羡鱼愣了下，没有立时回答。少顷，她悄悄抬起眼来，看了眼临渊。

他的瞳孔浓黑，幽冷如寒潭，隔着夜色看来，是这般迫人与危险。

李羡鱼霎时间觉得，自己便像是一条被猫抓起的鱼，抑或是一只正被狼王叼走的兔子，顿时一动也不敢妄动。

她有些怕临渊一生气，便松手把她丢下去。她轻轻地缩了缩身子："不……不了……"

临渊不再多言。

他身姿轻捷，即便怀中抱着个少女，亦是来去无踪，很快便避开宫人，带李羡鱼回了寝殿。

这次，他并未止步于红帐外，而是径直入帐，顺势将李羡鱼放在锦榻上。

两侧的红帐随着他的步伐一起，又一落，流水般顺着少年的双肩倾泻而下。

临渊并不在意，只坐于脚踏上，抬起那双浓黑的眸子："我虽不是医者，但这点儿小伤，我还是会处理的。"

他探手过去，而李羡鱼双颊绯红，身子直往后躲："要不……等天明……等天明让太医院的人来吧。"

临渊停下动作："公主这几日可还想走路？"

李羡鱼愣了愣，怯生生地点头。

自然是想的，她总不能一直躺在榻上。

临渊语声平静："那便不能等到天明。"

李羡鱼迟疑了下，低垂的羽睫轻轻颤了颤。

她的脚踝仍旧疼得厉害，摸上去像是肿了一圈，她也不知道自己能不能一直忍着疼，忍到天明，太医们尽数上值的时候。

可是，她让临渊看自己的脚，多不合规矩呀。

她在心里挣扎了半晌，终于还是足踝的疼痛占了上风。

李羡鱼做了退让，红着耳根轻声与他商量："那……你不能告诉别人。"

只要临渊不告诉别人，她便可以当作……当作没发生过这样的事。

临渊颔首："好。"

李羡鱼望向他，又迟疑着缓缓垂下羽睫。终于，她像是下定了决心，伸手将自己的裙裾轻轻往上提。

深绿色的宫装下摆落潮般缓缓往后退去，渐渐露出她绣着玉兰的鞋面、雪白的罗袜与罗袜底下已微微肿起的足踝。

她垂手，又慢慢将右脚的绣鞋褪下，只着罗袜。

临渊的眸色愈浓。

那种危险而陌生的感觉重新席卷而来，似要将他吞没。

他合了合眼，稳下心神，伸手，将罗袜往下褪至她白嫩的脚心。

少女的足踝袒露出来。

原本洁白纤细的足踝此刻又红又肿，果然崴得不轻。

临渊剑眉微皱，问她："公主的寝殿中可有冰与活血化瘀的药油？"

李羡鱼从窘迫中抽出些神志来，小声回答："冰原本是有的。可是如今都快中秋了，小厨房里藏的冰应当已经用完了。至于药油，橱柜底下的第三个屉子里便有，是个红色的瓷瓶装着的。"

　　临渊颔首，重新起身。回返的时候，他手里多了条井水浸过的帕子与李羡鱼说过的红色瓷瓶。

　　"公主忍着些。"

　　他垂手，将冰凉的帕子叠了两叠，覆在她脚踝的红肿处。

　　李羡鱼遇冷，轻轻"咝"了声，羽睫轻颤。

　　但很快，足踝上凉意升起，将火辣辣的疼痛略微镇压下去，足踝似乎没有方才那么疼了。

　　李羡鱼轻轻眨了眨眼，刚松了口气，想将罗袜穿上，却见临渊已打开了那瓶红色的药油。

　　待布巾上的凉意散去，他便将布巾卸去，转而指尖蘸了些药油，落在她微肿的足踝上。

　　可他的指尖这般热，触碰到李羡鱼足踝的红肿处，立刻便令李羡鱼轻轻颤了下。

　　她语声轻而怯："临渊，你轻些。"

　　临渊指尖一顿，少顷才低低地应了声。

　　虽已尽量放轻手上的动作，可他没想到李羡鱼实在是娇气。无论他怎样放轻力道，只要一碰到她，她便说疼，挪着身子往榻的内侧躲。

　　他揽住李羡鱼，她便抬起那双雾蒙蒙的杏眸委屈地望向他，水珠顺着那卷翘的羽睫落下来，雨点似的往他的手背上掉。

　　从刀山血海里走出来的少年从未遇到过这样的事。他头痛万分，又拿李羡鱼毫无办法，唯有放下手中的药油，抬眼问她："公主想如何？"

　　他可以答应李羡鱼他力所能及的要求，但这药油一定要上。

　　若是今夜不上药，李羡鱼这三天都别想走路。

　　李羡鱼指尖攥着自己的裙裾，似乎也知道自己理亏，便悄悄抬眼看了看他，嗫嚅道："要不……你与我说说你以前的事吧。

　　"兴许我听得入神，便不觉得疼了。"

　　她还是有些想知道临渊以前的事。

　　虽然听他说了几回，都是那样吓人，但她想：他应当也是有什么值得怀念的、美好的回忆的。

　　可她不知道，少年仅有半年的记忆。

　　临渊沉默半晌，唯有挑出几件明月夜中的事讲给她听。他尽量选了些不那么血腥的，但李羡鱼还是听得脸色发白。

　　听到最后，她直直地坐在那儿，像是脊背都僵住了，但总算是乖乖地坐在那儿，不再往后躲，虽然一双杏眸里仍是水雾朦胧，但终于忍住了没再喊疼。

临渊很快将药油上完。他替李羡鱼放下裙裾，忖了忖，问道："公主不觉得疼了？"

李羡鱼回过神来，看向眼前的少年，欲言又止，半晌才小心翼翼地道："还是疼的，但是我怕我喊疼，你也拧断我的脖子。"

临渊指尖微顿。继而，他将药油放好，淡淡地道："不会的。"

李羡鱼的面上这才恢复了些血色。她想了想，伸手攥住想要起身的少年的袖口，轻声问他："临渊，你以前杀一个人，他们给你多少银子？"

临渊半侧过身来，夜色里，目光淡淡："公主缺银子了？"

李羡鱼想起羌无说的三千两银子来，下意识地想要点头，但很快便回过神来，摇头："我不缺银子。我只是想着，若是你杀人是为了银子……"她忖了忖，微微坐直了身子，十分认真地与他商量，"我可以给你涨月钱的。"

她的语气这样诚恳，连临渊也抬起轻轻垂下的羽睫看向她，说道："不为银子。"

李羡鱼愣了愣，下意识地问："那你为什么要杀人呢？"

临渊答："因为有人想看，所以我不得不去做。"

即便没有他，也有旁人。

他想：李羡鱼应当不会理解。

他们本就是不同世界里的人，各自有各自的路要走，只是因她的一时兴起而短暂地产生了交集，但也仅此而已。

于是，他轻轻垂眼。

"公主早些安寝。"

他转身，走出李羡鱼的红帐，将要回到梁上的时候，听见李羡鱼轻轻地唤了他一声。

"临渊。"

临渊短暂地回过身去。

夜风穿帘入室，走过低垂的红帐。

隔着一层飘拂朦胧的朱红纱幔，他看见李羡鱼从床榻上半坐起身来望向他，眉眼弯弯，笑意融融。

"谢谢你呀。"她语声轻柔，"谢谢你送我回来，还为我上药。"

临渊顿住身形，语声淡淡："我答应过保护公主，公主不必与我道谢。"

他说着，似乎想起什么，从袖袋中取出一物隔帐递与她："还与公主。"

李羡鱼抬起眼来，见是自己上回玩藏猫的时候系在他腕间的金铃，便摇头："临渊，你先留着。"

她莞尔："下次玩藏猫的时候还要用的。"

她还是很想向临渊学听声辨位的。

若是学会了，以后夜晚出行的时候，她便不会因为看不清路面而崴到足踝了。

临渊长指微顿，最终还是将那串金铃收了回去。

"公主早些安寝。"

临渊留下这句话，便重新回到梁上，轻轻合眼。

月落星沉，一夜很快过去。

李羡鱼鲜有地睡到正午才起。

当李羡鱼蒙眬醒转的时候，竹瓷已在外担忧地守了许久，听见响动，立刻打帘进来，扶着想要起身的李羡鱼，关切地道："公主可是身子不适？怎么连早膳都不用？可要奴婢去请太医过来诊个平安脉？"

李羡鱼自然知道是自己昨夜偷溜出去玩，回来之后睡晚了的缘故，只是不好与竹瓷说，便连连摇头："不用了，你去备午膳便好。"

她说着，似乎想起了什么，略带心虚地放轻了语声："对了，如今天气一日凉似一日，小答子与小应子二人守殿门辛苦，你去给他们涨点儿月钱买冬衣吧。"

竹瓷轻应一声，替她将红帐挽起，挂到一旁垂落的金钩上，正待退下，视线一落，却是一愣，说道："公主，这柄剑……？"

李羡鱼顺着竹瓷的视线望过去，立刻便看见了自己放在枕畔，还未来得及收起来的长剑。

李羡鱼有些心虚地握住剑柄，一时间藏也不是，不藏也不是，半晌才避重就轻地道："这……这是……我这几日梦魇，听说剑能镇邪，这才拿柄剑来试一试。"

李羡鱼有意绕开了这柄剑是从哪里来的这桩事，但竹瓷也能猜出个八九不离十来，她眸底的担忧之色更浓。

李羡鱼红了脸，小声催促她："竹瓷，我有些饿了，你快去备午膳吧。"

竹瓷犹豫一下，终究还是福了福身，离开了。

她绕过曲折的游廊，走到小厨房的时候，厨房内的众人正在忙碌。

早膳还在灶上温着，午膳也已做得七七八八，只待最后几道热菜出锅，便能装进食盒里给李羡鱼送去。

月见也等在这里，还从嬷嬷们那儿讨了块米糕吃，见到竹瓷，便招呼她："竹瓷，公主可醒了？"

竹瓷点点头，应了声："醒了，公主还让我过来拿午膳呢。"

二人正说话，门帘又一响，是披香殿里负责采买的小苏子从外头进来了。

他将一大堆新购置的厨具放在灶台上，一抬眼，看见竹瓷，便笑着道："竹瓷姑娘，公主要的话本买来了，您过目？"

竹瓷轻轻应了一声，到一旁净了手，去一旁的竹凳上坐了，又将话本接过来，放在膝盖上，一页页地仔细看去，很快便分出两堆来。

一堆能给公主看的，放在右边。

另一堆不能拿给公主的，放在左边，等小苏子下回出去采买的时候再和摊主换些新的回来。

月见拿着米糕把头凑过去:"你怎么又挑出这么多?到时候公主又要抱怨话本不够看了。"

竹瓷轻轻叹了口气:"我也不想,可不知为何,最近送来的话本里,总是讲些情呀爱呀的。若是只有一两回,还能单独抽出来。这整本都是,也只能退回去。"

月见不以为意:"有什么关系?公主都及笄了,看一些也不打紧。"

竹瓷垂下眼睫,良久才轻声道:"月见,公主总是要嫁出去的。"

月见闻言笑得促狭:"也是,等公主嫁出去,便什么都懂了。"

竹瓷横她一眼:"你嘴这样坏,当心吃东西漏出来。"

在月见清脆的笑声里,竹瓷重新低下头去,眸底的忧色始终散不去。

她还记得去岁隆冬淳安公主的事。

那时,贺术使臣来朝,陛下在接风洗尘宴上,亲自定下了淳安公主与贺术可汗的婚约。

可是,那时公主已有心悦之人。

得知消息后,淳安公主哭了整夜,醒来后又是绝食,又是拿剪子剪头发,又是以死相逼,闹得沸沸扬扬,可最后还是被搀上了送嫁的鸾车。

大玥的公主,总是要嫁去邻国的,别无选择。

与其让公主像淳安公主那样痛苦,倒不如,什么也不知道的好些。

竹瓷这样想着,又将挑好的话本拿过来,又重新翻看一次,确保不会出什么纰漏。

李羡鱼并不知竹瓷所想。

她用完午膳后,便坐在临窗的长案后,兴致颇高地翻看着新送来的话本。

一夜过去,她的足踝已经消了肿,只是走起路来仍旧有些疼痛,这几日她怕是出不了门了。

幸好她还有这些话本解闷。

她正看至入神处,隔扇却被叩响,外头传来竹瓷的声音:"公主,之前何嬷嬷留下的课业还未做过,您打算何时动笔?"

李羡鱼这才想起这回事来。她叹了口气,不得不道:"你将课业放到长案上吧,我一会儿便做。"

竹瓷应声,依言将何嬷嬷留下的锦册放到长案上,又退下。

李羡鱼并未立刻去翻锦册,而是先看完了手头的话本,又意犹未尽地回味了少顷,这才不大情愿地侧过脸去,伸手将锦册翻开一角。

她的视线往上落了两落,倏然顿住。

继而,她又迅速地翻过几页,指尖僵直,轻轻地倒抽了一口冷气。

她终于明白过来,为何昨日何嬷嬷并未如何刁难人便走了。

原来何嬷嬷是将为难人的地方藏在这里。

这锦册上留的课业,足有平时的两三倍多,算是将上回的连本带利一同补上了。

如今自己已耽搁了一日，即便再唤竹瓷过来，两个人连夜赶工赶上几日，也未必能够做完，除非……除非……再找个人搭把手。

　　可披香殿里识字的宫人并不多，遑论可以做学问的了。

　　李羡鱼蹙眉想了会儿，试探着对梁上唤道："临渊？"

　　玄衣少年自梁上而下，神色如常地问她："何事？"

　　李羡鱼心里有些忐忑："临渊，我记得你识字的，什么字都识。那……你应当也会做学问吧。"

　　临渊侧首看向她，启唇问道："公主想做什么？"

　　李羡鱼从长案后站起身来，将锦册捧给他："这回的课业太多了，我一个人实在做不完。你能不能帮我做些？"

　　她软声道："我请你吃甜酪。"

　　她说着，生怕临渊不答应，又将留给竹瓷的那几页翻过去，将余下的给他看："不多的，就剩下的这些。我与你一同做，很快便做完了。"

　　至多……他们至多三五日便能做完了吧。

　　临渊睨她一眼，还是伸手接过了锦册。视线往上一落，少年剑眉皱起："这是什么？"

　　李羡鱼道："是《女四书》呀……你不曾读过吗？"

　　李羡鱼抬起眼来，二人视线对上，她这才明白过来："对了，你是男子，男子读的《四书》与女子的是不一样的。"

　　男子们读的《四书》是《论语》《孟子》《大学》《中庸》。

　　女子们读的《女四书》则是《女诫》《内训》《女论语》《女范捷录》。

　　李羡鱼忖了忖，弯眉道："那我教你吧。"

　　她行走仍是不便，便没有起身，只是托临渊从书箱里将《女四书》拿过来，随意地翻开一本，开始教他。

　　"便从《女诫》开始。卑弱第一。古者生女三日，卧之床下，弄之瓦砖……"

　　临渊听了一阵，剑眉蹙得更紧。他问："这段话是什么意思？"

　　李羡鱼便与他解释道："这段话说的是古时女子出生三日后就让她躺在床下，将织布用的纺锤作为玩具，并将生女之事斋告祖先。睡在床下，以表明她的卑弱，地位低下。给她纺砖，以表明女子应当亲自劳作，不辞辛苦。斋告先祖，以表明她长大嫁人后，要准备酒食帮夫君祭祀。"

　　临渊："出生三日的孩子，能听懂这些？"

　　李羡鱼一愣："应当……应当是不能。"

　　她想了想，依着嬷嬷们教过的东西，得出个结论来："这应当是一种美好的祝愿。"

　　临渊皱眉："卑弱、地位低下、不辞辛苦，算是美好的祝愿？"

　　他将李羡鱼给问住了。

李羡鱼先是一怔，继而低下头去仔细地想了半晌，最终只是小声道："可是，书上一直都是这样写的。"

而且《女诫》《内训》传了那么多代，也没有人说过有什么不对呀。

"书是前人写的，但前人未必不会犯错。"临渊伸手，接过她手里的锦册，语声淡淡，"公主去歇息吧，将这几本《女四书》留给我，我会替你将课业写完的。"

李羡鱼却有些不放心："这么多课业，你一个人怎么写得完？我也能写些的。"

她探手，想去拿他手里的锦册，却未能拿动。

临渊的手修长有力，牢牢地握住了那本锦册，不让她挪动分毫，他道："不必。"

李羡鱼轻轻眨了眨眼，有些不解。她还是第一次看到有人抢着去做课业的。

于是她问："临渊，你是觉得这几本书有趣吗？"

难道临渊看《女四书》像她看话本一样，感觉又新奇，又有趣？

临渊轻轻垂下羽睫，随意地将手中的《女诫》翻过一页："并不算有趣。"

他想：倒是很离奇，人看多了可能还会变蠢。

李羡鱼羽睫轻轻扇了扇："那你为什么还愿意看它们？"

她想了想，弯眉笑起来："我想起来了，有些男子也会读、写这样的书，以便教导他们的妻子和女儿。临渊，你也是这样想的吗？"

可这《女四书》里的规矩实在是太多、太严苛了，女子要是有这样一位精通《女四书》的丈夫抑或父亲，人生也太过艰难了。

李羡鱼想到这儿，忍不住悄声道："那你未来的妻子与女儿好像有点儿可怜……"

临渊呼吸一室。他放下手中的锦册，看向李羡鱼，薄唇紧抿，剑眉蹙起："公主的课业可还想要？"

"要……要的。"李羡鱼心虚地应声。

她生怕临渊反悔，立刻便将自己挪到长案的另一头，乖乖地收了声，看竹瓷新买来的话本去了。

日子跟翻书似的过去几页。

当李羡鱼足踝的崴伤彻底好了的时候，临渊终于将嬷嬷们布置的课业做完了。

"公主要的课业。"

少年自梁上而下，将几张写满了字的宣纸递与她。

"临渊，你真的一个人做完了？"

李羡鱼讶然，有些难以置信，连忙将宣纸接过来，垂眼细细地看去。

少顷，她迟疑着道："好像……好像有些……"

她说不上来，只觉得好几题的答法都有些奇怪，但是也不能说错，只能说与她和竹瓷会写的答案不大一样。

临渊简短地问："可能用？"

李羡鱼忖了忖，轻轻点了点头。

答案既然没错，那便能用。

况且嬷嬷们随时会来，她也来不及再去做一份全新的课业出来。

于是她在长案后坐下，弯眉对临渊道："能用，我跟着誊写一份便好。"

她说着，便提笔落墨。

誊写的过程无甚趣味，李羡鱼写着写着，心思便被临渊的字吸引了过去。

少年的字写得极好，颜筋柳骨，风骨峭峻，看着像是师从大家。

李羡鱼弯起杏眸，正想夸赞一声，笔却停住。

等等，师从大家？

李羡鱼惊讶地抬眸，望向立在长案前的少年。

李羡鱼听月见她们说过一些民间的事。

大玥纸贵，许多百姓家里都是买不起笔墨，习不起字的，遑论请书法大家前来启蒙，除非是世族大家。

想至此，李羡鱼愣了愣。

可是，世家大族的孩子，会落到人牙子手里吗？

李羡鱼又陷入了迟疑中。

当她犹豫不决的时候，临渊亦察觉了她的视线。他垂下羽睫看向她，平静地询问："课业有何不对之处？"

李羡鱼回过神来，这才发觉自己久未动笔，兔毫笔尖上的墨已在宣纸上凝成了一团。

李羡鱼略想了想，索性将兔毫搁下，抬起一双杏眸望向他："临渊，你还能回想起来曾经教你习字的先生是谁吗？哪怕只是个别号也好。"

若是临渊记得教他的先生是谁，兴许她便能通过这位教他的先生帮他找到家人。

临渊看了她一眼，淡淡地答："不记得了。"

是意料之中的答复，李羡鱼下意识地轻轻点头，又有些苦恼地微微蹙起眉来：难道就毫无办法了吗？

她的视线不知不觉间又落回临渊写好的课业上，她像是要从这简单的白纸黑字中看出临渊复杂的身世。

渐渐地，她想起曾经教她习字的女先生说过的话。

"名家们的书法精妙之余，还各有各的独特之处。"

颜体方正，丰腴雄浑，气势磅礴。

柳体瘦硬，点画爽利，骨力遒劲。

赵体端正，婉转圆润，流美动人。

若真的是名家教授，那学生即便因资质不同，写出的字模样不同，也多少是有迹可循的。

只是，鉴别者需要在书法上造诣极高，才能从中看出门道。

李羡鱼的杏眸亮起。

她记得，教导东宫的那位太傅便是一位书法大家。

若是能请东宫将临渊的字转交给太傅过目，兴许便能替临渊找到曾经教他习字的先生，从而帮他找回身世。

李羡鱼红唇微启，正想与临渊说此事，又怕最后只是空欢喜一场，让他徒增失望，便轻轻眨了眨眼，轻声问他："临渊，我可以将你写的课业拿去给皇兄看看吗？"

若是寻常的时候，太子居于东宫，一道宫墙一隔，她自无法去拜见。可如今中秋将近，大小事务繁忙，皇兄一定会进宫来，与父皇商议中秋宴饮之事。她只要在太极殿附近守株待兔，便能等到皇兄了。

临渊对此并不在意，只微微颔首："公主随意。"

李羡鱼抿唇笑起来："那我便先跟着誊写了。"

等她誊完课业，应当也正是父皇用完午膳的时辰。在她的记忆里，父皇一年中似乎多是这个时辰才起身，抑或是，才会从宿醉里清醒些。

那时候她去太极殿前等皇兄，应当能够遇上。

为了不错过去太极殿的时辰，正午方过，李羡鱼便已将课业完整地誊写出来。

她将誊好的宣纸用镇纸压了，放在一旁等墨迹晾干，又将临渊写的那份藏进屉子里，这才将竹瓷唤来，轻声吩咐道："竹瓷，你去小厨房做些点心来，我想去太极殿一趟。"

竹瓷方应下，悬挂的锦帘又是微微一响，月见匆匆地打帘进来。

她焦急地道："公主，何嬷嬷过来了。"

李羡鱼一愣，忍不住叹口气："怎么正巧这时候过来？"

这一来，太极殿那儿她八成又去不成了。

可再不愿，她也唯有起身往镜台前落座："何嬷嬷应当是过来检查课业的。月见、竹瓷，快替我梳妆吧。"

月见应声，与竹瓷一同伺候李羡鱼梳洗完毕，又簇拥着她走到偏殿前。

何嬷嬷依旧带了一群粗使嬷嬷在此等候。

见李羡鱼前来，何嬷嬷先是福身行礼，继而抬起眼来，语调拖得极长，带着些胜券在握的意味："老奴几日未来，不知道公主的课业可做完了？"

今日陛下难得没有宴饮，只要公主拿不出课业来，她立刻便能以教引嬷嬷的身份回禀到太极殿处，出一出之前那口恶气。

但她眼前的少女并未露出慌乱的神色。

李羡鱼只轻轻颔首，便抬手让竹瓷将一沓已晾干墨的宣纸递上去："我已做完了，请嬷嬷过目。"

何嬷嬷眼底的得意之色一僵，继而她眸中生出些狐疑的光来。

"是吗？公主可莫要诓骗老奴。"

何嬷嬷说着，便从竹瓷手里接过宣纸与出题的锦册，核对着一列列细看下去。

没看几行，何嬷嬷老眼便难以置信地瞪大，似乎怀疑自己看错了。

翻过一页，何嬷嬷先是气得脸色有些发青，继而又像是拿住了什么不得了的把柄，将宣纸重重地甩到竹瓷怀中，拔高了声音："老奴便说，果然是公主身边的这些奴婢带坏了公主，令您将这些年学过的规矩通通忘了，竟写出这样的课业来！"

李羡鱼因她这突如其来的咄咄态度而微微一愣。

临渊写的课业她看过，虽说答案与她、与竹瓷会写的答案不大一样，但也是说得通的，并不至于像何嬷嬷说的那般不着调。

于是她问："有哪一题写得不对吗？"

何嬷嬷面部紧绷，将手里的锦册"唰唰"翻过几页，又劈手夺过竹瓷怀里的一张宣纸，将宣纸摁在锦册上，指着某处给李羡鱼看："公主且看这行！"

李羡鱼垂眼看去。

锦册上出的题源自《女诫》里"侮夫不节，谴呵从之；忿怒不止，楚挞从之"这一句，意思是对丈夫不敬，便会遇遭到谴责呵斥；若是还不知收敛，就会被鞭打杖击，问的则是应当如何应对。

李羡鱼想：何嬷嬷认可的答案应当是以敬修身、以顺避强、柔弱顺从，是女子的大德。

然而临渊替她写的答案是："若驸马对公主谴责呵斥，便是对公主不敬，可挞之；若是还不知收敛，可斩之，另嫁他人。"

起初看到的时候她也是震惊至极，旋即又看到了底下写的几行附录，顺着看下去，总觉得似乎……似乎……也没什么不对。

李羡鱼便又将附录指给何嬷嬷看："嬷嬷请将附录看完。"

何嬷嬷不看还好，一看更气。

附录上写的是："自古以来，先君臣，后父子。公主的夫君是驸马，公主是君，驸马是臣。他呵斥公主是以下犯上，按宫规应当鞭笞；若是还不知收敛，那便是大不敬，依律当斩。"

李羡鱼见她看完，便展眉轻声道："嬷嬷，这不就解释得通了吗？"

她记得以前母妃和她说过，做学问便是这样的，许多事没有固定的答案，有自己的见解便好。

临渊便有自己的见解，虽然与她的、竹瓷的、何嬷嬷的都不大一样，但也不能代表临渊的见解便是错的。

何嬷嬷闻言，一张本就不善的脸孔更寒气四溢："公主既然这般有主见，老奴是教不了了！老奴这便去禀明陛下，辞去您的教引嬷嬷之职。"

说罢，她略一福身，便大步往外走。

她这是去御前告状的势头。

见情形不妙，立在旁侧的月见慌忙抬步去留她："嬷嬷留步……"

何嬷嬷一挥手猛地推开月见，回头扬声道："怎么？公主是想仗势欺人，强留老奴不成？"

李羡鱼看到何嬷嬷的神情，便猜到今日不是她低头认错便能平息的事了。

何嬷嬷素来心胸狭隘，这是一直记着上次的仇呢。今日不让她报复回去，日后只怕还要变本加厉，自己将永无安宁之日。

而且，李羡鱼并不觉得临渊给她写的课业有什么不对。

临渊写的虽然与她和竹瓷的都不一样，但是有理有据，怎么能算是错的？

若是她低头认错，便像是连临渊的份也一同认了。

她想：若是她是临渊，定是要生气的。

于是李羡鱼轻轻咬了咬唇瓣，缓缓摇头："嬷嬷去吧。无论父皇说什么，嘉宁认罚便是。"

她不认错，但认罚。

何嬷嬷没想到素来柔顺的公主今日会如此作答，噎了一噎。但话已放出，她亦不想收回，便生硬地道："既是公主金口玉言，老奴自当遵从。"

说罢，她扭身便往照壁处走。

在路过摆放在廊下的两口大水缸时，何嬷嬷步履一顿，像是本能地离远了些。

但这次，并无什么意外发生。

何嬷嬷放下心来，脚下生风，很快便带着那群粗使嬷嬷出了披香殿的大门。

披香殿里的宫人们面面相觑，眼底皆有忧色。

月见走上前来，迟疑地道："公主，怕是要出大事……"

李羡鱼打断了她的话，说道："月见、竹瓷，快去备轿，我得去太极殿前一趟。"

她要趁着父皇还未罚她禁足，先将这份课业转交给太子太傅，若是不能赶在何嬷嬷之前，等禁足的命令下来，便来不及了。

月见应声，匆匆地往小厨房去了。

李羡鱼便回到寝殿里，小声向梁上唤道："临渊。"

"什么事？"临渊应道。

李羡鱼回身，却见临渊立在逆光处，看不清神情，只是语声格外淡，带着些山雨欲来的寒意。

事态紧急，李羡鱼不及多想，只是一壁俯身将屉子里临渊做的那份课业藏进袖袋里，一壁连声叮嘱他："要是等会儿何嬷嬷告完状，父皇追究下来，你可千万别与旁人说课业是你帮我写的。"

临渊问："为何？"

李羡鱼停住动作，抬起羽睫望向他。

自然是因为她是公主，若是这份课业是她写的，父皇再怎么罚，也有个限度，但若是披香殿里的其余人，父皇怕是会要了其性命。

况且，这课业原本便是她躲懒央临渊写的。

可是，以临渊的性子，他未必会将这些放在心上。

于是李羡鱼忖了忖，寻了个合适的理由来："因为代写课业，错上加错，罪加一等。"

临渊语声更淡："我不觉得公主有错。"

一份近乎荒谬的课业本就无须去做，遑论她还要因此受罚。

李羡鱼微微一愣。

随即，隔扇被人叩响。

外间月见连声道："公主，软轿已停在殿门外。"

李羡鱼不敢耽搁，只悄悄示意临渊快些隐回暗处，便匆匆地提起裙裾往隔扇走。

"我这便过去。"

许是知道事态严重，不可耽搁，两名抬轿的小宦官走得飞快，只用了往常一半的时辰，便仓促赶到了太极殿前。

待软轿落下，李羡鱼打起轿帘，踏着脚凳下来的时候，一抬眼，便望见了停在不远处的东宫舆轿，而太子李宴正顺着太极殿前的白玉长阶款步而上。

殿前还未见到何嬷嬷的踪影，李羡鱼轻轻松了口气，提裙往前小跑几步，对着李宴的背影唤道："皇兄——"

李宴闻声，回过眼来，见是她，似乎有些意外："小九？"他问，"你也是过来拜见父皇的？"

李羡鱼摇了摇头，顺着白玉长阶走到李宴身旁，想了想，还是道："嘉宁……嘉宁是有事来求皇兄的。"

李宴眉梢微抬，指尖轻轻叩了叩腰间悬着的白玉佩："什么事称得上一个'求'字？"

李羡鱼便从袖袋里取出整理好的宣纸递过去："嬷嬷今日来披香殿中检查课业，嘉宁交了这样一份上去。嬷嬷觉得不对，要来太极殿告嘉宁的状。嘉宁想请皇兄劝劝父皇，只罚嘉宁一人便好，勿要牵连旁人。"

李宴接过，略一过目，缓缓道："嘉宁，抛去嬷嬷的话不言，你可觉得自己有错？"

"皇兄也觉得这份课业写得不对吗？"李羡鱼愣了愣，少顷微微垂下眼帘，却忍不住轻声辩解，"可是……可是嘉宁觉得这课业写得……也有一定的道理……"

李宴摇头："若只是从课业上而言，并无错处。"他道，"是你的嬷嬷太过迂腐了。"

他说着，话锋微转，微微垂下眼帘看向李羡鱼："孤说的错，是这份课业并非你的笔迹。"

李羡鱼面颊微烫，知道这两件事连在一处是瞒不过太子的，便轻轻颔首，承认下来："嘉宁知错了。嘉宁下回一定不再如此，一定会自己写完课业。"

她说着，又轻声道："还有一桩事。嘉宁想拜托皇兄将这份课业转交给太傅，问问太傅能否看出这是哪个派系的书法。最好……最好能看出是哪位书法大家教出的学生。"

李宴并未答应。他轻抬唇角，将宣纸还给李羡鱼。

"父皇若是想重罚，我会替你说情。只是此事不必交由太傅。既然是你请人代笔，是何人的门生不是一问便知？"

李羡鱼垂眼，没有伸手去接那宣纸，轻声道："不是嘉宁不想，而是他确实不记得了……"

她吞吞吐吐，不敢多说自己捡了个来历不明的少年回来的事，只小声央求道："还请皇兄帮嘉宁这一次。"

这对李宴来说本也不是什么大事。见李羡鱼似有难言之隐，他便不再追问下去，只微微颔首，将宣纸叠好，收入袖袋中："孤会转交给太傅的。"

他看了看李羡鱼，不轻不重地道："不过，下不为例。"

李羡鱼杏眸亮起，紧蹙的秀眉展开，唇畔立刻生出两个浅浅的梨涡来。

"嘉宁改日一定带小厨房里最好的点心过来答谢皇兄。"

她笑着对李宴福了福身，重新提裙步下玉阶，上了自己的软轿。

李宴目送她乘坐轿辇离开，不由得又想起了自己的另一位皇妹——与自己一母同胞的宁懿。他顿时有些头痛地揿了揿眉心，轻轻摇了摇头，重新抬步，往太极殿里去了。

李羡鱼乘着软轿回到自己的披香殿里，悬心等了许久，却没等到父皇传令过来罚她。

直至天幕沉沉，四面华灯初上，眼见着都快到宵禁时辰了，她才瞧见月见提灯匆匆地自游廊里跑来。

李羡鱼从玫瑰椅上站起身来，不安地握紧袖口："月见，是父皇差人过来罚我了吗？来的是圣旨还是口谕？"

也不知道父皇罚得重不重，又是怎么样的罚法。

正当李羡鱼心里七上八下的时候，月见却连连摇头道："不，不是。"

李羡鱼讶然："那是什么？"

月见左右看了看，凑到李羡鱼的耳畔，语声压得很低，像是怕旁人听见："公主，是何嬷嬷。何嬷嬷在去太极殿告状的路上，失足掉进小荷塘里，淹死了。"

何嬷嬷……死了？

李羡鱼怔了怔，好半晌才回过神来。她连忙放轻语声："月见，你听谁说的？这样的事，可不能乱传。"

"外头都在传，说是几个时辰前的事了。何嬷嬷被从池塘里捞起来的时候，许多宫人都瞧见了。听说模样可吓人了，哪里还能有假？"月见绘声绘色地说着，倏然见李羡鱼脸色微白，慌忙扶着她在玫瑰椅上坐下，"公主，您这是怎么了？要不要奴婢去给您熬个安神的汤药来？"

李羡鱼轻轻摇了摇头："月见，你先去忙旁的事吧，我歇息一会儿便好。"

"是。"月见担忧地望了她一眼，最后福身，提灯去了。

待月见走远，李羡鱼便将隔扇掩上，轻声朝梁上唤道："临渊。"

临渊自梁上而下，神色如常地问她："什么事？"

李羡鱼抬眸望向他。

临渊立在离她三步远的长窗前，身后便是殿外的无边夜色，那双寒潭似的凤眼在暗处愈显幽冷深沉。

李羡鱼迟疑着问："临渊，何嬷嬷那件事与你有关吗？"

临渊颔首，毫不掩饰："是。"

他看向李羡鱼，似乎看出了她究竟想问些什么，一字一句地答道："我杀了她。"

李羡鱼的心跳骤然加快。

即便她已经隐隐约约猜到答案，可是这般直接地从临渊的口中说出，冲击感仍是这般强烈。

她握住袖口，慌乱地轻声问道："你……你为什么要杀她？我说过的，即便杀了何嬷嬷，也会有张嬷嬷、李嬷嬷……"

临渊修长的手指紧握着腰间的佩剑，他语声低沉冰冷，隐带锋芒："那便杀至不再送来这样的人为止。"

李羡鱼愕然，还待说些什么，临渊已垂眸望向她，语声平静："她死了，你便不用再做那些课业了。

"不会再有人为难你。"

夜风过去，吹散了天上的云雾。

明月辉光落在少年的长睫上，淡若秋霜。

李羡鱼微愣。

这还是第一次有人与她说这样的话。

临渊的话这样奇怪，这样突兀，与她接受过的所有教导都背道而驰，像是一道尖而锐利的闪电，骤然划开漆黑的天幕，明亮得令人不敢逼视。

寂静的寝殿内，李羡鱼听见自己急促的心跳声，那声音又慌又乱，像是闪电后骤然而至的瓢泼大雨，将她的思绪冲刷成紊乱的一团。

几句话到唇畔，又被她仓促地咽下，最后，她从中挑出了最为苍白，也最为得体的一句："临渊，杀害教引嬷嬷可是大罪，若是金吾卫察觉了，是要押你进慎刑司的。"

她转过脸去，指尖紧紧地攥着袖口，生怕临渊看出她的慌乱与心虚。

好在临渊只是平静地回答她："他们不会察觉的。"

杀人对他而言，不过是一件最寻常而简单的事。

他有一万种方法做得干净利落。

况且，荷塘里的流水、碎石、淤泥足以洗尽一切多余的痕迹。

李羡鱼缓缓松开紧握的袖口，逃避似的转过身去，等到紊乱的心绪退潮般渐渐平息，这才语声很轻地悄悄转开了话茬儿："夜深了，我先去睡了，你也早些安寝。"

她说着，像是怕临渊察觉她的不自然，也不敢看他，就这般匆促地回过身去，步履匆匆地进了红帐里。

绣着金色鸾鸟的红帐蝴蝶般振翅，又轻盈地垂落在明净的宫砖上，将李羡鱼的背影与心绪一同掩藏。

更漏缓慢，夜色渐深。

李羡鱼躺在锦被里翻来覆去，却始终睁着眼不敢入睡。

她自幼便有些怕这些神神鬼鬼的事，如今也还记得上回梦魇时，何嬷嬷是如何变成厉鬼，要抓她与临渊索命的。她怕自己今夜一合眼，那些噩梦便成了真的。

她愈想愈是害怕，最后从锦被里坐起身来，在枕畔寻了那柄轻剑，隔着夜色看向精致的剑鞘。

临渊说过，剑能镇邪，放在身边不易梦魇。

那是不是让剑出些鞘，见些剑气，会更稳妥些？

李羡鱼这般想着，试探着用了些力道，将手中的轻剑往外抽。

随着"锵"的一声龙吟，轻剑出鞘半寸，剑光凛冽，照人眉眼。

李羡鱼不防，低低地惊呼出声。

与此同时，红帐骤然被人掀起，临渊现身在她的身畔，一把握住她的剑柄，疾声唤她："公主！"

李羡鱼微愣，下意识地转过眼去。

二人视线对上。

玄衣少年武袍佩剑，冷峻如刃，而她一身寝衣坐在床榻上，披散着一头乌发，手里还拿着柄轻剑。若是不知情的人瞧见，恐怕还以为她打算在夜中拿剑自戕。

李羡鱼红了脸，立刻放开手里的剑，扯过旁侧的锦被胡乱裹到身上："临渊！"

临渊身形亦是一僵，立刻别开视线，垂眼转身。

"我听见公主拔剑的声音。"

李羡鱼闻言，面上的红晕稍褪，声如蚊蚋地解释道："你与我说过，剑能镇邪，放在身边不易梦魇，所以我想着，将剑出鞘，也许效果会好些。"

"剑出鞘，容易伤到公主。"临渊无声地将轻剑归鞘，略想了想，询问道，"公主怕鬼？"

"没……没有，"李羡鱼双颊微红，不好意思承认，"我只是睡不着罢了。"

她忖了忖，寻了个光明正大的理由来："我晚膳吃得不多，有些饿了。"

临渊颔首："我去小厨房找些点心。"

他身形未动，身后的少女就紧紧地抓住了他的衣袖。

"你别走。"

李羡鱼脸颊绯红，握着他袖口的指尖却有些轻颤。

她现在一点儿也不想一个人待在寝殿里，一会儿也不想。

临渊察觉到她指尖传来的颤抖，顿住了身形。他没有说破，而是问她："公主可要与我同去？"

李羡鱼有些犹豫。她挪身过去，将红帐撩起一线，看向长窗外一层又一层浓黑的夜色，心里有些发虚。但旋即，她抬眼，看向临渊。

少年背着她站在榻前，肩背挺拔，笔直如松，握着长剑的手修长有力，骨节分明。

有临渊在，似乎何嬷嬷的鬼魂也没那么可怕了。

李羡鱼这般想着，轻轻松开了指尖。

"那你就这样站好，不能转身看我。"

她说着，从榻上趿鞋站起身来，将自己严严实实地裹进一件浅红色绒线斗篷里，又松松地绾起头发，这才轻轻碰了碰临渊的袖口："我们走吧。"

临渊低应一声。

二人持一盏琉璃风灯，顺着曲折的游廊，从寝殿内一路行至披香殿的小厨房中。

此刻更深露重，小厨房内灶火已歇，空无一人。

李羡鱼朝灶台上看了看，只寻见一些刚蒸好的芋头，见还是温的，便装了几个到瓷碟里，又拿了两碗白糖，这才带着临渊往廊里走。

她道："我们找个地方吃芋头去，先不回寝殿。"

临渊淡淡地看向她："公主想去御花园？"

李羡鱼立刻便想点头，可旋即又想起何嬷嬷的事来。

今日宫中出了人命，夜里的守备大抵会格外森严。若是金吾卫撞见了他们二人，连带着将今日的事怀疑到临渊身上，后果不堪设想。

她唯有摇头："还是……还是改日再去吧，我们今日寻个僻静的地方便好。"

临渊应了声"好"。

他带着李羡鱼一路顺着曲折的游廊走到尽头。

朱红宫墙下，树影深深，一间配房隐在树影深处，周遭寂静，了无人声。

李羡鱼微讶："临渊，这不是你的配房吗？"

临渊道："公主不是想要个僻静的地方？"

在披香殿中，没有比此处更为僻静的地方。

李羡鱼秀眉微弯："如今还僻不僻静我不知道，但是，我们可有口福了……"

她说着，下意识地侧首，往坐凳上望去。

令她讶异的是，这回坐凳上干干净净的，没了上回来时那样一大堆五花八门的吃食。

李羡鱼不解，惊讶地出声："坐凳上的东西呢？"她指给临渊看，"我上回来的时候，这里有好多东西。糕点、水果、糖块，什么都有。"

临渊答得简短冷淡："我丢了。"

李羡鱼讶然地望向他，又听见他淡淡地道："我不喜欢杂乱的地方。"

这配房他偶尔会回来，沐浴、更衣，抑或是放置一些物件。

他无法忍受自己每次回来都面对这样一堆杂乱无章的东西。

李羡鱼有些遗憾："本来我还想着看看有什么好吃的，往碟里添置一些的。"她说着，又弯眉笑起来，将手里捧着的那碟芋头放到坐凳正中，"还好，我们现在还有芋头。"

临渊也将碗筷布好，语声淡淡："芋头便好。"

两个人隔着一盘芋头相对坐下。

李羡鱼从碟中拿起离她最近的那个，手里一点点地剥着芋头的皮，眼睛却望向游廊外的月色。

月光皎洁，天穹上的明月已圆润如盘。

"快中秋了。"李羡鱼抿唇笑了笑，唇畔生出两个浅浅的梨涡，"马上又有月饼吃了。这回我一定让月见她们多包些甜馅的。上回的月饼拿给小宫娥们分了分，险些都要不够吃了。"

临渊信手将一个剥好的芋头递给她，羽睫微垂："公主芋头都未吃上，便想到月饼。"

李羡鱼有些不好意思地轻笑出声。她顺势将手里没剥完的芋头换给他，又将他剥好的芋头蘸了点儿白糖，轻咬了一口。

新蒸的芋头又松又软，蘸了白糖，格外香甜。

一盘芋头很快吃完。

廊下的夜风也渐渐转为清凉。

李羡鱼拢紧了身上的绒线斗篷，又从袖袋里拿出个杏黄色的小物件递给他："临渊，这个给你。"

临渊伸手接过，发觉是一枚绣好的平安符，看色泽，应是旧物。

临渊启唇："公主给我这个做什么？"

李羡鱼认真地答："保平安呀。"她弯眉，"这枚平安符，是我小时候柳嬷嬷做给我的，我一直带在身上，十分灵验，现在送给你。愿你平安顺遂，百邪不侵。"

卷五　晓露痕

临渊手里握着这枚平安符，沉默了一瞬，还是原封不动地退还给李羡鱼。

他道："既然灵验，公主便更不该轻易送人。"

他不信鬼神之说。再好的平安符放在他这儿，也不会起什么作用，倒是留在李羡鱼身旁，至少能令她心安。

李羡鱼杏眼轻眨，没有伸手去接。

"不算轻易送人。"她道，"是你先送了我一柄剑护身，我才将它送给你的。"

而且，她觉得临渊比她更需要这枚平安符。

毕竟她成日住在披香殿里，哪儿也不去，不会遇到什么危险。

但是临渊不同。他总想着寻仇，总在夜里出门，无论是防人还是防鬼，都没道理不要护身符。

她想了想，抬起脸来看向他，轻声问："你是嫌弃它是旧的吗？"

她还记得临渊说过，不吃旁人吃剩下的东西。

那他是不是，也不收旧的平安符呢？

李羡鱼若有所思，将他掌心里的平安符拿了回来，弯了弯秀眉："那过几日，我做一个新的给你吧。"

临渊垂眸看向她，想告诉她，对不信鬼神的人而言，平安符并没有什么特别的意义，但眼前的少女眸子乌亮，已经认认真真地向他询问起平安符的细节来。

她一迭声地询问道："你喜欢什么颜色的平安符？上面是绣卍字不到头的纹样好些，还是绣四合如意云纹好些？底下要不要坠流苏？坠什么颜色的流苏？"

李羡鱼兴致颇高，令人无法推拒。

皎洁的月色下，少年微微侧过脸，避开她明亮的眼睛。

在夜风摇动凤凰树叶的"沙沙"声里，他低声答："简单些的便好。"

李羡鱼轻轻点了点头。她揉了揉自己坐得有些发酸的小腿，从坐凳上站起身来："那我们先回去睡下吧。待明日，若是不落雨，我想去流云殿看望雅善皇姐。"

临渊随之起身。

"好。"

一夜很快过去。

用完早膳后，李羡鱼折了一捧金黄的桂花，又从小厨房里拿了一食盒糕点，带着月见与竹瓷去了雅善皇姐的流云殿。

迎候她们的，是流云殿的大宫女琉璃。

李羡鱼让竹瓷将带来的点心递给她，轻声询问："琉璃，雅善皇姐的身子如何？可好些了？我能否过去瞧瞧她？"

琉璃福身，接过食盒，引着众人往殿内走，眉眼间满是忧色："有劳公主挂心了。只是我家公主的身子素来孱弱，前些日子一落雨，便迟迟不见好，今日娘娘才召了太医们过来诊治，也不知道得出结论没有。"

说话间，一行人已行至偏殿前。

李羡鱼方提裙步入偏殿内，便听见数名太医正为雅善皇姐的病情争论。

有说要用重药的，有说公主的身子禁不起这般用重药的，也有说若是这样一味地拖着，等入冬时天气转寒，便愈难诊治的，众说纷纭，争执不休。

雅善公主的生母赵婕妤则坐在一旁，不住地拿帕子拭泪。

殿内乱作一团。

李羡鱼只好避到旁侧的屏风后去，想先等他们争出个结论来。

这一避，她便瞧见临窗的木椅上还坐着一位太医。

弱冠年纪，深青色的太医服装衬得他气质温润，正是李羡鱼熟识的太医顾悯之。

他未曾参与到这场争论中去，仅是独自坐在稍远处，安静地铺纸研墨，就着天光，缓缓开着一张药方，从李羡鱼的角度望去，便像是一枚落在沸水里的璧玉。

无论周遭如何喧嚣鼎沸，他都自有温度与纹理。

此刻，顾悯之的方子也已至尾声。

待最后一笔落下，他便伸手去拿一方放在稍远处的白玉镇纸，视线微抬。

李羡鱼生怕打扰到他给雅善皇姐开方子，见他向此处望来，立刻便捧着桂花，悄悄往屏风后缩了缩身子。

因而顾悯之望见的，便只有一角露在屏风外的鹅黄色裙裾，像是春日里柔嫩的柳枝。

罗裙的主人并不知他已看见，还偷偷从屏风后探出一截雪白的指尖，将她的裙裾也往里掖了掖，彻底藏到绘着松竹的屏风后。

顾悯之垂下眼帘，微微失笑。他并未出言点破，而是动作如常地将方子以镇纸压好。

待宣纸上的墨迹渐渐干涸，在殿内争执的太医们也终于得出个结论来。

那便是各开各的方子，赵婕妤愿意信谁，便用谁的方子。

又是一盏茶的工夫，各位太医方子开完，纷纷起身向赵婕妤告辞。

顾悯之同时起身，向赵婕妤告辞后，亦抬步往外。

经过李羡鱼藏身的屏风时，他步履微停，于一支水墨青竹前侧身，替她挡住屏风外斜照而来的日光。

有同僚停步，不解地询问："顾大人不回太医院吗？"

顾悯之语声温和："赵大人可先行一步。悯之再思量一二，若是没有更好的方子，便回太医院中当值。"

同僚应声，纷纷走过他的身旁。

李羡鱼抱着满怀的桂花，在屏风后微微侧首看他，想着要不要悄声与他道谢，还未启唇，眼前的天光便微微一明。

是顾悯之如常抬步，随着最后一位太医离开了这座安静的寝殿。

李羡鱼便也收住语声。

她在屏风后等了一阵，等到太医们纷纷走远，才轻轻从屏风后出来，捧着桂花走到赵婕妤跟前，微微福身行礼："赵娘娘，我来看看雅善皇姐。皇姐的身子可好些了？"

赵婕妤今年不过三十余岁，原本是格外清冷的长相，此刻哭过后，眼眶与眼尾皆红，倒显出几分柔弱与恍惚来。

"九公主过来了。"她从椅子里站起身来，声音里仍旧带着哭过后的暗哑，"我们雅善是个福薄的，因前几日落了几场秋雨，便又病得起不来身了。如今多少药材吃下去，她也总不见好，怕是……艰难了。"

李羡鱼愣了愣，赶忙连声安慰她："既然太医们开得出方子，那雅善皇姐的病情必然是有转机的，兴许等明年开春的时候天一热，便会好转了。"她说着，又放轻了语声询问道，"我……能进去看看雅善皇姐吗？"

赵婕妤轻轻点了点头，叹气道："也好，趁着雅善今日还有些精神，公主便进去与她说说话吧。"

李羡鱼轻声应下，又安慰了赵婕妤几句，才跟着引路的大宫女琉璃走进内殿。

雅善的寝殿布置得极为素净，一应物事皆是以月白与浅青为主。

尤其是那一层又一层雪缎幔帐垂落下来，便如同秋日里落了一场大雪，显得格外清凉与安静。

李羡鱼在幔帐的尽头看见了雅善。

她穿着一身素净的寝衣倚在榻上，身后垫着一个雪白的大迎枕，露在锦被外的双肩与手腕瘦得不盈一握，像是雪地里落尽了花叶的梅枝。

李羡鱼抱着金桂走到她的榻前，轻轻地唤她："雅善皇姐。"

榻上的雅善轻轻抬起眼帘。她继承了赵婕妤清冷的长相，只是面色过于苍白，加之病中无力的缘故,便减了几分梅花般的清寒傲骨,显得柔和淡雅了许多。

"小九,"她轻唤了声,淡而纤细的眉展开,眼底漾出淡淡的笑意,"今日又带了什么有趣的东西过来?"

李羡鱼坐到离她最近的绣墩上,将怀里灿金似的桂花捧给她看:"雅善皇姐,你看,披香殿里的桂花都开了。我摘了些过来。你差人将它养在瓶中,每天换清水,能开上好久。"

雅善抿唇笑了笑,似乎有些怀念:"我倒是许久没见过这样好的桂花了……"

她说着,又低下头拿帕子掩口,剧烈地咳嗽起来,慌得李羡鱼急忙站起身来,替她抚背。

好一阵,咳喘才平息,帕子上也见了红,雅善却似早已习惯了,只信手将帕子轻轻放下,哑着嗓子对李羡鱼道:"你替我将它插进梅瓶里吧。"

李羡鱼担忧地轻轻应了声,先扶着她在大迎枕上躺好,这才起身,从不远处的长案上找到一个细颈红底的梅瓶。

她将手里那捧桂花仔细地归置好,视线又不由自主地落到一旁的皮影戏木箱上。

竖起来的木箱里散落着几个系着丝线的皮影小人,倒像是一出皮影戏演到一半被人打搅了。

李羡鱼想:她应当便是打搅的那个人。

她有些不好意思地问:"皇姐今日请人来唱皮影戏了吗?怎么不见戏班子的主人?"

"是我的影卫。"雅善无奈地对她笑了笑,"她见你进来,便躲开了。"

李羡鱼看了看里头的几个小人,新奇又艳羡:"皇姐的影卫还会演皮影戏?那多有意思,每日里都有皮影戏看,再不会无聊了。"

雅善轻轻垂下眼帘:"她原是不会的。是我身子太弱,去不了什么地方,她才想了这出,逗我开心罢了。"

李羡鱼安慰她:"等来年开春,皇姐的身子一定会好起来的。那时候,便请皇姐来我的披香殿玩。"

她想了想,抿唇笑起来:"我的影卫不会玩皮影戏,但是念话本很好听,到时候,让他也念给皇姐听。"

雅善依旧轻轻地笑着:"等什么时候能下地了,我一定过去。"

李羡鱼这才依依不舍地从不属于她的皮影戏盒上收回视线:"那嘉宁先回去了,隔几日,等皇姐身子好些了,再来看您。"

她在看话本的时候,不喜欢看到一半便放下。

她想:看皮影戏应该也是这样的。

她早些告辞,才好让皇姐继续看下去。

雅善病中精神不济,便也没有送她,只是轻轻弯了弯唇角:"去吧。"

李羡鱼在带着竹瓷她们离开流云殿的时候，才转过照壁，便遇见了等在殿外的青年。

　　"是顾大人。"月见轻轻扯了扯李羡鱼的袖口，示意她往道旁看去。

　　李羡鱼也看见了顾悯之。她提起裙裾，快步走过去，有些讶然："顾大人，您不是回太医院去了吗？"

　　顾悯之看向她，旋即微微垂眼："今日原本便打算去披香殿中给淑妃娘娘诊脉，正巧公主在此，便略等了一会儿，好一同回返。"

　　李羡鱼轻轻点了点头，秀眉随之弯起："自从换了方子后，母妃身子好转不少，夜里也能够睡个整觉了，多亏有顾大人。"

　　她说着，想起适才众太医给雅善皇姐开方时的情形来，话语微顿，忍不住又放轻了声音问他："顾大人，雅善皇姐的身子怎样了？"

　　顾悯之沉默了少顷，只温声道："先尽量用药温养着，等来年夏日兴许会有转机。"

　　李羡鱼不免有些失落："去岁秋日，大人也是这样说的……"

　　顾悯之并未辩解。他翻过医案，得知雅善的身子虚弱，是胎里带来的寒症所致，难以根除。她原本便是被拿药强留着，病症天冷时发作得更厉害些，天暖时自然又好些。

　　至于她能留多久，唯有看上天的怜悯还余下多少。

　　李羡鱼并不知他心中所想，仍旧一壁步履轻轻地往披香殿走，一壁带着些向往道："今日我给雅善皇姐送桂花来，她说，好久没见过这样好的桂花了。我还想着，等她什么时候身子好了，带她来披香殿里，亲手摘上一大捧回去。"

　　顾悯之侧首看向她。

　　秋日淡金色的天光里，少女鲜红的唇角轻抬，清澈的杏眸弯成月牙，似在描绘一场不真实的梦境。

　　他视线微顿，终究没有将这场梦境打碎。在穿庭而过的秋风里，他垂下目光，轻轻应了她一声："会有这一日的。"

　　这句话换来少女清脆的笑声。

　　在风吹梧桐叶的"萧萧"声里，他与李羡鱼一同回到披香殿里。

　　先过来迎接的，不是什么宫人，而是李羡鱼养在殿内的兔子——小棉花。

　　白茸茸的一团顺着木质游廊"咚咚"地跑过来，亲昵地在李羡鱼的裙裾上蹭个不停。

　　李羡鱼俯身将小棉花抱起，见它在她的怀中向顾悯之的方向张望，便弯眉轻笑出声："小棉花还记得大人呢。"

　　顾悯之唇角微抬，未来得及回答，廊里又是一阵脚步声匆促而来。

　　李羡鱼闻声回首，看见守殿门的小答子疾步过来，急匆匆地向她禀报："公主，东宫来人说要见您。"

　　李羡鱼杏眸微弯，猜到应当是她之前托付给皇兄的事有了回音，只是不知，皇兄的太傅看出是哪家的书法没有。

她满怀期待，语声轻快地应道："我这便过去。"

话音落下，她想起顾悯之还在身旁，便将怀里的小棉花递给月见抱着，略带歉然地轻声对他道："顾大人，我要去照壁前见东宫使者。要不，先让月见带你去给母妃诊脉，我一会儿便过来。"

顾悯之微微颔首："无妨。"

李羡鱼秀眉微弯，这才转身，随着小答子往前殿的方向去了。

等她走到照壁跟前的时候，东宫的长随早已等候在此，甫一见她前来，立刻上前拱手行礼。

"公主。"

李羡鱼轻应一声，转而问他："可是字迹的事有了眉目？"

长随颔首，自袖中取出之前的课业交还李羡鱼，躬身道："公主让殿下转交的课业太傅已经过目。"

李羡鱼接过，满怀希冀地道："太傅如何答复？可看得出是哪家的书法？"

长随微顿，低声回道："太傅令属下转告您，落笔之人许是学得太多、太杂，抑或是自身的痕迹过重，已看不出师从何家。"

李羡鱼不由得失落，但还是轻轻点头："还是替我谢谢太傅。"

长随应声，又道："不过，太子殿下令属下带话给您，说若真是师从名家，那十有八九是世家子弟，若是世家子弟，太子殿下自有办法。"

李羡鱼急忙追问："皇兄可有说是什么办法？"

长随道："中秋夜宴前，太子殿下会在东宫办一场小宴，届时玥京城的世家子弟皆会到场。"

他说着，从袖袋里取出几张请柬，双手奉给李羡鱼："殿下请您带着朋友，以姜家兄妹的名义出席。您的朋友若真是世家子弟，自会有人上前相认。"

李羡鱼明眸微亮。

这个方法极好，到时候她戴个幂篱，说是去东宫游玩的，若是有人来找临渊相认，那当然最好；若是没有，权当是出去散心了。

她将请柬接过来，却微微一愣。

"怎么有三张请柬？"

多出来的那张是给谁的？

难不成是给竹瓷她们的？

长随当即解答了她的疑惑："太子殿下想请您将这张多余的请柬转交给宁懿公主。"

李羡鱼杏眸微睁，顿时觉得手里的请柬成了个烫手山芋。

她当即便要将那张多余的请柬还回去："既然是给皇姐的，那你亲自送去不是更显出诚心？"

长随将手笼进袖子里，只俯身作揖，并不接过，苦着脸道："属下可没那个本事。"

您是知道的,殿下与宁懿公主的关系素来不佳。若是由东宫的人送去,这张请柬立刻便会被原封不动地退回来。唯有托您转交,宁懿公主才会收下。"

他看向李羡鱼,话里颇有深意:"公主请看在殿下愿意帮您的分上,也投桃报李,帮东宫一个小忙吧。"

李羡鱼听出了他的言外之意——若是她不同意,那剩下两张请柬兴许也不会给她了。

李羡鱼略感为难:"那……我试着与宁懿皇姐说说,但她可不一定答应。"

她想了想,又问道:"是只要到场便好吗?"

"恐要留一些时辰。"长随左右看了看,走近了些,低声道,"殿下是想借着这场宴席,为宁懿公主择婿。"

"为皇姐选驸马?"李羡鱼惊讶地失声叫道,又慌忙地掩住了自己的口。她左右望了望,轻声问那长随:"这桩事,还有其他人知道吗?"

长随答道:"唯有太子殿下、公主与属下知道。还望公主莫要宣扬。"

李羡鱼轻轻点头,再抬起眼来时,那双清澈的杏眸格外明亮。

她还是第一次听见为公主选驸马这样的事。

在她的记忆里,大玥的公主,也就是她的皇姐们,都是由父皇许婚,千里迢迢地嫁到邻国,有生之年再难回返。

若是皇姐能够在宴席上相中一位驸马,是不是便能够留在大玥了?

若真是这样,她还是很愿意帮这个忙的,哪怕没有请柬。

"我会保守秘密的。"李羡鱼弯了弯眉,郑重地将请柬藏进袖袋里,"你先回东宫复命吧,我今日便将请柬带给皇姐。"

长随闻言大喜,连连对李羡鱼道谢,拱手去了。

目送他的背影消失在披香殿外,李羡鱼也回过身去,往东偏殿走去。

待她赶到东偏殿的时候,顾悯之已为淑妃诊完平安脉,开完了新的方子。

李羡鱼提裙走过去,轻声问他:"顾大人,母妃她如何了?"

顾悯之眉宇深锁。

之前更换的方子药效极好,好得有些离奇,令人不由得担忧是否药量过重所致。可数年来难得有方子见效,他若此刻更改,恐怕会功亏一篑。

思忖良久,他最后搁笔,将新开的方子叠好递与李羡鱼:"若无事,便维持之前的方子继续观察效果。若淑妃娘娘身子有所不适,便请公主立即更换成这张方子,同时遣人来太医院寻我。"

李羡鱼听完,郑重地点头,又将旧方子从荷包里取出来,与新方子一同放进旁侧的一个小木匣里。

小木匣里头依次叠放着许多不用的旧方,经年累月下来,竟积攒了这样厚厚一沓。

顾悯之的视线微顿,停留在李羡鱼手中的荷包上。

银缎面的荷包上用红线绣着双鲤戏水的纹样。

红鱼灵动，绣工却粗糙，看着不像是织造司会奉给公主的物件，亦不像是李羡鱼自己的手艺。

李羡鱼察觉到他的视线，面上微微一红，偷偷将荷包藏了回去。她站起身来，心虚地转开了话茬儿："对了，今日小厨房不知道又做了什么点心，我让月见她们给顾大人包些回去。"

顾悯之随之垂下眼帘，轻轻颔首向她道谢："让公主费心了。"

因午膳时间将近，小厨房里的点心做得并不多，唯有松子百合酥与枣泥酥饼两样。

李羡鱼便各选了些给顾悯之带上，又亲自送他到照壁前。

临出殿门时，顾悯之停步，语声温和地道："不日便是中秋。公主若要夜中赴宴，可提前以茯苓、芍药、生姜、附子熬煮玄武汤饮下，以防风寒。"

他想了想，怕她记漏，又写了一张玄武汤的方子给她。

李羡鱼弯眉谢过他，将这张方子也装进荷包里，在照壁前驻步，目送他往太医院的方向走去。

回返的时候，月见忍不住打趣道："今日披香殿可真是热闹，您出去了一趟，还一连送了两拨人出去。"

李羡鱼笑着轻轻推了推她："若是无事，便催他们将午膳备上，待用完午膳，我还要去见宁懿皇姐呢。"

月见笑着应了一声，往小厨房去了。

披香殿的午膳很快被送来。

因为秋日干燥，除了素日常见的膳食，小厨房还特地奉了一道冰糖雪梨过来。

一个圆滚滚的雪梨浸在黄澄澄的糖水里，旁侧散着三五枚暗红的枸杞，看着很是喜人。

李羡鱼心情颇好地在长案尽头落座，小声对梁上唤道："临渊，"她弯眉，"该用午膳了。"

玄衣少年自梁上而下，无声地坐在长案另一头。

他今日不知道为何，似乎情绪不高，下颔的线条紧绷，显得眉眼布满寒霜。

"怎么了？"李羡鱼托腮望着他，"是饭菜不合胃口吗？"

"臣不挑食。"临渊语声冷淡。

李羡鱼好奇地指了指搁在他眼前的碗筷："那你怎么不动筷？"

临渊问："不是有客来？"

"有客来？"

李羡鱼微微一愣，少顷才反应过来。

他说的，应当是顾大人。

她遂弯眉笑起来："顾大人已经回去了呀，我让月见给他包了点心的。"

临渊淡淡地看了她一眼:"公主不留他用膳吗?"

李羡鱼微讶,轻轻摇头:"临渊,太医是不能在公主寝殿里用膳的。"

这不合规矩。

她的话音落下,对面的少年便掀起薄薄的眼皮看向她:"那公主与我一同用膳,便合规矩了?"

他的话将李羡鱼问住了。她垂首认真地想了想,有些为难。

宫里似乎没有规矩说不能与影卫一同用膳,当然,也没有规矩说能。

李羡鱼想了半响,抬起眼来,眉眼弯弯地看向他:"有没有这个规矩不重要。"她道,"因为我想与你一同用膳。"

毕竟,一个人用膳多无聊呀。

而且临渊又不挑食,她与他一同用膳,他会帮她将她不喜欢吃的都吃完,简直是最好的饭搭子。

她想:应当没有人会不喜欢和临渊一起用膳。

临渊语声微顿,少顷,终于抬起眼来看向她。

他眼前的少女乖巧地坐在那儿,唇红齿白,眉眼弯弯,即便是说这样不着边际的话,也并不使人觉得厌恶。

他沉默少顷,终于屈指执起桌上的银箸,无声地挪开了视线。

一块李羡鱼不爱吃的绿豆糕被他攥走,放入自己的碗中。

不知道为何,今日的绿豆糕做得很淡,没什么滋味,吃着如同饮水,令他有片刻的走神。

他想起了方才在东偏殿中看见的那一匣药方,层层叠叠,竟有数十张之多。

他微垂羽睫,将口中并无滋味的绿豆糕咽下,终于启唇问她:"公主与顾太医是何时相识的?"

李羡鱼正小口小口地吃着那碗冰糖雪梨,闻言轻轻抬起眼来。

雪梨的热气氤氲,模糊了彼此的视线,显得少女轮廓分外柔和,笑声也清脆。

"我十二岁的时候,顾大人便来披香殿里看诊了。"

那便是三年前。

临渊沉默地想。

从豆蔻年华到及笄,算得上少女最重要的三年了。

李羡鱼似乎也是这么觉得的。她认认真真地回忆着,心情颇好的模样。

"那时候顾大人还未及冠,是随陶院正一同来披香殿给母妃看诊的。

"他是太医院里最年轻的太医,也许是太年轻的缘故,我听说许多人都信不过他,不敢用他开的方子。"

她轻轻眨了眨眼,对临渊道:"我记得我第一次用顾大人的方子还是两年前的冬天。当时我只顾着玩雪,害了风寒。我嫌陶院正开的药苦,便趁着他不在,偷偷央顾大人给我开个甜的。"

她说着，有些不好意思地笑起来，唇畔露出两个浅浅的梨涡："其实现在想想，倒是我无理取闹了，毕竟哪有药是甜的呢？所以顾大人只是换掉了药里两味特别苦的药材，又给我带了一大包蜜饯，还将药补改成了食补，把每日晌午后的两大碗苦药换成了川贝炖雪梨。"

她低头看着碗里的冰糖炖雪梨，像隔着两道不同的热气又看见了三年前那个初来太医院，温和清正的青年。

在母妃生病的那段时日里，她曾经无数次想过，她要是有个嫡亲的皇兄就好了，而她想的皇兄模样，便是顾大人这般，温柔怜悯，医者仁心。

于是她弯起眉来，轻声下了定论："顾大人便是这样好脾气又体贴的人。"

她说着，抬起眼来，却见长案对面的临渊不知何时已搁下筷子，一双格外浓黑的眸子看向她，羽睫微垂，看不出喜怒。

李羡鱼微微讶然。

"临渊，你怎么不动筷了？"

待用完午膳，她还要去一趟宁懿皇姐那儿呢。

临渊睨她一眼，语声淡漠："待公主夸完，我再吃不迟。"

李羡鱼被他说得红了脸，连忙将放在自己面前的一碟酥炸鲈鱼条推到他面前："我不说了，你快吃吧。"

临渊执箸搛起一根鱼条，送至唇畔的时候动作微顿。他抬眼看向李羡鱼，问道："公主不再想想？"

李羡鱼连连摇头，脸色更红："我真的没什么想夸的了，你快吃吧。"

临渊这才垂眼，咬了口银箸上的鲈鱼条。

鱼条炸得酥脆，在他的齿尖碎裂的声音十分清脆，打破了殿内的沉寂。

李羡鱼便也搛起一条来，小小地咬了一口，略想了想，又从旁边拿了两只小碟过来，均匀地往里倒上玫瑰米醋。

酸酸的香味在二人之间溢开，临渊再度停下动作，凝眸看向她。

李羡鱼将倒好米醋的小碟分了他一碟，眉眼弯弯地解释道："这鲈鱼条要配着这玫瑰米醋吃才更好吃。"

她说着，见临渊并不动筷，才隐约想起来，有些人不喜欢米醋的酸味。

于是，她又问道："对了，临渊，你素日喜欢吃醋吗？"

她的语声落下，临渊握着银箸的长指骤然收紧，一条新搛的鱼条立刻断作两截，"吧嗒"一下，一左一右落进他面前的瓷碟中，露出雪白的切面。

临渊抬眼看向她，目光沉沉，咬牙低声道："公主！"

李羡鱼低头看了看那根断开的鱼条，又抬眼去看少年宛如凝霜的面孔，试探着道："你不吃的话，我把醋拿走了？"

她这句话一说出口，便像是往热锅里浇了一瓢冷水。

临渊立刻搁箸，站起身来，语声沉沉："公主慢用。"

说罢，他不待李羡鱼反应，便背过身离开长案，重新回到梁上。

李羡鱼拿着米醋的素手顿住，她看了看面前的一桌子菜肴，又看了看空空如也的长案尽头，十分茫然。

她不就是问问临渊吃鲈鱼条的时候蘸不蘸醋，他怎么就生气了呢？

李羡鱼百思不得其解。

午膳后，李羡鱼不得已，还是带着满肚子疑惑去了宁懿皇姐的凤仪殿。

迎接她的，依旧是凤仪殿的大宫女执霜。

只是这次，执霜并未立刻引她进去，反倒是面有难色："我家公主如今还有客在，恐怕要公主等候少顷。"

"奴婢先带公主去偏殿用茶。"

李羡鱼下意识地道："是太子皇兄吗？"

毕竟会来凤仪殿的人并不多，来来回回便是这几位。

令李羡鱼意外的是，执霜并未正面回答，而是转开了话茬儿，笑着将她往偏殿引："今日小厨房准备了些新颖的点心，公主先往偏殿落座，奴婢很快便让人奉来。"

李羡鱼唯有轻应了声，跟着执霜往偏殿走去。

她方在待客的八仙桌旁落座，执霜说的点心便由小宫娥奉来——一整套八宝攒盒与一杯熬得格外浓醇的牛乳茶。

李羡鱼刚用过午膳，便只略微吃了些，又从中选出一样她觉得最好吃的松子糖来，问一旁伺候的小宫娥："这松子糖我能带些回去吗？"

她想着：她带些松子糖回去，临渊吃到这样好吃的松子糖，兴许便不会再生她的气了。

小宫娥正想回答，方才去禀报的大宫女执霜已从殿外回返。

执霜对李羡鱼笑着躬身道："若是公主喜欢，奴婢便让小厨房多做些，再将这道点心的做法写在纸上，一同拿来给您。"

李羡鱼轻轻点了点头，正想道谢，却听执霜恭敬地道："主殿里的客人走了，公主请随奴婢来。"

"这么快便走了？"李羡鱼站起身来，随着她往主殿里走，又忍不住好奇地问，"此人是来找皇姐玩的吗？为什么我一来，人便走了？"

李羡鱼对这个客人的身份有些好奇，但执霜总是悄然将话题岔开。

不知不觉间，两个人绕过金雀屏风，进了内殿。

殿内依旧弥漫着那股李羡鱼不喜欢的似麝香而非麝香的香气，甚至比她上回来的时候还要浓郁许多。

李羡鱼不得不屏息往里走，就当她觉得自己快要憋不住气的时候，终于在红帐深处看见了宁懿皇姐。

她依旧慵懒地倚在美人榻上，半合着凤眼，似乎连搭在小腹上的素手都懒怠抬起。

宁懿皇姐今日还未熏李羡鱼不喜欢的那种香。她方沐浴过，身上是玫瑰露与热水混合而成的甜香，松垮的外裳下，晶莹的水珠滚在玉白的肌肤上，令人不敢多看。

"小兔子，"宁懿看见她，轻轻笑了声，招手让她过来："什么好日子，竟让你想着过来寻我？"

李羡鱼在她榻边的绣墩上坐下，见皇姐又要伸手来揉自己的脸，连忙从袖袋里拿出请柬给她："皇姐，是太子皇兄让我送请柬给你。"

宁懿面上的笑意淡了些许。她指尖停留在李羡鱼的梨涡上，以鲜红的指甲刮着，轻"哧"出声："说吧，小兔子，收了人什么好处？"

李羡鱼有些心虚。

她确实是收了好处，但是也觉得，这件事对宁懿皇姐，甚至对大玥的每一位公主而言，都不是一桩坏事。

于是她如实道："皇姐，太子皇兄说，想请你去东宫赴宴，让我将请柬转交给你。"

她想了想，觉得大抵是瞒不住的，便又小声道："听说，那日玥京城里所有的世家子弟都会到场。皇兄还想趁着这次机会，在宴席上为皇姐选一位驸马。"

"驸马"二字一落，宁懿缓缓收回手去。她凤目微眯，注视李羡鱼半晌，倏然捧腹笑出声来，像是听见了什么格外好笑的笑话："驸马？我那位皇兄，居然还想着给我选个驸马？"

她俯身凑近，伸手去摸李羡鱼的脸："小兔子，你觉得我需要这东西吗？"

她刚从浴水里出来，指尖是这般烫，令李羡鱼下意识地往后缩了缩身子。

这一躲，视线无意间下垂，李羡鱼看见宁懿皇姐的心衣随着她俯身的动作敞开些许，露出一线起伏的玉色与几道落花似鲜红的痕迹。

李羡鱼双颊微红，别开视线，小声提醒道："皇姐身边的小宫娥下手也太重了，搓澡的时候把皇姐的肌肤都搓红了。"

她的语声落下，宁懿面上的笑意反倒愈浓。

"小兔子，你真是什么都不明白。"宁懿低着眸，自顾自地轻轻笑了一阵，又道，"你身边那个影卫也是个不顶用的，这么久了，什么都没教会你吗？"

李羡鱼轻轻蹙了蹙秀眉。她虽不大明白这与临渊有什么关系，但也不喜欢有人无缘无故地说临渊的不是，即便那个人是她的皇姐。

于是她转过身来，蹙眉反驳："临渊他很好。"

而且临渊也不是什么都没教她。临渊教了她听声辨位的，只是时间太短，她还没来得及学会。

宁懿又笑："小兔子还学会护短了。"

李羡鱼抿唇，不答她的话，只是将请柬又往她手里递了递："皇姐想笑嘉宁便笑吧，笑完了记得赴宴便好。"

宁懿看着她，凤眸里有兴味流转。

"我原是不去的。"宁懿换了个姿势，语声慵懒，"奈何你身边的人不得用，倒让我不得不接这张请柬了。"

宁懿轻轻拈起那张请柬，似笑非笑地望着李羡鱼，又凑近了些，在她的耳畔吐气如兰："小兔子，虽说是为我选驸马，但你若是看中了谁，与皇姐说一声，也不是不能弄进宫里来。"

李羡鱼一愣，讶然转眸望向宁懿：弄进宫里来？像她当初带临渊入宫那样吗？

可是，一名公主只能有一位影卫。

难道宁懿皇姐的意思是让她换一名影卫？

可是临渊好好的，她为什么要将他换掉？

李羡鱼想不明白。她从玫瑰椅上站起身来，轻轻摇头拒绝："这是为皇姐选驸马办的宴席，嘉宁才不会从中看中谁。"

她说着，轻轻弯了弯秀眉，认真地道："而且，我已经有临渊了。"

许是她的语气太过诚挚，令宁懿也敛了笑意，抬起凤眼，饶有兴致地看向她。

少顷，宁懿摩挲着手里的请柬，意味深长地道："小兔子，年少时的感情固然可贵，但话也不必说得太满，毕竟这一生还长。"

宁懿说着，轻笑了声，似乎有些倦了，随后不再说话，只是以手支颐轻轻合眼。

那张请柬被她枕在如云的乌发底下，单薄得像是装饰在她发间的一枚箔片。

李羡鱼在原地等了一会儿，见宁懿皇姐似乎睡去了，想着这请柬应当算是送到了，便放轻了步伐，悄悄往殿门处退去。

绕过金雀屏风的时候，她终于听见皇姐慵懒的语声和带着促狭与意味深长的笑声。

"小兔子，有谁没谁并不要紧。

"人这一生，兴许是会喜欢上很多人的。"

李羡鱼觉得皇姐这句话说得很对。

一开始的时候，她最喜欢伺候在她身边的竹瓷，后来月见来了，她又喜欢月见。

再后来，殿内又陆续来了许多活泼可爱的小宫娥，她也很喜欢她们，还因此分了许多绒花出去。

但这都不影响她抱着新得的松子糖回到寝殿里，打算将可能还在生她气的临渊哄好。

"临渊，"李羡鱼将隔扇掩了，眉眼弯弯地立在梁下，轻声唤道，"你快下来，我分你松子糖吃。"

少年自梁上而下，抬起那双浓黑的眸子看向她，语声很淡："不必。"

他本就不爱吃甜食，遑论刚用完午膳。

李羡鱼也看向他，略想了想，又轻声问他："临渊，你还在生我的气呀？"

临渊轻轻垂眼："没有。"

方才李羡鱼离开的时候，他独自一人在梁上想了许久，终于明白了他的僭越。

他与李羡鱼原本便是简单的公主与影卫的关系，她提供容身之处，而他负责保护她的安危，仅此而已。三个月之后，二人更是连这层简单的关系也不剩，甚至余生也未必会再见。

李羡鱼夸赞谁，亲近谁，挂念谁，与他半点儿关系也没有，他更不必因此而生气。但旋即，划清的界限重新被打破。

李羡鱼提裙走近了些，在殿内稍暗的光线里仰脸望着他。

她来时从庭院的桂花树下经过，身上也染了淡淡的桂花香气，一双羽睫长而卷翘，眼睛轻盈眨动间，像是有星子从这垂落的帘后冉冉升起。

她这样端详着临渊，令他如临大敌，极不适应地侧过脸去。

她很快得出结论。

"临渊，你还在生气呀？"

临渊剑眉紧蹙，未来得及启唇否认，李羡鱼又大大方方地往他的手里塞了张请柬。

午后柔和的光线中，少女手里拿着另一张一模一样的请柬，仰脸望着他，唇畔梨涡浅浅，笑声清脆。

"那我带你出去玩吧，你别生我的气了。"

寝殿内有片刻的静默。

玄衣少年隔着一道半垂的纱幔跟她对视，薄唇紧抿，垂在身侧的长指收紧，手中的请柬都被他握得皱起。

李羡鱼羽睫轻扇，就当她以为临渊要拒绝的时候，少年侧过脸去，纱幔后传来他低沉的语声："去哪儿？"

李羡鱼笑起来，打开手里的糖罐，拿出松子糖分给他："去东宫呀。"

她拉着临渊在长案旁坐下，将手里的请柬拆开给他看。

请柬上头系着的红色丝线被李羡鱼解开，从请柬中飘下一张薄薄的锦书，被临渊顺势拿在手中。

李羡鱼垂眼去看，见其上详细地记载了姜家兄妹的喜好与行走言谈时的一些习惯。

从锦书上记载的内容来看，这对兄妹皆是今年告老还乡的姜阁老的孙辈，亦是姜家的旁支，从小跟随父母在徽州居住，今年九月随父入京祭祖，十月便又要随姜阁老离京，算得上在玥京城昙花一现的生面孔，既无什么人脉，也无几个熟人，只要李羡鱼和临渊不做什么极为出格的、引人注意的事，想来不会被人发觉。

李羡鱼弯眉，轻声赞道："皇兄想得好周到，这样应当不会露馅了。"

临渊的视线则落在那张打开的请柬上。

"两日后申时，东宫赴宴，给姜家兄妹。"他念了一遍，又看向那张锦书，眉梢微抬，"姜家兄妹？"

他皱眉："公主为何不以自己的身份入席，而要扮作他人？"

李羡鱼红唇微启，话到唇畔，却又没了声音。

要是她以自己的身份入席，临渊便只能暗中跟着她。

临渊要是不现身，又怎么能让世家子弟们过来相认呢？

毕竟这场宴席的目的原本便是帮临渊找到他的家人。

只是如今事情还未有眉目，她不好与临渊说起，以免他最终失望。

于是李羡鱼莞尔："因为我想与你一同入席呀。"

她的语声落下，临渊握着请柬的长指一顿。他侧过脸来看她，又很快挪开视线，只低声道："公主开心便好。"

李羡鱼侧首看他，杏眸轻眨，又从糖罐里拿出一枚松子糖放进自己的嘴里。

待松子的焦香与糖块的甜味一同漫开，她又发出甜而清脆的笑声："那便这样说定了。"

天边晚云烧尽，夜幕重重降下。

披香殿的锦榻上，李羡鱼睡得并不安稳，露在锦被外的俏脸微白，两道纤细的眉紧蹙着，眉心间满是珍珠般的细汗。

她沉浸在自己的梦境中，梦见两日后的东宫小宴。

她与临渊扮作姜家兄妹一同入席，连侍女们送上的八宝攒盒都还未来得及打开，便有一对陌生的夫妇过来相认。

他们俯身与她道谢，说这些日子多谢公主照拂。

临渊也将那串金铃还给她，说祝她往后平安喜乐，顺遂无忧。

她站起身来，又被赶来看热闹的世家子弟们团团围住，只能眼睁睁地看着那对陌生夫妇把临渊带走。

众目睽睽下，她甚至都不能问一声他的本名叫什么，还会不会回来。

当梦境里少年的背影彻底消失在视线尽头时，李羡鱼终于自梦境里惊醒。她捂着心口从床榻上坐起身来，垂下的羽睫随着呼吸轻颤。

殿内微弱的灯火隔帐透进来，落在她的羽睫末端，摇曳不定，如日色流金。

李羡鱼微微侧过脸，抬手撩起红帐，很轻地唤道："临渊？"

寝殿寂静，回应她的，唯有远处灯烛燃烧发出的轻微声响。

"临渊？"

李羡鱼尝试着又唤了一声，却仍旧没有半点儿回应。

临渊不在殿内。

仿佛梦境成了真，那名总是跟在她身侧的玄衣少年终于像春来时梅间的雪露一般，于日出之前，无声无息地消散了。

李羡鱼连忙摇了摇头，打消了这个奇怪的念头。她想：临渊应当是暂时忙自己的事去了，兴许一会儿便回来。

不过经这般一打岔，李羡鱼倒没了睡意。她披衣站起身来，就着从支摘窗透进来的微弱月光行至窗畔。

庭院内夜色静谧，凤凰树的枝叶被夜风拂动，在窗扇间投下一重又一重错落的影。

李羡鱼将手肘支在窗台上，托腮望着天穹上圆如白璧的明月。

月明如昼，银霜赛雪。

明月光辉里的披香殿亦安静如落雪的冬日。

李羡鱼细想来，应当是少了那名会给她念话本的少年。

李羡鱼默默地想：迟早会有这一日的，她应当提前习惯才是。

她这般想着，但情绪始终不高。

于是她从长案上拿了那罐松子糖过来，就着庭院里的月色，一枚又一枚缓缓地吃着。

当她吃到第三枚，都快尝不出甜味的时候，沉在夜色里的凤凰树轻微地摇晃了一下。

李羡鱼下意识地抬起眼来，看见玄衣少年身姿轻捷地从凤凰树繁茂的枝叶间跃下，黑靴点地，一个纵身，便到了窗前。

二人视线对上，临渊动作微顿。

"公主？"临渊松开紧握住佩剑的右手，逾窗进来，发梢与夜行衣上皆有被夜露沾湿的痕迹，"公主还未就寝吗？"

李羡鱼没有回答。她捧着糖罐望着踏着夜色归来的少年，羽睫沾露，杏眸里水光盈盈。

临渊微愣，转瞬似乎觉出理亏，单手摘下铁面，放低了语声与她道歉："我不知公主会醒……"

临渊想说，下次离开，他会留张字条，而李羡鱼仓促地扭过脸去，带着心思险些被当场窥破的心虚，不让他看她的眼睛。

她胡乱找出理由，嗓音里犹带哽咽："你偷偷出去玩，都不带我。"

她的语声落下，殿内又是一静。

临渊沉默半晌，似乎想起上回带李羡鱼出去时的种种艰难。

他原以为，那会是最后一次。

良久，他妥协似的轻轻合了合眼："公主想去哪儿？"

李羡鱼微愣，缓缓转过脸来，看向贴窗立着的少年，那双尚带水汽的杏眸微微亮起，语声很轻，带着一点点不易察觉的期待："临渊，你要带我出去玩呀？"

临渊转过视线，抬眉看她。

李羡鱼的情绪变得这样快，让他有一种受骗的错觉。

好在李羡鱼并未给他过多思忖的余地。她踮起足，贿赂似的往他手里塞了枚松子糖，一双波光盈盈的杏眸弯起，语声里藏着清脆的笑声："我想去御河边看看。"

临渊垂下眼帘，没有拒绝。

有过夜里出行的前例，这回李羡鱼扮起小宫女来更是轻车熟路。

她三两下便换好深绿色的小宫娥服装，又寻了盏灯火微弱的笼纱灯，便跟在临渊身后，悄悄走出披香殿。

二人此行的目标是御河。

宫内的御河又名玉河，如一条玉带横穿整个大玥宫廷。河流的源头与尽头皆在宫外。其中一处转折便离披香殿不远。

临渊遂循着水声，带李羡鱼行至御河畔。

此时夜色静谧，繁星满天。

李羡鱼在河畔的一块大青石上铺了帕子，坐下，支颐望着月色下波光粼粼的河面。

那罐松子糖被她放在膝盖上，罐口敞开着，散出松子特有的淡淡焦香。

李羡鱼拈起一枚放入口中，等甜蜜的糖汁在唇齿间化开，她侧过脸，眉眼弯弯地问身旁的少年："临渊，你听过御河的故事吗？"

临渊放下佩剑，在她身侧不远处坐下，如实答道："没有。"

李羡鱼抿唇笑起来。她指了指头顶的枫树，轻轻眨了眨眼："你拿片枫叶过来，我便告诉你。"

临渊睨她一眼，随意地执起一块石子，掷向离二人最近的一片枫叶的枝叶交接处。

枫叶轻轻晃了晃，飘荡着落下，被临渊顺手接到掌心中，递给李羡鱼。

李羡鱼便将枫叶放在水里，指尖轻拨水面，让枫叶往前荡去："宫里有个传言，说夏至的时候折一只小船放到御河里，若是行到御河中心的时候小船还未沉没，心愿便会实现。"

临渊问："公主也来这儿放过小船吗？"

李羡鱼点了点头，视线随着枫叶一路往前，此时身旁夜风忽来，水面微澜，水中的枫叶随着水波沉浮数下，很快便被河水打湿，无声无息地沉了下去。

李羡鱼这才以手支颐，有些失落地轻声道："在很久以前，在母妃还未生病的时候，我们每年夏至都会来这里叠小船。"

可是每次，小船没行多远便沉没了，以至她总是觉得，那不过是个美好的传言罢了。

临渊侧首看她，见她情绪不高，略忖了忖，又问道："公主现在还想放船吗？"

李羡鱼讶然看向他，下意识地道："可今日不是夏至。"

她想了想，又道："我们也没带折小船用的金纸来。"

她的话音未落，临渊已站起身来，顺手从河畔摘了两片宽大的箬叶给她："公主可以试试。"

李羡鱼接过来，拿在手里好奇地摆弄："这个还能叠小船吗？"她道，"我只见过月见她们拿箬叶包粽子。"

"可以。"

临渊抬眼，见她动作并不熟练，便将她手中的箬叶接过。

碧绿的叶子在他修长的手指间随意翻转几下，很快便化成一只模样简单的叶子船。

临渊将折好的叶子船递给李羡鱼："公主可以许愿了。"

李羡鱼惊讶地看着手里碧绿的小船，少顷，轻轻点了点头。她将叶子船捧在手心里，出神地想着：要许什么愿望呢？

她听说，愿望越大，便越沉重，小船翻覆得越快。

她还是许一个简单的愿望吧。

于是她轻轻合眼，在心中默念：希望临渊被家人带回去之后，偶尔还能回来看她，即便只有一次也好。

许愿罢，她睁开眼，小心翼翼地把叶子船放在御河里，轻轻拨动水面，让水波载着小船往前。

叶子船一路破开水波，在明朗的月色下摇摇晃晃地向前。

李羡鱼渐渐屏住了呼吸。她还是第一次见小船走得这样远，毫无翻覆的迹象。

眼见着小船就要走到河心，愿望将要实现，李羡鱼便要雀跃出声，却见水面上红影一闪。

一尾红鱼跃出水面，不偏不倚地撞在那只小船上。

叶子船晃荡两下，无声地沉没了。

李羡鱼忍不住从青石上站起身来，伸手攥着临渊的袖口，气鼓鼓地指给他看："你看那条鱼，都怪它！"

临渊"嗯"了声，将衣袖自她的掌心抽出，足尖踏上水面，身形随之腾起。他于空中俯身，修长的手指伸进水里，再抬起时，李羡鱼又看见红鱼漂亮的鱼尾一闪。

李羡鱼微愣，而少年已踏水回到她身边，将合拢的掌心展开一线，里头便是那条扑腾的红鱼。

"公主想如何处置？"

李羡鱼杏眸微亮。她将糖罐倒过来，将里头的松子糖尽数倒进御河里，又打了满满一罐子河水，示意临渊将鱼放进去。

"它弄翻了我的叶子船……"

李羡鱼的神情十分严肃，就在临渊以为她的下一句便是要将这条红鱼烤来吃了的时候，她认真地道："我要将它带回披香殿去，关到披香殿的水缸里，让它哪儿也去不了。"

仿佛这样对她而言，便是对它最严苛的惩罚了。

临渊失笑。他以布巾拭去指尖上残余的水迹，问道："那我们现在回去？"

李羡鱼点了点头，捧着装着红鱼的罐子，随着他往披香殿的方向走去。

夜路迢迢，天上的明月在她怀中的水罐中投下一轮小小的月亮，又在红鱼的游弋下碎成不断晃动的亮片。

李羡鱼在这样明亮的月色下缓缓停下步伐，轻声问身旁的少年："临渊，如果有一天，我们分开了，你还会记得我吗？"

临渊侧首看她。

他觉得现在说这些为时过早，毕竟离三个月的期限结束还有很长一段时间，但李羡鱼那样望着他,像是执意想要知道,他便如实回道:"我的记性很好。"

李羡鱼羽睫轻扇,慢慢点了点头,又小声问道:"那你……还会回来找我玩吗?"

临渊顿住步伐。他从未想过这个问题。

四面安静下来,唯有红鱼依旧努力地在糖罐中游动。那条漂亮的鱼尾拨开涟漪,散出细微的水声。

月色皎洁,少年别过脸去,启唇低声道:"兴许。"

披香殿里的日子过得很快,仿佛李羡鱼刚把从御湖里捞起的红鱼养在水缸中,便已到了去东宫赴宴的日子。

方用过午膳,李羡鱼便早早地开始准备。

她依着锦书里姜家妹妹内敛怯弱的性子,给自己寻出一件格外素净的月白色绣玉兰上裳,底下压着条湘妃紫的百水裙,臂弯间挽藕色披帛,发上戴几支样式简单的和田玉簪子。

至于面上的妆容倒不大要紧,李羡鱼原本也没指望依靠脂粉将自己彻底扮作另一个人。

她有更简单的方式。

一顶幂篱被她戴在头顶,格外厚密的白纱重重垂下,让眼前的一切都变得朦胧起来。

李羡鱼站在铜镜前,都有些看不清自己的模样,只好挪步往前,又离得近了些。

就当将要碰到铜镜镜面的时候,她望见铜镜里多出一道颀长的身影。

李羡鱼将幂篱的垂纱掀起,回身望去。

金雀屏风前,少年卓然而立。

往日高束的墨发今日尽数被拢在玉冠中,玄色武袍被换成了墨蓝色的箭袖锦袍,锦袍上银色丝线绣成的流云纹环绕,在秋阳下漾出冰冷的流光,更衬得少年腰身挺拔,轮廓冷峻,如同一柄镶有龙纹的佩剑,尊贵、锋利,透着寒光。

李羡鱼轻握垂纱的指尖顿住。她轻轻地、慢慢地倒抽了口气,有些出神地想:要是宴席上真有临渊的亲人,即便隔着几丈远,应当也能一眼认出他。

临渊亦看向她,如常唤道:"公主。"

临渊低沉的语声拂过李羡鱼的耳畔,削弱了那拒人于千里之外的冷厉。

李羡鱼回过神来,将幂篱上的白纱重新放下。

"我们走吧。"李羡鱼侧耳听了听远处的更漏声,轻声道,"这个时辰,皇兄的长随应当已经等在宫门外了。"

临渊颔首,与她同行。

二人一同出了披香殿,一路避开宫人,行至北侧宫门前。

此刻已是未时,一辆银顶轩车早已候在宫门外不远处。

李羡鱼想挪步往前,却被金吾卫拦住。

守门的金吾卫警惕地询问:"你是何人?因何事出宫?可有出宫的令牌?"

李羡鱼正想着该如何作答，等候在轩车旁的长随已疾步过来，对金吾卫道："这两位是奉命出宫，有东宫的手谕在此，不必盘查。"

他将东宫的玉牌与手谕一并亮出。

东宫与内宫素来两制，由东宫放人，实则并不合宫中的规矩，但如今陛下不理朝政，太子与摄政王监国，互相制衡的同时也各自占据半壁江山，成为朝野间最不可开罪的两个人。

那名守门的金吾卫更无意去蹚这道浑水，验明玉佩的真伪后，便躬身放行，甚至都未过问李羡鱼的身份。

李羡鱼松了口气，与临渊一同上了东宫前来迎人的轩车。

绣着白鹤的锦帘垂落，轩车"辘辘"往前。

李羡鱼坐在车内，将车帘挑起一线，往外望去。

"青莲街上还是这样热闹。"她有些入神地看着，不无遗憾地道，"可惜这次是去皇兄那儿赴宴，不能下车游逛了。"

临渊坐在她对面，顺着她的视线往外看去，语声淡淡："若是宴席散得早，兴许还有机会。"

李羡鱼隔着幕篱望了他一眼，没有回答。

她想：若是宴席上临渊被家人带走，那这场宴席即便散得再早，她也没有机会了。

毕竟，她总不能一个人孤零零地在街上游逛，既不安全，也没了那份心境。

李羡鱼轻轻垂了垂眼，将车帘放下，将热闹隔绝在外。

临渊似乎察觉到她情绪不高，回过眼来，隔着幕篱看向她："若是公主不想赴宴，我们此时尚可回返。"

李羡鱼愣了愣，旋即慢慢摇头，轻声道："这场宴席很重要……不能不去。"

对临渊而言，找到家人才是最要紧的事，比她和临渊玩的愿望更为要紧。

有了家人的护持，他往后会有很好的前程，也不用总是去杀人与寻仇，做一些危险的事了。

李羡鱼这样想着，慢慢从袖袋里取出临渊送她的荷包来。她将荷包打开，从里头拿出一物，递给临渊。

"这是我自己绣的护身符，祝你往后平安顺遂。"

临渊下意识地抬手接过。

一枚小巧的护身符躺在临渊的掌心里，被做成一尾红鱼的模样，淡红色布料上用金线细细地勾勒了"平安"两个字，底下还缀了鲜亮的红色流苏作为鱼尾，倒有几分像他从御湖里捞起的那尾红鱼。

李羡鱼也小声解释道："这枚护身符，我是依着那条红鱼的模样做的。"她道，"红鱼被我养在披香殿的水缸里，而护身符被你带在身上，这样你看到护身符的时候，兴许就会想起我了。"

这样临渊便不会很快将她忘掉，兴许还会在某个晴日回来，喂一喂养在水缸里的红鱼。

临渊看向她,指尖略微收紧,一双浓黑的眸中似有探究之色。

只是一场寻常的宴席,他不知李羡鱼为何说得像是生离死别。

然而他思绪方起,轩车外蓦地传来一道利落的勒马声。

车辕上的长随低声道:"公主,到东宫门前了。"

李羡鱼收回思绪,看向临渊。

临渊也收回思绪,垂眼将护身符收入袖袋中。

二人一同步下轩车。

今日东宫前格外热闹,轩车如龙,人流如织,无数正当年纪的锦衣公子穿行其中,互相攀谈。

李羡鱼稳了稳心绪,像锦书上那位姜家妹妹一样,乖巧地跟在自家"兄长"身后,往东宫殿门前行去。

碧衣侍女迎上前来,接过递上的请柬,引李羡鱼与临渊到举行花宴的梅香园里入座。

他们来得并不算早,近处的席位几乎已被坐满,在座的虽大多是世家公子,却也依稀可见女眷与年纪稍长者。

姜家兄妹家世不高,年纪也轻,席位自然远离主座,被分在一株偏僻的梅树下。

李羡鱼与临渊在梅树下入席,还未来得及环顾席间,便听见远处鼓乐声起。

太子李宴锦衣华服,于上首入座。

一同入席的,还有公主宁懿。

她坐在太子旁侧的一张胭脂席后,面前三道珍珠帘重重地垂落,让人看不清容貌,只能依稀看见美人神情慵懒,半坐半倚,手中似乎还把玩着一柄男子的折扇,这样妩媚而大胆。

底下的世家子弟们神色各异,几道交谈声隐约飘到李羡鱼的耳里。

风流者倾慕;守旧者立眉;更有想攀龙附凤者,已想着要如何在宴席上大出风头,好博得公主青眼,各人心思迥异。

相比之下,李羡鱼这里极为安静。

毕竟姜家兄妹在京中并无人脉,姜阁老也已告老还乡,对旁人来说没了官场上攀附的必要。

且这兄妹二人一个人戴着厚重的幕篱,另一个人眉眼布满寒霜,持剑赴宴,一副拒人于千里之外的模样,倒也没人不识趣地主动上来攀谈。

丝竹骤起,宴席伊始。

李羡鱼心随之高高悬起,指尖轻握着袖口,等着梦里的那对陌生的夫妇过来相认。

可她等了足足一盏茶的时间,等到第一首曲子奏完,也没见到想象中的那对夫妇的影子。

甚至,并无一人过来攀谈。

直至第二首曲子过半，才有一名青衣侍女过来。

李羡鱼抬起眼来，轻声问道："你是替主人过来传话的吗？"

青衣侍女点头，将一碗酥酪放在李羡鱼面前的长案上，暗暗指了指上首胭脂席的方向："奴婢是奉宁懿公主之命，给姑娘送一碗酥酪过来。公主说，难得有这样的机会，让您不要只看着眼前那道菜，可以多挑选挑选。"

李羡鱼还想着梦境里相认的事，有些心不在焉，只是轻轻点头："我知道了，你回去复命吧。"

侍女应声，福身退下。

李羡鱼被这一打岔，高悬的心也慢慢放下。

她想：宴席已过了这么久，若有人想来相认，应当早已过来了。

兴许是她想错了。

毕竟寒门也能出贵子，临渊也未必一定是世家子弟。

李羡鱼这样想着，便伸手去端眼前的酥酪，想将这碗惹眼的甜品给吃掉，只是指尖还未触及碗壁，酥酪便被一只骨节分明的大手整碗端走。

李羡鱼一愣，侧首去看身侧的少年。

少年一只手持剑，另一只手持碗，扫了宴席中各位世家公子一眼，语声格外平淡："公主不多挑选挑选吗？"

李羡鱼杏眸轻眨，格外不解："今日是给宁懿皇姐选驸马，便是选我的姐夫。"她道，"哪有人去挑选自己的姐夫的？"

为了证明这点，她略想了想，又拿他们二人来举了个例子："例如现在，我是姜家妹妹，你是我的兄长，你会去挑选自己的妹夫吗？"

李羡鱼说着，倏然觉得新奇。

她还是第一次这样，完完全全地将自己扮作旁人，像是亲身下场，在演一出鲜活的皮影戏。

于是，她决定更投入一点儿，还不忘带着临渊一起玩。

她伸手轻轻碰了碰临渊的袖口，放软了语声唤他："哥哥？"她忍不住轻轻笑起来，"你会替自家妹妹挑选妹夫吗？"

临渊视线顿住。隔着幕篱，他看不清李羡鱼面上的神情，只听见少女的语声又轻又软，尾音上扬，带着一点儿促狭的笑意，像一把柔软的芦花轻轻扫过耳畔，微痒。

他握紧了手里的瓷碗，轻轻垂下羽睫，启唇询问："公主喜欢什么样的人？"

李羡鱼鼓起腮来，不满地纠正他："我现在是姜家妹妹，你应该唤我'妹妹'才对。"

临渊仍旧道："公主。"

李羡鱼抿唇："你要是不唤，我便不告诉你了。"

临渊默了默，良久，终于妥协。

"妹妹……"

李羡鱼这才在幕篱后轻轻笑起来。她单手支颐，真的将自己代入姜家妹妹这个角色里。

她想：如果她是姜家妹妹，会喜欢什么样的少年郎呢？

她很快得出答案，不假思索地道："自然是鲜衣怒马的小将军。"

临渊侧首看向李羡鱼，握着碗壁的长指略微收紧，而她并未发觉，仍旧十分入神而期待地说下去："他生得好看，剑眉星目，有一匹毛皮黑得发亮的骏马，会使一手漂亮的银枪，在战场上百步穿杨，战无不胜。我们两家是世交，说好了等我及笄那日，他便三媒六聘、八抬大轿地来娶我……"

她说得这样认真，这样具体，话语中蕴含的真情实感仿佛是怀春的少女在描述自己的意中人。

临渊剑眉紧皱，不知为何，心绪渐渐有些烦乱，握着瓷碗的长指随着李羡鱼的话语愈收愈紧。终于，"咔嚓"一声，临渊手中的碗壁出现了一道裂痕。

李羡鱼顿住话语，讶然地转过脸去，却见临渊将手中的瓷碗搁下，拿帕子拭了拭指尖的甜汁。

他抬眼，看向场中的世家公子，语声格外平静，却像是往外散着冷意："我替公主找找。"

李羡鱼回过神来，羽睫轻轻扇了扇，欲言又止："别找了，你找不到他的……"

她话音未落，却见临渊的视线骤然顿住。

少年蓦地伸手，握住了腰间的佩剑，一双狭长的凤眼幽冷如寒潭，杀意如泠泠剑光，照得人魂魄生寒。

李羡鱼的心跳快了几分，她立刻顺着他的视线望去。

她的视线尽头并没有什么鲜衣怒马的小将军，而是一名肥胖的中年男子。

他生得难看，獐头鼠目，神情也并不端正，手里端着酒盏，眼睛却直勾勾地盯着在一旁斟酒的侍女窈窕的腰肢，笑得格外下流。

更令人奇怪的是，他居然只有一只耳朵。

这份残缺令他本就丑陋的面庞又难看了几分，显得越发奇形怪状。

李羡鱼看到是这样的人，立刻便蹙眉挪回视线。她不高兴地碰了碰临渊的袖口，小声道："我不喜欢此人，你别看他了。"

临渊敛下眼底的暗色，垂眼问她："公主认识此人？"

李羡鱼摇头："从未见过。"

话音落，她回过神来，讶然出声："临渊，你认识他吗？"

难道那人是临渊的亲族？

可是……可是那个人无论怎么看，都与临渊没有一丝相像之处呀。

临渊对此没有多言。他长指收紧，握住冰冷的剑鞘，语声里透着微微的寒意："公主不认识便好。"

李羡鱼看向他，略想了想，说道："来赴宴的皆是世家子弟，我虽不认识，但是随宴的侍女应当是有名册在手的，我可以去问问她们。"

李羡鱼说着，正想从长案后起身，臂弯间挽着的披帛却被临渊握住。

"公主不必去问。"

李羡鱼垂眸，却见临渊并未看她。少年的视线依旧落在远处那个中年男子身上，眸色格外浓，语速却很慢，一字一字，吐得平稳："待宴席结束后，我自会弄清楚。"

那时李羡鱼并不知道，这便是野兽盯上了猎物的姿态。她被临渊拉住披帛，只好重新在长案后坐了下来，以为临渊觉得这男子面熟，要去询问一二，便只是轻声叮嘱道："那你记得早些回来。"

"戌时宵禁，宫门下钥。若是赶不上，可就麻烦了。"

临渊却没有答应她，而是道："我要离宫几日。"

李羡鱼略微一想，觉得也是，毕竟认亲是一件需要极度慎重的事，若是认错了，难免闹出笑话来；若是认对了……

若是认对了，临渊是不是便要留在族中，不再回来了？

李羡鱼整理披帛的指尖轻轻蜷起，她放轻了语声问他："那……你还回来吗？"

临渊看了她一眼，颔首道："回。"

此刻，又是一曲终了，随宴的侍女们鱼贯而来，为宾客奉上菜肴。

李羡鱼便也莞尔，止住了语声，复又端庄地坐好，去看宴席上的歌舞。

酒过三巡，菜过五味，终于到了宴席将散的时候。

宁懿慵懒地换了个姿势，漫不经心地问身旁伺候的宫娥："执霜，快到回宫的时候了，你瞧着，小兔子可有留意过谁？"

执霜俯身道："奴婢瞧着，公主唯独多看了尚书左仆射家的长子薛茂几眼。"

"哦？"宁懿以手支颐，颇有兴致地抬眼往场中望去，"是什么样的人？指给本宫看看。"

执霜很快便将人指出。

彼时薛茂已喝得半醉，正咧嘴笑着，试图去摸随宴侍女的小手。

宁懿只轻扫一眼，便淡淡地转过视线，拿起绣帕，轻轻沾了沾眼尾，擦拭着并不存在的污垢。她抬手让执霜过来，以冰冷的护甲挑起执霜的下颔，红唇微抬，轻笑出声："小兔子只是不懂事，并不是瞎了，你明白吗？"

执霜瑟瑟垂首："奴婢知罪……"

执霜话音未落，宁懿已经收回视线，凤目微转，看向垂帘之外，唇畔笑意不减，红唇间吐出的话语却锋利："皇兄亲自立于本宫帘外，是想听见什么？"

她顿了顿，轻轻笑起来，嗓音低柔妩媚："还是，想为本宫举荐'入幕之宾'？"

正款款往此处行来的李宴闻言，并不愠怒。他仍旧在宁懿的珠帘前停步，语声一如既往地温和："宁懿，宴席将散，是做出抉择的时候了。"

李宴的语声落下，他身旁跟随的侍女随之躬身，垂首将一个紫檀木托盘递入帘中，放于宁懿手畔。

托盘中置有一本锦册,上书今日所有适龄未娶的世家子弟的姓名与家世,并贴心地绘有小像。锦册旁侧则置一朱笔,一勾之下,即为中选。

宁懿以尾指上的镏金护甲轻击长案,凤眸微眯:"皇兄的意思——非选不可?"

李宴并不强逼于她,只是如长兄提点幼妹一般淡淡地道:"皇妹已到了该出嫁的年纪,不该再胡闹下去。"

隔着数道摇曳的珠帘,宁懿短促地笑了声。她并不去看那本锦册,而是半坐起身来,轻抬凤眼,环顾场中。少顷,她以折扇往场中一指,红唇微抬:"既然非选不可,那本宫便要那个站得离本宫最远、眉头皱得最紧、一脸不开化的老古板模样的人。

"其余之人,皆不可。"

李宴回首,向她所指的方向望去。少顷,他伸手摁住微跳的眉心,合眼,低声道:"那是孤的太傅……"

宴席散去,李羡鱼独自踏上回宫的车辇。

送她前来赴宴的长随觉出少了一人,便问道:"公主的影卫不随您一同回宫吗?"

李羡鱼闻言,下意识地抬眼,向人群里望去,见已看不见少年的背影,便又轻轻垂下眼来,轻声细语地替他掩饰:"他去买些东西,一会儿便回来。你先送我回宫便好。"

长随拱手称"是"。

数个时辰后,城东小径上。

散席后又与狐朋狗友灌了不少黄汤的薛茂醉醺醺地走在路上,吆喝着自己那名新纳的小妾的名字:"柳枝,过来,过来伺候爷就寝……"

说话间,他冷不防一脚踩上什么东西,本就摇晃的身子顿时一歪,"咕咚"一下倒在地上。

薛茂挣扎着要起身,嘴里不干不净地骂着:"伺候人都伺候不好,明天老子把你卖到窑子里去……"

话至一半,他本能地低头,一下便对上了一双死不瞑目的眼睛。

绊倒他的并不是别的东西,而是平日里跟着他作威作福的几名打手。

薛茂"妈呀"一声叫唤,酒醒了大半,连滚带爬地想要逃跑。

只是他还不及爬起身来,手上立刻便传来一阵锐痛。

一截雪亮的剑锋穿透他的掌心,将他钉在地上。

杀猪似的惨号里,薛茂终于看清了眼前的情形。

时近宵禁,暮色沉沉,偏僻的小径上横七竖八地倒着尸首,而持剑贯穿他掌心的玄衣少年戴着铁面,看不清容貌,露在面具外的凤眼寒如冰凌,看他如看一件死物。

薛茂两股战战,哆哆嗦嗦地想去找自己的钱袋:"别杀我,别杀我,你想要多少银子我都给你……"

话音未落，少年已收回长剑。

鲜血如线洒出，薛茂又是一阵惨号，捂着手掌在地上打滚。

少年冷眼看着他，像是看着一条死狗。

"带我去明月夜的入口。"

薛茂浑身是汗，听见这几个字又是一哆嗦："明月夜？你怎么知道？"

少年没有回答，剑锋一横，抵上他的脖子。

薛茂面色立刻煞白："别……别……别杀我。我带你去。"

少年冷眼看着他，退开一步，将身形隐入夜色中。

"带路。"

二人便这样一前一后地在街上行走，直至，更漏声遥遥响起，宵禁终至。

薛茂忍着疼，眼珠乱转，脚下的步子悄悄改了方向，试图往远处一列巡查的城门卫跟前撞，只是还未踏出几步，冰冷的剑锋便贴上他的脖颈。

一道血线从他的脖颈上渗出，少年冰冷的语声在他的身后响起："你可以试试，看是城门卫先来，还是你的血先流尽。"

剧烈的痛意从颈间传来，薛茂双腿一软，险些跪倒在地上。他点头如鸡啄米，嘴唇哆嗦着："我知道的，我知道。我这便带您过去。"

薛茂再不敢造次，沿着小径走了许久，又走进一条不起眼的暗巷里，良久，终于在巷子深处停下步子。

他道："就是这里。您……您可以放我回去了吗？"

临渊抬眼，眼前是一座看似寻常的花楼。

时至宵禁，街上已无行人，倒是花楼内仍旧灯火通明，时不时传来男子狎昵的语声与女子银铃似的娇笑声，气氛旖旎，看不出半点儿明月夜中嗜血狂热的模样。

临渊持剑抵着他的后心，目光淡淡："进去。"

薛茂却不挪步，而是赔着笑道："就这样进去，便只是普通的花楼，还要一件信物才行。"

临渊道："红宝石面具？"

薛茂一愣，继而连连点头："是，是。那张面具放在我的卧房里，我现在便带您去取。"

薛茂说着，半低下头去，掩住眼底的狰狞之色。

只要能够回到戒备森严的薛家宅邸，他便有法子让这个少年有去无回。

他定要杀了这个少年，不，光是杀还不够。

他要将少年千刀万剐，让对方求生不得求死不能……

临渊依旧平静地问："除了红宝石面具，还要什么？"

薛茂心中恶念频生，一时不防，本能地答道："明月夜做的是熟人生意，当然要熟人引路。若没有熟人，明月夜绝不可能放你这样的人进去。"

薛茂说着，挺直了腰杆，语气傲慢，半是得意，半是威胁："若当真没有熟人，那身份便要足够尊贵——我爹是尚书左仆射，几人之下万人之上，即便不用熟人引路，我也能进去！"

临渊冷眼看着他，似在分辨他话里的真假。顷刻，临渊将视线落在薛茂这一身血迹与狼藉上，一双寒潭似的凤眼里没有任何情绪，宛如在看一件已彻底失去价值的死物。

薛茂现在已不适合带路，而世上的权贵喜欢在明月夜中流连的，也不止他一人。

薛茂觉出不对，脸色刷白，转身想跑。

"救……"

一个字才出口，一截雪亮的剑尖便从薛茂的喉头穿出。

鲜血洒落，给花楼前的青石镀了一层妖冶的色泽。

次日，薛茂的死讯便传遍了京城。

数份禀报此事的锦书一早便被搁在东宫的案上，而一名长随亦专程前来，向李宴汇报此事。

"殿下，昨夜，尚书左仆射的嫡子薛茂被人发现死在京郊的一道暗渠中。"长随顿了顿，又道，"若是旁人便罢，可薛茂是尚书左仆射大人三十岁才得来的独子，如今这一遭死得不明不白，尚书左仆射绝不肯善罢甘休。如今尚书左仆射正在太极殿前磕头告御状，誓要求陛下将此事查个水落石出。"

李宴仍在为昨日宁懿选中太傅一事烦扰，闻言合了合眼，将手中的锦书翻过一页："此事我早已知晓。又来禀报，可是有什么眉目？"

长随俯身："倒也不算什么眉目，只是属下记起一桩事……"

李宴道："何事？"

长随垂首，如实答道："昨日，属下送嘉宁公主回宫时，与她同行赴宴的影卫并不在公主侧。"

李宴指尖微顿，缓缓抬起眼来："小九？"

在博山炉细如走线的青烟中，李宴双眉微皱："事关重大，不可妄自揣度，你可有什么证据？"

长随敛目，如实道："属下随顺天府之人去看过尸身。事发时应是宵禁之后，且那道暗渠地处偏僻，待巡城卫们发觉之时，伤口皆被泡得泛白，许多痕迹已被毁去，目前尚未查出什么重要的证据。"

李宴垂眼，淡淡地颔首："大理寺应当会接手此事。"

长随斟酌着道："殿下是想将此事全权交由大理寺审理？那嘉宁公主处……"

李宴以手撑着眉心，缓缓摇头："小九素来护短。即便真是她身边之人所为，她亦不会承认，反倒会帮着掩饰。"

他语声仍旧温和，带着些无奈："难道孤要为了一点儿捕风捉影之事，去严刑逼供自己的皇妹?"

"是属下失察。"长随立刻垂首,"若是大理寺问起,属下便说一概不知。"

李宴指尖轻叩锦书,语声平静:"你本就不知。

"你应当记得,当日来东宫赴宴的,是姜阁老族中的一对兄妹,并非孤的皇妹。"

长随抱拳:"是,属下谨记。"

李宴不再多言,仅将长案上关于此事的卷宗归置到一起,放于稍远处,以镇纸压住,不再翻阅。

博山炉中的香药燃尽,青烟渐散。

李宴似乎也觉出些疲惫,伸手揉了揉眉心。

他可以看在手足之情的分上轻轻放过此事,但旁人未必如此。

尚书左仆射是摄政王麾下之臣,如今晚年丧子,他那位杀伐决断的皇叔绝不会坐视不理……怕是京中又要有一场风雨。

他思绪未定,又一名青衣侍女入内通禀,向他福身行礼。

"殿下,奴婢已前去劝过大公主,可公主……公主说……"侍女迟疑了一下,终究还是嗫嚅道,"公主说,只要太傅,其余人皆不可。"

李宴闻言,越发觉得头痛。

他十分了解自己这位嫡亲的皇妹——恣意妄为、离经叛道,从不听人劝诫。

若不允准,往后他再提择婿之事,宁懿永远会以这句话回赠。

除非,她自愿放弃。

李宴思及此,不得不暂且收回思绪,自长案后起身。他合了合眼,语声平静地说道:"皇妹有心向学,却苦于无人教导,孤自会与太傅商议此事。"

李宴行出内殿,步履微顿,抬眼看向高远的天幕。良久,他垂下眼帘,轻轻摇了摇头:"今日云层厚密,只怕不日,京中便要有一场大雨。"

如今不过是山雨欲来时。

兔缺乌沉间,又是几日过去。

原本悬在天穹上扁圆的月亮也渐渐趋于圆满。满玥京城的热闹里,又是一年的中秋佳节。

当夜,宫中设有夜宴,阖宫同乐。

所有身在玥京城的皇室子弟尽数入席,便连缠绵病榻的雅善公主也支撑着起身,前来赴宴。

许久未见群臣的皇帝坐于上首,兴致颇高地与众人一同举杯庆贺。

丝竹声声,宴席上其乐融融。

李羡鱼坐在垂帘后,却有些心不在焉。

自那日东宫殿前分别后,临渊再未回过披香殿。

起初,因临渊与她说过,要离开几日,她并未多想。

然而日子一日日地过去，转眼便到了中秋，临渊仍旧音信全无。

李羡鱼不免有些悬心。

借着珠帘的掩护，她悄悄抬眼，往外望去，细细地去看前来赴宴的臣子，试图从中寻见临渊，抑或是与临渊相似的面孔。可直至将能看清的面容寻遍，她仍旧是一无所获。

李羡鱼不得不收回视线，心底的忧虑更浓了：若是临渊没有像她想的那样认祖归宗，又能去哪儿？他不会是又落到什么人牙子手里了吧？

李羡鱼胡乱地想着，连素日最喜欢吃的甜豆沙馅月饼咬在嘴里都没了滋味。

好容易挨到一场宴席结束，李羡鱼堪堪等到群臣离去，立刻起身准备回去。

她想：也许只是虚惊一场，也许等她回到寝殿里，便看见临渊已在殿中等她了。

她这样想着，便提起裙裾，步履匆匆地往披香殿走，可是方踏上太极殿前的白玉阶，便见一名陌生的宫娥正在玉阶尽头等她。

那名宫娥对她福身道："公主留步，摄政王有请。"

"皇叔？"

李羡鱼原本便怕他，经过上回朱雀神像之事后尤甚。她本能地一阵慌乱，迅速地在心中回忆自己这几日有没有什么不守规矩的地方，又试着询问："姑姑可知，皇叔唤我何事？"

宫娥却只是恭顺地道："公主随奴婢去了便知。"

李羡鱼见无法推却，只得轻轻颔首，随着她渐渐远离人群，行至一旁的偏殿。

殿内并未掌灯，摄政王高坐在上首一张官帽椅上，双手撑膝，从黑暗中俯视着她，气势迫人。

"嘉宁，"他毫不寒暄，语声凌厉得近乎审问，"东宫小宴那日，你在何处？"

李羡鱼被说中最为心虚之处，低垂的羽睫立刻重重一颤，而身后的宫娥不知何时已经出去，还顺势掩上了殿门。

寂静的大殿中，她似乎能听见自己急促的心跳声。

李羡鱼努力稳了稳心神，小心翼翼地答道："嘉宁一直在披香殿里，哪儿也没去……"

她的话音未落，摄政王立刻喝问："那你身边的影卫又去了何处？！"

李羡鱼的心跳得更快。

临渊现在不在她身边，若是她说临渊也一直在披香殿里，立刻便会露馅。于是她轻轻咬了咬唇瓣，不得已只得杜撰道："他回家省亲去了。"

摄政王瞪大鹰眸，霍然自椅上起身，语声愈厉："嘉宁，你还不知错！"

李羡鱼本就怕他，此刻更是不由自主地往后退了一步。她不敢作声，生怕越说越错，只低头看着自己的裙裾，掩藏着慌乱的神色。

摄政王却不肯就此放过她，步步进逼，鹰眸寒光四射，将最后一层薄纱揭起："你从人市上买来的奴隶，无父无母，身世不明，省的是哪门子的亲？！"

"皇叔去查了这些？"李羡鱼像是明白过来什么，羽睫蝶翼似的轻轻颤了颤，继而缓缓抬起。她鼓起勇气问道："皇叔……是您将人扣下了吗？"

所以，临渊才没能回来。

摄政王冷眼看她，一字一句寒彻骨髓："你不必问这些。你只消知道，过几日，你便可换一名影卫。"

他说罢，不再多言，大步从李羡鱼的身旁走过。

紧闭的殿门被他推开，微凉的夜风从四面八方涌入，拂面生寒。

"皇叔留步——"

即将彻底行出偏殿时，他身后传来少女带着气音的急促语声。

摄政王回过头去，看着今日盛装的少女提着她繁复的裙裾艰难地追上来。

李羡鱼气喘吁吁，纤长的羽睫随之轻颤，分明害怕，但仍旧执着地追问："临渊是犯了什么错吗？皇叔要罚他。"

她福了福身，羽睫随之压低，害怕的情绪似乎渐渐淡了，担忧占了上风。

她努力为临渊求情："他是奉嘉宁的命出宫的，若是皇叔因此恼怒，请责罚嘉宁便好。无论是禁足、罚跪，还是誊抄《女则》《女训》，嘉宁都愿意认罚。"

摄政王居高临下地俯视着她，从他的角度，能清晰地看见少女乌黑的发、纤细的颈以及被夜风吹起如盛开的芍药花般的红色裙裾。

她今日穿的罗裙是那般红，那般艳丽，刺目得像是铺开的血色。

摄政王的瞳孔骤然紧缩。他厉声训斥道："他既然不回来，便是不忠！你何必再等！"

他说罢，不再停留，拂袖大步而去，夜色里鹰眸深沉，充满戾气，似携着雷霆之怒。

"皇叔——"

李羡鱼提着繁复的裙裾，无论如何努力也追不上摄政王，唯有眼睁睁地看着他的背影消失在茫茫的夜色中。

人群散尽，李羡鱼孤零零地回到披香殿里。

明月高悬，寝殿安静。

她独自在临窗的长案后坐下，指尖紧攥着自己的袖口，心里乱作一团。

她不明白皇叔最后一句话是什么意思：是没有将人扣下吗？还是借此让她死心，好为她换一名新的宫中认可的影卫？

如今宫门已经下钥，她除了披香殿，哪儿也不能去。

那等明日天明，她想法子出宫去摄政王府求求皇叔，有用吗？还是，她应当去求太子皇兄，抑或是宁懿皇姐？

她胡乱地想着，袖面上绣着的连枝海棠都在不知不觉间被她揉得皱成一团。

放在长案上的银烛灯也渐渐光辉消减，其中的红烛将要燃尽，烛芯沉在流淌的蜡

158

泪里，奄奄将熄。

李羡鱼取过银簪，有一下没一下地拨动着烛芯。她心神不宁，甚至都想不起唤月见重新换一根红烛过来。

夜风穿堂而过，凤凰树摇动的叶影斜落在她身上，潮水般起落，时有时无。

蓦地，寂静的殿内传来"啪嚓"一声裂响。

李羡鱼一惊，手里的银簪失了分寸，彻底戳灭了烛火。

殿内骤然暗下去，像是整个披香殿的夜色都汹涌过来。

李羡鱼却只是抬眼，往声来之处望去。她看见多日未见的少年正俯下身去，拾起地上散落的梅瓶碎片。

"临渊？"

李羡鱼一愣，心中高悬的巨石缓缓落了地。她轻轻松开了紧攥的袖口，从玫瑰椅上站起身来，往长窗前行去，半是高兴半是嗔怪地小声道："你总算回来了。"

临渊拾起碎片的动作一顿，他语声微哑："抱歉。节外生枝，耽搁了几日。"

李羡鱼想了想，没有责怪他，只是莞尔："你回来便好。"

她见临渊仍在捡拾地上的碎瓷，便也半蹲下身去，伸手去拉他的袖口："先别收拾了，今日是中秋，小厨房做了好多月饼……"

她话至一半，语声倏然顿住。

鲜血如线，顺着少年修长的手指滴落，砸在她的手背上，殷红滚烫。

"是碎瓷割到了吗？"

李羡鱼眉心蹙起，立刻自屉子里摸出一支火折子点亮，往他的指尖照去，担忧地轻声问道："要不要紧？"

火光驱散了殿内的夜色。

李羡鱼这才看清临渊的手上并无伤口。

鲜血是从他紧束的箭袖中淌下，一条红蛇般蜿蜒过他筋骨漂亮的手背，染红了他手中的碎瓷。

"这是怎么回事？"李羡鱼羽睫轻轻一颤，"我让月见她们去请太医过来。"

她想起身，却被临渊紧握住衣袖。

"不必。"临渊抬眼，一双本就深沉的凤眼在夜色中愈显浓黑，"只是一点儿皮外伤，我自会处理。"

李羡鱼并不放心："可是……"

临渊垂下眼睫，低声打断了她的话："我信不过旁人。"

李羡鱼拗不过他，唯有让步："那我去给你拿药来，至少先将血止住。"

这次，临渊没有拒绝。他松开了紧握着李羡鱼衣袖的手。

李羡鱼立刻站起身来。她小跑到箱笼前，将里头所有能治外伤的药都抱在怀里，又打了一盆清水，拿了干净的绣帕与纱布。

她将药、纱布与清水放在临渊的身侧，又将绣帕浸进水盆里，在他的身侧跪坐下来，借着窗外的月色，将他紧束的箭袖解开。

随着临渊的衣袖缓缓往上褪去，一道狰狞的刀伤出现在李羡鱼的眼前。

伤在小臂，伤口极深，即便已经被他草草包扎过，仍未止血。

李羡鱼轻轻倒抽一口冷气，小心翼翼地将他随意包扎的白布解开，又将盆里被浸湿的绣帕拿起，试着先将伤口四周凝结的血块拭去。

"我自己来便好。"

临渊似乎仍旧不习惯旁人的触碰，便从她的手中接过帕子，迅速地擦拭起伤口上渗出的鲜血。

他动作很快，大手几个起落间，铜盆里的清水便染上了一层红色。

少年面上却始终无甚神情，像是早已习惯了疼痛。

李羡鱼在旁侧看着，有一肚子的话想问，又不敢打扰他，生怕他分心弄伤自己。

她想：这几日，临渊一定是寻仇去了，向那个一只耳朵的男人寻仇。

终于，伤口被洗净。

李羡鱼敛下思绪，将放在身侧的瓶瓶罐罐一一拿给他。

"这些都是外敷的药。

"白色这瓶是白药，用来止血。黄色这瓶是镇痛药。还有红色这瓶，里头装的是白玉膏，防止留疤的。"

临渊颔首，利落地上药，再用干净的纱布将伤口包扎好。

李羡鱼眼睛一眨不眨地看着，直至见伤口包扎后终于不再往外渗血，这才轻轻松了口气。

也许就像临渊说的，真的只是一道皮外伤，过几日便会好全。

她想：无论如何，他回来了便好。

皇叔说过，他不回来便是不忠。

既然临渊已经平安回来，那皇叔应当……也不会再追究此事了吧？

李羡鱼的心弦松下来，她俯身，想将那盆触目惊心的血水倒掉，只是指尖还未触及铜盆，便先看见了一张搁在铜盆边的面具。

不是临渊寻常戴的铁面，而是一张镶嵌红宝石的华美的黄金面具。黄金华贵，红宝石耀目，在夜色中熠熠生辉，漾出明月般璀璨的光。

李羡鱼本能地觉得，这一定是很重要的东西，不应当就这样随意地放在地上。

她想将红宝石面具拾起，递给临渊，指尖方一探出，临渊却立刻皱眉。

"别碰。"他伸出一只手隔袖握住她的手腕，抬起另一只手将那张红宝石面具拿远，薄唇间吐出一字，"脏。"

李羡鱼微愣，下意识地道："那我再去打盆清水过来，帮你把它洗干净便好。"

毕竟这样好看的红宝石面具，若是就这样被丢掉，多少有些可惜。

临渊失笑。他支撑着站起身来，失血带来的晕眩感阵阵上涌："洗不干净的。"

李羡鱼担忧地看向他，隐约觉出不对。她也站起身来，努力踮起足，想伸手碰碰他的额头："你的脸色怎么这样差？是不是被风扑着，着了风寒？……"

临渊没有闪躲。他紧握着那张红宝石面具，晕眩感令原本敏锐的五感都变得迟钝。

他眼前的李羡鱼变得朦胧，像水中的月色轻轻漾开，又随着波平浪止重新聚在一处。

她今日着了盛装。

华美隆重的织金罗裙勾勒出少女袅娜的身姿，红宝石般耀眼的色泽衬得她乌发浓黑肤色白净，一双形状美好的杏眸清澈明净，似月色下波光潋滟的御河，这样干净而美好，是与他手中沾满了人血的红宝石面具截然不同的美丽。

他朦胧地想：自己也许应当夸赞一声吧，作为这些时日不知所终的歉意。

于是，他轻抬唇角，低声道："公主今日这样打扮，很好看。"

李羡鱼红了脸。她杏眸轻眨，羞赧地侧过脸去，像是不知该如何应对这突如其来的夸赞："你怎么突然说这些？"

她话音未落，肩上却是一沉。

少年终于支撑不住，倒在她的肩上。

李羡鱼本能地伸手环抱住他的腰身，却依旧支撑不起他身体的重量，不得不踉跄着往后退了两步，抱着他跌坐在地上。

少年下颌抵在她的肩上，羽睫紧闭，呼吸拂在她的耳畔，浅得几乎没有起伏。

李羡鱼觉得自己的心跳像是要停住。她在夜色里慌乱地唤他的名字："临渊？"

寝殿寂静，没有任何回应。

李羡鱼挣扎着想扶起他，视线一侧，落在他小臂的伤口上。

已包扎好的伤口不知何时又开始往外渗血，却不是她方才所见的殷红色泽，血液幽蓝，泛着冰冷的荧光，似暗夜里飞起的萤火。

卷六　照夜清

　　李羡鱼隐约觉出问题的严峻，一时间也顾不得什么，扶着他的身子对殿外急促地唤道："月见！竹瓷！"

　　"公主有什么吩咐？"

　　隔扇被人推开，今夜负责在殿外守夜的月见提灯进来，甫一看清眼前的情形，顿时惊慌失措："公主，这……这是怎么回事？"

　　李羡鱼抱着临渊坐在地上，素手还扶着他的肩，羽睫沾露，羞急间语声急促："月见，你……你快过来搭把手。"

　　月见慌忙跑来，与李羡鱼一同使力，勉强将人扶起，斜倚着一旁的长案。

　　李羡鱼不敢耽搁，也来不及与月见解释，只匆促地从袖袋里摸出自己的玉牌塞给她，一迭声地催促："月见，你快带着我的玉牌去太医院请太医过来。若是顾大人当值，便请顾大人。若是其余太医当值，你便说是我得了急病，让他们务必过来一趟。"

　　月见见她这般着急，也未多问，只是连连点头，匆匆地起身往太医院的方向小跑过去。

　　隔扇被月见顺手掩上，寝殿内再度归于寂静。

　　李羡鱼寻出一根新的红烛点上，借着烛光去看临渊的情形。

　　暖色的烛光下，少年羽睫紧闭，本就冷白的肌肤愈见苍白，她几乎能看见底下淡青色的血管。

　　仅仅这么一小会儿，伤处渗出的血更多，色泽更为幽蓝，几乎要将包扎好的纱布浸透。

　　李羡鱼轻轻咬了咬唇瓣，也不敢擅动伤口，只是俯身离近了些，试着唤他的名字。

　　"临渊。"她又急又慌，语声都有些哽咽，"临渊，月见已经去请太医了，马上便回来。"

寝殿内依旧静谧，唯有殿外风吹树叶的"沙沙"声飘过。

李羡鱼唯有枯坐在他身旁，压抑着紊乱的心绪，祈祷月见快些回来。

远处的滴水更漏一刻一刻地走过，终于，在新点的红烛也流下一摊蜡泪的时候，游廊里，脚步声急急而来。

远远地传来月见的嗓音："公主——"

李羡鱼立刻站起身来，小跑过去，将隔扇打开。

银白月色下，她看见提着风灯的月见，与月见身后带着药箱、穿着深青色太医服装的青年。

不幸中的万幸，今日在太医院值夜的，正是顾悯之。

李羡鱼顾不上与他寒暄，也管不了那么多规矩，抬手将隔扇敞开，引二人往临渊身边走。

她将点起的红烛放在临渊身边，给顾悯之看临渊小臂上的伤处，羽睫上满是细密的水珠："他回来的时候还是好好的，说只是皮外伤，可清洗上药后便成了这般。"

顾悯之在来时便听月见说过，受伤的是李羡鱼身边的影卫，但在李羡鱼的寝殿中看见临渊时，目光仍是微微一顿。然而事态紧急，他便未多问，只是放下药箱，在长案旁俯下身去，履行一个医者的职责。

他先伸手诊脉，又借着烛光细细地看了看伤处，少顷，眉心渐渐皱起。

他道："公主可否将用过的药拿来一看？"

李羡鱼轻轻点头，起身将方才用过的三瓶药挑出来，递给顾悯之："都在这里，只用了这三瓶。"

顾悯之手持银针，一瓶瓶地试过，又将三瓶药各取出一些仔细地查验后，才重新将药瓶放下。

"公主的药没有问题。"

李羡鱼低头看着仍旧毫无反应的少年，羽睫轻轻颤了颤："那临渊……"

顾悯之没有立刻作答。他取出银针，沾了些伤处的血，针尖立刻转黑。

李羡鱼的呼吸顿住。她微启红唇，却又怕影响顾悯之的判断，便努力忍住，只侧首不安地看着顾悯之重新替临渊诊脉。

许久，顾悯之收回指尖，皱眉低声道："脉象忽快忽慢，快时若急弦，慢时若游丝。加之公主方才所述，有几分像臣曾在古书上看过的一味毒，名叫照夜清。

"此毒诡谲，伤处若不加处理，便血流不止；若以其余药物止血，便立刻毒发。"他顿了顿，微微侧过视线，缓缓说出古书上记载的最后一句话，"毒发后，三日即死。"

李羡鱼低垂的羽睫重重一颤，她抬起一双雾蒙蒙的杏眸望向他："顾大人既然能够诊出，那是不是也能够医治？"

顾悯之的答复将李羡鱼的希望打破。他垂下眼帘，叹息般低声道："抱歉。"

李羡鱼一愣，又听他道："臣才疏学浅，只在古书上看过关于此毒的记载，而解法……"他合了合眼，"已经失传。"

寝殿内骤然静谧，仿佛滴水成冰。

最终还是顾悯之打破了沉寂："臣只能施针，让此毒暂不攻心，但也仅能拖延一两日。"

语声落下，他便见清泪如珠，顺着少女雪白的双颊滚落。

她压抑着没哭出声来，只是哽咽着低声道："顾大人请施针吧。"

顾悯之颔首，从药箱中取出银针："若是太医院中有太医能解此毒，臣会立刻带他来披香殿中诊治。"

李羡鱼缓缓点头，羽睫上沾着的水珠无声地滚落："有劳顾太医了。"

夜风敲打着远处的支摘窗，烛火轻轻摇曳，又被李羡鱼小心翼翼地伸手拢住。

滴水更漏一滴连着一滴落下。

终于在烛火燃尽之前，顾悯之低低地唤了一声"公主"，起身将用过的银针暂且收回针匣里。

拢着烛火的李羡鱼随之侧首，去看尚倚着长案的少年。

他羽睫微垂，模样宛如深睡，面色依旧冷白如霜，但小臂上的伤口终于不再往外渗血。

李羡鱼将翻涌的心绪暂且压下，起身向顾悯之道谢，又语声很轻地问他："我可以挪动临渊吗？"

秋夜微凉，她总不能让临渊一直这样坐在地上。

顾悯之颔首："无碍。"

李羡鱼轻轻点头，对正想替她更换红烛的月见道："月见，你再过来搭把手吧。"

月见应声，抬步过来。

"临渊侍卫的配房似乎很远。"她说着，又担心李羡鱼体力不支，便犹豫着道，"要不，奴婢去将竹瓷也唤来帮忙。"

李羡鱼想了想，还是摇头："那便让临渊睡在我的榻上吧，我去偏殿里就寝便好。"

她说着，便想与月见一同将人搀起。

顾悯之深深地看了她一眼，垂眼缓缓道："臣来便好。"

李羡鱼点头，让月见执起宫灯。与顾悯之一同将临渊扶到锦榻上后，她又替他盖好锦被。

红帐垂落处，顾悯之起身告辞："臣先回太医院，待诸位同僚上值后，再一同商议。"

"多谢顾大人。"李羡鱼轻轻颔首，亲自接过月见手里的宫灯，"我送顾大人到廊里。"

顾悯之欲言又止，最后不曾推辞。

夜风徐来，拂得殿前绣着木芙蓉的锦帘如白蝶翩飞。

李羡鱼提灯送他至廊里，又在寝殿的滴水下止步，目送他的背影消失在曲折游廊的尽头。

此刻更深露重，庭院里的白石小径都被掩隐在深浓的夜色中。

她望不见来路与归途。

偌大的寝殿似一座孤屿，而她被严苛的宫规困在这里，唯一能做的，便是等待天明。

李羡鱼垂下眼帘，唯有提灯回到静谧的寝殿里。

她搬来月牙凳，在锦榻边落座，将八角宫灯放在脚踏上，守着红帐里的少年。

红帐低垂，锦被下的少年安静得如同睡去，仿佛再也不会醒转。

李羡鱼拿手背捂着发烫的眼睛，清澈的水珠却依旧顺着指缝落下来，雨水般轻打在床沿上。

她想起了许多事，想起了临渊绣给她的荷包，想起了在落满月光的回廊里一同吃的那碟芋头，想起了御花园里轻盈飞起的秋千，想起了夜晚波光粼粼的御河，想起了箬叶折成的小船与养在水缸里的红鱼。

她想：若是早知道会这样，她一定会拦住临渊，不让他去找那个一只耳朵的男人寻仇。

更漏声声里，李羡鱼在榻边枯坐到东方发白，直至卯时的第一声更漏敲响。

漫长的一夜终于过去了。

李羡鱼支撑着从月牙凳上站起身来。她轻轻咬了咬唇，对前来伺候她洗漱的月见道："月见，你替我守着临渊。我想去一趟宁懿皇姐那里。"

若是宁懿皇姐也没有办法，她便去求太子皇兄，去求皇叔，求父皇。

她不能就坐在这里，眼睁睁地看着临渊的生命像夜里的红烛般燃尽。

凤仪宫中，帷幔低垂。

宁懿裹着件丹红色的织金羽缎斗篷倚在贵妃榻上，凤眼微眯，对面前的侍女执霜拊掌轻笑："本宫的皇兄还真是大方，连自己的太傅都舍得给本宫送来。"

执霜不敢妄言，小心翼翼地答道："太子殿下说，您有心向学，因此请太傅教您。"

"是吗？"宁懿闻言自贵妃榻上起身，信手将红帐挑开，视线落在长案后青袍玉冠的男人身上，语声慵懒带笑，含着三分挑衅："太傅来之前可有想过，要如何教导本宫？"

傅随舟眼帘低垂，语调平和："公主若有心向学，无论在下如何教导，皆能有所获益；若无心向学，即便在下倾囊相授，亦是无用。"

宁懿眯眯看他。

傅随舟执卷在手，并不抬首，任凭她打量。

他是偏冷的长相，执卷的手修长而清瘦，年少时眉目清寒，如今过了鲜衣怒马的年纪，属于少年郎的锋芒渐渐隐下，气度沉稳而从容，如高山沧海，处之泰然。

宁懿看了阵。见他并不避讳，她似乎觉得无趣，尾指的镏金护甲轻击长案："执霜，去将乐师与舞姬们带进殿里来，本宫想观《霓裳羽衣曲》。"

执霜垂首称"是"。

过了一盏茶的工夫，身着羽衣的舞姬与华衣乐师们鱼贯而入，向宁懿躬身行礼。

宁懿重新倚回贵妃榻上，隔着一道垂落的珠帘，看向那仍旧从容阅读的男子，红唇抬起："去，围着太傅奏乐歌舞。"

丝竹声靡靡而起，舞姬们踏歌而舞。

凤仪殿中养着的舞姬皆是美貌的妙龄女子，玉臂纤腰，巧笑倩兮，舞动间足踝上系着的银铃轻响，手臂上系着的丝带飘摇拂过傅随舟落座的长案，如春光明媚，百花生香。

傅随舟置若罔闻，只垂眸将手中的书卷轻轻翻过一页。

宁懿以手支颐，慵懒地看了一阵，倏尔嫣然道："是本宫的舞姬跳得不好，还是……太傅不敢抬首？"

傅随舟从容作答："心正，则目不斜视。"

宁懿挑眉，继而嗤笑："太傅可真是迂腐。"

她说罢，伸手招来一名年轻的乐师，当着傅随舟的面，玉指轻抬，取走乐师发上的玉簪。

乐师的墨发披散而下，显得本就清秀的面容美如莲花。

宁懿拿那支玉簪挑起乐师的下颌，略微欣赏了一阵，鲜红的唇瓣勾起："不知太傅年少时，可有此等姿容。"

傅随舟淡淡地道："公主有闲暇想这等无谓之事，不若多读几本圣贤书。"

宁懿觉得无趣，一松手，那支玉簪跌落在地上，摔得粉碎。她轻轻拍了拍手上并不存在的灰尘，抬眸看向从殿外进来通传的执素，眉梢扬起，带着隐隐的锋芒："走得这么急……可是有什么有趣的事？"

执素听出她的不悦，连忙躬身回禀："公主，九公主前来拜见，现在正等在殿外。"

"小兔子自己送上门来了，这倒是有趣得紧。"宁懿轻轻拨了拨自己的护甲，从贵妃榻上支起身来，"带我去见她。"

执素躬身，又望了眼远处的长案，试探着道："那太傅……"

宁懿睨她一眼，随即嗤笑出声："不去见小兔子，难不成还在这里对着这个老古板？"

执霜与执素一同垂首，不敢接话。

宁懿并不在意，轻垂玉臂，让趴伏在榻沿上的雪貂顺着披帛爬到她的怀中。她便这样怀抱着只雪貂，步履优雅地走过红帐，走过依旧执卷的傅随舟。

宁懿丹红的裙裾垂下，在他的青袍上一拂而过，如火焰卷过海水，未曾留下任何痕迹。

行出凤仪殿，宁懿一垂眼，便见到等在殿外的李羡鱼。

李羡鱼瞧着并未睡好，低垂的羽睫下有着淡淡的青影，眼尾那一圈却是红的，透着胭脂般鲜艳的色泽。

宁懿抱着自己的雪貂走过去，端详了下，轻笑出声："怎么一大早便这副模样来见我？谁又欺负你了不成？"

李羡鱼抬眼望向她，轻轻唤了声："宁懿皇姐。"

她停了停，小声道："我有事要求皇姐。"

宁懿像是听见了什么有趣的事，唇畔的笑意更深了些，抬手让她过来："什么事？说与本宫听听。"

李羡鱼往前两步，将事情掐头去尾，只轻声问："皇姐听说过一种毒吗？这种毒叫作照夜清。"

"毒？"宁懿轻抚着雪貂柔软的皮毛，凤眸里笑意深深，"小兔子是疯魔了不成？本宫又不是太医，中了毒，来寻本宫有什么用处？"

李羡鱼所抱的希望原本便不多，她之所以第一个来宁懿皇姐这儿，是因为宁懿皇姐的凤仪殿离她的披香殿最近。

听见宁懿皇姐拒绝，她只轻轻颔首，低声道："那我去见皇兄。"

听见"皇兄"两个字，宁懿又想起在她的殿里执卷读书的傅随舟，面上的笑意淡了些。

"回来。"她淡淡地唤住李羡鱼，红唇勾起，"你过来，我给你指条明路。"

李羡鱼毫不迟疑地走过去，仰脸望向她，杏眸里清波微漾："皇姐有法子吗？"

宁懿却不答，只是慢条斯理地取下尾指上戴着的护甲，伸手去揉她雪白的小脸。

指尖传来的触感温热而柔软，比怀中的雪貂更能讨宁懿喜欢。

而且今日，李羡鱼难得没有闪躲。

宁懿眯起凤眼，原本不悦的心情逐渐转好。她缓缓俯下身来，在李羡鱼耳畔吐气如兰："若我是你，便去影卫司里寻芜无，他是用毒的高手。"宁懿说着，又勾唇笑起来，"不过，他可从不平白无故帮人。"

李羡鱼听懂了宁懿皇姐话里的深意。她轻轻点了点头，认真地与宁懿道谢："谢谢皇姐，嘉宁这便去寻司正。"

她说罢，对着宁懿福身行过礼，便一刻也不耽搁地匆匆转身，提裙往回走。

宁懿也没拦她，只是看着她的背影，抚着怀里的雪貂，轻轻嗤笑出声："问完便走，小兔子可真是无情。"

她说罢，又将玉手搭在执霜的手臂上，红唇微勾："罢了，执霜，本宫突然有些想听戏了。"

执霜轻声劝道："公主，太傅那里恐怕不好交代。"

宁懿挑起眉梢，信手摘下自己一侧的耳珰丢给执霜："拿去送给那老古板，就说是本宫邀请他去宫中的小戏台听戏……就听那折《游园惊梦》。"

她的礼数已到，至于那个老古板去与不去，可不关她的事。

167

宫道尽头，与宁懿分别的李羡鱼并未径直去影卫司，而是先回了一趟自己的披香殿。

她将披香殿里负责管账的竹瓷唤来，语声很轻地问她："竹瓷，披香殿中还有多少现银可用？"

竹瓷想了想，道："林林总总加起来，有七八百两。

"具体的，奴婢还要去清算账目。"

李羡鱼闻言，蹙眉生愁。

这笔银子若是放在寻常人家，可以确保一个人一生富足无忧；可若是到羌无那里，似乎有些不够看了。

毕竟上回照身帖的事，羌无开口便要她三千两银子。

七八百两银子，她也不知够不够买羌无出手，为临渊解毒。

李羡鱼轻轻咬了咬唇瓣，决定先试上一试。

她道："那你去将账面上能支的银子全支出来，我在这里等你。"

竹瓷惊愕："公主想买什么？怎么突然要支这么大一笔银子？"

李羡鱼轻声答道："我想拿去救人。"

银子可以买到很多东西，例如宫外的话本、新奇的小玩意儿、热腾腾的吃食、时令的衣物与首饰，这些她都很喜欢，但它们加在一起也没有临渊的性命重要。

而且，银子没有了还可以再攒，但若是临渊因此没了性命，她便再也不能见到他了。

竹瓷愣了下，见她执意如此，也唯有颔首道："奴婢这便去清点。"

大约一盏茶的工夫后，竹瓷带着个沉香木匣回来。

她将木匣打开，将里头叠得整整齐齐的银票给李羡鱼过目。

"这里统共是七百八十两银子。此外还有一些散碎的银子，携带不便，奴婢便没加在里头。"

李羡鱼轻轻点了点头，将沉香木匣接过，说道："你在这儿等我，我先去一趟影卫司。"

影卫司离李羡鱼的披香殿并不算远，前去不过一盏茶的时间。

如今正值辰时，司内却并不见羌无的身影，唯有一名值守的影卫向她拱手行礼："公主。"

李羡鱼抱着木匣望向他，问道："司正可在影卫司中？"

影卫答道："司正前去太极殿面圣，还请公主稍候。"

李羡鱼唯有在旁侧的木椅上落座。

她并未久等，一炷香的时间刚过，影卫司的隔扇便被人推开，羌无自外步入。

值守在侧的影卫拱手行礼："司正。"

羌无颔首，令他退避，又转向李羡鱼，微微欠身行礼："公主。"

他今日依旧是灰袍铁面的打扮,行礼的姿态从容,语声仍然沙哑,但语调格外平静,像是并不意外今日会在影卫司中见到她。

"司正。"李羡鱼抱着木匣站起身来,忐忑地低声道,"我今日过来,是想问问司正,是否听过一味名叫照夜清的毒药?"

"听过,"羌无直起身来,那双铁面后的眼睛格外锐利,像是能将人看透,"且会解。"

他说得这般直白,这般笃定,这般胜券在握。

喜悦与不安两种情绪同时升起,在李羡鱼的心里交织成团。

李羡鱼努力稳了稳心绪,尽量让自己的语声听起来平静些:"那……若是我想请司正为临渊解这味毒,要用多少银子?"

羌无的视线落在李羡鱼怀中的沉香木匣上,他短促地笑了声:"公主带了多少银子?"

李羡鱼指尖微微蜷了蜷,最终还是将手里的沉香木匣放在长案上推向他。

"一共是七百八十两银子。"她轻声道,"这是披香殿的账面上能支出的所有银子了。"

羌无眼中的笑意深了些。他单手摁住木匣,当着李羡鱼的面打开,一张张地清点过去。

"公主很有诚意。"他慢条斯理地将银票点清,继而将银票放回,原封不动地将木匣推回了李羡鱼面前,目光淡淡,"但是,还不够。"

李羡鱼垂下的羽睫重重一颤。

她最担忧的事还是发生了。

她轻轻咬了咬唇,没去接木匣,只是放轻了语声与他商量:"若是司正觉得不够,我那里还有一些首饰……"

"让公主卖首饰,这件事传出去可不好听,倒显得属下像是贪得无厌之人。"羌无笑了笑,话锋突然一转,"或者,公主有没有想过,拿别的东西来换?"

李羡鱼一愣。

别的东西?

除了银两与首饰,她好像只有一些话本,还有一些从民间买来的小玩意儿。

她并不觉得羌无看得上眼。

她想了一阵,只好问道:"司正想要什么?"

羌无抬起眼来,面具后的目光格外深沉:"一管紫玉笛,如今在陛下的国库中。若是公主能以自己的名义取来给我,我便为公主解照夜清的毒。"

他以沙哑的嗓音"循循善诱"道:"公主,一支笛子换一条性命,再也没有比这更划算的买卖了。"

李羡鱼迟疑着对上他的视线,终于缓缓点头:"我现在便去求父皇赐予我。"

她拿不出羌无想要的一大笔银子，便只能寄希望在紫玉笛上。

她别无选择。

羌无敛笑起身，向她拱手："那臣便祝公主旗开得胜。"

李羡鱼并不耽搁，离了影卫司，便往太极殿而去。

今日依旧是承吉守在殿前，远远地看见她过来，便笑着向她躬身行礼："公主万安。"

李羡鱼提裙步上玉阶，微微颔首回礼："承吉公公，我来向父皇请安。"

承吉面露难色："公主，这可真是不巧，陛下刚刚睡下。"

李羡鱼愣了愣，唯有轻声道："那我去旁侧的偏殿里等着。若是父皇醒来，请公公务必为我通传一声。"

承吉欲言又止："公主还是先回去，陛下……一时半会儿大抵是醒不了的。"

李羡鱼却摇头，语声里是少有的执拗："多谢公公提点，可我今日确有要事要面见父皇。我在偏殿里等着便好。"

承吉劝不住她，唯有让一旁的宫娥引她去了偏殿，奉上茶水与点心。

李羡鱼在偏殿中等了许久。

等到茶水凉透，等到殿外的天光暗去，夜幕渐渐四合，直至宫中四面华灯初上，她终于等到承吉自外而来。

她站起身来，却见承吉躬身向她告罪："公主，陛下醒了，可此刻恐怕……"他欲言又止，"恐怕不适合见您，还请您暂且回返。"

承吉的语声未落，殿外的更漏声便迢迢而来。

再过半个时辰，又要宵禁了。

宫规当先，李羡鱼不得不向他辞行，但依旧坚持道："那承吉公公，我明日再来。"

承吉笑着拱手称"是"，恭敬地让宫娥提灯送她回去。

李羡鱼随着宫娥步出偏殿，顺着玉阶而下。

走到当中一处平台的时候，她遥遥望见，一列美姬正顺着另一侧的玉阶徐徐而上。

她们身着舞衣，细腰高髻，发上的金簪与手中的宫灯都格外明亮，像是在夜色中靡靡盛开的花。

李羡鱼愣愣地立在原地，良久才轻轻垂下羽睫。

她像是明白过来，为什么父皇不适宜见她了。

他要赏他养的花，那些不开在御花园里的花。

此后，一连两日，皆是如此。

天明，李羡鱼去，皇帝未醒；等暮色开始四合，美姬们又提着宫灯，往太极殿而来。

她的父皇似乎永远没有闲暇见她。

第三日是个阴雨天。

李羡鱼不知所措地坐在榻边，望着羽睫紧闭的少年，望着他重新开始渗血的小臂，心绪也像是随着窗外的秋雨渐渐变得低落而潮湿。

照夜清留给她的时间有限，如今已过去大半，她却连父皇的面都还未见上。

夜雨敲窗。

李羡鱼染露的长睫缓缓垂下，指尖不由自主地攥紧了袖口。

她想：不能再这样拖延下去了。

此时，远处的隔扇被人叩响。

秋雨声里挟着月见的嗓音传进殿里来："公主，顾太医过来了。"

李羡鱼一愣。像是绝境里的人见到了希望，她匆促地站起身来，抬手将隔扇打开。

隔扇外是月见与漏夜前来的顾悯之。

他提着药箱，手中执一柄苍青色的竹骨伞，一侧的衣衫仍被斜雨打湿，在夜色中显出格外浓重的深青色泽。

李羡鱼给他递了方帕子，迎他进来，怀着希冀，不安地询问："顾大人，照夜清的事，可是有什么眉目了？"

顾悯之对上她殷殷的视线，握着绣帕的长指微微一顿，良久才低声道："我这些时日与太医院的同僚一同商议过如何解毒，仓促之下，得出个方子来，兴许能有成效。只是……"他顿了顿，缓缓将方子递给她，像是将选择的权力交到她的手中，"此方极为凶险……且只有一二成的把握。"

李羡鱼愣住。她没有接过方子，只是站起身来，从箱笼里翻出她曾经与临渊打六博用的那枚玉色子。

李羡鱼将色子握在手里，语声轻得像是窗外的雨丝："一二成的把握，是不是便像我现在将色子掷下去，正好能看见'陆'那样小？"

顾悯之有些不忍，但还是答道："是。"

李羡鱼羽睫蓦地颤了颤，握着色子的指尖不由自主收紧。

以前打双陆，掷色子的时候，她从未犹豫过。

因为她知道，即便输了，代价也不过是一朵绢花、一枚银瓜子，抑或是在脸上画个小小的花样，输了便输了。

但今日不同，她若是输了，便是将临渊的命输了出去。

临渊也会像曾经给她讲故事、做点心吃的柳嬷嬷那样，被宫人们抬上竹床，蒙上席子，从角门里悄悄抬出去，埋在她看不见的地方，从今往后，再也不会与她说话，再也不会给她念话本，再也不会在夜里带她出去玩了。

李羡鱼的羽睫重重一颤。

良久，她将玉色子放下，低声道："我不敢。"

她不敢赌。她承担不起输掉的后果。

顾悯之轻叹了声，唯有宽慰她："公主再等等，兴许还有转机。"

李羡鱼却摇头。

她已经偷偷问过宁懿皇姐,问过太极殿前的宫娥了,父皇总是这样,整夜整夜地宴饮,有时候整月都不停歇。

她等不到的。

于是,她轻轻咬了咬唇瓣,再抬起眼来时,像是下定了什么决心。

她问:"顾大人,有没有什么能快速得病的药?最好能让人瞧着像是病得快要死了。"李羡鱼说着停了停,有些害怕地往后缩了缩身子,"但是,也不要真的死了。"

顾悯之看向她,眉心渐渐皱起:"公主要这样的药做什么?"

李羡鱼将紫玉笛的事简短地说给他听,又局促地轻声道:"我知道这样不好……可很久以前,雅善皇姐第一次病重的时候,父皇便去看了她。"

若是她也病得快死了,父皇应当也会来披香殿里见她。

那时候,她便能向父皇讨要那支紫玉笛了。

顾悯之听罢缓缓垂下眼:"公主,这般行事,终究是有风险的。"

李羡鱼点了点头:"我知道的。我会很小心,不会让父皇发现。"她像是已经想好了后果,"若是真的被发现了,我也绝不会说是顾大人给了我药。我会说是自己装病,因为自己想要那支紫玉笛。那父皇即便罚,也只会罚我一人。"

她轻抬唇角,露出多日未见的笑靥:"我是父皇的女儿,他即便罚我,也不会很重。他至多就是罚我禁足,罚我的俸禄,这都没什么。"

顾悯之沉默了良久,才道:"公主是在拿自己的安危去做赌注。"

他本不该说这句话。

毕竟,医者眼中,众生平等。

但他仍然偏心了。

李羡鱼因他这句话垂眼细细地想了想。少顷,她轻轻抬起眼来,像是为自己的决定找到了理由。

她道:"临渊原本是宫外的人,是我想让他当我的影卫,才带着他到这宫里来。他若是因此出了事,岂不是等同于我亲手给人递的刀子——我便是那个帮凶。"她顿了顿,又认真地补充,"而且,临渊救过我的命。"

这算得上无可辩驳的理由。

连李羡鱼自己都不知道,这样的义正词严里,是不是悄悄藏着她的私心。

顾悯之轻轻合了合眼,最后从药箱里寻出两瓶药来给她。

"公主将这两瓶药一同服下,便会气血上涌,高热不退。待陛下来看望公主后,公主停止服药,便会逐渐痊愈。"

李羡鱼将药瓶接过,亲自起身,送他到游廊里,又一次与他道谢:"谢谢顾大人肯帮我。"

她想了想,轻弯杏眸:"等这件事结束后,我请顾大人吃最好吃的甜酪。"

顾悯之回身,望见身着红裙的少女立在灯火通明的游廊里,杏眸弯弯,梨涡浅浅,像是连日的阴雨后终于见了晴光。

他轻轻颔首，打起那柄竹骨伞，走进廊下晦暗的秋雨中。

顾悯之离开后，李羡鱼唤了月见过来，将临渊藏到偏殿里，自己则换了件干净的寝衣躺在榻上，背着月见，偷偷将药服下。

她拉着月见的袖口，反复叮嘱："若是我明日病得快死了，你一定要去唤父皇来看我。"

月见以为她是这几日累极了，在说胡话，便只是不住地摇头："公主可别乱讲，什么病啊，死啊的，绝不会有这样的事。"

李羡鱼确实有些倦了，便没有再说下去。她轻轻合上眼，很快便抱着自己的锦枕睡了过去。

翌日，李羡鱼果然发起了高热。

她躺在柔软的锦被里，觉得自己浑身都热，烧得迷迷糊糊的，连眼前的红帐与雪白的锦被都变成了一个又一个模糊的色块。

月见、竹瓷皆慌了神，匆匆忙忙地寻了太医来看她。

在数名太医束手无策后，月见想起她昨日的话来，便带着她的玉牌，去太极殿前跪了许久，终于将此事上达天听。

于是，她的父皇终于在一个湿冷的黄昏过来看她了。

那是一个颜色格外不同的明黄色色块，身上满是酒气，立在她的帐外，对着其他各种颜色的色块大发雷霆。

她烧得迷糊，听不大清楚，只依稀听见一句："若是嘉宁死了，呼衍来朝后，谁代公主去和亲？"

李羡鱼想：那确实是一件很重要的事，应当比一支紫玉笛重要得多。

于是她努力翻了个身，对着那个明黄色的色块艰难地道："父皇，嘉宁想要一支紫玉笛。"

皇帝愕然转过身来，睁大一双满是血丝的醉眼。

"嘉宁，你说什么？"

李羡鱼努力张口，将昨夜编好的话说给他听："嘉宁昨夜梦见一个恶鬼站在嘉宁的床头，说嘉宁从它这里偷了支紫玉笛走，若是不还给它，便要将嘉宁带走。"

皇帝酒意未散，思绪转得格外慢，好半晌方"喃喃"道："竟有这等事？"

此刻，一众太医里走出一人。

李羡鱼看不清他的容貌，只听见了顾悯之温柔的语声："公主年岁尚小，为梦魇所骇并非罕事。心病尚需心药医，兴许公主说的紫玉笛便是药引。"

皇帝闻言，立刻一挥袍袖道："承吉，令内务府做一支送来，要快！"

承吉苦着脸："陛下这……这雕玉的事，恐怕……"他说着，像是突然想起什么，面上重新生出笑来，连声道，"奴才突然想起，国库里便有一支现成的紫玉笛，是上好的和田玉雕成，极称公主。"

皇帝本就是宿醉方醒，此刻听他们说了这一阵，更是觉得头痛心烦，便不耐烦地挥手道："那还不快去！"

有皇帝的口谕在，底下的宫人自不敢耽搁。

短短半个时辰，一支紫玉笛便被从国库里寻出，送到了李羡鱼的寝殿。

一同被端进来的，还有一碗棕褐色的汤药。

这时候李羡鱼已烧得连意识都迷糊了。她任由月见将她扶起来靠在柔软的大迎枕上，喂她将这碗都尝不出味道的汤药喝下。

一碗热腾腾的汤药下去，她似乎又能听见月见在她耳畔说话的声音了。

"这是顾大人开的方子，还说一定要等紫玉笛送到了才能喂公主喝下。"月见说着，将空碗搁下，看着她依旧绯红的两靥，忍不住担忧地道，"公主，这支紫玉笛真有治病救人的功效吗？"

李羡鱼支起眼帘，抿唇对月见笑了笑："有的。"她认真地叮嘱道，"你过一会儿再替我去影卫司走一趟，请司正过来。这支笛子才能发挥它的功效。"

她说罢，便觉困意上涌，一合上眼，又沉沉地睡了过去。

待她再醒转的时候，天光已经转淡。

李羡鱼不再那般迷糊了，只是身上还有些余热没有退去，两颊依然通红。

她裹了件厚实的斗篷，趿鞋起身，问守在榻前的月见："司正请来了吗？"

月见点头："奴婢去过了，司正说，等入夜后，他便过来拿走约定的东西。"

月见不解地道："他说的是什么东西？公主欠了他什么吗？"

李羡鱼杏眸轻眨，抱着装紫玉笛的匣子，莞尔："现在，是司正欠我了。"

月见越发茫然。

李羡鱼也没有解释，只是抱着木匣走到偏殿里，坐在临渊的榻边，安静地等着最后一缕天光收尽，明月升起。

在这样静谧的一段时光里，李羡鱼心中慢慢升起些好奇来。

她想看看，究竟是怎样一支笛子，能让羌无这样执着。

于是，她点了支红烛，就着烛光轻轻将木匣打开。

古朴的木匣里铺着一层厚密的锦缎，锦缎上则放着一支玉笛。

玉笛通体莹润，在烛光下泛着轻柔的淡紫色光泽，皎皎如明月。

李羡鱼将这支紫玉笛取出来，左右看了看，发觉笛身上还有一行小字。

"将心托明月，流影入君怀。"

她念出来，却又不明就里，便将紫玉笛收回匣中，等着羌无过来。

在第一缕月色照到廊前时，偏殿的支摘窗被人轻轻叩了两叩。

李羡鱼转过身去，看见羌无立在窗外，隔着夜色从容地向她拱手："公主，臣来拿走自己索要的东西。"

李羡鱼便起身走到窗畔，将紫玉笛和木匣一同递给他："司正要的紫玉笛我拿到了。"她忐忑地问，"那……司正是不是可以兑现自己的承诺了？"

羌无抬手接过木匣打开，指尖拂过玉笛上头镂刻的那行小字，低哑地笑出声来："臣从不食言。"

李羡鱼高悬多日的心终于放下。

"请公主回避。"羌无又道，"臣解毒与下毒的手法从不传人。"

李羡鱼点了点头，依言避让到殿外去，静静地在坐凳上坐下。

今夜没有落雨。

一轮明月高悬，月色如水，凉而静谧。

半个时辰后，隔扇重新被推开。

羌无站在门内，神色如常地向李羡鱼拱手行礼："公主，照夜清已解。"

李羡鱼杏眸微亮，提裙站起身来，匆匆入内。她走到榻边，垂眸去看临渊的伤势。

临渊小臂上的伤口已不再渗血，而一旁的托盘中放着几块染血的白布，上头的血迹已是正常的红色。

可少年仍未醒转。

李羡鱼愣了愣，立刻抬眸去看羌无："司正？"

羌无信手将几块沾血的白布毁去。他道："公主不妨再等等。"

李羡鱼唯有在榻边落座，轻轻垂眸。

榻上的少年剑眉紧皱，似沉在一场深深的梦境中。

四面是不见天日的高山密林，他箭袖骑装，策马疾行于林中，身后不住有冷箭从密林中蹿出，带着凌厉的破风声，险险地擦过他的身畔。

他伏低了身子，持马背上的长弓还击。

箭矢破空声中，有追兵坠马，被马蹄践踏，发出凄厉的惨号。

但更多追兵随之拥上。

有人厉声呼喝："不留活口！若是让他活着回去，咱们谁都活不成！"

语声落，箭如飞蝗而来。

他放下长弓，改为持剑，将飞来的冷箭击落。

万箭齐发，密密如织，终于一支漏网的箭矢以刁钻的角度从他剑影的漏洞之处飞出，骤然射中骏马的颈侧。

骏马吃痛，纵身一跃，从两棵参天大树的缝隙里腾身而过，终于跃出这被重重埋伏的密林。

天光骤然大亮。

他看见，密林尽头，是深不见底的断崖。

骏马四蹄踏空，带着他一同滚落。

临渊蓦地睁眼，本能地起身伸手，紧紧地握住眼前之物。

指尖传来的触感柔软而纤细，宛如花枝，继而，他看见李羡鱼染着胭脂色的双颊与波光粼粼的杏眸。

她亦微微愣了愣，继而，那双漂亮的杏眸里露光轻闪，鲜红的唇角轻轻抬起，唇畔梨涡浅浅。

李羡鱼对他绽开笑颜："临渊，你终于醒过来了。"

临渊这才看清眼前的情形。

没有密林，没有箭雨与追兵，他坐在一张陌生的锦榻上，伸手紧紧地握着李羡鱼的手腕，力道大得像是要将她细嫩的肌肤掐出红印。

"公主？"临渊本能地收回手，语声低哑，"抱歉。"

他试图起身，小臂上与脑海中传来的钝痛令他微微皱眉："我为何会在此处？"

记忆停留在他自明月夜回来的那个夜晚。

之后的事，他毫无印象。

羌无远远地看着，掌中握着那支流光皎皎的紫玉笛，面具后的眼神喜怒难辨。他沙哑地笑了声，不知是无心还是刻意："公主为你奔波了数日，还大病了一场，你却连声'臣'都不称吗？"

李羡鱼被他说得局促起来，本就热度还未退尽的双颊又生出一层更鲜艳的绯色。

她转过脸去："司正！"

羌无短促地笑了声，不再开口。他握着紫玉笛，对李羡鱼略一拱手，身形随之展开，很快便消失于殿外深浓的夜色中。

殿内便只剩下李羡鱼与临渊二人。

李羡鱼越发局促。她绯红着脸，小声道："你别听他胡说呀，什么大病了一场，没有这样的事。"

临渊看向她。

李羡鱼双颊异常绯红，身上的温度似乎也比平常更高，像是在发热。

他伸手，想碰一下李羡鱼的额头。

李羡鱼往后躲了躲，小声解释道："这是用了药的缘故。等药效退了，便好了。"

临渊的指尖微顿，少顷，他收回手，微微垂下眼。

他想：他已知道了羌无话中的真伪。

记忆同时闪现，他立刻明白过来，明月夜中劈来的那柄刀上淬了罕见的毒。他应当是昏迷了几日，直至羌无应李羡鱼所求，过来解毒。

一切串联在一起后，便极好理解。

唯一让他不明白的是，李羡鱼为何要这般努力地去救他，甚至不惜让自己大病一场。

他想：原本像他这样的人，即便死在寻仇的路上，也很寻常。

李羡鱼也有好多事想问他，例如他之前去了哪里，为什么会中这样的毒，还有他往后是不是便不用再去寻仇了……但她实在是太疲倦了。

奔波了这几日,心弦紧绷的时候,倒不觉得如何疲惫,可当那根紧绷的弦松下时,她这才觉得,浑身的倦意像潮水般涌上来,似转瞬便要将她吞没。

她甚至连寝殿都不想回去。

于是,她轻轻碰了碰临渊的袖口,示意他站起身来,自己则倒头便往锦被里钻。

雪白的大迎枕被她推到一旁,丝缎制成的锦被盖在身上,花瓣似的柔软微凉,像是在催她入眠。

李羡鱼恹恹地合上蒙眬的眼,轻声道:"有什么事,明日再说吧。"

临渊默了默,低声道:"好。"

他替李羡鱼将红帐放下,自己依旧回到梁上。

夜色渐浓,夜风自半敞的支摘窗涌入,带来一些凉意。

睡在红帐里的李羡鱼突然轻轻唤了声:"临渊。"

临渊抬眼,似乎想如往常那般问她有什么事,但旋即想起羌无的话来。

月色淡淡,倚坐在梁上的少年缓缓垂下羽睫,低声应道:"臣在。"

夜风吹动低垂的红帐,将昨夜未散的水汽与少年低沉的语声一同送入帐内。

锦榻上的李羡鱼却没回应他。

临渊等了良久,终于还是自梁上掠下,抬手撩起垂下的红帐。

李羡鱼躺在锦被内,一双形状美好的杏眸轻合着,显然并未醒转。但许是药力尚未退尽的缘故,她睡得不大安稳,秀眉紧蹙着,眉心凝着许多珍珠似的细汗,像是还在发热。

临渊皱眉,伸手轻轻碰了碰她的额头。

李羡鱼低垂的羽睫轻轻颤了颤。

继而,她像是感觉到凉意,抑或是将他当成自己榻上的锦枕,十分自然地伸手环住他的劲窄的腰身,将发烫的侧脸贴在了他冰凉的衣服上。

临渊身子一僵,动作骤然顿住。他本能地想避开,但李羡鱼的指尖滚烫,双颊红得艳丽,像是连呼吸都是热的。

她烧得这般厉害。

他微微合了合眼,轻轻垂下指尖,没有推开她。

月明如昼,铺下银霜似雪。

偏殿内的红烛渐渐燃尽,淌下一摊朱红色的蜡泪。

李羡鱼睡在锦被间,眉心蹙得愈紧。

原本清凉的秋夜不知何时变得这样热。

她眉心发汗,身上发烫,便连一直抱在手里的锦枕也从微凉变得炽热,似乎比她身上的热度还要高些。

李羡鱼觉得不习惯,便想将怀里的锦枕推开,可许是朦胧间力气不够,一推之下,竟没能推动。

于是李羡鱼皱着眉，又加了几分力道，势必要将这个比她还烫的锦枕给推开。

她这般努力，下手又毫无准头，以至身畔的少年终于忍无可忍，伸手紧紧地握住了她的手腕。

他哑声道："公主。"

李羡鱼却仍未醒转。她合着眼，低垂的羽睫轻轻扇了扇，像是梦见了昨夜发生的事情，梦见了她送顾悯之回返的那一幕。

于是她低喃出声："顾大人，我请你吃最好吃的甜酪。"

临渊的语声顿住。

夜色里，少年薄唇紧抿，眸色浓重，握着她手腕的长指不由自主地收紧。

他一时没控制好力道，在她雪白的肌肤上留下一道红痕。

李羡鱼吃痛，轻轻抽了口气。

临渊本能地松开了她的手腕，继而剑眉皱得更紧，薄唇抿成一线。

他往后退开，想回到梁上。但在此之前，他又短暂地顿住身形，忍着不知从何而来的怒意，压低了嗓音提醒她："顾悯之早走了。"

这次，李羡鱼却像听出了他的声音。

"临渊。"她轻轻唤了声他的名字。

少年身形微顿，侧过脸来，抿唇看向她。

李羡鱼依旧轻轻合着眼，鲜红的唇瓣却弯起个柔和的弧度，唇畔梨涡浅浅。

她轻声道："你没事便好。"

她的语声这样轻，像夜风拂过柔细的花枝，未曾留下任何痕迹，却令少年紧绷的唇松开了些。

他淡淡地应了声，最终还是在她的榻沿上落座，等着她继续说下去。

李羡鱼却没再说什么。她在梦里像是放下心来般，展眉轻轻笑了声，又翻过身去，抱着自己的锦被团到了锦榻的另一侧。

但很快，她又像是觉得闷热，伸手将身上的锦被掀开，翻了个身，睡在锦被上，露出了单薄的寝衣与领口外雪白柔细的颈。

柔亮如缎的乌发也随着她的动作在迎枕上滑来滑去，时而垂在腰后，时而半覆在面上，最终被汗水沾湿，粘了几缕在颈间。

浓黑与柔白交织，衬出少女绯红的颊、乌黑的睫、柔软如花瓣的唇，露在寝衣外的颈更是夺目的白，温软细腻如瓷。

临渊视线微顿，眸色有一刹那的加深。少顷回过神来，他立刻挪开视线，将被李羡鱼压在身下的锦被抽出，重新盖在她的身上。

李羡鱼蹙了蹙眉，似乎觉得闷热，很快又将锦被掀开。临渊皱眉，重新给她盖上。

如此来回几次，她身上的寝衣被揉得发皱，领口的玉扣也散开一枚，露出少女起伏的纤细锁骨。

临渊的眸色更深，他握着锦被的长指收紧，他手背上青筋微显。

他从不知李羡鱼的睡相这样差。

在寝殿中的时候，她分明不是这样的。

他紧紧地闭上眼，不去看那片惊人的玉色，只是胡乱地想：兴许她是认床吧。

于是，他垂下视线，重新用锦被将李羡鱼裹住，将她连人带锦被一同抱起。

今夜月色如银，少年的身影在重重的光影间一闪而过，未惊点尘。

他将李羡鱼送回她的寝殿，重新放在榻上。

垂下的红帐顺着他的双肩泻落，在李羡鱼染着胭脂色的双颊上一拂而过，带来微微的凉意。

李羡鱼舒服地轻叹了声，重新侧过脸来，在他的怀中沉沉睡去。

李羡鱼睡了许久，直至日头高悬，方拥被坐起身来。

也许是药力已经过去，也许是顾悯之之后送来的那碗汤药起了效，她发觉自己的热度似乎退了许多，不再觉得周身烫得难受。

这个认知让李羡鱼轻轻舒了口气，转而抬手撩起红帐。

视线所及是寝殿内熟悉的摆设，初醒时尚有些迷糊的李羡鱼微微愣了愣，从云雾般的思绪中回过神来。

她记得，她昨夜是宿在偏殿里的，怎么醒来时却在自己的寝殿里？

她拿指尖碰了碰眉心，感受到传来的温热，自己也吃不准是否昨夜烧得厉害，将事情记差了。

她侧首略想了想，还是拿放在窗畔的斗篷裹住自己，趿鞋坐起身来，朝梁上唤道："临渊。"

少年应声，自梁上而下，立在她身前不远处，轻轻垂眼看向她："公主何事？"

李羡鱼拢着斗篷领口，略带茫然地向他求证："临渊，我昨夜不是睡在偏殿里的吗？"她指了指身后的锦榻，"是我记错了吗？"

"没有。"临渊答道，"公主认床，臣便将公主挪了过来。"

李羡鱼微愣，很快便因他话里的意思而耳根通红。

她红唇微启，但最终还是没好意思问临渊是怎么个挪法，仅是绯红着双颊赧然地轻声道："那……那我知道了。你去外头等我一阵，我让月见她们进来伺候我洗漱。"

临渊低应一声，将身形重新隐回暗处。

李羡鱼拿手背轻轻捂了捂发烫的脸颊，等面上的热意稍退，方启唇唤月见她们进来。

垂帘轻响，守在廊里的宫娥鱼贯进来。

月见替她将垂落的红帐挂好，又绞了块干净的帕子伺候她净面。

似乎感觉到透帕而来的温度没昨日那般灼人，月见也舒了口气，展眉笑起来："这热度可算是退下了。"

"昨日公主烧得那般厉害，奴婢还担心要三五日才能好全呢。"

李羡鱼羽睫轻扇，没好意思告诉她自己装病的事，便只是婉转地道："兴许只是时节的缘故，一时着了风寒，喝了药便好了。"
　　月见连连点头："奴婢以后每日都让小厨房熬姜汤备着。"
　　姜汤虽辣，但总比汤药要好得多，秋日里热腾腾地饮上一碗，倒也没什么坏处。
　　李羡鱼莞尔："那你记得让他们多放些糖。"
　　月见笑着应下。
　　不过一盏茶的工夫，宫娥们便伺候她洗漱完毕，换上常服。
　　此刻远处的支摘窗半敞，庭院里的金乌已上柳梢，恰是早膳的时辰。
　　月见便又从小厨房里提了食盒过来，为李羡鱼将饭菜布好，这才退到殿外的游廊里守着。
　　隔扇轻掩，锦帘深垂。
　　李羡鱼从妆奁前站起身来，抬眼望向梁上，小声唤道："临渊。"
　　她的语声落，玄衣佩剑的少年便在她的眼前现身，语声淡淡："臣在。"
　　李羡鱼后知后觉地发现他改了称呼。
　　"临渊，你怎么……？"话音未落，李羡鱼便想起昨夜羌无说的话来，本就热意未散的两颊愈烫。她赧然地轻声道："司正夸大其词，你别理他。"
　　临渊垂眼："无事。"
　　李羡鱼两颊微红，匆促地将这件事带过，便拉着他一同在长案旁坐下，低头去看今日的菜色。
　　她很快便从中挑出一碗乳黄色的甜酪来——她素日最喜欢吃这个。
　　今日，她想让临渊也尝一尝。
　　于是她抬手将手中的瓷碗递过去，秀眉微弯："今日小厨房做了甜酪。临渊，你吃吗？"
　　临渊执箸的长指骤然收紧，继而他冷冷地道："不必。"
　　李羡鱼讶然地望向他，有些出神地想：原来临渊也不是全然不挑食，也有自己不喜欢的东西，比如甜酪。
　　她这般想着，便将那碗甜酪放到自己跟前，略想了想，又道："那你等我一会儿。"
　　她说着，站起身来，走到隔扇前，轻声与外头的月见吩咐了什么。
　　临渊抬眼看她，不曾多问。
　　李羡鱼也没有出言解释，只是重新回到长案后坐好，展眉莞尔："好了，我们先用膳吧。不过，记得先留着些肚子。"
　　临渊道："好。"
　　二人便如往常那般同案用膳，直至一盏茶的工夫后，月见回来，轻叩隔扇。
　　李羡鱼起身过去，再回转的时候，手里多出两碟新做的月饼。
　　临渊错过了中秋。
　　中秋不能补上，但是月饼是可以的。

她带着月饼走回长案旁，笑着问临渊："临渊，月饼你是吃咸口的还是甜口的？"

临渊道："公主将选剩的给我便好。"

李羡鱼羽睫轻扇，便将两种月饼各分了一半给他。

她自己也从中选出一块绘着明月的月饼，轻轻咬上一口。

圆滚滚的"月亮"被她咬出一个小小的缺口，露出里头棕红色的豆沙馅来。

豆沙磨得细腻，里头还掺了糖与蜜浆，格外香甜。

临渊也随之垂眼，随手拿起一块离他最近的月饼。

这是块咸口的月饼，椒盐口味，不大好吃。

但他的双眼一抬，见李羡鱼满怀期待地望着他，他还是沉默地将整块月饼吃了下去。

几块月饼用罢，二人都停了筷子。

李羡鱼拿帕子轻轻拭了拭指尖，坐直了身子，认认真真地道："临渊，我有事想要问你。"

临渊抬眼看向她："公主想问什么？"

李羡鱼想了想，首先问他："你这几日里，都去做了什么？"

临渊淡淡地答："寻仇。"

李羡鱼并不意外，又问他："是向那个一只耳朵的男人寻仇吗？"

临渊颔首，并不避讳："是。"

李羡鱼略感不安："那你之前中毒，也是因为他吗？"

临渊道："不是。"他顿了顿，问，"公主可还记得那张红宝石面具？"

李羡鱼羽睫轻扇，少顷才想起这件事来。

她之前满心只想着临渊去了哪里以及为什么会中毒，竟将那张红宝石面具忘到了脑后。于是她轻轻点头，站起身来，从屉子里找到那张昂贵的红宝石面具递给他。

"这张面具我已经拿清水洗过好几次，"她轻轻笑了笑，露出雪白的贝齿，"现在不脏了。"

临渊沉默地接过，将面具放到身侧。他起身，去打了一铜盆清水来，再度给她净手。

李羡鱼看看地上的红宝石面具，又看看他，杏眸轻眨。

"这张面具上有毒吗？"

"没有。"临渊垂下羽睫，沉默了少顷，终究还是如实答道，"这是进入明月夜的钥匙。"

他回忆起之前发生的事。

在薛茂死后，他去薛府中取走红宝石面具，又在花楼外守了许久，终于寻到时机，挟持了一名携有红宝石面具且想去明月夜中取乐的权贵子弟，并迫使其带他进入明月夜中。

然而明月夜内守备森严，暗线无数，此人终究还是寻到机会，说出了一句他并不知晓的明月夜中求救用的暗语。

他因此被明月夜中的暗奴围攻,手臂上的那道伤口便是在那时留下的。

临渊长指收紧,眸色微深:"臣在明月夜中失手,因此中毒。"

彼时,他仅顾着迅速地脱身,并未想到刀上会淬这样厉害的毒,终究还是不够谨慎。

这样的错,他下次不会再犯。

简单的一句话,却令李羡鱼听得心弦紧绷。

"明月夜是什么地方?"她指尖轻握袖口,不由得紧张地道,"听起来好像是很危险的地方。"

危险吗?

临渊垂眼看向那张华美的红宝石面具。

那是对他这样的人而言。

明月夜素来有两副面孔。

对地位低下者而言,明月夜是修罗地狱,是尸山血海;而对权贵而言,明月夜是夜空中升起的皎皎明月,是哪里都寻不到的刺激与极乐。

他抬起眼,看向李羡鱼。

他眼前的少女,是大玥的公主,比权贵更为尊贵的存在。

明月夜对她而言,究竟算什么?

他沉默良久,终于启唇:"一个权贵享乐,位卑者流血的地方。"

至于其中的丑恶,他不愿与她细说。

李羡鱼羽睫轻轻颤了颤,似乎意识到这并不是一个好地方。

她轻声问:"那你……之后还要去那儿吗?"

临渊默了默,最后颔首。

他不能不去。他还有仇要报,有话要问。

李羡鱼的心随之悬起。

这个地方,临渊仅去了一次,便险些送命,若是再去,会不会再也回不来了?

她试着劝他:"临渊,你能不能别再去那个地方了?"

她看向那张华美的红宝石面具,伸手去拿:"既然不是什么好东西,我们把它丢了吧。"

临渊却伸手摁住了她的手腕,又将那张红宝石面具拿得更远,拿到她够不到的地方。

"臣有不得不去的理由。"他停了停,看向眼前担忧地望着他的少女,低声道,"抱歉。"

李羡鱼微微一愣。她轻轻垂下眼,细细地想了想临渊方才说过的话。良久,她轻轻启唇,像是下定了决心:"若是一定要去,那……你带我一起去吧。"

临渊蓦地抬眼看向她。

182

李羡鱼也抬起眼来，以那双清澈的杏眸与他对视。

"你方才不是说，那里是一个权贵享乐的地方吗？"她望着他，顺着这个道理，得出个答案来，"我是大玥的公主，应当也算权贵吧。"

李羡鱼望着他，轻声重复道："若是一定要去，那你便带我一同去吧。"

她说得这般认真，且从临渊的话中找到了自己的道理，以至他一时竟不知如何作答，只紧握住手中冰冷的面具，薄唇紧抿，深深地看向她。

秋日金色的日光照进殿里来。

李羡鱼坐在长案另一头，雪肤乌发，眼里流转着星河一般的光。她秀眉轻展，对他嫣然而笑，天真又诚挚。

"我会努力保护好你的。"

她说得这般认真，令临渊握着红宝石面具的长指骤然收紧。

他立刻拒绝："不行。"他道，"公主绝不能去。"

李羡鱼没想到临渊会拒绝得这般果断，微微愣了愣，又问他："为什么呀？"她问，"难道公主不算权贵吗？"

自然算。临渊皱眉，不知该如何与她解释。他看了手中的红宝石面具一眼，寻出个理由："红宝石面具只有一张。"

李羡鱼也看向那张红宝石面具，略想了想，重新站起身来："你等我一会儿。"

她起身走到镜台前，将妆奁打开，从中寻出一些黄金与红宝石首饰来。她将这些首饰递向临渊，杏眸微弯："这些首饰都是我不喜欢的。你把它们熔了，应当能够打出一张一模一样的红宝石面具。"

临渊垂眼看向她。

少女的掌心里捧着许多首饰。

从耳珰到手串再到簪子，不一而足，皆是由黄金抑或是红宝石制成，在日光下光影流动，宝光盈目。

这些首饰，足够打一张红宝石面具，但他仍不能答应。

明月夜中守备森严，暗线无数，一步行差踏错，便有性命之忧。

他本就是自明月夜中来，早已经习惯了其中的杀戮，习惯了在刀光剑影下行走，习惯了每日里生死一线地去与人搏命，但李羡鱼不同。

他眼前的少女这样干净而美好，像是一株养在玉瓶里的芍药，花瓣柔软，花枝纤细，瓶内是清澈的水，瓶外是明亮的光，与明月夜中的血腥杀戮像是隔着千山万水般远。

他本也无意让李羡鱼见到其中的污秽，更无意令她以身涉险。

于是，他将红宝石面具收起，轻垂羽睫。

"唯有这件事不行。"

他拒绝得这般干脆，没有丝毫转圜的余地。

李羡鱼捧着首饰，侧首望向他，却仍然放不下心来。

可是，红宝石面具在临渊手里。

去明月夜的路，她并不知晓。

若临渊执意不带她去，她也拿不出什么好的办法。

除非临渊自己愿意改口。

于是李羡鱼认真地想了想，先将首饰放下，重新在长案后落座。

"临渊，那我们现在能继续玩藏猫吗？"她莞尔，像是已经将方才的事忘到脑后，"我还想学听声辨位。"

比起带她去明月夜，这是一个再简单不过的要求。

于是临渊颔首，毫不迟疑地站起身来："好。"

话音落，他已展开身形，回到梁上。他将红宝石面具放下，拿了那枚藏猫用的金铃回来，重新立在李羡鱼身前。

他问："公主现在便玩吗？"

李羡鱼起身走近了些，低头将金铃系在他的手腕上："现在便玩，但是这次藏猫也是要有些彩头的。"

"若是你被我抓到了，便要答应我一件事。"

临渊皱眉，察觉到她的意图，立刻便要将手收回："公主还是想去明月夜。"

李羡鱼见自己的意图被识破，耳根微微一烫，轻轻伸手握住他的袖口，小声劝道："只是个彩头，有什么关系？"

她羽睫轻扇，语声里隐隐有些心虚："反正……反正，你的身手那样好，又不会让我抓到。"

临渊抿唇看向她。

李羡鱼说得不错，只要他不想，即便不蒙上眼，李羡鱼也绝不可能近他的身。

但是这话由李羡鱼主动说出来，反倒令人觉得其中有异。

他垂眼，伸手去解系好的金铃："臣不与公主赌这件事。"

李羡鱼一愣。少顷，她低下头，抿唇松开了临渊的袖子，背对他在长案后落座，只抬眼看着外头茂密的凤凰树，快快不乐的模样。

临渊顿住动作，看向她。

"公主？"

李羡鱼仍旧不回过身来，只是闷闷地道："你不带我去明月夜，不陪我一起过中秋，连藏猫都不陪我玩。"

她抱怨得这样有理有据，每一句话都似乎无可辩驳。

临渊默了默，终于还是走上前来，将解下的金铃递给她："公主若是真想玩藏猫，便玩吧。"

李羡鱼半转过脸来，惴惴地试探："真的吗？你愿意陪我玩了？"

临渊低应了声。

李羡鱼略忖了忖，得寸进尺地道："可是，这样不公平。你有武艺在身，我原本便

· 184 ·

捉不住你，遑论蒙着眼睛。"

临渊握着金铃的长指一顿，他垂眼看向她："公主想如何？"

李羡鱼轻轻眨了眨眼，像是怕他反悔，便先将金铃接过来，系回他的手腕上，这才将自己的想法说出来："应当你蒙上眼睛，然后我来捉你，这样才公平。"

临渊目光淡淡。

这样并不公平。

即便是这样，他也确信，李羡鱼根本捉不到他。

于是他颔首。

李羡鱼杏眸微亮，心中微微雀跃，却又听临渊淡淡地道："既然有彩头，那输家自然也当有相应的赌注。"

他道："若是公主输了，往后便不能再提想去明月夜之事。"

李羡鱼一时怔住。

她原本想的是，先从藏猫玩起，再打双陆、摸叶子牌、斗百草，这么多游戏，她总能赢下一样，但是临渊这句话像是将她的退路都堵死了。

李羡鱼迟疑起来。她试着与他商量："能不能换个赌注？"

临渊垂眼："不能。"他道，"若是公主不敢赌，这场藏猫也可不设彩头。"

李羡鱼越发迟疑。

她能看出，临渊并不想带她去明月夜，能答应她打赌已十分不易——若是她就此放弃，往后恐怕再没有这样的机会。

她心里天人交战一阵，最终，还是侥幸心理占了上风。

她想：虽然临渊会听声辨位，但是他的眼睛毕竟是蒙着的，只要自己不发出声响，偷偷过去捉他，足一刻钟的时间，应当不至于捉不住。

于是她轻轻眨了眨眼，答应下来："那便这样说好了，若是我赢了，你去明月夜的时候一定要带我同去，不能抵赖。"

临渊应声："好。"

他随意取来一块黑布蒙住自己的眼睛："从现在起？"

李羡鱼连忙站起身来："你先等等。"

她说着，将自己身上可能会发出声响的环佩与步摇尽数取下，放到长案上，这才对临渊道："可以了，便从现在起，以一刻钟为限。"

临渊颔首，却并不闪躲，只是立在原地。

李羡鱼蹑足过去，像往日里在花丛中扑蝶那般小心翼翼。她动作极轻，身上所有的配饰皆已卸下，发上也只戴着一支没缀流苏且不会发出声响的玉簪。

但她不知道的是，少年能听见更为细微的声音——她的软底绣鞋轻轻落在宫砖上的声音、行走间衣料摩擦的声音，甚至是披帛被秋风拂动的极轻微的声响，一声接着一声，听得极其清楚。

因而，在李羡鱼即将碰到临渊的那一刻，他闪身避过。

李羡鱼探出的指尖触了个空，甚至都没碰到他的袖口。

李羡鱼微微愣了愣，又试着往他的方向接近。

可她一连数次皆是如此，每次都是眼看着就要捉到了，他又闪身避过，重新退到三步之外。

李羡鱼鼓起腮来，忍不住问道："临渊，你是不是偷看了？"

临渊道："不曾。"

李羡鱼仔细地瞧了瞧他，也觉得他不像是偷看的模样，便只好重新努力。

可更漏声不断响起，眼见一刻钟就要过去了，她仍旧连临渊的衣角都碰不到。

眼见着便要输了这局，李羡鱼有些慌神。仓促间，她突然想起上回玩藏猫时自己捉到临渊的法子。

可是，上回那件事分明是意外，她若是故技重施，便是刻意去骗临渊了。

她想：骗人始终不对，但是……但是，这似乎也比再让临渊孤身犯险好些。

李羡鱼迟疑了一阵，又抬眼去看立在不远处，自己却始终捉不到的少年。

他小臂上的刀伤还未愈合，仍旧缠着白布，令她想起中秋夜，正与她说着话的少年，突然声息全无地倒在她怀中的模样，她的心跳似也突然慢了一拍。

在她紊乱的心绪中，远处的更漏也将将滴至尾声。

李羡鱼终于横下心来。

她垂下眼，悄悄踩上自己的裙裾，身子一倾，随即摔倒在地上。

李羡鱼伸手捂着自己的足踝，语声因心虚而分外轻："临渊，我……我的足踝扭到了。"

她的语声未落，少年已展开身形，迅速地向她而来。他在她的跟前半跪下，单手扯下蒙眼的黑布，剑眉紧皱，低头去看她的足踝："让我看看。"

他的话音方落，李羡鱼便松开了捂着自己足踝的素手，轻轻一抬，握住了他的手腕。

临渊动作微微一顿，立刻抬眼看向她。

李羡鱼坐倒在地上，脸颊绯红，似乎也在为自己做的事心虚。她低声道："临渊，我捉到你了。"

临渊抬起眉梢，薄唇紧抿："公主骗臣。"

李羡鱼双颊更烫。她也觉得自己这样不光彩极了。

她分明不是个喜欢耍赖的人。之前与小宫娥们玩藏猫、打叶子牌的时候，输了便是输了，彩头该是什么便是什么，她从没有抵赖过。

她轻轻点了点头，像是知道自己做错了事，低垂着羽睫不敢看他，只小声与他商量："要不，我也输给你一个彩头吧。"她问，"临渊，你有什么想要的吗？"

临渊视线抬起，落在她的面上。

李羡鱼脸红得那样厉害，比昨日热度未退的时候还要厉害，鲜艳的胭脂色如星火顺着双颊迅速地蔓延，连带着原本白皙的耳背都红透了。

视线微微一顿，他终于垂下羽睫："那便与公主的彩头抵销吧。"

李羡鱼越发局促，语声更轻："临渊，你能不能换个其他的？"

临渊不再答话，显然是拒绝。他起身，想回到梁上。

李羡鱼有些失落，也想站起身来，但碰到方才摔疼的地方，忍不住轻轻"嘶"了声，身子轻轻晃了晃。

临渊顿住身形，本能地伸手扶住她。他将李羡鱼打横抱起，放到一旁的木椅上，替她将鞋袜褪下。

他皱眉："公主即便想骗臣，也不必真的摔下去。"

李羡鱼回过神来后，立刻便将雪白的赤足往裙摆里藏，脸上烫得像是要滴出血来。

她道："我没有扭伤足踝。我……我只是摔疼了。"

临渊的动作顿住。少顷，他收回手去，低声问："公主就这么想去明月夜？"

李羡鱼却摇头："我不想去。"她道，"那里听起来便不是什么好地方。"

临渊略感意外，抬眉问道："那公主为何执意要去？"

李羡鱼拢着裙裾，眼睫微垂，再启唇的时候，语声轻得像是花上朝露："因为我不想让你再受伤了。"

临渊骤然抬眼看向她："公主说什么？"

李羡鱼回忆着，轻声道："你第一次救我的时候便伤了掌心。后来你为我绣荷包，又弄伤了指尖。现在你从明月夜回来，又添了新伤。"

她抬起那双清澈的杏眸望向他，语声轻而认真："临渊，我不想你再受伤了。"

李羡鱼的语声这般轻柔，似海棠在春风里离枝，坠在深不见底的寒潭里，被幽冷的潭水淹没，唯余淡淡的涟漪。

素日便寡言的少年薄唇紧抿，越发沉默。

这是他听过的最古怪的话。

他在明月夜中的半载，白日里枕刀而眠，待明月初升，便又要下场厮杀，日复一日，旧伤又叠新伤，身上从未有过痊愈的时候。

他还是第一次听到有人与他说这样的话。

她语调轻柔，语气天真又诚挚，干净得像是大玥最好的红宝石，剔透澄明，不掺半点儿杂质。

他紧紧地合上眼，敛下眸底复杂的情绪，却又像是生平第一次理解了大玥权贵们对红宝石的追捧。

那是一种本能。

人对美好的事物，总是会本能地靠近，继而……想要占有。

"临渊？"李羡鱼等了许久，未等到答复，便轻声唤他的名字。

临渊随之抬眼。

日光照进殿里来，在二人之间落下一道淡金色的光带。

少女坐在光带上首，侧首看他，目光清澈；而半跪在地的少年眸色格外浓重，像是吞没了日光的深浓夜色。

二人的视线对上。

李羡鱼微愣，而临渊在她的目光中垂下眼帘，看向她曳地的红裙。

裙裾如花瓣铺开，在明净的浅青色宫砖上盛开如芍药，愈显少女拢裙的素手纤细洁白，像是落在花枝上的雪。

临渊的视线在此停住，半响才挪开。

他低声道："打造面具需要一段时日。

"且此次我已打草惊蛇，近日不会再去。"

李羡鱼从他的话中听出端倪来，微微倾身，有些期待："那是不是等过段时日，你再想去的时候，便会带我同去了？"

临渊沉默少顷，终于启唇："若是公主执意要去……"

李羡鱼嫣然而笑："那便这样说定了，我去拿首饰给你。"

她说着，便想站起身来，足尖碰到微凉的宫砖，这才意识到自己还未穿鞋袜。

她双颊微红，匆匆地俯下身去，将自己的鞋袜穿好，一抬眼，却见临渊已替她将散落在长案上的首饰重新收回妆奁里。

在李羡鱼的视线中，他将妆奁合拢，首饰一件未动。

李羡鱼微微不解："临渊，你不熔掉这些首饰，怎么做红宝石面具呀？"

临渊平静地启唇："臣还不至于无能到让公主熔首饰。"

李羡鱼杏眸轻眨，还想问上几句，隔扇却被人叩响。

廊里竹瓷通禀道："公主，顾太医过来为您诊平安脉。"

李羡鱼轻应了声，却又想起今日似乎并不是例行诊平安脉的日子。

她想：顾大人应当是还记着那两瓶药的事，想过来看看她的热度是否退下。

"我这便过去。"李羡鱼遂对竹瓷道，"你先去吩咐小厨房将甜酪蒸上，做好后，记得送到偏殿里来。"

她叮嘱道："一定要是吴嬷嬷亲手做的，她做的甜酪最为好吃。"

竹瓷应声，匆匆地去了。

李羡鱼也站起身来，理了理自己的裙裾，便往廊里走，方行至隔扇前，却见还未推开的槅扇上微微暗下一道，显出少年欣长的影子。

临渊破天荒地主动跟来。

李羡鱼微微愣了愣，转过身去，对他道："临渊，你在这儿等我便好。"

临渊却没有答应。他问："臣中毒的时候，公主可是请的顾悯之前来看诊？"

"你怎么知道？"李羡鱼有些惊讶，但还是点了点头，"那日恰好是顾大人当值。"

临渊轻轻垂下羽睫，往隔扇前，李羡鱼的方向踏出一步。

"我们既然已经见过了，便没什么好刻意回避的。"

李羡鱼略感惊讶。她本能地抬起眼来，却发觉临渊离得太近，他的身量又这般高，令她不得不转而仰头看他。

"可是……可是你与顾大人并不相识呀，你去见顾大人做什么？"

李羡鱼越是推托，少年的眸色便越深浓，最后他看着她的眼睛，一字一顿地吐出两个字："道谢。"

李羡鱼一时愣住：道谢？

她似乎寻不出什么反驳的理由来，但仍旧隐隐觉得有些不对。

比如，临渊面上的神情这般寒凉，一点儿也不像是要和人道谢的模样。

再比如，最后明明是羌无替临渊解的毒，临渊即便要谢，也应当先去谢羌无才对。

她迟疑了下，试着与他商量："要不……我帮你捎句话过去？"她宽慰临渊，"顾大人不是那样斤斤计较的人，我代为转达也是一样的。"

临渊拒绝得斩钉截铁："不必劳烦公主。"

日光斜照而来，将他修长的影子投射到雕花隔扇上，将李羡鱼紧紧地笼在其中，隐隐有些迫人。

李羡鱼本能地往后缩了缩身子，不知为何，像是生出些心虚来。

"你真要去呀？"

临渊道："是。"他反问，"公主不愿？"

李羡鱼被他问住。

她想：临渊向顾大人道谢，似乎和她没什么关系，她似乎也没什么立场来拒绝。

于是她唯有点头："那我带你过去吧。"

偏殿内，檀香冉冉，光影朦胧。

顾悯之在此等她。

李羡鱼抬步，从敞开的隔扇之间进去，向他道："顾大人。"

顾悯之起身向她行礼："公主。"

语声未落，他便看见李羡鱼身后还立着一名少年，玄衣抱剑，身姿英挺。

顾悯之微顿，想起这是她的影卫。

当时看诊是在夜中，他亦并未刻意去留意少年的容貌，如今白日里蓦地看见，才发觉少年是这般锋利的长相——剑眉如墨画，鼻梁高挺，眉骨与下颌的轮廓格外分明，一双狭长的凤眼浓黑如夜色，即便是在秋日里看见，依旧冷如冬雪，拒人于千里之外。

唯一与这份冷漠锐利格格不入的是，他右手手腕上那道鲜艳的红绳。

绳下垂着一枚金铃，精致玲珑，不似男子随身的物件。

顾悯之视线微顿，一时没有启唇。

李羡鱼似乎察觉到气氛凝滞，便放轻了语声向他介绍："这是临渊——我的影卫。"她解释道，"他说想过来亲自与顾大人道谢，我便带他过来了。"

她与顾悯之说完，又侧过脸去看临渊，见少年只是立在稍远处，并不靠近，便伸手想去攥他的袖口，好提醒他去向顾悯之道谢。

可旋即，她又想起是在人前，隐约觉得不妥，便收回手来，只是向他走近了些，悄声提醒："临渊，你不是要与顾大人道谢吗？"

她的语声落，顾悯之也收回视线，温声道："看诊本就是太医分内之事，且照夜清之事，我亦未帮上什么，无须……"

临渊的语声同时响起，他并未多言，只转过视线，对顾悯之微一颔首，简短地道："多谢。"

顾悯之顿住语声，少顷，依旧温和地道："我并未帮上什么，你无须与我道谢。"

临渊颔首，走到稍远处的支摘窗前，不再多言。

偏殿内静了一瞬，气氛越发凝滞，像是要滴水成冰。

李羡鱼立在那儿，左右看了看，有些不知所措。

她试着打圆场："顾大人，临渊他……"李羡鱼想了想，努力得出个结论来，"他只是有些怕生。"

此言一出，殿内的气氛又是一滞，原本便凝滞的气氛像是彻底结了冰凌。

临渊蓦地侧首看向她，薄唇紧抿，眸色深浓。少顷，他轻轻垂下羽睫，并不辩解："公主说什么，便是什么。"

顾悯之亦随之垂眼。他打开药箱，将一个脉枕放在他与李羡鱼中间的红木桌上："无妨。"他道，"臣今日过来，只是为给公主诊平安脉。"

李羡鱼轻轻点了点头，与他道谢："之前的事，多谢顾大人帮我。"

她说着，轻轻撩起衣袖，将皓白的手腕放到脉枕上。

顾悯之循例往她的腕上覆了方白帕，指尖轻轻落在她的腕脉上。良久，他轻轻颔首，收回长指。

"热度已经退下，公主这几日多加休息，便能无碍。"

李羡鱼莞尔，再度向他道谢，又道："之前顾大人给母妃开的方子极有用。母妃如今夜里能够睡好，白日里也不再闹着要回家去了。"

她将袖子放下，如往常那般轻声细语地与他说着母妃的事，又问他一些要留意的事项，而临渊始终只是立在支摘窗前，冷眼看着，一言不发。

直至秋风自敞开的支摘窗拂来，带得立在窗前的少年半束的墨发飞扬，腕上的金铃清脆作响，李羡鱼才身子一僵，语声骤然顿住。

她这才想起，适才玩藏猫用的金铃还戴在临渊的腕上。

她好像忘记替临渊解下来了。

李羡鱼双颊滚烫，与顾悯之说母妃的病情时也从一开始的流畅变得磕磕巴巴起来。

好不容易将话说完，趁着顾悯之垂首提笔，去写药方的时候，她慌忙侧首看向临渊。

顾悯之便在旁侧，她不好开口，唯有红着脸在腕间比了个解下藏起的动作，用眼神示意临渊快趁着顾悯之开方子的时候，将手腕上的金铃取下，藏进袖袋里。

临渊却像是没看懂。无论李羡鱼如何努力，他都只是立在窗前，轻轻垂眼看她，纹丝不动，而那枚金铃仍旧在秋风里清脆地响着，一声一声，令她的耳根渐渐红透。

她想：顾大人一定听见了。他一定知道她那么大还喜欢与人玩藏猫了，也不知道会不会取笑她。

顾悯之却并未提起此事。对窗畔传来的金铃声，他置若罔闻，依旧那般平静地写着他的药方。

直至最后一笔落下，他才将手中的湖笔搁下，神色如常地与李羡鱼说起淑妃的病情："之前的方子既然有效，便先不更换。这张方子是给公主的，以防之前的药物伤身。公主不必用得太过频繁，三日一服，三服即止。"

李羡鱼轻轻颔首，将方子收好。

一场平安脉便也行至尾声。

李羡鱼正想起身送顾悯之回返，偏殿的隔扇却又被叩响。

竹瓷站在隔扇外，手里捧着一个红木托盘，盘中则是一碗甜酪。

她对李羡鱼道："公主，甜酪蒸好了。"

李羡鱼轻轻颔首，示意竹瓷将甜酪放到顾悯之面前。她莞尔："这是披香殿小厨房做的甜酪。吴嬷嬷的手艺格外好，哪怕是御膳房的都比不上。顾大人快尝尝。"

甜酪装在碗中，并不似其余的糕点那般便于携带，顾悯之便没有推辞。他轻轻颔首，执起搁在盘中的银匙。

临渊视线落下，在李羡鱼浅浅的梨涡处停住，眸色深浓，却又带着些微寒意，像是不掌灯的冬夜。

李羡鱼被他看得心底发虚，竟生出自己一碗水没端平的感受来。

她不敢吱声，唯有偷眼看着顾悯之，心里期盼着他能用得快些，让这桩事早些过去。

可顾悯之的仪态端雅，甜酪又是新蒸出来的，从小厨房送来时尚且滚烫，他用得自然比寻常时更慢些。

一分一秒，度日如年，李羡鱼坐在椅子上，渐渐被临渊看得有些支撑不住，不得不侧过脸去，悄声吩咐竹瓷："竹瓷，你再去小厨房走一趟，看看有没有什么点心。"

她想了想，索性大方地道："你将每一样都拿些过来。"

竹瓷应声，往廊里去了。

李羡鱼目送她的背影消失在游廊深处，方缓缓放下心来。她努力忽视临渊的视线，端坐在椅上等候。

好在竹瓷回来得很快。不到一盏茶的工夫，竹瓷便提着食盒走进殿里来，恭敬地询问李羡鱼："公主，这些点心是照例用荷叶包上吗？"

李羡鱼连忙指了指面前的红木八仙桌："你放在桌上便好。"

竹瓷颔首，将里头的点心一碟碟取出，尽数放在桌上。

李羡鱼松了口气，弯眸对立在支摘窗前的少年招手："临渊，你也过来，一起用些。"

临渊睨她一眼,终于抬步过来。

李羡鱼莞尔,又想起他不吃旁人吃过的东西的习惯,便主动将桌上的吃食分开。

这碟白玉酥给顾大人。

那这碟芙蓉卷便给临渊。

这碟桂花糖蒸栗粉糕给顾大人。

那这碟同样好吃的白玉霜方糕便给临渊。

她一样样认真地分着,努力做到一碗水端平,直到分到手里仅剩下一碗乌米糕。

李羡鱼动作顿住,捧着那碗乌米糕不知所措,一时有些不知道该往哪边放。

临渊的视线轻轻投过来。

顾悯之也用完了那碗甜酪,缓缓搁下了手中的银匙。

二人一坐一立,隔着一张红木八仙桌一同看向李羡鱼,而她哪边都不敢看,只僵硬地坐着,觉得自己手里的瓷碗像是有千钧重。

许久,她硬着头皮道:"这碗……这碗乌米糕我来吃。"

临渊墨色的眉微抬,他道:"公主不是不爱吃乌米糕?"

他向李羡鱼伸手,示意她将乌米糕递来。

顾悯之轻轻垂目,将用完的甜酪放到远处,于自己的面前空出一块干净的地方:"公主若是不爱吃此物,也不必勉强。"他语声一如既往地温和,如春风轻轻而过,"公主搁下便好。"

李羡鱼身体更僵,更是紧紧地捧着碗不敢放。

偏殿内安静了少顷,像是连她的呼吸声都能听到。

李羡鱼终于忍不住,捧着碗站起身来,目不斜视地往前走。她眉心发汗,却竭力维持着端庄道:"我去小厨房里用,你们慢用便好。"

她说罢,便头也不敢回地从偏殿里走出去,一路走到偏殿旁的小厨房里。

此刻不是膳时,小厨房里应当不算拥挤。李羡鱼便捧着那碗乌米糕,慌慌张张地推开隔扇躲藏进去,没想到方一抬头,却见到月见正在灶台前偷吃点心。

月见回头瞧见她,先是一愣,继而便有些不好意思地笑出声来:"公主有什么事吩咐一声便好,怎么亲自往小厨房来了?公主还将奴婢抓个正着。"

李羡鱼上前,一把将手里的乌米糕塞给月见。

"不行。"她连连摇头,拿手捂着心口,心有余悸地对月见道,"不知道为什么,坐在偏殿里,我便觉得喘不过气来。"

卷七　一衿香

更漏轻响，转眼间又是一刻钟过去。

按理说这一小块乌米糕此刻应该已经用完，但李羡鱼依旧躲在小厨房里不敢出去。

她侧首，踌躇地对正打算将吃剩的乌米糕放进壁橱里的月见轻声道："月见，要不，你偷偷替我去偏殿瞧一眼，看看他们吃完没有。"她心虚地道，"等他们吃完了，我再回去。"

不想她话音方落，眼前的隔扇蓦地被人推开。

连片天光自外涌入，令李羡鱼本能地轻轻合了合眼。

再睁眼时，李羡鱼看见玄衣少年逆光而立，腕间系着的金铃于秋风里"叮当"作响。

李羡鱼脸颊微红，匆忙侧身，挡住月见的视线："临渊，你……你怎么过来了？"

她红着脸朝他的身旁看了看，想要转开话茬儿："顾大人呢？他没有与你一同过来吗？"

临渊踏前一步，走出重重光影，清丽的容貌在身后光影的映衬下显得越发冰寒，像是笼了一层冷霜。

他语声也冷，带着隐忍的不悦："顾惘之早走了！"

李羡鱼羽睫轻扇。她隐约觉得临渊有点儿生气，却不知道他生气的点在哪里。

"怎么这样突然？"李羡鱼启唇问了声，略想了想，心底渐渐生出些担忧来。

顾大人秉性温润，克己复礼，从未有这般不告而别的时候。

她不由得想：临渊不会是趁她不在的时候，把人赶走了吧？

那样的话，他也太失礼了。

她得去找顾大人道歉。

李羡鱼这般想着，越发着急，本能般拢裙抬步。

她走到隔扇近前，但临渊并未让开。他在光影交织处敛眉看她，凤眼里色泽晦暗，语声寒如覆雪："陛下急诏，令所有太医去太极殿中面圣。"

李羡鱼在他身前停步，不安地抬起羽睫："将所有太医都召过去，父皇是病得很重吗？"

临渊对这个皇帝并无好感。他来披香殿中的时日已不算短，但这个皇帝从未来看过李羡鱼，甚至还遣了一名刁奴来管束她，苛责她，反反复复地教她做一些她并不喜欢的课业。

于是他冷淡地道："来的宦官言辞隐晦，陛下不像是得了什么重病。"

李羡鱼轻轻点了点头，慢慢打消了去太极殿请安的念头。

其实从记事起，她便极少见到父皇，偶尔的几次相见也是在中秋、年节等重要的宴席上。

况且即便她主动求见，在太极殿里等上整整一日，她的父皇也不会召见她。

于是她想：还是等下回顾大人过来的时候再问问他父皇的病情吧。

在她思量间，临渊的视线又投过来，从她的身侧穿过，落在月见手里端着的那半块乌米糕上，他剑眉抬起："公主不是说要自己吃？"

李羡鱼被抓了个现行，连耳根都红透了："我吃不下那么多，就给月见了。"

她说着，生怕临渊继续追问，便伸手轻轻碰了碰他的袖口，语声轻如蚊呐："小厨房里一会儿还要做午膳呢，我们还是先回寝殿吧。"

临渊睨她一眼，侧身让开。

李羡鱼两靥绯红，提裙迈过门槛。

临渊抬步跟上。

此刻并非膳时，小厨房附近的游廊十分安静，并无宫人经过，临渊便也没有隐去身形，只是一言不发地跟在她的身侧。

李羡鱼似乎觉得局促，便主动打破静默，悄声与他说起他离开的这几日里发生的事来。

"临渊，你不在宫中的这几日里，披香殿里新来了个教引嬷嬷，姓周，年纪与之前的何嬷嬷相仿。以后，便是她负责教导我。"

临渊抬起眼帘，冷声问道："她也为难你吗？"

李羡鱼听出他话里的意思，赶忙连连摇头："没有。"她道，"周嬷嬷很少来披香殿，即便来了，也不像何嬷嬷那样喜欢为难人，只是说话比较啰唆。"

她抿唇笑了笑："有时候一句话能说清楚的事，她要反反复复地说上三五次，听得人耳朵都要生出茧子来。"

临渊闻言，敛下眸底的冷意，轻轻颔首："若是公主觉得厌烦，再换一个嬷嬷也无妨。"

李羡鱼没想到临渊会这样答复，微微愣了愣，侧过脸去看他："临渊，在你这儿，话多算是什么很要紧的毛病吗？"

临渊皱眉："我不喜欢话多的人。"

李羡鱼略想了想，有些为难地道："可是，我的话也很多。"她轻声问，"临渊，那你也讨厌我吗？"

临渊微顿，侧首看向她，身旁的少女也停住步子，在淡金色的天光里侧首望向他。

她羽睫纤长，杏眸乌亮，语声也是又甜又软，像是浇了蜜浆的甜酪。

他又想起了李羡鱼递给顾悯之的那碗甜酪以及她轻声细语地与顾悯之说话的模样。

临渊握着长剑的手骤然收紧，他剑眉紧拧，眸色深浓。

李羡鱼看着他面上的神情，半是失落半是气闷地鼓腮别过脸去："好吧，那我往后不再找你说话便是。"

话音方落，她便听临渊低声否认："没有。"

李羡鱼轻轻眨了眨眼，又转过脸去看向临渊，而他扭头避开她的视线，有些生硬地低声道："公主是公主，旁人是旁人。"

李羡鱼秀眉微展，轻轻笑出声来。她重新高兴起来，笑盈盈地伸手拉着临渊的袖口带他往前走："我带你去看看那尾小红鱼。"

此处离偏殿并不远，李羡鱼步履轻盈地拉着他走下游廊，很快便在放在偏殿前的水缸里找到了他们从御河里带回来的红鱼。

李羡鱼端详了下，若有所思地道："它好像不大高兴的样子，在水里动都不动一下，尾巴还有些泛白。"

临渊并不关心这条鱼的情绪，但听李羡鱼说起，便也顺着她的视线看了眼："兴许是水缸太窄，它游不开的缘故。"

李羡鱼却有些为难，说道："可是，这是披香殿里最大的容器了。"

临渊不以为意，语声淡淡："公主可以把它放回御河，抑或是直接烤来吃了。"

李羡鱼显然都不愿意。她连连摇头："若是刚捞起来的时候，烤来吃便烤来吃了，可是如今我都养了一段时日了，有些下不了口。"

她想了想，自言自语道："其实，披香殿里也不是没有养鱼的地方——后殿里便有一口小池塘。"

她说着，有些惋惜："可是，那口小池塘已经荒废好久了。"

临渊遂问："既然荒废，为何不令人清理？"

李羡鱼红唇微启，却没有立刻作答。

她原本是想清理出来，养菡萏、收莲藕、摘莲子的，只是内务府的人总是推托不来，后来又接到了呼衍来朝的消息，她想着，自己大抵开春前便要嫁到呼衍去了，应当是看不到菡萏开花结果了，便也将这件事放下了。

但是，如今看来，小池塘也未必要用来种菡萏，拿来养鱼好像也没什么不可以。

李羡鱼这样想着，便认真地轻轻点了点头："临渊，你说得是。"她展眉，唇畔梨涡微显，"我这便让人将小池塘清理出来。"

李羡鱼虽这样说着，却没让人再去找内务府的人。

她想：与其再听他们推三阻四，抑或是拿银子去填这个无底的窟窿，还不如将银子分给披香殿里的人。

于是她让竹瓷将殿内闲着的宫人们聚集起来，以三倍于外头工价的金额做赏钱，让愿意的人一同动手，将披香殿后殿里的小池塘清理出来。

正当披香殿里忙得热火朝天的时候，太极殿中亦是同样热闹。

皇帝披着明黄的龙袍坐在高座上，面色涨红，神情焦躁。他疾声问跟前立着的太医："如何？"

方才替他诊脉的老太医面露难色，终于在皇帝的连声喝问中跪下来，叩首劝道："请陛下保重龙体。"

其余太医也纷纷跪下，一同道："陛下，龙体为重，不能再用虎狼之药。"

皇帝霍然站起身来，面色涨得更红，眼底隐隐发赤。他一甩袍袖，将身旁放着的温补药物尽数拂落，勃然大怒："连这点儿小疾都治不好，朕养着你们这些废物何用？统统给朕推出去砍了！"

一旁守着的承吉眉心冒汗，连忙上前劝阻道："陛下，消消气，消消气，切莫伤了龙体。"

但即便这样劝着，他心里也有些发虚。

他是宫里的老人，从陛下登基起便在御前伺候，对陛下的病情自然也是多有耳闻——起初像是头疾，发作的时候陛下痛不欲生，整夜整夜无法入眠，太医们皆是束手无策。

后来不知谁提出可用五石散，陛下尝试后疼痛果然有所缓解，但随之而来的便是通身燥热，不得不夜御数女。

极好女色，登基前便妻妾无数的陛下对此倒是不以为意，服用五石散后便在太极殿内夜夜笙歌，广纳天下美姬。

但长此以往，对身体的损耗极大。

最初，鹿血酒有效，后来便要用药，最后要用虎狼之药。

如今虎狼之药也收效甚微。

陛下偏偏又对那等事格外上瘾，一日不行便浑身难受，双目发赤，行动癫狂。

他一个阉人，自然不知此事为何让陛下如此痴迷，却晓得，若是今日太医们拿不出得用的方子，等下陛下发起狂来，怕是连他的小命都要不保。

承吉眼见着皇帝又要发怒，情急之下，倒想起一个人来。他立刻俯身，凑到皇帝耳畔低声劝道："陛下，也未必要太医。您可还记得影卫司的司正——羌无大人？他医术卓绝，又敢用药，比这些太医都要高明得多。"

"羌无？"皇帝缓缓念出这个名字，发红的双眼蓦地亮起，"对，羌无！立刻给朕传他过来！"

他说罢，一低头，又看见满殿的太医，心中越发烦躁，对着离他最近的院正便是一脚:"滚!都给朕滚出去!"

太医们面面相觑,许是知道劝不住皇帝,终于鱼贯退下。

殿内重归寂静,唯有皇帝烦躁地在金殿中踱步,双目发红,浑身发烫,像是一头失了理智的困兽。

幸而羌无来得很快。

他依旧是灰袍铁面的打扮,手里未持兵器,仅仅捧着个青玉制成的香炉。

炉中的烟气乳白,如食物的热气,袅袅而起,飘散至皇帝身侧。

皇帝深深地吸了一口烟气,神情像是略微舒缓下来。他抬手让羌无过来,语声急促地问他:"羌无,你可还有什么法子?鹿血酒、银针、用药,什么都行!只要有效,朕重重赏你!"

羌无将香炉放在皇帝身畔的长案上,俯身向他行礼,沙哑的嗓音里听不出半点儿情绪:"陛下不过是连日劳累,龙体虚弱,温补便好。"

皇帝点头,方才狂怒的面上此刻终于展露笑意:"果然还是爱卿医术高明。"他说着,又勃然大怒,"不似太医院中的人,一群蠢虫!酒囊饭袋!空食朕的俸禄!"

羌无不置可否,待皇帝发作完,便将一瓶红丸奉上:"陛下觉得疲惫时,服一丸即可。"

皇帝毫不迟疑,立刻令人端来温水,就水服下一丸。

不过一刻钟的光景,他便觉得似有一股热气从下身直往上涌,像是又回到了年少鼎盛时。

他面泛红光,双目发亮,立刻便对伺候在畔的承吉道:"去,快去将朕新选的那些美人统统唤来。"

承吉如蒙大赦,立刻俯身退下。

皇帝说罢,又一把抓起几件放在多宝阁上的珍贵玉器,抛给羌无,大方地道:"爱卿得力,当赏!"

羌无抬手,稳稳地将几件玉器接住。

"多谢陛下赏赐。"他眼帘半垂,语调平静得近乎冷漠,面具后的那双眼中并无半点儿起伏,"臣先行告退。"

月落星沉,白日里的喧嚣渐次平息。

披香殿中的宫人们忙了整日,早早便睡去,整座披香殿格外寂静。

临渊倚坐在梁上,羽睫深垂,剑眉紧蹙。

又是一个古怪的梦境。

他箭袖骑装,驾马飞驰在林中,追逐一只罕见的白鹿,而身旁有人与他并驾齐驱,语声清润含笑:"你我兄弟相争,不知最后鹿死谁手。"

他并未作答,仅冷"哧"了声,手中银鞭落下,打马更急,很快便将那人甩在身后。

密林深处，他最终猎到了那只白鹿。

但紧随而来的，便是密集的箭雨与死士们不计代价的追杀。

直至骏马再一次跃出断崖，临渊才骤然醒转，蓦地握紧了腰畔的长剑。

剑鞘的末端重击在横梁上，发出一声刺耳的锐响。

"临渊？"

稍远处传来少女轻柔的嗓音。

临渊平复了一下紊乱的呼吸，将思绪从梦境中抽离，垂眼往下看去。

殿内灯火微弱。

绯红的纱帐被一双雪白的素手撩起几寸，帐后露出李羡鱼白瓷般的小脸。

她像是被从梦中惊起，尚且迷糊，伸手揉了揉眼睛，轻声问他："临渊，你是梦魇了吗？"

临渊眸色深浓，并未立刻作答。

他想起梦境中与他说话之人的容貌。

那名男子似乎比他年长几岁，发上已然束冠，面容与他有三五分相似，轮廓却不似他这般锋利，偏向于清雅温和，笑起来时令人如沐春风。

他始终记不起此人是谁，只能从对方的话中窥见一些端倪。

兄弟？

他有兄弟吗？

一个想将他乱箭射死的兄弟？

他一深想，脑内便剧烈作痛。

他立刻咬紧了牙关，本能地伸手摁上眉心。

李羡鱼也彻底醒转。她披衣起身，捧着盏灯火微弱的银烛灯走到梁下，担忧地仰头望向他，轻声询问："临渊，你怎么了？"

临渊垂首，见暖色烛光里，少女素面莹洁，乌发垂腰，眼眸清澈如水，盛着轻柔的忧色。

他视线微顿，眸底的暗色散去，随即松开手里紧握的长剑，掠下横梁，立于她身前。

"无事，"他合了合眼，低声道，"臣似乎，想起一些从前的事。"

"从前的事？"

李羡鱼愈感惊讶。她将手里的银烛灯放在面前的长案上，三步并作两步走到他跟前，就着暖橘色的灯火仰面望着他："临渊，你是想起自己的家人了吗？"

灯影摇曳，烛火昏昏。

临渊长指抵着眉心，一双本就浓黑的眸子在夜色中愈显冰寒："是，"他道，"我应当有个哥哥。"

李羡鱼黛眉弯弯，本能地替他觉得高兴。她怕临渊忘记，便顺着他的话一迭声地问："那你可想起你的哥哥叫什么名字？家住在哪里？在哪里任职？是哪家的子弟？"

她认真地许诺："我可以帮你找找他。只要找到他，便能找到你的家人了。"

临渊顺着她的话语试图唤醒藏在更深处的记忆，但回应他的，唯有颅内一阵剧烈过一阵的疼痛。

他咬牙忍住，低声道："我不记得了。"他忆起方才的梦境，语声冰冷，"我唯一记得的，是他想乱箭射死我。"

面前正满怀期待，想着替他找到家人的少女蓦地愣住。她像是有些回不过神来，羽睫蝶翼般轻轻扇了几扇，杏眸微微睁大："你的哥哥想乱箭射死你？"她又是害怕又是不解，"他为什么要做这样的事？"

临渊剑眉紧皱："大抵是为了抢什么东西。"

李羡鱼听得越发茫然。她想了想，起身倒了两盏热茶过来。她捧着茶盏在长案后落座，将其中一盏递给临渊。

"你先喝盏热茶压压惊，然后慢慢与我说吧。"

临渊接过茶盏。

雾气袅袅而起，盏壁上的热度透过掌心传来，驱散了秋夜中的寒气，令他紊乱的思绪略微清晰了。

临渊思忖少顷，将梦境简短地说给李羡鱼听。

李羡鱼愈听愈觉得震惊，连手里捧着的热茶都忘了放下。

临渊的身世与她想的全然不同。

她原本想的是，临渊应当是在年岁很小的时候便被人牙子从家里拐出，转手几道，最终卖到玥京城里，这才将自己的姓名与来历尽数忘了。

如今听来，他却像是被人暗害。

李羡鱼秀眉紧蹙，为他不平："那你的哥哥也太坏了些，比那些人牙子都要坏。"

毕竟人牙子也未必会对自己的手足下手。

她又道："所以，是人牙子从断崖下捡到了你吗？"

"不是。"临渊依旧否认。他替李羡鱼将因果理顺："半载前的春夜，我在明月夜的铁笼中醒转，并无半点儿之前的记忆，甚至不知自己姓甚名谁。

"直至半载后，我自明月夜中脱身，与他们蓄养的杀手在陋巷中交手，将杀手杀尽后力竭倒在墙下，被路过的牙人当奴隶捡去。"

他看向李羡鱼，眸底的暗色淡了些："此后，便是公主从牙人处买下了我。"

李羡鱼顺着他的思路忖了忖，像是明白过来："若是这样，那从断崖下捡到你的人，应当是明月夜的人。"

临渊颔首："应是如此。"

李羡鱼试探着道："那若是我们去问一问明月夜里的人，问出他们是从哪座断崖下捡到的你，或许便能知道你的祖籍在哪儿。"

若是能够知道临渊的祖籍在哪儿，他们去当地的官府翻一翻卷宗，便能寻到临渊的家人了。

临渊却知此事并非如李羡鱼说得这般容易。

明月夜中的爪牙皆是死士，绝不会轻易开口。

除非，他能够挟其主而令其奴。

他眸色微深。

既然如此，明月夜之行应当被更快地提上日程，他必须在他那位"兄长"找到他之前弄清自己的身世。

临渊当即放下手中的茶盏，抬眼看向李羡鱼："公主，臣明日要离宫一日。"

"临渊，你明日就要去明月夜吗？"李羡鱼猜到他的想法，握着茶盏的指尖轻轻蜷起，语声也越发轻，藏着她自己也不易察觉的担忧与不安，"可是，你上次说过，去明月夜的时候会带上我的。"

临渊默了默，解释道："臣只是出宫去打一张红宝石面具。"

李羡鱼微愣，少顷嫣然笑开。她搁下手中的茶盏，从荷包里拿出离宫要用的玉牌递给他："那你记得在宫门下钥前回来。"

临渊抬手接过，尚未起身，便听李羡鱼若有所思地道："之前竹瓷带来的话本好像快看完了。你明日出宫的时候，若是路过书摊，能不能再帮我带几本话本回来？"

她说着，又从小荷包里拿出张银票递给他，秀眉弯弯地道："这是买话本的银子。"

临渊垂下眼帘，视线停留在她执着银票的素手上。

皓腕莹白，手指纤细，未涂蔻丹的指甲泛着珠贝般晶莹的粉色，鲜洁美好得似乎让银票上朱红的官印都失了颜色。

不知为何，他又想起初见李羡鱼时的事。

彼时是在宫外，他自昏睡中醒转，第一眼便看见落下的白刃。

他本能地抬手接住刀刃，将持刀之人逼退。

就当他想着是否要赶尽杀绝的时候，身着绣金红裙的少女从马车上下来，云鬓鸦发，红唇皓齿，纤长的羽睫下杏眸清澈如水，似一朵从未见过风雨的花。她分明害怕，却还是放轻了语声问他："你的手还在流血……这里离皇宫很远，我们先送你去医馆好不好？"

后来他才知道，那日是李羡鱼的生辰，亦是她十五年来第一次出宫游玩，最终却因为他的事耽搁了整整半日，最后不得不踏着夜色匆匆回宫，没能去成别的地方。

临渊轻轻合了合眼。

他想：也许在找到他的兄长之前……他还欠李羡鱼一个生辰。

临渊抬起眼帘，启唇问她："公主明日可想出宫？"

李羡鱼微微一愣，继而那双清澈的杏眸染上些许亮色。

"你要带我一起去呀？"但很快，她又迟疑起来，"可是，我没有父皇的圣旨，守门的金吾卫是不会放行的。"

临渊道："公主有出宫的玉牌。"

李羡鱼摇头："出宫的玉牌是给宫人们采买用的，我即便拿去，金吾卫也不会放我出去。"

临渊又道："公主还有一套宫女服装。"

李羡鱼微怔，那双杏眸微微睁大："你是说，让我扮成小宫女悄悄溜出去？"

李羡鱼握着银票的指尖轻蜷，她隐隐有些心虚："可是，这也太不合规矩了些。"

临渊却并不在意这宫中的规矩。他只问李羡鱼："公主可想去？"

李羡鱼将银票握得更紧，双颊微微泛红。她没说想与不想，只是用蚊蚋般的声音问他："明天什么时辰呀？"

临渊薄唇微抬，答："辰时。"

他说罢，侧过脸去看窗外深浓的夜色，见夜已深，便又问李羡鱼："公主能起身吗？"

李羡鱼连连点头，将银票与荷包一同收进袖袋里，提裙便往锦榻处走。

临渊抬起眉梢："公主去做什么？"

李羡鱼抬手撩起红帐，短暂地回过身来看向他。

银烛灯微弱的火光里，她黛眉弯弯，笑声清脆。

"我这便去睡下，你可不许食言。"

红烛烧尽，微凉的秋夜转瞬过去。

都不消辰时，翌日卯时初刻，李羡鱼便已起身为出宫游玩做准备。

她洗漱罢，便将宫娥们遣退，独自从箱笼里寻出那件藏好的宫娥服装。

她将这件深绿色的宫装在身上比了一下，又侧首去看在屏风前等她的少年，羞赧地提醒道："临渊，我要更衣了，你……你先回避一下。"

临渊看向她手中的服装，并不挪步，剑眉微皱："公主想现在便换上宫女的服装，就这般出披香殿，走到北侧宫门前吗？"

李羡鱼被他问住，羽睫轻轻扇了扇："那……我应当去哪里换？"

临渊答道："离北侧宫门不远有一座废殿，鲜有宫人来往，公主可去此处更衣。"

李羡鱼却迟疑了一瞬。她道："你说的是不是华光殿？"她抱着宫女服装的指尖收拢，她面上是掩不住的胆怯，"我听说那间宫室闹鬼。"

临渊本不信鬼神之说，但见李羡鱼面色微白，还是放轻了语声："臣便在殿外守着，真有什么，公主唤一声便是。"

李羡鱼踌躇少顷，终于还是出宫游玩的心思占了上风。她轻轻点了点头，寻了个食盒过来，把里头的挡板一一撤下，将那件宫娥服装藏到食盒里去，略想了想，又分别拿了一盒额黄与水粉，一同放在里头。

她提起食盒："那我便先过去了，你可一定要紧紧地跟着我。"

临渊领首，隐去身形。

李羡鱼遂提着食盒往披香殿外走。

待走到照壁跟前的时候，她正巧遇到从殿外回来的月见。

月见见到她，有些惊讶："公主这一大早的，提着食盒要往哪儿去？"

李羡鱼心虚地轻声回答："我……我去看看宁懿皇姐，至多日落前便回来。"

月见也没有多想，只笑着应了声，便目送她出去。

李羡鱼走出披香殿，便顺着宫道一路往北面走。大抵两刻钟后，她便走到了临渊口中的华光殿前。

这座大殿荒废多年，周围皆已生满杂草，便连殿门上悬着的那块金字牌匾都有些摇摇欲坠，像是随时都会被风吹落，在地面上摔个粉碎。

李羡鱼小心翼翼地迈进去。

殿内更加破败，主殿中的帷帐上都结满了蛛网，支摘窗上的竹篾纸更是早已不知道去了哪里，秋风一起，整面残窗便紧跟着"呜呜"作响，令人心里一阵阵发紧。

李羡鱼握着食盒的指尖收紧，她忍不住启唇唤道："临渊。"

玄衣少年自暗处现身，应道："臣在。"

李羡鱼望见他。

临渊立在殿内熹微的日光下，身姿英挺，容貌清丽，握剑的手筋骨分明，手指修长漂亮，手中长剑寒光照人，无端令人觉得心安。

李羡鱼轻轻唤了他一声，原本紧绷的心弦也略微松了下来。

"你在这儿便好。"

她弯眉，将手里提着的食盒塞给他，从里头拿出那件深绿色的宫女服装来。

临渊知晓她是要更衣，方接过食盒，便抬步往殿外走去。

"等等。"李羡鱼却从身后唤住了他。

她捧着那件宫娥服装立在废殿里，面色隐隐有些泛白："临渊，你别将我一个人留在这里。"

临渊停步，看向她，说道："公主不更衣了吗？"

李羡鱼轻轻侧过脸去，双靥渐渐染上胭脂似的绯色，语声蚊呐一般："你背过身去便好。"

临渊握着食盒的长指微微一僵，但他终究还是颔首："好。"

他依言背过身去。

李羡鱼微微松了口气，面上的热意也渐渐退了。她往破败的屏风后站了站，缓缓抬手开始解衣。

当她领口的第一枚玉扣被解开时，背对着她的少年长指骤然收紧。

废殿里太过安静，将所有的感觉都无限放大。

身后李羡鱼细微的解衣声是那样清晰，若是他侧耳细听，甚至都能听出她已解开第几枚玉扣，而随着她的纤指往下，宽衣解带，少女身上清甜的木芙蓉香气也被秋风吹起，似春日里的绒花散落得满殿都是，令人避无可避。

他不知为何又想起那夜的情形。

少女睡在朱红的锦被上，绯红的颊、乌黑的睫、柔软如花瓣的唇，露在单薄的寝衣外的肌肤白若羊脂。

他立刻紧紧地合上眼，心绪却依旧紊乱。

在他身后更衣的李羡鱼同样不安。她缓缓地解着外裳上的玉扣，脑海里却一个接一个地浮现出听过的传言来。

听说这座废殿里枉死过人，夜晚经常能听见女子的哭声，便连白日里都有小宫娥看见脸色惨白、死状恐怖的鬼魂。

李羡鱼愈想愈害怕，更是加快了手里的动作，只想着快些将衣裳换下，好离开这座骇人的废殿。

她方将外裳褪下，拿在手里，却突然听见身旁似有响动。

李羡鱼提心吊胆，小心翼翼地往声来之处望去，看见近处一扇破旧的柜门动了动，继而里头猛地蹿出几只肥头大耳的灰老鼠，笔直地往她这儿冲来，眼见着就要跳上她的鞋面。

李羡鱼一时不防，惊叫出声。

临渊闻声，骤然睁眼，握剑回身。

"公主！"

"有老鼠！"

李羡鱼白着脸躲开老鼠，三步并作两步跑到他身前，伸手紧紧地握住少年的箭袖，慌乱之下语声都有些哽咽："这座废殿里不只闹鬼，还有老鼠。"

临渊本能地垂下视线。

废殿中光线晦暗。

李羡鱼外裳已经褪下，身上只着了件绣着缠枝花纹样的月白心衣，雪白圆润的香肩上仅有两条一指宽的系带，甚至都掩不住少女起伏的纤细锁骨。曾经散落在锦枕上的长发被束起，绾成精致乖巧的百合髻，将一截柔白细腻的颈毫无遮掩地赤露出来，衬着少女清澈的眸、鲜红的唇、白如羊脂的肌肤，像是绽放在雪地里的花。

凝脂白玉，满城春色，就这般猝不及防地撞入他的眼帘。

秋风扬起破旧的幔帐，光影陆离中，玄衣少年握剑垂首，而只着心衣的少女抱着怀里深绿色的宫女装轻轻仰头。

二人视线对上，面色同时红透。

风吹残窗，凉意袭人。

李羡鱼本能地抬手，抱住自己光裸的双肩，那张白瓷般的小脸霎时间从双颊一路红至耳后。搭在她臂弯上的织金外裳随之滑落，在坠入尘埃之前，被同样面色通红的少年伸手紧紧地握住。

几只灰老鼠自他们身旁"吱吱"而过，不知钻进了废殿中哪个角落里。

二人回过神来，又几乎同时背过身去。

李羡鱼背对着他，手忙脚乱地将怀里深绿色的宫女装穿到身上，胡乱系着扣子。

这样安静的废殿里，她听见自己的心"怦怦"作响，像是要跳出腔子来。

背对她而立的临渊也未好到哪里去。他手里紧握着李羡鱼的外裳，质地轻柔的雪缎贴着他的掌心，似乎还残留着少女的肌肤那柔腻的触感。

淡淡的木芙蓉花香扑面而来，像是又将方才的惊鸿一瞥带回他的眼前。

临渊呼吸微乱，身形僵硬，背对着李羡鱼将外裳递给她，语声微哑："公主的外裳。"

李羡鱼已将最后一枚系扣系好，面上的热度才退了些，一回过头来，见临渊手里拿着自己的外裳，面上又是一烧。

她绯红着脸，匆促地将外裳接过。

织金的外裳在她的掌心里轻轻皱起，像是少女紊乱的心绪。

方才的事，她应当生气吗？

可是，临渊也并非有意。

但若是不生他的气，她又不知道该如何面对这样的情形。

于是她最终鼓起腮来，不轻不重地嗔道："临渊，你占我的便宜。"

背对着她的少年身形一僵，继而低声道："抱歉。"

李羡鱼羽睫轻扇。她想：这个时候，她该说自己原谅他了吧，以显得自己不是个蛮不讲理的公主。

她正想启唇，却又听临渊道："公主若仍觉得恼怒，此刻便可报复臣。"

李羡鱼讶然。

这样的事……她还能报复回去吗？

她下意识地问道："怎么个报复法？"

临渊并未立刻作答，只是问她："公主可换好衣裳了？"

李羡鱼低头看了看，悄悄将两枚系错的扣子换回来，这才轻轻点了点头。但是旋即她想起临渊背对着她，便启唇轻声道："已经换好了。"

临渊回过身来。他面上红色已褪，唯余耳后的薄红。他垂眼看着地上布满尘埃的青砖，语声里听不出什么情绪："以牙还牙，以眼还眼。"

这便是他对报复的所有理解。

李羡鱼清澈的杏眸里有困惑之色转过。

她努力去理解着临渊话中的意思，却见少年抬手，解开了武袍领口的系扣。

他手指修长，动作利落得像是素日拔剑对敌。

武袍上的几枚系扣根本不是对手，刹那间便被他一解到底。

继而，月白色的里衣也被他信手扯开。

废殿内光线晦暗，但李羡鱼离得这般近，近乎就站在他身前。她来不及反应，就这样蓦地看见少年精致的锁骨、坚实的胸膛以及肌肉结实的小腹。

李羡鱼彻底愣住。回过神来后，她立刻伸手捂住了自己的眼睛，从手背到素白的指尖都被面上的热度蒸得通红。

"你……你快将衣服穿上！"

临渊正在解开衣襟的长指一顿，他抬起眼来，问："公主消气了吗？"

李羡鱼觉得自己现在一点儿也不生气了，只是恨不得找个砖缝将自己藏进去。

她胡乱点头，语声慌乱："你先将衣服穿好再说这些。"她又羞又急，"我不与不穿衣服的人说话。"

临渊看不见她面上的神情，只能听出她的语调慌得像是被雨水打过的花叶，一点儿也不像是高兴的模样。

他的行为似乎适得其反。

临渊轻轻皱了皱眉，终究还是依言将武袍重新系好。他道："公主可以睁眼了。"

李羡鱼仍旧有些担心，闻言只将手挪开些，从指缝里悄悄看了一眼，见他真的将衣裳穿好了，这才慢慢放下手来，绯红着脸小声抱怨他："临渊，你……你怎么能一言不合便解衣裳？"

"以牙还牙，以眼还眼——"他目光淡淡，"公主同意了的。"

李羡鱼怔住。她从没想过这句话是这个意思，要是早知道……

李羡鱼脸颊更烫，觉得自己愈说愈错，便别开脸去，只想快些将这件事揭过："那……那你以后不能再这样了。"

她说着，便想抬步往殿外走。

临渊侧身，启唇问她："公主不想出宫了吗？"

李羡鱼这才想起这回事来，她伸出的足尖慢慢收回来，好半响才用蚊蚋般的声音道："想的。"

她伸手，将临渊手里的食盒接过来，把方才换下的外裳放进去，又从里面拿出那两盒事先藏好的妆粉。

临渊并不懂这些女子梳妆用的物件，便只是沉默地看着她，看着她将水粉倒进装着额黄的盒子里；看着她取下发间的一支银簪，将两种妆粉混合在一处；看着她融合出一种姜黄色的粉末来，因为四面寻不到铜镜，便只凭着直觉，往自己的面上涂抹。

少顷，李羡鱼停下动作，仰脸望着他："临渊，你看这样，宫人还能认出我吗？"

临渊没有立刻答话。他垂眼看着李羡鱼，一时不知该说能还是不能。

李羡鱼的姜黄粉抹得不太均匀，原本雪白的小脸上此刻黄一块白一块的，像一只三花猫。

宫人即便看到了，应当也……不敢相认。

他默了默，抬手将李羡鱼手里那盒妆粉接过。

"臣替公主重新梳妆。"

李羡鱼也从他浓黑的眸子里看见了自己狼狈的模样，心虚又踌躇："没有铜镜，我妆粉抹得好像是不太均匀。但是，临渊，你会梳妆吗？"

临渊忖了忖，道："只是上个妆粉，应当不难。"

李羡鱼听他这样说，便点头答应下来。

废殿荒败已久，四面落满了灰尘，没有可以落座的地方，李羡鱼唯有站在他身前，乖巧地仰起脸来。

临渊打开盒盖，指尖取了些妆粉，停留在李羡鱼并未涂匀的地方。

他的指尖很热，令李羡鱼轻轻地往后缩了缩身子。姜黄粉偏了少许，在她的侧脸上添了浓重的一道。

临渊皱眉，将手中的长剑放下，转而摁住她的肩，低声道："别动。"

李羡鱼唯有停住，有些不安地抬眼望着他。

临渊垂眼，长指重新落在她的面上，以指腹将方才那道痕迹抹去。

李羡鱼有些不习惯地轻轻眨了眨眼。

他指尖很热，指腹上有常年练武留下的薄茧，即便刻意放轻了力道，带给她的感受也与月见、竹瓷她们给她上妆时全然不同。

而且，他站得太近了些，就这样俯下身来，高挺的鼻梁都快碰到她的眉心了，微烫的呼吸落在她的眼睫上，带来不属于秋日的滚滚热意。

李羡鱼觉得自己的脸颊发烫，心跳也悄悄快了一拍。她不习惯这样的感受，本能地又要往后躲。

临渊摁着她肩膀的大手添了一点儿力道，他皱眉提醒她："公主若是再躲，面上便更花了。"

李羡鱼脸颊更红。她不好再往后躲，只好合上眼，一动也不动地立着，努力把自己当成一个正在被上色的磨喝乐。

幸而临渊的动作很快，上妆过程没有持续很久，临渊就从她面上收回长指。他拿方巾揩净指尖上多余的妆粉："公主可以睁眼了。"

李羡鱼睁开眼来，借着他格外浓黑的眸子看了看自己的影子，觉得不像只小花猫了，便重新高兴起来，将方才所有令她不自在的事都抛到了脑后。她将那盒姜黄粉藏进荷包里，弯眸道："那我们现在便出去吧。"

临渊应声。

二人遂将惹眼的食盒留在废殿中，一同行至北侧宫门前。

从荷包里拿出玉牌给金吾卫看的时候，李羡鱼倒是格外紧张了一阵。

好在这些金吾卫都是陌生的面孔，并未从她看起来病恹恹的小黄脸上看出什么端倪来，核对过玉牌无误，便挥手放行。

可李羡鱼仍旧不敢掉以轻心。她出了北侧宫门，又埋头往前走了好一阵，直至身后的那些金吾卫都远得看不见了，才长长地舒了一口气，雀跃地看着身旁的少年："临渊，我们可算是出来了。"

她眉眼弯弯，露出唇畔浅浅的梨涡："这是我第二次出宫。"

临渊握着手中的长剑，低低地应了一声，往前踏出一步，将她与街上熙攘的人流隔开。他以只有二人能够听见的语声问："公主现在想去哪儿？"

李羡鱼抬起眼来，往旁侧望了一圈，便伸手攥着他的袖口道："先去那边的胭脂铺。"

临渊抬眉，向她的视线尽头看去："胭脂铺？"

他并未想到，李羡鱼第一个要去的，是一间看起来并不如何起眼的胭脂铺。

李羡鱼点头，解释道："我得先去里头买盒胭脂，趁机把脸洗了。"

她想伸手碰一碰自己的脸，又怕妆粉晕开了，便努力忍住，只是担忧地道："我觉得这粉都开始往下掉了。等会儿若是晕开了，岂不是真的和花猫一样了？"

临渊颔首，带着她往最近的胭脂铺走。

临街的这间胭脂铺并不宽敞，里头并无女侍，唯有一名女掌柜守在柜台后，见他们进来，便笑着招呼道："两位可是要买胭脂？"

李羡鱼点了点头，又轻声询问："在这里买胭脂，可以洗脸吗？"

女掌柜视线往他们二人身上一转，眼里的笑意更浓："若是姑娘诚心想买，倒也不是不能。"

李羡鱼放下心来，略一莞尔，便到一旁挑起胭脂来。

她先是挑出一盒海棠红的，很快又挑出一盒樱桃色的，比了比，觉得两者之间不分高下，加之胭脂本身又不昂贵，便想着一同买下，若是回去后觉得不合适，还能送给披香殿里爱打扮的小宫娥。

她便问那女掌柜："这两盒加在一起，要多少银子？"

女掌柜拨了拨算盘，笑答："姑娘给我五钱银子便好。"

李羡鱼点头去拿荷包，可她的指尖才探进袖口，临渊已将银子付完。

李羡鱼拿着荷包愣了愣，旋即讶然出声："临渊，你自己把银子付了？"

临渊侧首看她，因如今是在宫外，便略去了称呼简短地回应："有何不对？"

李羡鱼愣愣地看着他："可是，应当是我付银子才对。"她回过神来，认真地强调，"之前与竹瓷出来的时候，也都是我付的银子。"

临渊语声淡淡："我又不是竹瓷。"

他说得这样理所当然，令李羡鱼微微一愣，一时竟不知该如何接话。

女掌柜收了银子，态度愈见热络。她当即便打了一铜盆清水，亲手捧到李羡鱼跟前，依旧笑着："谁付银子有什么要紧，姑娘快净面吧。"

李羡鱼还惦记着脸上姜黄粉的事，遂先将银子的事搁到一边，轻声谢过她，便就着清水开始净面。

随着厚重的姜黄粉被洗掉落在盆中，女掌柜眼中也渐渐显出少女原本的容貌——乌发红唇，肤如白瓷，即便不施粉黛，亦鲜妍美好得像是春日里新绽的海棠花。

女掌柜愣了愣，一些原本不解的事像是找到了答案。她不动声色，又从柜子里拿出些更贵的胭脂来，对方才付银子的临渊殷勤相劝："这位公子，这是新到的胭脂，顶顶好看的颜色，再给你家小娘子买一个吧。"

李羡鱼因这个新奇的称呼而回过头来："小娘子？"

女掌柜笑得促狭："是呀。"她指了指临渊，"那不是你的夫君吗？还是，未婚夫婿？"

李羡鱼被女掌柜话里那些惊人的词汇吓到了，匆忙地摇头："自然不是。"她道，"他是我的……"

"影卫"两个字到了唇畔，李羡鱼却又硬生生顿住，觉得并不适宜在宫外说给旁人听。于是，她秀眉弯弯地道："这是我家哥哥。"

远处正低头看胭脂的少年闻言抬起眼来，剑眉微蹙，语声格外淡："不是。"

李羡鱼微愣，继而脸颊微红，像是抹了上好的胭脂，却还是努力跟女掌柜打圆场："你看吧，他也说了，不是夫君。"

临渊轻轻垂眼，难得出言解释："不是哥哥。"

李羡鱼彻底愣住。她走上前去，伸手拽了拽他的衣袖，红着脸小声抱怨他："临渊，你怎么拆我的台呀？"

临渊将手中的胭脂放下，平静地叙述道："本来就不是。"

李羡鱼鼓腮。她当然知道不是。

她拽着临渊袖口的指尖添了几分力道，示意他俯下身来，而自己也踮起足，在他的耳畔悄声提醒："临渊，这是在宫外呀，"她道，"总是要杜撰个身份出来的。"

临渊看了她一眼，以仅二人可以听见的语声问她："那女掌柜自己不是猜了个身份出来吗？公主为何要否认？"

李羡鱼本能地否认："那不一样！"

临渊却问："有何不同？"

不都是杜撰出来的身份？

李羡鱼认真地向他解释："因为我穿着宫女的服饰，宫女在被放出宫前，是不能婚配的。"她抬起羽睫，一双杏眸格外清澈，"若是我说你是我的夫君，岂不是立刻便要露馅？"

临渊对上她的视线，轻轻皱了皱眉，然后转过脸去。他道："公主随意。"

李羡鱼在这场争辩里得胜，黛眉弯弯地转过身去，对那女掌柜道："我便说他是我家哥哥嘛，他自己也承认了。"

女掌柜掩口而笑。

她自己也曾有过情窦初开、口是心非的时候，如今瞧他们耳语了这么久才得出个结论来，还有什么不懂的？不过她并不说破，只是笑着打圆场："是不是哥哥都不打紧，姑娘看看这盒胭脂可好？"

她将方才递给临渊的胭脂又递给李羡鱼："姑娘的肤色白净，这盒胭脂格外称你。"

李羡鱼便将胭脂盒接过，抬手将盒盖打开。

许是价钱更贵的缘故，这盒胭脂的粉质比方才两盒的要细腻些，颜色也更为鲜艳，是李羡鱼鲜少见到的那种鲜艳。

毕竟内务府做的胭脂，供给公主们的，大多是端庄淡雅的颜色，少有这样涂上后会显得艳如桃李的。

李羡鱼有些迟疑："会不会太浓了些？"

女掌柜瞧了她一眼，一副胸有成竹的模样："不会。姑娘若是不信，可以取些试试。"

李羡鱼想了想，正想蘸些在手背上看看颜色，临渊已将那盒胭脂接了过去。

他道："我来便好。"

李羡鱼想了想，有些担心自己若是往后躲，会让女掌柜看出端倪来，猜出他们不是兄妹，便乖乖地仰起脸来，只是略带担忧地轻声叮嘱他："这胭脂的颜色很浓，你可别涂多了。"她顿了顿，欲盖弥彰地唤道，"哥哥。"

临渊动作一顿，却并不配合她，只是不带称呼地简短应道："知道。"

他蘸了些胭脂，修长的手指轻轻落在她的脸颊上。

少女的肌肤细腻，白如羊脂，柔软得像是新蒸好的酥酪，仿佛他略微倾注力道，便会将她的脸颊刮红。

临渊垂眼，将手上的力道尽数卸去。

胭脂缓缓在李羡鱼的颊上晕开，像桃花落在干净的雪中。

李羡鱼安静地等了一阵，直到他将长指垂下，方轻声问他："好看吗？"

她有些担心："会不会很奇怪？"

临渊正用方巾擦拭着指尖上的胭脂，闻言垂下眼帘，手中的动作随之停住。少顷，他颔首，低声回答："好看。"

不是胭脂好看，而是李羡鱼好看。

她生得太好，杏眸桃腮，雪肤红唇，不用胭脂时肤色莹白如玉，轻染一点儿胭脂，便显得双靥浅红，杏眸潋滟，明媚如枝头春色。

他就这样毫不避讳地在人前看着李羡鱼，看得她的双颊越发红了，像是又上了一层更鲜艳的胭脂。

她转过脸去，躲开临渊烫人的视线，对女掌柜轻声道："将这盒胭脂包起来吧。多少银子？"

她说着，又要伸手去拿荷包。

女掌柜将这盒胭脂与方才的两盒包在一处，笑着答话："这盒胭脂比方才两盒贵些，要一两银子。"

她的话音刚落，临渊已将银子放在柜台上。

他接过女掌柜递来的纸包，对李羡鱼道："走吧。"

李羡鱼却不挪步，只是拿着荷包讶然望着他。

临渊便停步，又问她："你还想买胭脂吗？"

李羡鱼摇了摇头，抿唇，悄声问道："临渊，你怎么又把银子付了？"

临渊并不觉得有什么。他只是略一颔首，对李羡鱼道："若是不想买了便走吧，我们再去别处看看。"

毕竟宫外的世界很大，天高海阔，李羡鱼会感兴趣的地方应当不止这一间胭脂铺。

李羡鱼手里拿着荷包，还在迟疑。

女掌柜却笑："姑娘不是说他是哥哥吗？你们都是一家人，谁付银子有什么要紧？"

李羡鱼愣住，一时答不上来，觉得像是掉进了自己挖的坑里。

女掌柜对她笑得促狭："这哥哥不是当得挺好的吗？还会给妹妹梳妆。"说着，她又有些感叹，"不像我家那个死鬼，让他给我涂个口脂，都能把人涂成吃人的夜叉！"

死鬼？

李羡鱼觉得自己又听到了什么奇怪的词汇。

这个词应当是骂人的吧。

她这样想，便轻声安慰女掌柜："没事的，我家哥哥也没给我涂过口脂。"

即便是关系最好的太子皇兄，也没有过。

女掌柜"扑哧"笑出声来。

李羡鱼不明就里，被临渊握住了宫装袖口。

少年带着她往外走。

李羡鱼跟在他的身后，抬步迈过胭脂铺的门槛，好奇地问他："我们现在要去哪儿？"

临渊看了她一眼，语调平静："去买口脂。"

李羡鱼在热闹的长街上顿住步子。

"不用去买。"她从荷包里取出一盒口脂给临渊看，"我带了口脂的。"

为了证明，她还将口脂打开给临渊看，秀眉弯弯地道："这是我最喜欢的颜色。"

临渊看向那盒口脂。

碧桃红，一种属于春日的颜色，被以这种旖旎的方式藏在小盒中。

李羡鱼素日都喜欢用这种颜色的口脂吗？

他的视线抬起，停留在李羡鱼的唇瓣上。

少女的唇瓣柔软鲜红，和开得正好的碧桃花一样的颜色，唇角随着她的笑扬起一个柔和的弧度，露出唇畔两个浅浅的梨涡。

不知为何，他想起之前与李羡鱼玩六博时的情形。

李羡鱼输了他两局，而他象征性地在她的梨涡上各点了一个红点。

他如今想来，那时候自己应当问她要口脂的，免得她如今向旁人抱怨。

于是他垂眼，向李羡鱼摊开掌心。

李羡鱼微微一愣，旋即明白过来。但她没将口脂递给临渊，反倒立刻将其藏进荷包里，双手紧紧地捂住。

她还记得那女掌柜的话，可不想当街变成吃人的夜叉。

"不要。"她紧张地道，"临渊，我方才说的是哥哥，是我的……"

人潮涌动里，她悄悄做了个口型："皇兄。"

· 210 ·

临渊目光淡淡。

这个"哥哥"的头衔还真是来得快,去得也快。

李羡鱼也有些心虚。她将荷包放回袖袋里,又伸手攥了攥他的袖口:"那我们现在去买话本吧。"她道,"我的话本都快看完了。"

临渊垂眼看她。

李羡鱼的面上仍旧染着方才的胭脂,两靥浅红,明媚如春,即便不涂口脂,也足够动人。

临渊察觉到,街上已有许多路过的少年郎频频注目。

他淡淡地道了声"好",抬步向她走近,将旁人的视线尽数隔绝在后。

半个时辰后,二人自书摊上回来。

临渊手中多了一大摞话本——足足数十本,被捆扎在一处,近乎半人多高,看着便十分沉重。

李羡鱼望向那摞话本,隐隐有些心虚:她似乎太贪心了些。

方才在书摊上选书的时候,她一本本翻看过去,见每本都很有意思,便将曾经看过的几本挑出,请店家将剩余的都包起来,没想到会有这么多。

她略带担忧地侧首看向他:"临渊,你拿得动吗?"她想了想,又道,"要不要将它们拆开,我帮你拿几本?"

临渊平静地启唇:"臣还不至于到连话本都拿不动的地步。"

李羡鱼闻言才将心放下。她轻轻点了点头,看着他这一只手持剑,另一只手拿话本的模样,像是突然间想起了什么,杏眸微微亮起,期待地轻声问道:"那你是不是不能空出手来了?"

临渊侧首看向她,剑眉微抬,以仅二人能听见的语声问:"公主想说什么?"

李羡鱼展眉轻轻笑起来,说道:"这样,你便不能抢在我前头付银子了。"

她方才在胭脂铺里时便发现,习武之人身手敏捷,便连付银子的动作也比她的快上许多。她即便先拿出荷包来,也抢不过临渊。

但是现在不同了,临渊空不出手来,便没法与她抢了。

临渊一顿,未来得及启唇,便见李羡鱼又雀跃地道:"那我请你吃小食吧。"

临渊的视线停留在她带笑的杏眸上,少顷,他颔首:"好。"

李羡鱼见他答应了,步履越发轻盈,很快便就近寻到个卖小食的摊子。

那摊子上卖的是龙须糖——白如雪,密如丝,瞧着便十分好吃。

李羡鱼要了一盒,并如愿看到临渊真的空不出手来,不能抢着付银子,即便只是十文钱。

李羡鱼十分满意。她弯眉,示意临渊俯下身来,自己则轻轻踮起足,用摊主送的木筷子攥起一块雪白的龙须糖喂到少年的唇畔。

热闹的长街上,人群接踵而过,而身着深绿色宫女装的少女眉眼弯弯,语声清甜:

"你尝尝。"

不远处，望月楼雅间内，太子李宴正于此饮茶。

他本是出来散心的，但遇见长随前来禀报消息，便唯有暂且在此议事。

长随掩上雅间的隔扇，于下首拱手行礼："殿下，尚书左仆射独子之事已尘埃落定。"

李宴手里端着茶盏，启唇询问："皇叔最终如何处置？"

长随答道："摄政王协同大理寺追查多日，最终查明是城郊一伙山匪进城寻欢作乐时见财起意所为。"他道，"日前摄政王已亲自带兵去城郊剿匪，昨日凯旋，也算是给了尚书左仆射一个交代。"

李宴端着茶盏的手一顿，像是对摄政王最终的处置方式有些意外，但少顷，他只是平静地颔首。

无论内情如何，此事就这般盖棺论定，不必再提。

李宴便也将此事放下，转而问起一桩家事："宁懿与太傅相处得可还算融洽？"

素来得力的长随此刻却卡壳了一瞬，小心翼翼地斟酌着道："宁懿公主年少，不似太傅那般沉稳持重，二人相处间，难免会生出些龃龉来……"

李宴敛眉："宁懿又做了什么吗？"

长随低声道："属下听闻，日前公主心情不悦，烧了太傅的古籍。"

李宴顿了顿，说道："还有吗？"

长随语声更低："公主还纵容自己的雪貂咬了太傅的衣袍。"

李宴看向他，见他仍旧是欲言又止的模样，便又皱眉问道："还有？"

长随低下头，踌躇良久，方低声回禀："还有，公主还召来殿内豢养的舞姬，当场分送太傅两名，说是……说是怕太傅绝后，送他两名美妾做伴，让他不至于孤独终老，无人送终。"

李宴听得眉心发痛。他再无饮茶的心思，便将手中的茶盏放下，又轻轻合了合眼，侧首看向窗外，想借民间的热闹平复一下此刻的心情。

李宴视线轻移，一件深绿色的宫女服饰蓦地映入眼帘，他的视线略一停顿。

这一停之下，他看清了少女熟悉的容貌。

雪肤乌发，杏眸红唇，正是嘉宁公主李羡鱼——他素日最为乖巧柔顺的九皇妹。

她今日并非独自出行，身旁还立着一名身着玄色武袍的少年。

李宴隐约想起，那是她的影卫。

只是这名影卫此刻并不是在暗中保护，而是就这样走在人流熙攘的长街上，与她并肩而行。

李宴皱眉，垂眼再看。

他看见李羡鱼手中拿着盒雪白的龙须糖，此刻正踮足喂到少年的唇畔，而少年一只手拿书，另一只手持剑，腾不出手来，便直接低头，就着她的筷子吃了一口。

龙须糖甜蜜缠绵，牵出纤细绵密的银丝，而递龙须糖的少女笑颜明媚，在淡金色的日光下，双靥浅红，杏眸潋滟，一颦一笑间鲜妍得像是芍药初开。
　　街上行人纷纷攘攘，二人共吃着一盒龙须糖，言笑着并肩走远。
　　李宴重新合上眼，缓缓伸手，抵上自己隐隐作痛的眉心。
　　他想：再这般下去，他恐怕年纪轻轻便要生头疾了。

　　李羡鱼并不知晓自己偷偷出宫已被太子皇兄看见，仍旧心情雀跃地带着临渊沿着热闹的长街徐徐逛了一圈，沿途买了许多新奇的小物件与有趣的吃食，眼见着快黄昏了，才恋恋不舍地往北侧宫门回返。
　　中途，二人还去了一趟街边的铁匠铺。
　　临渊将手中的那摞话本放在铺子里的台子上，自怀中取出那张红宝石面具递给铁匠。
　　"打一张面具，按照这张面具的形制来，尽量做到一般无二。"
　　他抬手，递过去几根金条与十数枚大小不一的红宝石。
　　铁匠从未接过这样大的生意，一时愣住了，磕磕巴巴地道："做是能做……但是这么大一笔银子，客官可要去官府里立个契书？"
　　临渊道："不必。"
　　这便是上次为他打造铁面的工匠。打造铁面之前，他早已查过此人的底细——家世清白，上有父母，下有妻女，为人老实，并不会为了一笔横财抛家弃女，背井离乡。
　　况且，他并不怕此人赖账。
　　他只道："我给你五倍的工钱，不过此事绝不能外传。"
　　铁匠犹豫了下，想着是熟客，加之要做的只是张面具，也不是什么凶器，便答应下来："打造面具倒是费不了什么功夫，只是上头的红宝石打磨起来恐怕要些时日，客官五日后再来吧。"
　　临渊颔首，拎起那摞话本，带着李羡鱼回身往外走。
　　二人出了铁匠铺，被外头的凉风一吹，李羡鱼方自震惊里回过神来。她碰了碰临渊的袖口，好奇地询问："临渊，你哪里来的这么多银子？"
　　那些红宝石与黄金价值不菲，并不是她开给临渊的月钱购置得起的。
　　临渊忖了忖，淡淡地回答："这些东西，上一任主人已用不上了，我便拿来了。"
　　这些都是薛茂随身带着的东西，他如今已经死了，自然用不上了。
　　李羡鱼还道是旁人送给他的，便没有多问，只是在心里悄悄感叹了一下那人可真是富有，心思便又被铁匠铺里那张正在打造的红宝石面具吸引过去。
　　她悄声问："面具打好后，我们便去明月夜吗？"
　　临渊握着长剑的手收紧，却并未食言，他颔首："若是公主执意要去……"
　　李羡鱼想了想："那里听起来很危险，我要不要……带些金吾卫与我们同去？"
　　"不可。"临渊启唇，眸中寒光如雪，"人越多反倒越危险。尤其是宫中的人。"

人多更容易打草惊蛇，也更容易遭到明月夜的拼死反扑，且明月夜开得这般声势浩大，多年屹立不倒，背后必然有宫中的势力相助，他们带上宫中或官府的人只会适得其反。

李羡鱼乖巧地点头，又从袖袋里拿出一个方才买的平安结给临渊看。

"那等我回宫后，便依着这个模样做两个新的平安结出来，我们一人一个。"她秀眉微弯，对他绽开笑颜，"希望这次，我们都能平平安安的，谁也别受伤。"

临渊垂下眼帘，视线落在她的笑颜上，停驻良久，方缓缓移开。他带着李羡鱼往前，语声很淡，却带着不容置疑的力度："臣会保护公主，无论何时何地。"

日影轻移，铺在长街上的金芒渐渐转淡。

黄昏渐近。

游玩了一整日的李羡鱼这才依依不舍地与临渊回到北侧宫门前。

许是临渊帮她新抹的姜黄粉格外均匀的缘故，守门的金吾卫并未察觉异常，二人回宫的过程倒也顺利。

等二人从废殿中取回食盒，换好衣裳，再返回披香殿的时候，宫中已是红霞漫天。

月见在殿门口等得焦急，远远地见李羡鱼过来，便小跑着迎上前去，着急地道："公主怎么一去便这样久？奴婢都想着若是您再不回来，便要去凤仪殿寻您了。"

李羡鱼耳根微红，唯有将出去时说的谎话继续下去："宁懿皇姐留我用膳，这才回来得晚些。"

月见没有多想，只是照常关切地道："公主用得可还习惯？晚膳奴婢还放在小厨房里热着，您可要再用些？"

李羡鱼想了想：她在宫外吃了太多小食，此刻已经一口都用不下了，临渊亦是。

于是她摇头："不用了，你们分了便好。"

月见轻应一声，福了福身，往小厨房的方向去了。

李羡鱼则顺着抄手游廊回到自己的寝殿里，正想将从宫外买来的东西都整理出来，却听游廊里一阵急促的奔跑声响起。

李羡鱼讶然站起身来，往隔扇前走。

"谁呀？怎么慌慌张张的？"

她方将隔扇打开，便见一团白茸茸的东西向她跑来，慌不择路地往她的裙裾底下钻。

还是临渊手疾眼快，将这东西拎起。

李羡鱼定睛一看，越发惊讶。

"是小棉花。"

李羡鱼便伸手，从临渊手里将小棉花抱过来，还未来得及启唇，便见一团白影迅速地追到近前。

临渊剑眉微皱，手疾眼快地将这东西抓住，握着它的后背将它提起。

李羡鱼这才看清，临渊手里的是一只雪貂。此刻雪貂被他抓住，还在不停地扭身挣扎，时不时地对着小棉花的方向龇牙咧嘴，吓得小棉花在她的怀里抖作一团。

　　"是宁懿皇姐的雪貂。"李羡鱼认出来，越发抱紧了怀里的小棉花，"不知道谁没守好殿门，又让它溜进来了，想咬我的小棉花。"

　　她说着，叹了口气，虽不情愿，但仍旧抱着小棉花去找关雪貂的金丝笼："我得在宵禁前给宁懿皇姐送回去。"

　　她原本还想趁闲暇翻翻从宫外带来的话本。

　　临渊似乎看出了她的不情愿，淡淡地道："不必劳烦公主。"

　　李羡鱼以为他是要帮自己送回去，便轻声解释道："这雪貂必须我亲自送回去，不然宁懿皇姐是不接的……临渊？"

　　她话音未落，却见方才还立在眼前的少年已展开身形，踏窗出去，再回返时，手里已没了那只雪貂。

　　李羡鱼提裙走近，围着他左右看了看，见他身上好像没有可以藏活物的地方，不由得有些好奇："宁懿皇姐的雪貂呢？"

　　临渊道："我把它丢出去了。"

　　"丢出去了？"李羡鱼略感震惊，像是第一次听到这样的话，"会不会不太好？"

　　她道："宁懿皇姐知道了，会不高兴的。"

　　临渊取来布巾拭手，语调平静："雪貂不会告状。"

　　"雪貂下回再来，一律丢出去便是。"

　　李羡鱼微讶，像是从未想过还能这般，抑或是在披香殿里，从未有宫人敢这般做。

　　"好像……也不是不成……"李羡鱼思量着，又感觉到小棉花在她的怀中轻轻蹭了蹭，像是认同临渊说的话。

　　秋日的黄昏已不炎热，可李羡鱼游玩了一整日，本就有些生汗，如今被小棉花茸茸的长毛一蹭，更是觉得垂落的几缕鬓发都要粘在颊畔，令她不由自主地想去沐浴。

　　她遂将小棉花递给临渊抱着，耳根微微泛红："临渊，你能不能带小棉花在殿内逛逛？"她说至此，语声更是轻如蚊蚋，"你最好……最好多逛一会儿，一个时辰后再回来。"

　　临渊接过白兔，垂下眼帘看她。

　　李羡鱼并不擅长说谎，尤其是每日里想支开他去沐浴的时候，总是话未说完，耳根便泛红。

　　临渊的视线在她的耳畔稍停，寒潭似的凤眼里有淡淡的笑意一闪而过，如月下流萤，转瞬即逝。

　　他最终未说破，摁住怀中乱蹭的白兔，抬步走过殿内摆设的金雀屏风。他反手将寝殿的隔扇掩上，将白兔放在游廊的坐凳上，便展开身形，去往披香殿的角门——适才他将雪貂丢出去的地方。

　　那只雪貂还守在那儿，正对着紧闭的角门转悠个不停，龇牙咧嘴地想找个缝隙重新钻进去。

临渊推开角门，冷眼看着它。

他记得李羡鱼说过，这只雪貂曾经咬过她的兔子，而她也因此请了顾悯之过来，为她的兔子医治。

他原不在意一只兔子的死活，但一想起顾悯之会来，便本能地觉得不悦，心想：倒不如给这雪貂一个教训。

角门一开，门外的雪貂立刻便想蹿进来。

临渊迅速地俯身摁住雪貂的脊背，单手将它拎起，对着敞开的角门，毫不留情地丢了过去。

雪貂敏捷地在地上打了个滚，翻身又想往门里钻。

临渊又一次将它丢了出去。

如此反复几次，直至雪貂气喘吁吁地伏在原地，再没了扑过来的力气。

它似乎也知道自己没了机会，便后爪着地，半立起身来，不再往前扑，只对着临渊"呲呲"作声，继而扭身便跑。

跑到稍远处，雪貂又短暂地回过头来，那双黑亮的小眼睛里满是愤恨，像是自此怨恨上了他。

临渊觉得可笑：自己有生之年竟会被一只小畜生记恨。

他并不在意，只是至梁上小憩了会儿，待约莫一个时辰过去，便独自回了李羡鱼的寝殿。

此刻正是星月初升。

李羡鱼已经自浴房回来，正披着件退红色的丝绒斗篷，坐在临窗的长案后，就着灯火看一本新买回的话本。

她刚刚沐浴过，身上还带着玫瑰露轻柔的香气，乌缎似的长发间犹有水汽，散落在脸颊边的几缕发丝被她轻轻别到耳后，露出一张白瓷似的小脸与微微泛红的双颊。

临渊眼底的冷意散去，视线也随之柔和了些，他并未出言打搅她，只是立于旁侧的月影中，安静地等着她将手里的话本看完。

李羡鱼又翻过几页，旁侧的灯火渐渐微弱，她有些看不清话本上的小字，便随手拿起搁在旁侧的银簪，想将烛火挑亮，一抬眼，便望见了站在月影里的少年。

"临渊？"

李羡鱼像是被他惊到，匆匆地站起身来，慌乱地将手里看到一半的话本藏到身后，原本浅红的双靥蓦地通红。

临渊觉出有异，剑眉微皱，上前一步："公主？"

他看向李羡鱼藏到身后的东西："这话本可是有什么问题？"

"没……"李羡鱼支支吾吾，"我……我只是有些看不懂。"

临渊便向她摊开掌心："臣可以替公主查看。"他道，"臣若能看懂，便讲给公主听。"

　　李羡鱼踌躇了下，终究是好奇心占了上风。她将藏在身后的话本子拿出来，放到了他的掌心里，语声轻柔："那你看懂了，记得教我。"

　　临渊应声，接着她方才指出来的那行往下阅读。

　　未读几行，少年视线蓦地顿住，迅速地别开眼，将手中的话本合拢，定睛去看书脊上的名字。

　　灯影下，三个篆体小字映入眼帘。

　　临渊握书的长指蓦地收紧，他原本冷白的面上显出一丝薄红。

　　在宫外挑书时他不曾细看，竟让摊主将这等话本混入其中拿给了李羡鱼。

　　少女对他的异样浑然不觉，仍旧低头看着他手里的话本。她眼眸清澈明净，纤细的手指将他合拢的书页翻开，重新点着方才那行："这一行是什么意思呀？'收用'又是什么意思？"

　　旋即，她一垂眼，又看见了书脊上写着的名字，轻轻"咦"了一声，轻声念出书名来。

　　"《金瓶梅》。"李羡鱼眉眼弯弯，轻声称赞，"书名还挺好听的。"

　　话音未落，李羡鱼便觉得指尖一空。

　　临渊将话本从她的手畔抽走，迅速地合拢，紧攥在掌心里。他薄唇紧抿，耳根泛起薄红，指尖不自觉地用力，将话本的封皮都攥得发皱。

　　"公主切勿对外提起这个名字。"

　　他说罢，不待李羡鱼反应，便快步行至长案前，将从宫外带回的那批话本每本都草草翻看了几页，又从中挑出几本，一并拿在手里。

　　继而，他回了一趟梁上，再回来的时候，那些话本已不见了踪影。

　　李羡鱼愣愣地望着他，少顷回过神来，羽睫轻扇，有些迷茫。

　　适才他们俩不是说好，把话本拿给他看，若是他能看懂，便解释给她听的吗？

　　如今临渊不但不给她解释，还将她的话本给拿走了，全然没有还她的意思。

　　"那本话本我还没看完，才看了几页。"李羡鱼道。

　　李羡鱼略想了想，寻出个折中的法子："若是你也想看，不用将它拿到梁上去，"她在玫瑰椅上落座，指尖轻轻点了点面前空白的长案，眉眼弯弯地与他商量，"我们可以一起看的。"

　　临渊不答。他俯身熄灭那盏银烛灯："公主早些安寝。"

　　夜色自四面八方涌来，将二人的面容淹没。

　　"可我还不困。"李羡鱼摸索着握住他的袖口，纤长的羽睫轻轻扇了扇，"我想看话本。"

　　她说着，略想了想，又展眉轻轻笑起来："要不，你念给我听吧。"

　　也免得她再去找点灯的火折子。

　　殿内灯烛已熄，朦胧的夜色里，她看不清临渊面上的神情，只能看到少年的轮廓一僵。

他生硬地拒绝:"不行!"

他语气这样果断,没有半点儿商量的余地。

李羡鱼略感失落,松开握着他袖口的指尖,略带委屈地轻声道:"好吧,那我去就寝了。"

她从玫瑰椅上站起身来。

临渊皱眉,蓦地伸手,隔袖反握住她的手腕。隔着深浓的夜色,少年垂下眼帘,似乎也觉出自己方才的态度太过冷硬,遂放轻了语声问她:"公主想出去玩吗?"

李羡鱼杏眸微亮,回过头来,隔着夜色望向他:"临渊,你要带我出去玩呀?"

临渊低低地应了声:"公主想去哪儿?"

李羡鱼想了想,认真地道:"去宫中的藏书阁。"她展颜,露出唇畔浅浅的梨涡,"我想偷偷过去看看父皇素日都喜欢看什么书。"

临渊颔首:"好。"

李羡鱼越发雀跃,重新将银烛灯点亮。

"你等等我,马上便好。"她说着,再也顾不上话本的事,又拿起那件深绿色的宫娥服走进红帐里。

红帐轻盈地落下,很快又被一双素手轻轻撩起。

再从红帐里出来的时候,李羡鱼已然又是那身小宫娥的装扮。

她提着裙裾,步履轻盈地走上前来,将那盏银烛灯塞到他的怀里。

"临渊,我们现在便过去。"她牵起他的袖口往外走,笑语盈盈,满怀期待。

临渊垂下眼帘,不曾拒绝。

夜间的藏书阁极为静谧,仿佛连终日不断巡查的金吾卫们也鲜少往此处来。

朱红的隔扇前唯有一名年老的宦官守着,此刻也歪身倚在廊柱上,睡得昏天黑地,甚至连临渊带着李羡鱼从他的身畔走过都毫无知觉,只是不时发出一两声鼾声。

李羡鱼回过头,好奇地看了年老的宦官一眼,又转头悄声问临渊:"这么大的藏书阁,便只有这一名守卫吗?"

而且此人看着也并不是非常能干的模样。

临渊垂眼:"宫中戍卫的分布,并不在于殿阁的大小。"

而在于皇帝重视与否。

例如那座年久失修的华光殿,便近乎没有金吾卫经过。

李羡鱼推开隔扇,讶然地轻声道:"可这里是藏书阁呀。难道父皇都不来此看看自己的藏书吗?"

她话音方落,视线便也被眼前的情形吸引过去。

藏书阁内并不昏暗,阁中四角各点着一盏长信宫灯。灯架极宽,又是黄铜制成,即便风吹倒了烛火,也绝不会点燃书册,令宫中走水。

书柜林立，整齐地往藏书阁深处延伸，一眼望不见尽头，如同传说中的文山书海。

李羡鱼低低地惊叹了一声，抬步走到离自己最近的书柜前，踮足取下一本藏书来。

"《贞观政要》。"她念出书脊上的名字，旋即惊讶地出声，"都落这么厚的灰了？"

话音未落，她本能地低头去看自己的手指，果然瞧见自己的指尖已被染成了灰色，一副脏兮兮的模样。

李羡鱼连忙将藏书放回书架上，侧过身对临渊道："临渊，你快帮我拿一下荷包里的帕子。"

临渊颔首，俯身从李羡鱼的荷包中取出丝帕，示意她伸手过来。

李羡鱼乖巧地伸手。

临渊垂眼，握住她纤白的手指，替她将指尖上的灰尘一一拭去。

少女的手指纤细柔软，握在掌心中仿若花枝，令人不敢使力，但又是这般温软细腻，触感美好，令人不由自主地想要收拢掌心。

在这般矛盾的想法中，他克制着收回手，尽量让语声冷静如常："好了。"

李羡鱼并未察觉什么异样。她弯眉将荷包放回袖袋里，抬首重新往书架上看。

再挑书的时候，她便谨慎了许多，顺着书架一行行仔细地看过去，许久方在一本古籍前停住。

"《齐民要术》。"她念出书脊上的名字，踮起足想要去拿，"这本书似乎没有落灰。"

临渊瞥了眼，当即抬手拦住她，提醒道："这本的积灰更厚。"

"怎么会？"

李羡鱼羽睫轻轻扇了扇，不知道是该相信临渊的话，还是该相信自己的眼睛。她犹豫着离近了些，又示意临渊将银烛灯放到近前，让她好就着灯光，仔细地看看这本古籍的模样。

可随着灯光的靠近，她也渐渐觉出不对。

这本古籍的封皮深浅不均，并非她认为的灰色，而是久未翻阅，整本古籍上落满了厚密的灰尘，自远处看去，封皮极似灰色，令人难辨真伪。

若是她伸手去拿，恐怕能在古籍上留下两个清晰可见的指印。

李羡鱼匆促地垂手，讶然而迷茫："怎么每本书上都落了这么厚的灰尘？难道父皇素日都不读书的吗？"

她想了想，又道："还是，我没能把父皇读的书找到？"

临渊将银烛灯递给她，视线落向眼前一望无垠的书海。

"臣替公主去找。"

李羡鱼却抿唇轻轻笑起来："我想自己找。"

她觉得从一堆书里找出一本特殊的书也挺有意思的，就像是在玩藏猫一样。

她这般想着，便带着临渊，借着摇曳的灯光，顺着一列又一列书架往前走。

行至藏书阁深处，李羡鱼终于发现了一本看起来干净些的藏书。

她杏眸微亮，踮足去拿："临渊，你看这本，这本似乎没有落灰。"

临渊侧首，一眼便看见了书脊上的名字——《房中术》。

少年瞳孔一缩，劈手便将那本该死的书抢过，藏到身后。

李羡鱼指尖落空，茫然地回眸望向他："临渊，你怎么又把我的书拿走了？"

她伸手去拿，临渊却立刻闪身避过。他紧握着那本书不放，语声毫不迟疑："这本书公主不能看。"

李羡鱼越发不解："为什么不能？"

临渊剑眉紧锁，握着那本《房中术》，如临大敌，一时不知该如何作答。

李羡鱼仰面望着他，红唇微启，似乎还想询问，然而尚未开口，轻轻的足音便自廊里而来。

临渊眼中骤然射出寒光，当即夺过李羡鱼手中的银烛灯熄灭，在夜色中抬眼看向隔扇的方向。

"有人来了！"他压低嗓音。不待李羡鱼作答，他已将那本《房中术》放回书架上，俯身将她打横抱起，带她避至梁间。

李羡鱼显然因此受了惊。她匆促地伸手掩口，将将要脱口而出的惊呼咽下，又小心翼翼地移动视线，顺着临渊的视线望去。

伴随着"吱呀"一声轻响，藏书阁朱红的隔扇再度被人推开。

月色糅合摇曳的灯影，自庭间廊里悄然照来。

李羡鱼隐约瞧见，这回进来的，既不是金吾卫，也不是守门的那个老宦官，而是一名陌生的年轻宦官，他的身后还跟着一名穿绿裙子的小宫娥。

李羡鱼眨了眨眼，有些不明就里：他们也是过来看书的吗？

她想：那希望他们在拿书的时候能够留意些，别像她这样碰一手灰才好。

她思量间，年轻宦官已带着小宫娥走到近前。

他们在她与临渊藏身的横梁底下停步，却没有伸手去拿书架上的藏书。

那宦官将风灯放在地上，伸手抱住小宫娥的腰，低头去亲她的耳朵，原本尖细的嗓音压得低低的，像是怕人听见："我的小星星、我的小月亮，这几日不见，我可想死你了。"

那小宫娥脸色红红的，也伸手抱着他的背，语声又酥又软，带着一点儿娇嗔："都怨你。你明知道我的配房在哪儿，都不来看我。我等了你好几夜，等得人都瘦了一圈。"

宦官哄她："我这不是过来看你了吗？"他说着，面上微微涨红，像是有些急切，"好不容易今夜我们一同上值，春宵苦短，我可等不了了……"

临渊伸手捂住了她的眼睛。

少年清冷的香气罩下来，他俯身凑到她的耳畔，语声里透着寒意："公主合眼。"

他语声低哑，心跳声却是这般急促，在静夜里宛如疾雨，捂着她眼睛的掌心也变得这样烫，像是要将她的面颊也一并烫红。

临渊松开了遮住她眼睛的手，转而捂住她的耳朵。

220

四面安静下来。

李羡鱼觉得自己似乎听不见他急促的心跳声了，可视觉与听觉不在的时候，其余感觉又像是被无限放大。

她觉得临渊的指尖是这般烫，落在她颈侧的呼吸也是这般热，像是要将她放在身上蒸熟。

李羡鱼想躲，但梁上的空间着实狭小，她一侧身，便撞上了临渊坚实的胸膛。

她面上愈烫，本能地换了个方向闪躲，身子却又失去了平衡，往梁下坠去。

临渊不得不松开捂着她耳朵的手，紧紧地握住她纤细的腰肢，将她从横梁的边缘拉了回来。

耳畔风声一响，李羡鱼觉得自己像是在空中调了个过儿，有些晕头转向。

待回过神来的时候，她便发现自己从背对着临渊变成了面对着他。

临渊骨节分明的大手握着她的腰肢，而她正坐在他修长的腿上。

夜色里，少年牙关紧咬，那双本就浓黑的凤眼深沉得像是阁外的夜色。

他看着她纤细的颈、柔软的唇，眼神是那样凶，像是狼盯着兔子。

隔着一道并不算宽阔的横梁，她听见那穿绿裙子的小宫娥低低地唤了一声，嗓音是那样酥，那样软，令李羡鱼都跟着绯红了双颊。

李羡鱼突然觉得面上发烫，仿佛再多听一句，便要滚沸起来。

于是她慌忙地伸手，紧紧地掩住自己的耳朵，垂下的羽睫慌乱地轻轻颤了两颤。

她从未遇见过这样的事。

底下的两个人奇怪极了，做的事奇怪，连发出的声音都这般奇怪。

不仅如此，仿佛连她面前的临渊都变得与素日不同。

他的眸色格外黑，不见寸光，像是浓黑的夜色，从不离身的长剑被他放在横梁上，他握在她腰间的手格外有力，掌心的热度透过她薄薄的衣料传来，炽热滚烫。

李羡鱼面红欲烧。临渊这样直白地看着她，令她不知为何蓦地想起方才那年轻宦官咬小宫娥耳朵的场景。

她想：难道……临渊也想咬她吗？

可方才那名小宫娥被咬了耳朵，面上都红透了，看起来便疼，她向来怕疼，不想被咬耳朵。

李羡鱼便将捂着耳朵的右手放下，本能地想将离她太近的少年推开些，好空出些让她能够安心的距离。

临渊蓦然抬眼。

李羡鱼有一刹那的紧张。

但临渊并未咬她，只是抬手，替她将那不能入耳的声音挡住。

李羡鱼微微愣了愣，对上临渊的视线。

少年眸色浓重，呼吸也格外急促，未持剑的手紧握住横梁的边缘，筋骨漂亮的手背上骨节微白，青筋凸起。

李羡鱼本能地觉得心慌。她觉得，若用动物拟人，那眼前的临渊应当是一匹孤狼，正在克制自己本能的吃兔子的欲望，而她便是那只兔子。

李羡鱼有些害怕。她往后挪了挪身子，却又被临渊紧握住腰肢。

他抬眼望来，竭力忽视掌心中传来的柔软的触感，语声因压抑而略微喑哑："公主再躲，便会坠下横梁。"

李羡鱼不敢妄动，只是怯怯地望着他，忐忑地轻声问道："临渊，你会咬我吗？"

临渊蓦地看向她。少年的呼吸似乎又急促了些，但他很快便别开视线，紧紧地合上眼，低声道："不会。"

李羡鱼这才悄悄放下心来。

她坐在临渊修长的腿上，视线比素日略高，此刻不必抬头，便能清晰地看见临渊面上的神情。

少年剑眉紧锁，狭长的凤眼紧紧地合着，修长的眼尾上溢出寸许薄红，淡色的薄唇抿成一线，握着横梁边缘的长指用力得似乎要将那块木头掰下，握在她腰间的右手却没添半分力道，隐忍又克制。

夜风拂来，吹得长信宫灯烛火摇曳，火光急促地升腾。

李羡鱼透过明亮的烛火望着他，觉得自己的心跳也像是在不知不觉间变快了些，像是雨水打在青石上，又急又密。

她不习惯这样的感受，匆忙地用空出来的左手捂住自己"怦怦"作响的心口，心虚又慌乱地转过脸去，不敢再看他。

时间一分一秒地过去。

二人一直维持着这样一个令人面红的姿势在狭小的空间中相处。

李羡鱼不知道底下的宦官和小宫娥是否已经离开，只知道临渊一直强忍着，没有咬她。

李羡鱼忍不住心软了。她想：要不就给他咬一口吧，就一口。

李羡鱼这般想着，便慢慢伸手过去，将自己纤细的手腕递到他的眼前。她道："临渊，我给你咬一口吧。"

临渊的身形骤然一僵，他蓦地睁开眼来，语声很低："公主在说什么？"

李羡鱼掩着耳朵，并不能听到他在说什么，只是睁着双清澈的杏眸望向他。少顷，她轻声重复道："临渊，我给你咬一口吧。"她说着，又小心翼翼地补充道，"我怕疼，你不能咬得太重。"

她不知道这句话意味着什么——像是洁白的羔羊主动从围墙里走出，像是鲜美的红鱼主动投入网中，亦像是在熊熊燃烧的烈火上浇了一瓢热油，让最后一根名为理智的琴弦崩断。

光影流转处，少年的眸底骤然晦暗了几分，他的视线落在李羡鱼微启的红唇上。

少女的唇瓣柔软，色泽鲜艳，红如樱桃。

但残余的理智告诉他：不能。

于是他咬牙侧过脸，强迫自己看向远处的白墙。

视线移转处，他看见了李羡鱼微红的侧脸。

她今夜未戴首饰，小巧的耳珠赤露在夜色里，鲜红玲珑，像是一枚小小的莓果，鲜艳饱满，色泽诱人。

名为理智的弦紧绷到极限。

少年骤然收拢手指，放任自己俯身过去。他在李羡鱼的身畔俯首，咬上那枚鲜艳欲滴的莓果。

正等着他在自己手腕上轻轻咬上一口的少女骤然僵住。

没有想象中那般疼痛，可临渊唇齿间的热气落在她的耳珠上是这样烫，令人忍不住战抖。

这陌生的感受令她面上的绯色从双颊一直蔓延到耳背，像是要将她整个人都烫熟。

"临渊，你……你怎么咬我的耳朵呀？"李羡鱼涨红了脸，又羞又急，偏又不敢高声，不敢乱动，生怕被底下的人听见，抑或是从狭窄的横梁上栽下去。

临渊从她的耳畔抬首，羽睫低垂："公主说过……"

李羡鱼读出他的口型来，面色通红地反驳："我只同意让你咬一口我的手腕。"

临渊视线微顿，少顷明白过来自己会错了意。

横梁上沉寂了一瞬，他竭力平复紊乱的呼吸，垂下眼帘，语声低哑："抱歉。"

他将指尖垂下："方才那二人已经走了，臣可以让公主咬回来。"

李羡鱼在听到前半句的时候，本能地想低头往横梁下看，听见后半句，动作却顿住，又想起了之前发生在废殿里的事，原本便绯红的面上又红了一层，像是随时要燃烧起来。

她道："我才不要。"

李羡鱼伸手攥着自己的袖口，双颊通红，又局促，又委屈。

她好心让临渊咬一下她的手腕，他却咬了她的耳朵。

那一口那样烫，那样奇怪，令她觉得自己像是一块被放在大火上蒸的米糕，险些便要被这热度蒸得化掉。

临渊侧首看李羡鱼，见她仍是在生气的模样，便垂眼，单手将武袍袖口的系扣解开，将袖子向上撩起，将自己的手腕递到她的眼前："公主可以咬回来。"

李羡鱼侧过脸去，嘟囔道："你一定是觉得我不会咬，才拿给我的。"

临渊道："不是。"他抬手，将搁在一旁的长剑递给她，"公主若是不想咬，便拿剑泄愤。"

他将长剑抽出鞘。

冷冷的寒光照亮了静寂的夜。

李羡鱼惊讶地回过脸来，半晌才明白过来："你是让我拿剑划你？"

她不接那长剑，只是连连摇头："那多疼呀。"她道，"我不划你，你快将剑收回去。"

临渊并未收剑，只是用那双浓黑的眸子望向她："公主消气了？"

李羡鱼脸色微红，不正面作答，只是低头去看梁下。她道："临渊，你先放我下去。"

临渊指尖一顿，先是归剑入鞘，然后才开口，语声仍有些低哑："公主稍候。"

他说罢，主动离李羡鱼远了些。

李羡鱼不解，抬眼望过去。

临渊的动作却一僵，他侧过身，将自己隐到灯火照不见的黑暗处。

从李羡鱼的视角，她只能望见他的侧脸。

临渊的羽睫低垂着，他左手持剑挡在身畔，耳侧有一线薄红。

李羡鱼杏眸轻眨，越发不解。她轻声问："临渊，你躲这么远做什么？"她说着，又想起方才的事来，耳根也微微泛红，"我又不会咬人。"

临渊持剑的手蓦地收紧，再启唇的时候，他语声格外低，带着微微的哑："公主若是再说下去，今夜我们恐怕都回不了披香殿了……"

李羡鱼被这样严重的后果给震住了。虽然她始终未想明白这里头有什么关联，但还是乖乖地收了声，坐在梁上等他过来。

李羡鱼等了许久，等到长信宫灯里放着的红烛都灭了一半，临渊才终于回到她的身畔，将她打横抱起，带回梁下。

此刻夜幕深垂，藏书阁内十分寂静。

年轻的宦官与绿裙子的小宫娥不知何时已经离开，还带走了那个模样奇怪的丑东西。

但经过这样一连串的变故，李羡鱼也没有了看书的心思。她带着临渊一同往外，蹑足迈过门槛，走过朱红的隔扇，而那名守藏书阁的老宦官仍旧倚在廊柱上打鼾，像是丝毫未觉这一夜里，已有这样多的人从他的身畔经过。

李羡鱼与临渊走过他的身畔，渐渐行入廊下的夜色里。

夜风清凉，她牵着少年的袖口顺着一条漫长的小径，徐徐往披香殿的方向走去。

如今秋意已浓，道旁的梧桐开始连绵落叶。

金黄色的落叶在夜色中纷纷扬扬，似落了一场金黄色的碎雪。

几片小扇子似的梧桐叶落在李羡鱼乌黑的发上，被临渊抬手拂去。

秋夜寂静，叶落无声。

走在她身旁的少年语声分外淡，像是问起一桩并不重要的事。

他问："公主还记得在东宫的宴席上与臣说过的话吗？"

李羡鱼伸手接住一片形状好看的梧桐叶，略想了想，不大确定地道："临渊，你指的是哪一句？"

临渊皱眉，简短地提醒她："鲜衣怒马的小将军。"

李羡鱼渐渐想起来：她好像是与临渊说过这样的话。

她将自己代入姜家妹妹这个角色里，与临渊说，若自己是姜家妹妹，应当会喜欢鲜衣怒马的小将军。

她点了点头，像是熟记于心那般，将之前说过的话又重复了一次。

"他生得好看，剑眉星目，有一匹毛皮黑得发亮的骏马，会使一手漂亮的银枪，在战场上百步穿杨，战无不胜。我们两家是世交，说好了等我及笄那日，他便三媒六聘、八抬大轿地来娶我……"

即便不是第一次听见，临渊仍旧本能地拧眉，目光微寒。

李羡鱼停下，抬起羽睫看向他。

临渊却侧过脸去，避开她的视线。他将手里的佩剑换了个方向，剑眉微皱，薄唇紧抿，似不悦，又似只是单纯地说给她听。

他淡淡地道："臣也会使长枪。"

卷八　明月夜

夜风微寒，梧桐落叶"萧萧"而过。

李羡鱼立在几片坠落的黄叶上，听见自己的心跳悄悄漏了一拍。她也侧过脸，借着夜色藏住了自己面上的红色。

"那不一样。"

这个故事里的小将军，最后是要来娶他的心上人的，可是，她又不能嫁给临渊。

父皇不会同意的。

大玥也从来没有公主嫁给影卫的先例。

临渊侧头，剑眉微皱。

"有什么不一样？"

李羡鱼有些心虚地转过脸去，看着远处梧桐树上的一块节疤："就是不一样。"

临渊问："公主是喜欢将军？"

"我不是喜欢将军。"

李羡鱼脸颊微红。她从小在深宫里长大，只在宫廷宴席上见过几位将军，但是也仅仅是一面之缘，连名字和人都对不上号，哪里谈得上什么喜欢与不喜欢？

更要紧的是，等她与临渊的三月之约期满，她大抵已嫁到呼衍去了，即便临渊真的当上了将军，凯旋的时候，应当也不会再在皇城里见到她了。

她心绪微微低落，不再作声，而临渊的视线随之投过来。

他的眼眸浓黑，在月色下看来带一点儿清冷的寒。

"公主就那么喜欢那个人？"

李羡鱼愣了下，略带不解地看着他："临渊，你说谁呀？"

临渊道："那个小将军。"他皱了皱眉，紧接着问道，"是公主从话本上看到的人吗？"

李羡鱼本能地摇头。

临渊剑眉锁得更紧，眸底似隐隐有冷意。

"公主已及笄，却并未见他来。"

李羡鱼微微愣了愣，本能地解释："他不是不来，而是……"她说到一半，却伸手轻轻掩了口，有些心虚地转过脸去，轻声道，"反正……反正他是想来的。"

只是，他最终却没能来成。

而且，他即便来了，也不是来娶她的。

李羡鱼欲言又止，伸手碰了碰临渊的袖口，悄悄将话茬儿转开："我有些困了，我们早些回去吧。"

临渊薄唇紧抿，终究还是俯身将她打横抱起，往披香殿的方向而去。

秋夜漫长。

李羡鱼白日里出宫游玩，入夜后又去了一趟藏书阁，也算是奔波了整日，此刻回到披香殿里，迟来的困意随之涌上。她遂没再去看剩余的话本，洗漱后便早早歇下。

睡梦深处，她突然被一阵雷声惊醒。

李羡鱼从床榻上披衣坐起身来，伸手撩开红帐，便见窗外一道白光闪过，继而雷声"隆隆"。

大雨瓢泼而下，宛如黑河倒涌。

这般昏黑的夜色中，临渊亦自梁上而下，将搁在长案上的银烛灯点亮。

灯火微明，照得少女面色雪白。

她慌乱地往身上拢着斗篷，羽睫轻颤："都已经深秋了，怎么还有雷雨？"

临渊提灯走近，将银烛灯放在她的手畔。

"公主怕雷声？"

李羡鱼连连摇头。她顾不上解释，只是将那盏银烛灯提在手里，匆匆地站起身来。

"临渊，我要去一趟东偏殿。"

临渊抬目看了眼窗外的天色，毫不迟疑："臣随公主同去。"

李羡鱼点头。她提灯往前，而临渊亦握住一柄玉骨伞，疾步跟上。

临渊从未见李羡鱼这样急切过，她提着裙裾小跑起来，甚至顾不上廊下夜雨湿冷，径直奔进雨幕里，匆匆地往东偏殿的方向去。

眼见着积水便要溅湿她的鞋袜，临渊皱眉，将手里的玉骨伞递给她，自己将人打横抱起，往东偏殿的方向飞掠过去。

他们以最快的速度赶到东偏殿前，即便如此，依旧晚来了一步。

东偏殿前灯火通明，今夜负责值守的宫人们已乱作一团。

李羡鱼从临渊的怀中下来，快步跑过去，连声问眼前的宫娥："莲蕊，母妃怎么样了？"

那名年轻的小宫娥脸色刷白，正六神无主，被她这样一问，更是忍不住哭出声来。

莲蕊胡乱地抹着眼泪和脸上的雨水："都是奴婢的不是，都是奴婢的不是。奴婢方才看娘娘已经睡下，便去和宫人们将放在庭院里的几盆兰草抢进来，结果再回来的时候，娘娘便不见了！"

李羡鱼面色愈白。她知道，是雷雨的缘故。

每到雷雨夜里，母妃的病情便会格外严重。

她也顾不上责怪谁，只是对周围的宫人们催促道："快，快去找找，母妃应当没有走远。"

宫人们连声称"是"，连忙分头去找。

李羡鱼在东偏殿前立了一会儿，也往临近的宫室去寻找。

临渊紧跟着她。

伞与灯都被他拿到手里，灯火照着李羡鱼足下的路面，而玉骨伞偏过去，护住少女乌黑的发顶。

大雨瓢泼，在青砖地上打出白浪，又随着她的步伐飞溅而起。

李羡鱼月白的寝衣与退红色的斗篷边缘渐渐被雨水打湿，显出格外深的色泽。

她终于挪不动步子，无力地在游廊的坐凳上坐下了，轻轻咬着唇瓣，望着廊下细密如织的雨瀑。

一拨拨宫人回来，向她回禀情况，却始终没有半点儿关于淑妃的消息。

雨夜昏黑，仿佛永远不会天明。

在又一拨宫人离开后，李羡鱼的担忧升到了顶点，本就雾蒙蒙的杏眸里涌上水汽，她看着檐下不住滑落的雨水，哽咽着问："临渊，今夜下这么大的雨，母妃能去哪里？"

临渊沉默一瞬，启唇道："披香殿中的几座偏殿都已遣人搜寻，很快便会有消息。"

李羡鱼却越发担忧。

"母妃是不是走到披香殿外去了？"

"她现在的模样，要是被金吾卫瞧见了，会不会以为她是刺客？"

"他们会不会……？"

李羡鱼说不下去了。她从坐凳上站起身来，转身便要往雨里走，像是要出披香殿去寻淑妃。

临渊手疾眼快，隔袖握住了她的手腕。他皱眉："偌大的皇城，公主要去哪里找她？"

李羡鱼回过头来。

廊前电闪雷鸣，大雨如瀑。

廊檐下悬挂的数盏风灯也被斜雨打得东倒西歪。

微弱的烛光照在李羡鱼的面上，映出少女苍白的面容，素日总是盈盈带笑的杏眸中此刻满是水雾。有透明的水珠顺着她的下颌坠下，将领口绣着的几簇银盏花都打湿了。

临渊动作顿住。

这还是他第一次看见李羡鱼落泪。

她在雨夜里哭得这样伤心，滚烫的眼泪跟断线的珍珠似的落在他的手背上，像是要留下一道烙印。

临渊剑眉紧皱，抬手将手中的玉骨伞递给她。

"臣替公主去找。"

李羡鱼本能地接过伞，还未来得及启唇，便见少年的背影消失在大雨深处。

李羡鱼不安地等着，直至身旁的银烛灯灯火燃尽。

雷声"隆隆"，她望见少年冒着大雨向她而来。

他玄衣湿透，墨发滴水，手中却牢牢地抓着一个人。

李羡鱼抱伞向他跑去。

天地昏黑，雨落迅疾，如银河倒泻。

李羡鱼踏水过去，将玉骨伞撑开。

隔着迅疾落下的雨水，李羡鱼终于看清了临渊身后那人的容貌。

正是她的母妃。

她来不及道谢，只将手中的玉骨伞塞给他，又解下自己身上的斗篷披在淑妃的身上。

临渊松开钳制着淑妃的手，将伞倾向她。

李羡鱼则轻轻握着自己母妃的手腕，将她往廊里带。

"母妃，雨落得这样大，我们先回去。"

淑妃得了自由，第一个动作却是推开李羡鱼，独自往雨里跑。

赶来的宫人连忙奔上前来，将她团团围住。

淑妃神情绝望，在众人手中剧烈地挣扎起来。

一道白色的电光划过天际，在震耳欲聋的雷鸣声里，她凄厉地哭叫道："放开我，霍家哥哥还在等我！"

离她最近的陶嬷嬷脸孔煞白，含泪捂住了她的嘴："娘娘，可不能乱说，可不能乱说！"

离得稍远的宫人们并没有听清淑妃的话，只是替李羡鱼披上了干净的斗篷，簇拥着她和淑妃往回走。

雷声"隆隆"，大雨滂沱，将淑妃的哭声淹没。

临渊并未多言，只是沉默地跟着李羡鱼去了趟东偏殿。

待一切安置妥当，淑妃服药睡下后，雷雨已然停歇，东方欲白。

李羡鱼双手拢着身上的斗篷，里头的寝衣早已湿透，发上也还带着未干的水汽。她脸颊微红，一时没有找出什么合适的理由来，最终还是用蚊蚋般的声音道："我去沐浴了，你也快去吧。"她顿了顿，语声愈轻，"等会儿，我让小厨房熬了姜汤送过来。"

临渊颔首："好。"

二人在廊里分别，各自往浴房走去。

李羡鱼回来得晚些。待她更衣回到寝殿的时候，天边已是晨光初现。

殿内的临渊闻声侧首，见李羡鱼拢着新换的斗篷进来，乌缎似的长发新洗过，此刻还半湿着，柔顺地垂在腰后。

二人视线对上，李羡鱼微微红了脸。她在窗畔的玫瑰椅上坐下，语声轻柔地向他道谢："临渊，谢谢你替我找回了母妃。"

临渊正拿布巾擦拭着墨发上未干的水，闻言动作一顿，只是轻轻"嗯"了声，便又抬手，将半干的墨发束起。

李羡鱼反倒有些局促。她小声问："临渊，你没有什么想问我的吗？"

她想：昨夜，临渊一定听见了。

毕竟他听力那样好，甚至能做到听声辨位。

临渊垂眼看向她。他素来不是个好奇的人，仅有的好奇心似乎都用在了李羡鱼的身上，而这件事，似乎与李羡鱼紧密相关。

毕竟，当今的皇帝姓李，不姓霍。

这句话若是深究下去，兴许藏着个杀头的大罪。

李羡鱼也未必能够幸免。

于是他抬眼，直白地问："霍家哥哥是谁？"

李羡鱼的指尖轻轻蜷起。少顷，她羽睫垂落，神情有些不安，像是第一次与人说起这件深藏的往事，叙述得十分艰难。

"霍家哥哥说的是霍小将军。霍家与顾家是世交，母妃与他……应当算是青梅竹马。"

临渊微顿，霎时间明白过来。

这便是李羡鱼说的那位小将军——鲜衣怒马的小将军，两家是世交，等她及笄那日，便三媒六聘、八抬大轿地前来迎娶。

前者完全吻合，而后者显然没能实现。

否则，他也不会在披香殿中见到李羡鱼。

于是他问："那人没来吗？"

李羡鱼轻轻摇头："他来不了了。"她低声道，"霍小将军，在我十岁那年，便死在了辽北的战场上。"

临渊一怔。

李羡鱼有些难过，但仍然将自己知道的一些片段拼凑起来，组成一个完整的故事，说给临渊听。

"我记得，我刚记事的时候，母妃便住在这座披香殿里。

"那时候的披香殿还很热闹，各处的摆设都是最好的，宫人们往来不绝，可母妃几乎没有在我面前笑过。她总是在月下饮酒，自顾自地弹自己的月琴，总是冷冷清清的模样，也不大与我说话。

"那时候，我还以为母亲天生就是这样，话少又冷淡。直到后来，我无意间从母妃的妆奁夹层里翻到一本她亲手写的日录，这才知道，母妃还有一位青梅竹马的小将军。他生得剑眉星目，有一匹毛皮黑得发亮的骏马，会使一手漂亮的银枪，在战场上百步穿杨，战无不胜。

"他与我的母妃约好，等她及笄那日，便三媒六聘、八抬大轿地来娶她。"

在临渊的视线中，她轻轻说了声"可是"。

"可是，在母妃及笄那年的春日宴上，前来赴宴的父皇看中了母妃。他的圣旨更快一步，他要纳母妃入宫做美人。

"即便我的外祖上奏陈情，阐明母妃已有婚约在身，也无济于事。"

临渊道："所以，你的母妃便奉旨入宫了吗？"

李羡鱼点头，语声很轻："临渊，世上没有人，能拿自己的九族去抗旨。"

她不能，她的母妃不能，她嫁到邻国的皇姐们也都不能。

临渊顿了顿，又问："那名霍小将军呢？"

李羡鱼轻声道："霍小将军也离开了玥京城，随着自己的父亲到处征战，再也没有回来过。

"直至我十岁那年，他战死在辽北的战场上。"

她指尖收拢，艰难地将那段对她而言最为深刻的回忆讲述出来："半载后，将士们扶灵回京。

"那时候还是夏日。那是个黑沉的雷雨天，大雨将满城的白幡都浇透了。母妃冒着大雨，在雷声里登上宫中最高的摘星台，抱着她的月琴，看着霍小将军的灵柩出城。我跟在母妃身旁，怎么劝也劝不住她。"她轻轻合上眼，垂下的羽睫上染了水珠，语声也有些哽咽，"之后，她便从那么高的玉阶上滚落下来，腹中的皇妹没有了，醒来后也不再认得我了。"

之后的事，临渊都知道了。

她的母妃从此很少开口说话，大多数时候都是默默地坐在椅子上，看着窗外慢慢流动的云影出神；少数病得厉害的时候，就会像个未出阁的少女一样，哭着闹着要回家去；还有的时候也会唤起她的霍家哥哥，想起两个人曾经在元宵夜里一起去看花灯的事情。

李羡鱼垂下眼帘，泪珠顺着乌黑的羽睫坠下，无声地碎在披香殿里光洁的青砖上。

临渊握紧了手中的长剑，那双浓黑的眸子专注地凝视着她面上的神情。

李羡鱼看起来如此伤心。

但事已发生，所有的安慰都无济于事。

于是，他伸手，指尖轻轻碰到少女乌黑的长睫，带走一滴正顺着她的眼睫落下的泪珠。

李羡鱼羽睫轻轻颤了颤，抬起一双波光粼粼的杏眸望向他。

更多的眼泪落在他的手背上，比雨夜中的更为滚烫。

临渊却没有收回手。

淡金色的日光隔窗而入，落在他低垂的羽睫上，于那双素来冰冷的眸中投下迷离的光影，映出李羡鱼纤细的影子。

"别哭。"他语声低哑。

日影斑驳处，李羡鱼抬起羽睫，隔着一层朦胧的水雾望向他，见从未安慰过人的少年俯下身来，以指腹替她拭去面上的泪痕。

"别哭。"他重复了一次，右手停留在她的面上，动作轻柔，而垂在腰侧的左手蓦地收拢，握紧了那柄玄铁长剑。

天光破云，照得少年的眸底寒光似雪。

"臣会替公主杀了他。"

"等等。"李羡鱼被他话中的杀意震住，本能地伸手紧紧地攥住他的袖口，"临渊，你别去。"

临渊目光霜寒："这是臣一人所为，与公主无关。"

李羡鱼听出他语中的冷意，握着他袖口的指尖收紧，越发不敢放人。她仓促地向他解释，想让他放弃这个念头："父皇不同于周嬷嬷。他是皇帝，他的身边至少有半个影卫司的影卫守着，殿内殿外还有值守的金吾卫，服侍的宫女、宦官，他的身旁是绝不会离人的。"

临渊并不退却，仅是向她保证："臣不会让人察觉。"

他没有与李羡鱼说下半句话。

即便被人察觉了，也可以灭口，他会处理干净，不会给李羡鱼带来任何后患。

李羡鱼指尖一颤，继而连连摇头："你别去。"

临渊看向她，似乎不能理解李羡鱼为何会如此维护这个昏聩的皇帝。

少顷，他启唇："因为他是公主的父皇？"

李羡鱼微愣，缓缓垂下羽睫。她低头看着面前明净的青砖，良久才轻轻点了点头。

临渊垂眼。

这倒是个麻烦的事，不过也不是不能解决，过段时日，他背着李羡鱼动手便好。

正思量，他又听她轻声道："可也不仅仅是因为这个。"

临渊抬眸，越发不能理解。

他在宫中已有一段时日，听过不少关于这个皇帝的传闻。

他想不出除了这层血缘关系，这个昏聩无能的皇帝还有什么值得她维护之处。

于是他问："为什么？"

李羡鱼没有立即回答他。她低垂着羽睫，像是在自己的心湖深处探寻关于这件事的真正答案。

殿内归于沉寂。

唯有秋风自窗畔"萧萧"而过，带得临窗而立的少年墨发与衣袂一同翻飞。

他手中持剑，剑穗的流苏拂过李羡鱼握着他袖口的手背，带来些凉意。

李羡鱼想起，这是她绣给临渊的剑穗。

她绣过两样东西给临渊，一件是剑穗，另一件则是一枚护身符。

因为临渊总是去寻仇，去杀人，最后满身伤痕地回来，上回还险些因此送命。

她不想再看见临渊受伤了，更不想看他因为刺杀的事被举国通缉，被官府四处追杀。

李羡鱼的思绪落定，她轻轻抬起羽睫，杏眸里的水雾渐渐散去，显得本就清澈的眸子水洗过般明净。

"临渊，即便你真的弑了君，母妃与霍小将军的事也无法更改了。"

临渊目光淡淡。

无法更改，但可以让做下这件事的人付出代价，这便是寻仇的意义。

但他未及开口，李羡鱼又轻轻启唇，她的语声很轻，柔软得像是春日里一朵杨花拂过耳畔："临渊，我也不想再看见你受伤了。"

临渊沉默着缓缓抬眼看向李羡鱼，而她也安静地与他对视，神情专注，一字一句格外认真："即便有朝一日离开了宫廷，我也不想看到你再到处寻仇，或者被仇人追杀。我更想看见你找个风景极好抑或是你喜欢的地方定居下来，学一门手艺，好好地活下去。"

过去的事已无法更改，她只希望身边的人都能够好好地活下去。

临渊的动作顿住，许久，他松开了持剑的手，侧过脸去，语声很低："臣总是不明白公主在想些什么。"

李羡鱼望着他，顺着他的话道："你若是答应我不杀父皇，那我便解释给你听。"

临渊立在窗前的逆光处，李羡鱼看不清他面上的神情，只看见少年持剑的手蓦地一紧，又松开。

他低声道："公主若是不想，此事便暂且推后。"

李羡鱼听出他话里的让步，高悬的心渐渐放下，但仍旧不忘叮咛道："那你要是什么时候再有这样的想法，一定要说与我听。"

这样，她也好及时劝住他。

临渊颔首，说道："好。"

他抬步，走到李羡鱼跟前，等她开口。

李羡鱼却觉得自己的话已经说完了。毕竟，临渊都已经暂且放弃了弑君的想法。

她仰脸看着临渊，后者却并不看她，只是目光淡淡地看着地面上的青砖，像是在等她开口。

李羡鱼想了想，便与他说起自己在母亲那本日录里看见的有关江陵的风景。

小桥流水，杨柳飞花，阴阴乔木锁烟霞。

末了，她将悲伤的心绪放下，重新展眉，向他轻轻地笑了："临渊，若是你没有什么特别想去的地方,以后可以住到江陵去。"

她想了想,起身去拿纸笔:"我去写一封家书,你帮我带给住在江陵的外祖,他会照拂你的。"

临渊先她一步将湖笔拿走。他侧过脸,语声很淡:"即便三个月期满,臣也不会立即离开京城。"

李羡鱼讶然:"你是要在玥京城里定居吗?"

她想了想:虽然都说"京城居,大不易",但是临渊的话,她应当不用太过忧心,毕竟他的身手这样好,便是去开一间镖局,应该也能赚到许多银子。

于是李羡鱼莞尔:"那你记得把落脚的地方告诉我。"她忖了忖,不大确定地道,"兴许,我还能寄信给你。"

临渊淡淡地道:"臣不喜欢看信。"

他依旧不看她,羽睫轻垂,掩住了眸底的情绪:"若是公主有事寻臣,可随意寄一枚信物过来。"

"臣会入宫寻你。"

李羡鱼却有些怅然。她想:那时候她都嫁到呼衍去了,寄不来信物,临渊也寻不到她。

但是,那是一个多月后的事了,她不想那么早便告诉临渊。于是她弯眸,应了声"知道了",便从玫瑰椅上站起身来:"临渊,都天明了,你快去歇息吧。"

临渊:"公主不就寝吗?"

李羡鱼似乎想起了什么,有些心虚地挪开视线:"你先歇息。我想一个人出去透透气,一两个时辰便回来。"

临渊应声。许是一夜未睡的缘故,他并未多问,展开身形回到了梁上。

李羡鱼这才转过身去,抬步往廊里走。

隔扇被她推开,今日上值的月见如常守在廊里,见她出来,便福身向她行礼。

李羡鱼轻轻点了点头,却不说话,只是拉着月见往庭院里走。

月见不明就里,跟着她走了好一阵。

直至走到离寝殿极远的偏僻处,李羡鱼确定临渊听不见了,这才轻声吩咐道:"月见,你快往太医院走一趟,请顾太医过来看看母妃,要快。"

月见应声,随即又有些不解:"公主,这是正事,您怎么拉着奴婢走那么远,一直走到这么偏僻的地方?"

公主偷偷摸摸,做贼似的。

李羡鱼还记得上回的事。

临渊跟着她去见顾大人,说是要道谢,可是那气氛,比兴师问罪都要令人局促,像是要把她架在火上烤。

她最后好不容易才脱身,至今仍心有余悸。

这种事可不能再来上一回了。

她这般想着，又觉得耳根发烫，便不多做解释，只是推月见："还不快去。"

月见笑着应下。

半个时辰后，换好常服的李羡鱼坐在淑妃床畔，担忧地看着顾悯之诊脉。

淑妃昨日闹了半宿，如今在锦榻上安静地睡着，低垂的红帐后，美人蛾眉轻展，不见愁绪。

红帐外，顾悯之面上的神情却相当凝重。

经过昨夜的雷雨之后，淑妃的脉象极为紊乱，时而细若游丝，时而乱如坠珠，像是又回到了换方之前的情形。

多年来皆是如此，无论用怎样的方子去调养，哪怕淑妃明显已经好转，一场雷雨后，也会前功尽弃。

他轻轻合了合眼，缓缓收回诊脉的手，不忍告知李羡鱼。

李羡鱼望着他的神情，却像猜到了诊脉的结果。她垂眼，敛下眸底的水雾，轻声细语："那便……再开新的方子吧，劳烦顾大人了。"

顾悯之颔首，与她一同行至偏殿内，重新开方。

淑妃的病势沉重，顾悯之落笔亦是艰难。

李羡鱼在旁侧等了许久，眼睁睁地看着他写了几个方子，又一一废去，换上新的宣纸。

远处的滴水更漏轻缓地响着，声调慢而悠长。

偏殿内燃的又是宁神用的沉水香，烟气自博山炉中袅袅而起，拂过李羡鱼低垂的羽睫，带着催人入睡的清香。

李羡鱼在旁侧等了良久，终于支持不住，困意渐渐上涌。她以手支颐，眼皮发沉，尖巧的下颌不由自主地顺着小臂往下滑落，眼见着便要碰上坚硬的桌角。

近处，顾悯之终于拟好了新方。

他搁笔，抬目便看见了眼前的情形。他叹了声，轻轻抬手，想以掌心垫在桌角上，耳畔却是风声一响。

玄衣少年自梁上而下，动作利落地扶住了李羡鱼的双肩。

李羡鱼蒙眬地睁开眼来，便看见了临渊熟悉的容貌。

她原本未觉出什么不对，合眼又要睡去，却听顾悯之语声温和地提醒："公主，方子已经拟好。"

李羡鱼这才惊醒，想起自己正在偏殿里等顾大人开方。

她立刻抬眼，先看向扶着她的临渊，又转首去看被临渊挡在身后的顾悯之，手心里直冒虚汗，磕磕巴巴地对临渊道："临渊……你不是正在歇息吗？"

临渊瞥了她一眼："醒了。"

李羡鱼越发心虚，接不上话来，一时间竟想不出该如何与临渊解释自己想"一个人逛逛"，却逛到偏殿里，还恰好遇见顾大人这件事。

幸而，在她局促之时，顾悯之起身，将写好的方子递来了，他的神情温和如常："方子已经拟好。公主这几日记得让娘娘多用些清淡之物，若见娘娘夜中难安，便将药量减至原本的八分，并以松针煎水佐服。"

李羡鱼连忙起身与他道谢，抬手接过药方。待她转头，却见方才还立在身前的少年不知何时已隐回了暗处，仿佛从未出现过。

李羡鱼心中打鼓，猜测临渊大抵是因此生了气，但顾悯之在侧，她也不好呼唤临渊，便只好装作什么也没发生过，努力镇定下来，重新询问起母妃的病情。

顾悯之秉性温和，见李羡鱼刻意避开不提，便也没有追问。

二人就淑妃的病情谈论了一盏茶的工夫，顾悯之起身告辞。

"在淑妃娘娘醒转之前，臣要回太医院将药配好，便不多留了。"

他语声平和，用的也是这样无可指摘的理由，李羡鱼甚至都分不出他是不是看出了自己的局促，于是递来了一个台阶。

她耳根微红，赧然地轻声道谢："有劳顾大人了。"

她起身，亲自将顾悯之送出披香殿。

等李羡鱼回到寝殿的时候，天光已经大亮，已到了早膳的时辰。

李羡鱼却没有心思用膳，只是将隔扇掩了，悄声向梁上唤道："临渊。"

临渊现身，启唇淡淡地应道："臣在。"

李羡鱼借着日光觑了眼他的神情，有些吃不准他的心思，只好轻声问他："临渊，你是在生我的气吗？"

临渊看向她，眸色很深，答得却简短："没有。"

李羡鱼忐忑地询问："那你方才……怎么一句话也不说，便将自己藏起来了？"

临渊道："他是太医，公主请他给自己的母妃诊脉是公事，与臣有什么关系？"

他语声如常冰冷，言谈间令人听不出什么情绪来。

李羡鱼望了他一阵，没看出他面上有什么怒色，又听他这样说，便舒了口气似的，轻轻弯眉笑起来。

"你不生气便好。"她说着，又掩口轻轻打了个哈欠，转身往红帐那边走，"那我先去睡了，等午膳的时候再唤我起来。"

临渊薄唇紧抿，并不说话。

李羡鱼也睡眼惺忪地撩起了红帐，很快便解开了身上的斗篷，将自己团进了锦被里。

临渊立在原地等了一阵。

红帐后，李羡鱼呼吸变得轻浅而均匀，显然真的睡去了。

临渊唯有回到梁上。他倚着身后坚硬的脊瓜柱，强迫自己合眼。

同样是一夜未睡，他此刻却没有困意，一合眼，眼前便是李羡鱼笑盈盈地与他说想独自去逛逛，一转身，便令人去寻顾悯之来的情形。

他握着剑柄的手愈收愈紧，像是要将这柄玄铁长剑给折断。

须臾，他终于无法忍受，展开身形跃下横梁，一把拂开了低垂的红帐。

红帐深处，李羡鱼睡得香甜，又密又长的羽睫低垂着，白皙的双颊上泛着微微的粉色，她的素手压在锦被上，寝衣的袖口在睡梦中往上卷起，露出一段凝脂般的皓腕。

原本想来找她要个说法的少年蓦地顿住。他看着锦榻上睡相乖巧的少女，视线停驻良久，最终没有将她吵醒，只是伸手握住了她放在锦被上的皓腕。

红帐低垂处，少年眸色浓重："这是公主答应过臣的。"

李羡鱼睡得香甜，并没有听清他的话语，只是在睡梦中轻轻应了声，作为回应。

于是，临渊俯下身去，在她的皓腕间留下一个齿印。

李羡鱼并没有察觉这件事。

她一觉起来的时候已是黄昏。寝殿内光线昏暗，皓腕上的齿印只余下一点儿浅浅的红痕，看不出原先的轮廓来，令人只以为是睡梦中蹭到了锦被，所以她并没有在意，起身去找丝线，做她想要送给临渊的平安结。

临渊却向她告假。

"臣要出宫几日，三五日后方能回返。"

李羡鱼讶然："要这么久吗？"

临渊"嗯"了声，没有过多地解释，只是淡淡地道："臣会准时回返。"

李羡鱼认为他大抵是有很要紧的事去做，便没有追问下去，只轻轻颔首，答应了他。

披香殿里的日子如翻书似的一连过去几日。

五日后，殿内的小池塘挖好了。

李羡鱼将那条养在缸中的红鱼挪了过来，放在小池塘里，又拿了一把鱼食去喂它。

偌大的小池塘里只有这一条鱼，它便不怎么抢食，只是偶尔才浮上水面来，吐出一两个气泡。

李羡鱼看了一阵，似乎觉得无聊，正打算回寝殿里看自己的话本去的时候，一回过头，却望见离开多日的少年终于回来，此刻正立在亭外，一如既往地淡淡唤她："公主。"

李羡鱼杏眸微亮："临渊，你可算回来了。"

她信手将剩下的鱼食都抛进小池塘里，提裙向他走去，又连声问他："对了，这五日里你都做什么去了？是去买话本了吗？"她像是想起了什么，双颊微红，"上回的话本，我还有几本没看完呢。"

临渊步入亭中，行至她身畔："臣顺道去拿了那张打好的红宝石面具。"

李羡鱼越发好奇："顺道去拿？你还买了什么别的东西吗？"

临渊并不正面作答，只是对她低声道："公主伸手过来。"

李羡鱼便将装鱼食的小碗放下，依言伸手过去。

临渊垂眼，修长的手指拂过她光洁的手背，将一条色泽艳丽的手串戴在她的腕上。

李羡鱼杏眸轻眨。

"临渊，你送我手串呀？"

她嫣然而笑，轻轻收回手来，满怀期待地看去。

远看的时候，她见手串色泽艳丽，以为是红宝石材质，近看才发现是红珊瑚雕成的手串。

红珊瑚作为原料粗糙，但是这串珠子每一枚都打磨得圆润光洁，中间那枚表面还雕刻出一朵木芙蓉花的模样，玲珑可爱。

李羡鱼左右看了一圈，愈看愈觉得喜欢，唇畔也绽出两个浅浅的梨涡："临渊，你是从哪里买的呀？我上次去宫外的时候，可没见过这么好看的手串。"

临渊看向她。

李羡鱼立在紧挨着小池塘的八角亭里，两靥浅红，明净的杏眸里染着池光秋色，比世上最好的红珊瑚更鲜艳动人。

他视线微顿，少顷轻轻垂下羽睫，掩住眸底的情绪。

"臣自己雕的，"他道，"补给公主的生辰礼。"

李羡鱼没料到是这样的回答，微微愣了愣，继而鲜红的唇瓣抬起，明亮的笑意铺满杏眸："临渊，这还是我第一次收到亲手做的手串。"她弯眸，"还这么好看。"

这手串比当初那个小宫娥绣的荷包都要好看上许多。

她想：她一定要和月见、竹瓷她们炫耀，和路过的小宫娥都炫耀，让她们都羡慕她。

临渊像是不习惯被人这样夸赞，略微侧过脸去，避开李羡鱼的视线，语声却比素日温柔了些："公主喜欢便好。"

李羡鱼点头，轻轻弯眉："我也有东西要送你。"她说着，从袖袋里取出两个编好的平安结来，递给临渊一个，说道，"这是平安结，我们一人一个。"

希望平安结真的能够保佑他们都平平安安的，不会再因什么事而受伤。

临渊接过。像是想起上回宫外的事，他收回长指，轻轻握住怀中的两张红宝石面具："公主还是想去明月夜吗？"

李羡鱼点头，很快又认真地强调："可是，我现在还有更重要的事要去做。"

她将宫装的袖口略微往上拉，好露出那串漂亮的红珊瑚手串来，眼眸格外明亮，像是终于从没有小宫娥送她荷包的阴影里走了出来。

她道："我要去跟月见、竹瓷她们炫耀。"

她的语调格外认真，仿佛对她而言，今日真的没有比这个更重要的事了。

临渊垂眼，少顷，终于失笑。

他没有阻拦，只是将身形隐于暗处，跟随着李羡鱼，看着李羡鱼一路从寝殿走到东偏殿，又从东偏殿走到西偏殿。

·238·

素日多话的小公主，今日话更是格外多，每见到一名宫人，便要将人唤住，像只骄傲的小孔雀那样，意兴盎然地炫耀她新得的手串，并对此乐此不疲。

直至天色冥冥，华灯初上，披香殿总算人人知道公主收到了一串亲手雕的红珊瑚手串这桩事，李羡鱼才终于作罢。

她坐在游廊的坐凳上，伸手揉着自己走得有些酸软的小腿，满怀期待地问他："临渊，我们现在是不是要启程去明月夜了？"

临渊俯身，替她将垂落的披帛挽起，问："公主如今还走得动路吗？"

李羡鱼点头："能的。"

临渊又问："公主还能再走回自己的寝殿？"

李羡鱼不服气："我当然能的。"

她说着，便想证明似的，撑着坐凳上的木栏站起身来。

可是足尖方一落地，酸麻的感觉随之而来，李羡鱼不防，小腿一软，便要往游廊上坐倒。

临渊立刻垂手，轻握住她的腰肢，将她稳稳地扶起，放在方才的坐凳上。

庭院里明亮的月色照进游廊里。

临渊在她的跟前俯身，伸手环过她的膝弯："臣送公主回去。"

李羡鱼双颊微红，想摇头，却又想起她刚刚那样得意地炫耀过，如今实在不好意思去找宫人们将她给抬回寝殿里去，于是绯红着脸，轻轻点了点头。

临渊俯身，将她打横抱起，往寝殿的方向飞掠而去。

夜风迅疾，拂面生寒。

李羡鱼觉出凉意，本能地往他的怀中躲了躲，戴着红珊瑚手串的素手无处安放，最后还是迟疑着环上他的颈。

她仰起脸来，看向抱着她的少年。

天上银河璀璨，映得少年眉如墨画，眼眸如星。

李羡鱼觉得自己的心跳声，在这般寂静的夜色里如此清晰。她红了脸，轻轻唤了声少年的名字："临渊。"

玄衣少年随之垂眼，向她望来。

李羡鱼轻轻抬眸，对上他的视线，面色愈红，心跳声愈乱，却又不知道自己想说些什么，便只是悄悄侧过脸，看向天上的明月。

她为自己唤他的名字找出理由来："临渊，明日，你一定要带我去明月夜呀。"

临渊低低地应声，借着夜色，轻抚过少女皓腕间，他曾经留下齿痕的地方。

"一定。"

月落乌沉，转瞬又是一日过去。

晚膳后便是皇城的夜晚。

李羡鱼在自己的寝殿里换上一件寻常官家千金的服饰，抱着幕篱，带着一块玉佩，

239

悄然跟着临渊离开寝殿。

夜色浓郁，她吹熄手里的宫灯，跟着临渊一路向北侧宫门的方向前行。

更漏"滴答"间，临渊带她踏月来到一座静谧的大殿前。

李羡鱼没有掌灯，抬起眼来借着月光看了许久，方看清匾额上的三个大字。

"华光殿？"

她心跳"怦怦"，往后退开一步，本能地想离那两扇敞开的殿门远些："临渊，我们怎么到这里来了？"

她还记得宫中有关华光殿闹鬼的传言，也记得上次冷不防从破柜里钻出来的灰老鼠。

对她而言，整个宫阙，没有比这里更可怕的地方了。

李羡鱼慌乱地转过身去，想重新找到去北侧宫门的路。

临渊却伸手，隔着衣袖握住她的手腕。

"公主，若是此时往回走，会撞上前来巡查的金吾卫。"

李羡鱼闻言有些迟疑。她左右看了看，只看见这座废殿孤零零地立在这里，旁侧没有其余的藏身之所，便连几株高大的梧桐也已在深秋里落尽了茂密的梧桐叶，再也无法供人藏身。

可真的要进入这座废殿，她仍然有些害怕。

"我听说，这座废殿里闹鬼。"

临渊并不信鬼神。他垂眼，将自己几次查探的结果告知李羡鱼："臣来过几次，并无此事。"

李羡鱼还想启唇，却见身畔的少年蓦地抬首，目光锐利。

继而，李羡鱼也听见了殿内的响动。

静夜里，似有乐声。

声音极轻，像是隔着极远的距离，乘着夜风飞至耳畔，也不过淡淡几缕，细微得像是风吹动草叶的声音，难以听闻，更难以辨别是什么乐器所奏。

李羡鱼的心高高悬起，她伸手握住临渊的袖口，那些从话本里看到的志怪故事与宫中的诡异传闻一同出现在了脑海里。

她嗓音微颤："临渊，你听，这废殿真的不对劲，我们快走吧。"

临渊目光微寒，却没有答应。

他察觉到乐声有细微的变化，应当是殿内之人已发现了他们的行踪，他们此刻退回去绝不是一个很好的选择。

临渊垂下眼帘，向李羡鱼解释他的初衷："这座废殿离北侧宫门不远，守备却最为松懈。

"一炷香后，会有一列巡夜的金吾卫经过此处。待他们走后，便有半个时辰的空隙，那时便是出宫的时机。"

也是今夜唯一的时机——他们错过这半个时辰，便要再等一日，且明日也是同样的情形。

李羡鱼的视线在眼前的华光殿与临渊之间徘徊，她终于抬手轻轻握住了他的袖口，羽睫轻颤，努力藏起心底的不安："那你一定要紧紧地跟在我身边。要是里头是老鼠，你一定要替我将它们赶走。"

临渊应声，伸手紧握住她的皓腕，二人一同往偏殿深处走去。

随着二人步履向前，殿内的乐声越发清晰。

李羡鱼渐渐听清，那是笛声，曲调柔和，温柔缱绻，在月色下听来，仿若情人间的低语，末尾处却又像是带着无限的哀思。

李羡鱼不由自主地顺着笛声往前，直至眼前蓦然大亮。

她竟然出了废殿，走到了华光殿的后殿之中。

后殿同样已经荒废，蒿草丛生，梧桐半死。

却有人灰袍铁面，在月下吹笛。

李羡鱼认出他来，险些惊讶地叫出声。

羌无？

此刻一曲终了，倚坐在梧桐树下的羌无亦回首向此处看来。

夜色下，他的目光不似往常那般锐利如刃，却越发幽邃如深井，令人看不出其中的情绪。

临渊横剑，挡在李羡鱼的身前。

羌无却并没有出手的意思。他短促地笑了声："真是不巧，在此遇见公主。"

他语声素来沙哑，笑起来更是低哑得如同沙纸摩擦过粗糙的地面，与方才温柔缱绻的笛声有天壤之别。

夜中离殿本就是有违宫规的事，偏偏又被羌无撞见，李羡鱼也吃不准他会不会将此事上达天听。

她越发心虚，便从临渊身后探出脸来，试着与他商量："司正，你能别告诉旁人我离开披香殿的事吗？"她道，"我会付你银子的。"

羌无又笑了声。他从梧桐树下站起身来，随意抬手，将落在肩上的几片枯叶拂落："公主，你不该来此，"他道，"好奇心太重并不是一件好事。"

临渊握着长剑的手蓦地收紧，目光更加凌厉，他问："司正是想留我们在此？"

羌无像是在原地思忖了少顷，继而摊开手，示意自己未带兵刃。他语声沙哑："臣今夜并不想动武。这样吧，臣再与公主做一笔交易——今夜，臣便当作不曾见过公主，"他淡笑，"公主也不曾见过臣。"

李羡鱼杏眸轻眨。

其实对她而言，只要羌无没有趁机讹她一大笔银子，便算是天大的好事。

于是她点头答应："我会信守承诺的，希望司正不要食言。"

羌无垂目看向手中握着的紫玉笛，似乎在笑："臣可以向手中的玉笛起誓。"

李羡鱼没有吱声。

毕竟，哪有人对着笛子起誓的？

羌无似乎也看出她并不相信，便没有真的向玉笛立誓，而是低低地笑了声，将手中的玉笛收起，抬步向他们走来。

他依然未持兵刃，但彼此之间剑拔弩张的气氛仍旧没有消退。

临渊并未将握着长剑的手松开，看向他的视线依旧凌厉，似乎在防备羌无突然发难。

羌无亦将临渊的表现看在眼中。他并未再向李羡鱼走近，而是换了一条稍远的路径，顺着破败的游廊向废殿中走去，动作熟悉得像是曾在这座殿阁内行走过成百上千次。

"司正留步。"李羡鱼看着他要去的方向，踌躇少顷，还是好心提醒了他，"司正现在出去，会撞上巡夜的金吾卫。"

羌无短暂地停住步伐。他道："多谢公主的好意，但臣可没有带着公主。"

他低笑了声，旋即便将身影隐入暗处，像是从未出现过。

李羡鱼愣了愣，很快明白了他话里的意思。她面色微红，抬起羽睫望向身畔的少年："临渊，你也觉得我是个麻烦吗？"

"没有。"临渊答得很快，毫不迟疑。他顿了顿，眸色微深，若有所思："况且，我觉得羌无表达的并非字面的意思。"

李羡鱼越发好奇："那司正说的，是什么意思？"

临渊垂眼："公主明日可以去问他。"

李羡鱼闻言便打了退堂鼓。

"还是算了，"她心有余悸地道，"我怕他问我要银子。"

临渊薄唇轻抬，不再多言。他收起长剑，侧耳倾听殿外的响动。

听见金吾卫们铁靴踏地的声音渐远，临渊方俯身，将李羡鱼打横抱起。

李羡鱼下意识地伸手环抱住他的颈，轻声问他："我们现在是回披香殿吗？"

临渊答道："出宫。

"臣答应过公主，便不会食言。"

无论遇上怎样的变故。

他说罢，便带她纵身跃起，足尖在斑驳的墙面上一点，无声地跃上墙头，踏上殿顶曾经鲜艳夺目的琉璃瓦。

头顶是煌煌月色，足下是沉睡在夜幕中的巍峨皇城，微凉的夜风于其间穿行，吹得李羡鱼臂弯间的银白披帛往后飞扬，薄雾般拂过少年结实而修长的手臂。

李羡鱼倚在他坚实的胸膛上，隔着一件单薄的武袍，听见他强而有力的心跳声。

她的心跳声也随之变得急促。

静夜里，她能听见自己的心在胸膛里"咚咚"作响，声音比昨夜临渊抱她回寝殿时更为急促而清晰，像是她养的小棉花被雪貂追赶时一路蹦跳过木质回廊的声音，又急又乱，密如骤雨。

她觉得一定是自己畏高，心才会跳得这样厉害，像是要从腔子里跳出来。

李羡鱼垂下指尖，轻轻捂住自己的心口，觉得自己应该说些什么，将这擂鼓般的声音掩藏。

于是她想了一会儿，小声对他道："临渊，在宫里蹿高走墙是会被射成刺猬的。"

"不会。"临渊轻轻垂眼，看向记忆中的暗哨部署之处，借着夜色的掩饰，动作轻捷地一一避开，"臣即便带着公主，也绝不会被金吾卫察觉。"

夜风拂过她的长发，万仞宫墙在李羡鱼的目光中飞速地往后退去，渐渐显出民间的万家灯火与高远的天幕。

李羡鱼第一次觉得，在她的记忆中高耸入云、不可逾越的红墙是这样低矮而渺小，像是几道单薄的影子，困不住天上的飞鸟。

龙楼凤城被彻底抛在后方。

月上柳梢头。

临渊停在明月夜的花楼外，将怀中的少女轻轻放下。

李羡鱼此刻也已戴好了幕篱，有些紧张地悄声问临渊："临渊，我们现在便进去吗？"

临渊并未立刻作答。他顿了顿，低声问李羡鱼："公主可还记得要请臣喝花酒的事？"

李羡鱼点头："我记得的。等我们回去，我便让月见她们酿花酒来喝。"

临渊垂眼："也许今日公主见过什么叫作花酒后，便不会再想此事。"

李羡鱼不明就里，只是隔着垂落的白纱好奇地望向他："难道民间的花酒与宫里的不一样吗？"她想了想，"是不好喝吗？"

临渊不知该如何作答，便只是隔袖握着李羡鱼的手腕，带着她走向眼前的花楼，想着兴许她看到后便会明白。

此刻正值宵禁，花楼朱门紧闭，却仍被临渊叩开。

花楼里头的龟奴从门缝里探出头来，对二人赔笑道："二位，如今已经过了时辰了……"

临渊冷眼看着他，抛过去一锭银子。

龟奴收了银子，立马变了一副嘴脸，笑着将人往花楼里带："二位往里请，姑娘们正候着呢。您是就在花厅里喝酒，还是去楼上的雅间？"

李羡鱼听他这样说，越发肯定了自己的想法：果然花酒还是要喝酒。

她有些心虚。毕竟她的酒量并不好，她若是在宫外醉倒，可就真的如司正所言，成了临渊的麻烦。

她正迟疑着，却见那两扇雕花朱门在他们眼前敞开。

女子欲拒还迎的娇笑声，男子狎亵的调笑声，一并灌入耳中。

李羡鱼惊讶地抬眸，望见花厅里有无数男女，男子多是衣着华贵，却神情狎昵；女子衣着艳丽，身上的布料却是这样少——少到李羡鱼看过去，都会觉得双颊发烫。

但最令她面上发热的，还是这些男女口中说出来的话。

有些话她能听懂，有些话她似懂非懂，有些话她全然听不出什么意思，却本能地觉得不是什么好话。

此刻，鸨母带着几个年轻的姑娘迎上前来，她们的视线在李羡鱼身上一转，又落到临渊的身上去。

少年虽戴着铁面看不清容貌，却身姿英挺，眸若寒星。

这些风月场中的人只消瞄上一眼，便知他面具后的容貌多半是一等一的俊朗。

即便是在这等银子做主的地方，俊美的少年郎也依旧是十分受姑娘们欢迎的。因而鸨母还未发话，那几个年轻姑娘已主动迎接，娇笑着往他的身上凑。

"小郎君今日是第一回过来吗？可有相好的姐姐？"

"有没有都不要紧，点奴吧，奴会唱江南的小调。"

"可别听她的，点奴吧，奴腰软，跳起《绿腰》来，比旁人都要好看。"

莺声燕语，玉臂雪肤，入目皆是春色。

李羡鱼双颊愈烫，又轻轻抬起羽睫，去看身旁的临渊。

毕竟，他才是被围拢的人，是不是要比她更面红耳赤？

临渊并未面红。他目光寒凉，剑眉紧皱，未待这些人近身，便侧身避开，只紧握住李羡鱼的手腕，冷声对老鸨道："雅间，一坛燕山月。"

老鸨面上笑意不减，只是轻挥手里的红帕示意迎人的姑娘们退下，又让一名龟奴上前带路："还不快带两位上楼。"

龟奴笑着上前。

临渊低声提醒李羡鱼："跟紧我。"

李羡鱼正不知所措，闻言便轻轻点了点头，抬步跟上。

二人顺着一道铺了厚密绒毯的阶梯往上。

李羡鱼跟在临渊身后，面色通红，心跳如擂鼓，却又不好在这里退缩，只能努力做到目不斜视，想着快些到雅间里便好。

蓦地，二楼的一面隔扇敞开，里头喝得烂醉的纨绔子弟拥着个衣衫不整的姑娘出来。

他将那姑娘抵在雕花栏杆上，手探进姑娘的衣襟里乱揉，嘴上还不干不净地说着什么，而那姑娘也不反抗，反倒笑盈盈地拿朱唇含了口温酒去喂他。

李羡鱼震惊了，幕篱后的双颊烧得通红，像是十五年来的认知统统被颠覆。

她想：难道……这才是花酒？那她说要请临渊喝花酒……

她无法再想下去，整个人像是被放在蒸笼里一般热起来，一时间都忘记挪步。

紧握着她手腕的临渊随之停步。他厌恶地看向那名污了李羡鱼眼睛的纨绔，忍着自己的杀意。眼见此人似乎要当众去撩自己的下裳，他凤眼骤寒，自袖袋内取出一块碎银。

见血会坏事，他遂控制了力道，将碎银打在此人的膝上。

那纨绔"哎哟"了声，一个腿软，当即滚下楼梯。

花楼内又是一阵短暂的混乱。

李羡鱼也回过神来。她立刻抬手，捂住自己藏在幕篱后的眼睛，面上的热气仿佛要从幕篱厚密的白纱间透出来。

对她而言，这明月夜里实在是太过骇人了，比可能会闹鬼的华光殿还要令人害怕。

临渊在混乱中回身，以仅二人可以听见的声音低声道："公主，合眼。"

李羡鱼像是才想起这件事来，立刻紧紧地合眼。她小心翼翼地探出手去，对临渊道："那……你带着我往前走吧。"

临渊应声，隔袖握住了她的手腕，带着她向台阶上走去。

李羡鱼走得格外谨慎，心里却不住地打鼓。

她想：要是她一不小心从这里摔下去，是不是会砸到人？

比如……比如刚刚那个看起来不太正常的男人。

她被这个想法吓到，不敢再往前走上一步，而此刻，离二楼的雅间还有十五级阶梯。

临渊敏锐地察觉到，身侧领路的龟奴正将视线投来，似在窥视李羡鱼不同寻常的举动。

临渊骤然回首，以锐利的目光看向他，迫使他讪讪地收回视线。

李羡鱼似乎也发觉自己给临渊惹了麻烦，抬起羽睫，想重新抬步往前。

临渊却制止了她，他原本紧握着她皓腕的长指垂落，带着热意的指尖轻轻碰了下她的手背，继而长指合拢，将她纤细的手指一一拢进掌心里，与她十指紧扣。

他语声很低，如静夜里的风声轻轻拂过她耳畔，却无端令人觉得心安："我带你走。

"鬼神也好，人心也罢，没有什么可怕的。"

花楼中的喧嚣声在李羡鱼耳畔如潮水退去，而她像一条红鱼，搁浅在退潮后的岸上，又被人从岸边捞起。

她感受到少年掌心的热度与他指腹上的薄茧拂过她手背的微妙触感，思绪有一瞬的紊乱，心"怦怦"作响，周遭嘈杂闷热像是回到了夏日里蝉鸣声四起的时候。

李羡鱼指尖轻轻蜷起，似赧然，也似逃避。

临渊却将她的手握得更紧。

他掌心里的温度传递到她这里，比最炎热的夏日还要灼烫。

李羡鱼却没有挣开他。她随着临渊的步伐往前，寸步不离地跟着他，平稳地走完了这剩余的十五级阶梯。

木制的槅扇在她身后合拢，发出轻微的一声。

李羡鱼这才清醒过来，微红着脸，悄悄将素手缩回，藏进袖中。

"这里便是明月夜吗？"

她将自己绯红的脸藏在幕篱后，轻轻抬首，隔着幕篱看着雅间里的布置，假装方才的事并未发生过。

花楼中的雅间也与寻常茶楼酒馆的不同，除寻常的桌椅等陈设外，四面还悬有樱桃红的纱幔，放着红木长案，云母屏风后更是置了张宽大的鸳鸯榻，看着似乎与"明月夜"三个字并没有关联。

临渊启唇，解答了她的疑惑："这里仅是明月夜的入口。

"真正的明月夜，还需要专人引路。"

他的话音刚落，隔扇又被人叩响。

方才那名龟奴躬身进来，面上堆笑："两位点的燕山月。"

他将一整坛酒并两个银樽放在红木长案上，人却没立刻退下，像是在等赏钱。

临渊并不看他，只抬手倒酒。

酒液迅速地上涌，很快溢出银樽。

李羡鱼有些讶然，想伸手去袖袋里拿帕子，可是还未垂手，便见临渊用指尖蘸着酒液迅速地在桌上写出一行诗句。

"露从今夜白，月是故乡明。"

李羡鱼羽睫轻扇，想起这应当便是临渊与她说过的，进入明月夜的暗句。

作为暗句的诗词并不固定，每个月都会更换一次。

下个月的暗句会在当月中下旬公布。

想进明月夜的人，要么每个月都来，要么便花银子向引路的人打听暗句，算得上一种生财的手段。

李羡鱼正思量，又听那龟奴道："两位贵客，请稍待一二。"他赔着笑，"奴这便去请您等的人过来。"

说罢，他匆匆退下。

隔扇被重新掩上。

临渊拂散长案上的酒渍，又在铜盆里净过手，将一张红宝石面具递给李羡鱼："公主请戴上，无论发生何事，绝不能摘下。"

李羡鱼轻轻点了点头，取下幕篱，接过红宝石面具戴在面上。

这张面具是黄金上镶嵌红宝石制成，触碰到肌肤时有微微的凉意。

李羡鱼有些不习惯地拿掌心轻焐了下，又见临渊也将面上戴着的铁面摘下，换成与她这张红宝石面具一般无二的红宝石面具。

红宝石面具将他的五官彻底遮挡住，仅有两个弯月形的镂空图案用以视物。

李羡鱼有些担忧地想：确实很隐蔽，可是，若是他们在明月夜中走散，她大抵是找不到临渊的。

正在此刻，隔扇又被叩响。

从外头进来的，是一名护院打扮的男子。

他将隔扇掩上，低声询问："二位可是熟客？何时来过？"

李羡鱼想起临渊与她说的话来，轻轻摇了摇头，从袖袋里拿出一枚玉符递给他。

"我们不是熟客，只是听过明月夜的名声，想前来游玩一二。这是证明我身份的物件。"

男子接过，目光微震。

李羡鱼递过去的，是一枚鸾鸟模样的玉符，背面刻有振翅欲飞的朱雀徽记。

这是大玥皇室的徽记。

皇室子孙诞生时，内务府皆会制此玉符。

其中，公主的玉符形制为鸾鸟，而皇子的形制则是麒麟。

这枚玉符，便证明眼前的女子是大玥皇室的公主，身份贵不可言。

至于是哪位公主，便不是他能够揣测的了。

男子验过玉符的真伪后，立刻垂首，恭恭敬敬地将玉符递还。

"请两位随我来。"

他说罢，对李羡鱼与临渊略一拱手，便大步行走至多宝阁前，开启暗格里的机关。

随着一阵轻微的"咔咔"声响起，一条暗道当即出现在云母屏风后。

李羡鱼起身，定睛朝暗道中望去。

只见暗道逼仄幽暗，阶梯般盘曲往下，看不清尽头是在何处。

临渊随之起身，行至她的身畔时步履微停，羽睫轻垂，轻轻执起她的手，带着她往暗道前行去。

李羡鱼微微一愣，面具后的双颊轻染上胭脂色。

她轻轻收拢指尖，绯红着脸悄悄想着：至少……至少这样他们便不会走散了。

男子提着一盏风灯带路，而临渊牵着李羡鱼的手，紧跟在他身后。

走了大概一盏茶的工夫，暗道行至尽头，三人的眼前重现光亮。

李羡鱼跟着临渊从暗道里步出，望向眼前扑面而来的辉煌景象。

白玉铺地，檀木为梁，无数枚圆润光洁的明珠被镶嵌在黄金制成的灯台之中，在静夜里熠熠生辉，宛如明月升起。

再往前走，李羡鱼又见无数戴着镏金面具的侍女行走其中。

这些侍女身姿袅娜，手中的白玉盘里放着琥珀酒、青玉樽……各色奇珍，不胜枚举，仿佛只要有足够的银子，便能在明月夜中买到想到的一切物件。

李羡鱼这才明白临渊曾经说的话。

这里是个权贵享乐的地方。

只是，这话还有后半句——

也是个位卑者流血的地方。

李羡鱼心绪不宁，一回首，却见引路的男子已不见了踪迹，仿佛任务已经完成。心中的不安更添了几分，她便轻声去问临渊："现在我们要去哪里？"

临渊与她相握的长指略微收紧，目光也寒了几分。他道："斗兽场。"

他便是从其中出来的人。

李羡鱼点了点头，由临渊带她往前，一路上倒是迎面遇到不少前来玩乐的权贵子弟。

与花楼中的情形不同，明月夜中鲜有贵族女子前来。身着红裙、戴着黄金面具的李羡鱼便像是在野地里盛开的姚黄魏紫，格外惹眼。

很快便有数名权贵子弟仗着人多围拢过来。

当先那人显然灌了不少黄汤，此刻正是半醉不醉的模样，面具后的眼睛看向李羡鱼露在衣袖外的纤柔素手,语气轻佻地与她搭话:"你是哪家的贵女?今年可及笄了?不若摘下面具,你我互相看看,若是你生得好看……"

他话未说完,便觉得肩头蓦然剧痛,身子一歪,"扑通"一声直挺挺地倒在地上。

李羡鱼望向临渊。

少年剑未出鞘,但气势丝毫不减,佩剑在他的手中仿若一柄长枪,横扫劈落处,那群酒气熏人的权贵子弟便像是木桩般一一倒在地上,捂胳膊的捂胳膊,抱腿的抱腿,连连痛呼,全没了方才嚣张的模样。

临渊自始至终没有放开她的手,如今也并不多看这群人一眼,只是牵着她的手,从这群七歪八倒的人中间走过。

李羡鱼单手提起裙裾,小心翼翼地避开地上躺着的人,有些担忧地轻声问他:"明月夜里不管这些事吗?"

临渊眸底仍有未散的寒气:"权贵之间动手,不见血,便不管。"

动手的若是奴隶,自然另当别论。

李羡鱼忐忑地颔首,继续跟着他向前。

二人经过一座花厅,又顺着一道白玉长阶往上,终于见到了明月夜中的斗兽场。

此刻新一轮的斗兽还未开场。

权贵们各自坐在高处的席位上,或略微掀起面具饮酒,或互相招呼闲聊,场面与寻常的宴席没有多大区别。

李羡鱼心弦微松,随着临渊走到一个偏僻的角落里坐下。

一刻钟后,两个铁笼被运入场中。

笼子里头装的并不是野兽,而是六名壮年男子。

笼底血迹斑斑,所有人皆是伤痕累累,浑身上下已无一块好肉。

李羡鱼只望了一眼,面具后的双颊便褪尽了血色。

一名黑衣男子自暗处现身,询问李羡鱼与临渊:"客人要押注吗?"

临渊敛下眸底暗色:"不要!"

男子便将视线转向李羡鱼。

李羡鱼连连摇头。

男子的身形隐入暗处,铁笼的笼门随之打开。

临渊握紧了她的素手,语声低低落于她的耳畔:"合眼。"

李羡鱼依言紧紧地合眼。

紧接着,是几道铁鞭砸在皮肉上的声音,混杂着尖锐的痛呼声。

死斗随之开始。

李羡鱼看不见场内的场景,却能听见那样可怖的声音——嘶吼声,挣扎声,听着就让人牙酸的皮肉撕裂、骨头折断声,而身边的权贵也像变成了野兽,随着场内血肉飞溅、鲜血喷洒狂热地高呼。

"咬啊!咬啊!咬断他的喉咙!"

李羡鱼为之战抖，像到了人间地狱。

临渊并未看场中的死斗。他环视场外，试图从狂热的人群中找到一张特殊的面具。

那张面具侧面有一道由红宝石镶嵌而成的红纹，像是腾起的火焰，据说是明月夜首领的徽记。

他曾经在斗兽场中看见过一次，也仅有一次。

然而此刻，又有黑衣铁面的男子穿行在场中，开始贩卖珍馐。

其中一名男子将手中的檀木托盘递向李羡鱼，问道："贵客，要来一份羊蹄吗？"

羊蹄？

李羡鱼丝毫没有食欲，正想摇头，视线一落，赫然看见盘中放着的是一只美人玉手，指甲上还刻意涂了鲜艳的蔻丹。

李羡鱼面色蓦地煞白，慌乱地站起身来，以致打翻了托盘。

临渊立刻扶住李羡鱼，但她还是忍不住，伏在他的臂弯上，觉得胃里一阵翻江倒海，若不是晚膳没吃什么东西，此刻恐怕要尽数吐出。

黑衣人眸色晦暗地望着二人，似起了疑心。

临渊立刻丢给他一张银票，将李羡鱼打横抱起，带着她大步往外走。

"我们回去。"

李羡鱼将面具掀起一寸，以手紧紧地掩口，许久才艰难地将哕意忍下。她伸手握住临渊的袖口，杏眸里满是水汽："我们不能救他们吗？"

临渊垂眼。

"不能。"在李羡鱼带着水雾的目光中，他俯下身来，修长的指尖拂过她面上冰冷的黄金面具，语声很低，却能让她听清，"公主，只要明月夜在一日，这样的人，便会源源不断地被送来。"

永无止境。

李羡鱼纤长的羽睫缓缓垂下，羽睫末端的水珠随之坠下，轻轻落在他的手背上。

面具冰冷，而她的泪珠滚烫。

她轻声问："除非有一日，明月夜不再开启吗？"

临渊低声应道："臣也希望能有这一日。"

他说罢，不再多言，只轻轻垂下眼，继续前行。

"夜深了，臣送公主回去。"

夜阑人静。

寝殿内静谧无声。

李羡鱼将自己关在红帐里，却不睡去，只是独自坐在榻沿上，羽睫低垂，眼眶微红，正入神地想着方才的事。

比之花楼中的旖旎，明月夜带给她的冲击更为猛烈。

那是她在宫禁中从未见过的嗜血与残忍。那里像是将其中的人都变成了野兽，释放着最原始的嗜血欲望。

美丽的皮囊下，藏着森森白骨。

那些白骨皆是大玥的子民，而临渊也险些变成其中的一具。

李羡鱼想至此，便觉得从心底开始发寒，不由得抱紧了自己的双肩。

在明月夜中看到的一切，与离开前最后看见的那道身影交织在一起，像是在叩问她的良知。

殿内的烛火渐渐燃尽，火光暗去的一刹那，李羡鱼终于轻轻合上眼。

她并未更衣，而是穿着那身被压得有些发皱的官家千金服饰站起身来，素手拂开红帐，踏着夜色走到少年藏身的梁下，低低地唤了声："临渊。"

临渊应声，自梁上而下，垂目看向她。

李羡鱼低垂着眼，眼皮微微红肿，像哭了许久。

他缓缓伸手，轻轻碰了碰她微烫的眼皮，低声道："这是最后一次。

"臣往后不会再带公主去明月夜。"

李羡鱼却没有作声，她垂下的羽睫蝶翼般颤抖了一下，像是在做最后的挣扎。

良久，她轻声问："临渊，是不是找到明月夜的主人，明月夜便会关闭，而你也能寻回自己的身世，不用再去寻仇了？"

临渊颔首："是。"

李羡鱼用干涩的嗓音低声道："临渊，有一件事，我原本不该说的。"

她轻轻握住自己的袖口，略一合眼，眼前便又浮现出放在檀木托盘中那只被蒸熟的美人手，令她握着袖口的指尖收紧。

她忍住了胃里的难受，心绪却翻腾得更加厉害。素来护短的少女终于深深地垂下羽睫，艰难地告诉他："你方才带我走的时候，我好像看到了一个熟悉的人。

"是个男子。"

临渊蓦地抬眼，目光凌厉："公主说的是谁？"

李羡鱼摇头，说得越发艰难："他走得很快，我只看到一个侧影，可他给我的感觉极为熟悉。

"他……一定是这座皇城里的人。"

她停在这里，没有说下去，临渊却已听懂她话中未尽之意。

能让李羡鱼觉得熟悉的男子，必是她的皇亲，即便不是明月夜在皇城中的靠山，也多少与其有勾连。

临渊道："臣会去查。"

李羡鱼却轻轻抬起脸来。她面上仍有哭过的痕迹，眼皮微肿，羽睫湿润，像是被疾雨打过的花卉。她语声还是那样轻，却像是下定了决心："临渊，你再带我去一次吧。

"若是再见到他，我一定能认出来的。"

临渊深深地看着她，并不答话。

李羡鱼心软又护短，让她亲手指认自己的皇亲，对她而言，是一件极其残忍的事。

李羡鱼轻轻抬起羽睫，对上他的视线。许久，她轻轻展眉，梨涡微显，向他露出从明月夜回来后的第一个笑容，鲜艳，美好，像娇弱的木芙蓉在大雨中盛开。

"临渊，我可以替你指认他，你不用替我担心。"她藏下眼底的泪意，努力做出并不在意的模样，"但你也要答应我一件事。"

临渊垂下眼帘，避开她的视线，依旧沉默不语。

李羡鱼垂下指尖，轻轻碰了碰手腕上那串鲜艳的红珊瑚。

她语声很轻，藏着对他的期待与自己的私心："待明月夜关闭，你也从首领处问出自己的身世后，便回家去吧，别再去寻仇了。"

寝殿静寂，临渊并未作答。

远处的银烛灯于窗前热烈地燃烧着，突然自烛芯处爆出几点火星，照亮了彼此的眉眼。

临渊俯身，将她打横抱起，放回锦榻上。

"明月夜中远不止公主所见的这些，臣不会再带公主踏入其中一步。"他直起身，替李羡鱼将系在金钩上的红帐放下，"公主早些安寝。"

红帐徐徐落下，仿佛一道朱红的天幕将二人隔开。

李羡鱼从锦榻上坐起身来，伸手撩起低垂的红帐，却见适才还立在帐外的少年已转身回到梁上，像是在此事上毫无商量的余地。

"临渊。"李羡鱼唤了声他的名字。

梁上传来临渊的回复，语中之意毫不更改，他道："公主早些安寝。"

李羡鱼唤不动他，也没有其余的方法劝服他，唯有将自己团进锦被里，合上眼，努力想要睡去。

可明月夜里的场景在眼前挥之不去，斗兽场里的血腥气也似乎始终萦绕在鼻端，令人无法安寝。

李羡鱼辗转良久，最后坐起身来。她撩起红帐，趿鞋走到箱笼旁，俯身去找藏着的话本。

她刚挪开上面放着的几样杂物，一双骨节分明的手便将话本递来。

临渊立在她的身畔，眼帘微垂："公主前夜看的是这本。"

李羡鱼看看话本又看看他，见他眼帘微垂，唇线紧绷，依旧是不欲多言的姿态，最终还是将有关明月夜的事咽下，想着等过几日，再缓缓与他商量。

她遂将话本接过，凭着记忆翻回曾经看到的那页。

临渊向她伸手："臣替公主念，公主早些安寝。"

李羡鱼轻轻点了点头，将话本交到他的手里，自己重新回到锦榻上。

临渊则没有回到梁上。他就这般坐在脚踏上，从她翻开的那页起，一行一行地读下去。

殿外夜色已深，月影朦胧。

少年坐在榻旁为她读书，语声低沉，如凤凰树下轻轻吹过的夜风，将明月夜中残留的血腥味——带走。

李羡鱼轻轻合上眼，意识也渐渐变得模糊。

就在她即将睡去之时，临渊将手里的话本又翻过一页，念到故事中的主人公去赴一场婚宴的事。

婚宴……

李羡鱼迷迷糊糊地听着，在睡梦与真实的交界处，不着边际地想到了什么。

困意退去，她拥被坐起身来。

"临渊。"她匆匆地拂开红帐，去唤坐在帐外的少年。

临渊语声微顿，抬起眼帘："公主还未睡吗？"

李羡鱼却摇头："临渊，我想起一件事。"

她说着想要趿鞋，垂眸却从临渊的眼中看见了自己的影子——乌发微乱，寝衣微皱，随着她低头的动作，隐约可见玉白的肌肤。

李羡鱼耳根微红，拿锦被胡乱裹住自己，仅露出雪白的小脸："过段时日便是皇叔的诞辰。届时摄政王府会举办千秋宴，玥京城中的皇族子弟皆会到场。"

临渊眸色微深，握着话本的手指无声地收紧。

他听懂了李羡鱼的话中之意。

这等天家盛宴，皇室子弟皆会到场，李羡鱼在明月夜中所见之人亦不例外。

这是一个绝好的，也是唯一一个李羡鱼不必再赴明月夜亦能重见此人的机会。

李羡鱼指尖轻蜷，心绪微澜。

虽不知前路如何，但比起明月夜里的血腥残忍，皇家宴席更让她觉得亲切与安全。

而且，她也很想为临渊做些什么。

思及此，她秀眉轻展，从锦被里探出指尖来，轻轻碰了碰他的袖口："临渊，你不愿带我去明月夜，那……皇叔的千秋宴，你愿意与我同去吗？"

风吹烛动，红帐飘摇。

临渊于烛火摇曳处深深地看向她。

李羡鱼裹着厚重的锦被坐在榻上，露在锦被外的皓腕纤细，如花枝易折，素白的指尖同样柔软，握着他的袖口并没有用多少力道，却令人心折。

临渊垂下眼帘，没有拒绝。他放下话本，反握住她的指尖，在这样微寒的秋夜里，将掌心的温度传递给她。

"臣会随公主前去。"他启唇，一字一字，掷地有声。

李羡鱼双靥浅红，却不曾缩回指尖。

烛光明灭处，她抬起眼帘，与他的视线相接。

红帐如水，顺着她的双肩泻落，映得她眼眸清澈，语气认真。

"那么，我便负责带你回来。"

卷九　满庭霜

　　相比前些时日的波澜暗涌，等待摄政王千秋宴的这段时间反倒是披香殿中难得的悠闲时光。

　　李羡鱼也回到了曾经的安宁日子，成日里不是到东偏殿陪伴母妃，便是去流光殿中探望病重的雅善皇姐，偶尔不想走动时，便留在自己的寝殿里，翻翻话本，喂喂红鱼，给小棉花梳一梳日渐厚密的长毛，或者是坐在窗畔看栽在庭院里的梧桐落叶，而凤凰树间已经挂上了长如芸豆的果子。

　　直至某日清晨，一张摄政王府的烫金请柬被长随送到披香殿前。

　　彼时披香殿前的宫砖上已结了淡淡的霜花。

　　扑面而来的风有些寒凉，想必是冬节将至的缘故，李羡鱼坐在暖和的熏笼旁，放下怀里抱着的小棉花，将这封请柬拆给临渊看。

　　"明日酉时，摄政王府赴宴。"

　　这是昨日收到的请柬，里头说的"明日"也就是今日。

　　赴宴算得上迫在眉睫的事。

　　临渊垂手，替李羡鱼拂去落在裙面上的一缕兔毛。

　　"公主害怕吗？"

　　李羡鱼羽睫轻垂，再抬眼时，依旧是眉眼弯弯的模样。

　　"我又不是第一次去王府赴宴，皇叔即便是凶些，也没什么好怕的。"她说着还站起身来，拿起放在长案上的盆景给他看，"你看，我还准备了贺礼。"

　　临渊垂眼，见是一株翠绿的五针松。

　　李羡鱼将它养得极好，在这般万物衰败的季节中依旧苍翠欲滴，有坚韧不拔之姿。

　　临渊淡淡地道："摄政王会喜欢公主的礼物的。"

　　李羡鱼莞尔，深以为然。

毕竟皇叔什么都不缺，不缺银子，也不缺贵重物件。

她想：送一个盆景给皇叔，放在院子里，皇叔路过看见了，心情多少会好些吧，与她养花是一个道理。

临近冬节，日头变得越发短，仿佛只是一合眼的工夫，殿顶高大的屋脊兽后便已聚满红霞。

李羡鱼乘坐的轩车也早已驶出北侧宫门，停于摄政王府门前。

黄昏将至，王府前车马如龙，宾客云集。

两名绿衣侍女迎上前，在轩车前恭顺地行礼："公主万安。"

宫娥将绣着金鸾的车帘撩起。

李羡鱼扶着竹瓷的手起身，踏着脚凳步下车辇。她让月见将请柬与贺礼递与府门前的管事，略微思忖后，又试着问两名侍女："今日皇叔的门前好热闹，可是玥京城里的皇室都来齐了？"

侍女福身，恭敬地回禀："除雅善公主玉体违和，其余接到请柬的贵客皆未回绝。"

这便是近乎整个皇室到场。

李羡鱼惊叹之余，更是谨言慎行。她不再多言，仅轻轻颔首，示意侍女引路。

侍女们提灯往前，引她绕过汉白玉照壁，走过曲折漫长的游廊，于今日设宴的濯缨园内入席。

李羡鱼在属于她的桌案后落座，捧着侍女奉上的清茶略等少顷，便见今日宴请的宾客陆续前来。

如侍女所言，除却病重的雅善皇姐未来，仅托侍女送来贺礼，其余的席位上近乎座无虚席。

李羡鱼捧盏环顾，却始终未见到曾在明月夜中仓促瞥见的背影。

正迟疑，却听斟酒声在耳边响起，李羡鱼抬眸，望见了多日未见的宁懿皇姐。

宁懿立在她的桌案前，玉手提壶，从容不迫地将放在李羡鱼眼前的金樽斟满。宁懿端起酒樽，亦笑亦嗔："小兔子只知道往雅善那儿跑，却不知来我的凤仪宫，厚此薄彼，可真是令人伤心。"

李羡鱼羽睫轻扇。

在这件事上，她倒不心虚。

"雅善皇姐的身子不好，她素日连出寝殿都不能，嘉宁得闲的时候，自然应当多去陪她。"她这般说着，又轻轻抬起眼帘，"而且，皇姐已经有太傅陪伴了。"

她还记得，她日前因贺礼的事到过宁懿皇姐的宫室，不巧正撞见皇姐小憩未醒。

彼时日光斜照，殿内红幔低垂，皇姐于美人榻上慵懒地小睡，一袭青衫的太傅在不远处的长案后捧卷读书。

日影流光，相映成画。

李羡鱼抱着白兔在帘幔前驻足，在博山炉淡乳色的烟气里微微出神。

殿内窗明几净，檀香氤氲，没有昔日的歌舞环绕，也没有旖旎的香气。

她隐隐觉得，眼前的场景，比皇姐宣那些身着华衣的乐师舞姬在殿间宴饮歌舞的时候还要赏心悦目许多。

李羡鱼思绪未定，宁懿眼底的笑意已然散去，她松开玉指，让金樽跌落在地上。

酒液四散，如她冰冷的语声——

"那个老古板，陪伴本宫？"她冷冷地道，"除了妨碍本宫寻欢作乐，像看守天牢里的犯人一般看管着本宫，他还会做什么？"

本着承受恩惠要知恩图报的想法，李羡鱼还是迟疑着为太傅辩解了一句："嘉宁觉得，太傅并没有皇姐说的那般不近人情。"

她将在凤仪殿里看见的事讲给皇姐听："前日嘉宁去凤仪殿的时候，皇姐正在美人榻上小憩，嘉宁有事询问太傅，太傅为了不惊醒皇姐，将处事的方法写在纸上给了嘉宁。"

宁懿眼尾微扬，轻"哧"出声："那叫作——迂腐！"

她俯下身来，娇艳的红唇贴到李羡鱼的耳畔，甜腻低哑的嗓音里藏着蛊惑："但凡换个男人，美人深睡，毫无防备，你猜……他会做些什么？"

换个男人会做些什么？

李羡鱼首先想到的，便是临渊。

毕竟也只有临渊会在她睡着的时候，还在她的寝殿里。

至于她深睡的时候，临渊会做的事很多，也许是在梁上擦拭他的长剑，也许是去宫中四处查探，也许仅是安静地在梁上合眼睡去。

她启唇，正想作答，不知为何，脑海里却又闪过花楼里见到的场景，那般旖旎又荒唐，像一把燎原的火，蓦地烧红了李羡鱼的双颊。

宁懿视线淡扫，红唇抬起，笑得意味深长："脸红什么？小兔子可是试过了？"她笑意浓浓，颇有兴致，"与你的影卫？"

李羡鱼双颊愈烫。

她其实并不能完全理解皇姐的话。

什么叫作试过了？

她能与临渊试些什么？

正当她思绪紊乱，面红如霞的时候，侍宴的乐师们奏响丝竹，这座王府的主人，身着乌金蟒袍的摄政王自游廊尽头阔步而来。

宁懿的目光淡了几分，似乎被这突如其来的变故扰了兴致，就这般施施然在李羡鱼的身畔直起身来，她也未再执杯斟酒，而是随意地从面前的碟中拈起一枚殷红的山楂，贝齿轻咬，浅尝之后，许是觉得过于酸涩，又信手弃于骨碟之中。

她侧首，在喧闹的丝竹声里看向李羡鱼，红唇微勾，语带蛊惑："小兔子，有些东西，总要尝过后才知究竟合不合你的胃口。"

语声刚落，她也不管李羡鱼究竟能否听懂，拿锦帕拭了拭指尖，从容地回到自己的席位上，又提起金樽，自斟自饮。

随着宁懿皇姐的离开，李羡鱼面上的烫意方渐渐平复。她来不及去想皇姐话中的深意，仅将素手叠放在膝上，轻轻抬起视线，随着众人的目光将视线投向今日千秋宴的主角。

此刻，李羡鱼的皇叔已将行至她的身侧。

即便是在他的生辰宴上，摄政王依旧目光阴沉冰冷，行走间身上的乌金蟒袍"飒飒"作响，威仪赫赫，令人不敢直视。

李羡鱼坐在宴席左边的一处桌案后，从她的角度望去，正好看见摄政王的侧影。

那道侧影有些熟悉，不同于往日的那种熟悉，让她想起了在明月夜中见到的那道身影。李羡鱼一愣，指尖紧紧地攥住了自己的袖口，不由自主地以视线跟随着那道侧影，心跳得愈来愈急。

皇叔的身形魁梧，身量极高，右肩胛处早年在战场上受过箭伤，如今她细细地看去，便能看出他行走时右臂摆臂的动作与常人的略有不同。

这一点特殊之处，与明月夜中她所见的男子吻合。

李羡鱼听见了自己急促的心跳声，而皇叔似乎也察觉了她的视线，锐利的目光向此处扫来。

李羡鱼慌忙地垂下眼，看着面前的那盘山楂，像仅仅是惧怕这位威名在外又对她格外严厉的皇叔。

她素来如此，摄政王便也没有多看，只一眼，便又收回视线。

他于主座上入席。

四面鼓乐齐鸣，像是在恭迎这场宴席的主人到来。

李羡鱼端起金樽，给自己倒了盏果子露，小口小口地喝着，直至心跳声渐渐平静下来，这才抬手招来随宴的侍女，说道："我的裙幅有些乱了，我想去安静的厢房里整理一下。"

侍女福身："奴婢带您前去。"

李羡鱼便从宴席上起身，由侍女带着她一路顺着游廊往东面行走，大约一盏茶的工夫，便到了待客的厢房。

李羡鱼轻声道："你先退下吧。等整理好衣裙，我便让守在廊里的侍女送我回去。"

侍女应声，躬身退下。

隔扇合拢，厢房里只余李羡鱼一个人，安静得像是连轻浅的呼吸声都能听见。

李羡鱼以指尖压着"咚咚"作响的心口，抬步走到窗台边，将半敞着的支摘窗合拢，将黄昏时漫天欲燃的红云隔绝在外。

室内灯烛初燃，光影交织落在她的裙裾与披帛间，粼粼如水波。

李羡鱼从灯前走过，尚未行至锦绣屏风后，便听见了少年微寒的语声："是摄政王？"

李羡鱼捂着心口，在绘着白鹤的屏风前回首，望见玄衣佩剑的少年立在她身后一步远处，身侧灯架上碧绿的青玉五枝灯光辉灼灼，朦胧的灯影映出他眼底锋芒如刃。

李羡鱼面色微白。她微微启唇，本能地想要否认，但最终还是艰难地点头。

临渊垂下眼帘，掩住眼底的冷意，颔首，不再多言，仅俯身替李羡鱼理了理被风吹乱的披帛，便转身想从窗口离开。

"临渊。"

李羡鱼自他身后唤住了他。

临渊动作微顿，转身看向身后的少女。

李羡鱼走到他的近前，乌黑的羽睫低低垂下，掩住眸底紊乱的心绪："临渊……你现在打算去做什么？"她语声落下，玉瓷似的脸更白，"是去……刺杀我的皇叔吗？"

握着佩剑的长指收紧，临渊没有正面回答李羡鱼，而是对她道："公主先回席上。"

李羡鱼抬手，轻轻握住他的袖口，不肯松开指尖。

"若你是去刺杀，我不能放你去。"

她抬起眼帘，那双微染秋露的杏眸望向他，明净、清澈，盛满担忧和关切。

她启唇，语声很轻，似乎想要劝他打消这个念头："今日是皇叔的千秋宴，大玥的皇室宗亲皆在席间，摄政王府里的守备亦是从未有过的森严。

"你就这样过去，一定会被摄政王府的人捉住。皇叔、父皇、大玥所有的权贵，都不会放过你的。"

刺杀摄政王是重罪，株连九族都不为过，况且还是在摄政王的千秋宴上，无异于对皇室的一种挑衅。

若有半点儿差池，临渊被人捉住，这世上便再没有人能够救他了。

她不能，皇姐不能，太子皇兄也不能。

临渊的视线停在李羡鱼握住他袖口的指尖上——那般纤细、柔软，他都不需要用力，便能让眼前的少女松手。

他手指抬起，停留在她白皙的手背上，最终却只是轻轻合了合眼，手指又无声地垂落。

他终于因她的担忧而让步。

"臣今日不会贸然动手。臣仅是去府中查探，看是否有摄政王与明月夜勾连的证据。他敛下眸底的暗色，抬手轻轻碰了碰李羡鱼微凉的双颊，"公主先回席上。至多一个时辰，臣便回来。"

李羡鱼听出，这已是他最大的退让。

他去意已决，不可挽留。

她羽睫低垂，在松开临渊的袖口之前，将一物放进他的掌心里。

此物是一块玉牌，其上刻有大玥皇室的徽记与她的名字，比她之前带去明月夜的那枚玉符更为直白，也更为重要。

见玉牌，如见公主。

她轻声道："在摄政王府里行走多有不便，若是你被人发现，便将玉牌交出去，说是……说是我让你来看看，大家都送了什么贺礼。"她咬唇，态度是少有的坚持，"你若是不收，我便不放你走。"

临渊沉默少顷，唯有收下。他将玉牌放进自己贴身的暗袋中，打定主意，绝不示人。

毕竟，这件事与李羡鱼无关。

若是自己失手，他宁愿将这块玉牌毁掉。

但他并未言明，仅微垂眼帘，将身形重新隐入暗处。

紧闭的支摘窗再度被推开。

黄昏时分的风拂过李羡鱼的鬓发，带动她鬓间的步摇"琅琅"轻响。

李羡鱼隔窗看向安静的庭院，直至再也看不见少年的踪影，直至紊乱的心绪平复。她终于垂下眼帘，随着守在廊里的侍女重新回到宴席上。

席上宴饮正酣，除宁懿皇姐外，似并无旁人留意到她的去而复返。

李羡鱼便安静地坐在那儿，也无心去看场中的歌舞，只是偶尔动一两下筷子，期盼着时间快些过去，临渊能早些回返。

歌舞连绵如云，悦耳的丝竹声里，最后一缕晚云终被夜色吞尽。

夜幕降临，侍女们秉烛上前，在宴席间点起紫檀木制的落地宫灯，将四面映得明如白昼。

李羡鱼的视线落在远处深浓的树影上，心绪也随着树影起伏不定，她侧首问身旁的侍女："如今是什么时辰？"

侍女仔细地看了看远处放着的银漏，恭顺地回答："回公主，还有一刻钟便是亥时了。"

李羡鱼越发不安。

那便是已过了临渊和她约定的时辰。

可临渊仍未归来。

在她的记忆里，临渊极少有食言的时候。

唯独去明月夜那次，他晚了数日才回来，回来的时候不仅满臂的血，还中了罕见的毒，就那样倒在她的怀中，险些再不能醒来。

想至此，李羡鱼呼吸微顿。

她怕临渊落到旁人手里，也怕他满身是伤地回来。

坐立难安间，她终于决定，试着将他找回来。

若是他真的被摄政王府的侍卫扣下，那即便是以身份压人，她也要从侍卫们手里将临渊带走。

决心下定，她将手里的金樽搁下，对随宴的侍女道："我有些倦了，想在皇叔的府中走走。"

侍女躬身低应，提起一盏琉璃宫灯为她照路："王府的花园离此处不远，公主可随奴婢来。"

李羡鱼轻轻颔首，自长案后起身。离席之前，她下意识地往主座上看去，生怕皇叔会发现她的举动。

但令她惊讶又惴惴的是，作为东道主的皇叔，不知何时已不在席中。

李羡鱼的心跳得迅疾，她侧过脸去，像是随口提起那般轻轻问那侍女："皇叔怎么也离席了？"

侍女躬身："王爷不胜酒力，便去书房中醒酒，想来很快便会回返。"她说着，又用银簪将手里的宫灯挑亮些，对李羡鱼恭敬地道，"公主请随奴婢来吧。"

李羡鱼垂下的羽睫轻轻扇了扇，少顷，她抬起眼来，轻声询问："那……我能去看看皇叔吗？"

侍女却似有些为难："书房是王爷处理公事的地方，没有准许，旁人不得靠近。奴婢没有资格带您前去。"

李羡鱼也不好强求，唯有轻声道："既然这样，那带我去王府的花园中便好。"

侍女松了口气，提灯为她引路。

二人离席，顺着抄手游廊往南面的花园去。

李羡鱼心不在焉，待侍女将她引到垂花门外，便在此停住步子，对侍女道："你先回宴席上去吧，我想在这里清净一会儿。"

侍女略有迟疑："可是……"

李羡鱼却坚持："我认得回宴席的路，你先回去便是。"

她执意要一个人清净，侍女也只好将宫灯递与她，向她福身一礼："那奴婢先行告退。"

李羡鱼轻轻颔首。

等侍女走远，她便提起风灯，徐徐回到来时的游廊里。

幼时她去过皇叔的书房，如今依稀还有印象。

她已经想好，若是皇叔真的在书房里醒酒，她便当作自己是过去问安的；若是皇叔是在为难临渊，她也好过去求情。

她顺着廊庑往前走，起初还遇到了不少仆从侍女，可愈接近皇叔的书房，伺候的下人便愈少。

到最后，整座廊庑里只余下她孤零零的一个人。

夜风吹动一旁的湘妃竹，深浓的叶影投在廊上，在她的身前摇曳不定，在静夜里令人心生不安。

李羡鱼稳了稳自己微乱的呼吸，努力不让自己去想那些看过的志怪故事。她步下游廊，继续往前，方行至那丛湘妃竹畔，便猝不及防地被人握住了手腕。

李羡鱼本能地要惊呼，那人动作却更快，立刻伸手掩住她的口，将她拉进竹林深处。

茂密的竹影迅速地藏住二人的身形。

李羡鱼想要挣扎，却闻见了少年身上熟悉的冷香。

紧接着，他在她的耳畔低低地唤了声："公主。"

他的嗓音低沉，似雪上松风。

李羡鱼杏眸轻眨，缓缓停下动作，示意自己已经认出他了。

临渊随即松手，却又迅速地将她手中的宫灯接过，熄去其中燃烧的红烛。

眼前的光线随之暗下，李羡鱼有些不适应地轻轻扇了扇羽睫，在黑暗中转过身去，抬眸望向身后的少年。

夜幕沉沉，竹影深浓。

即便这样近地站着，李羡鱼也只能依稀看清他的轮廓。

夜风拂过，送来他身上未散的血腥味。

李羡鱼的心悬起，她问："临渊，你受伤了？"她抬手去握他的袖口，"我这便带你回宫去寻太医。"

临渊却退开一步，避开她的指尖。他将那盏熄灭的宫灯放在地面的青石上，强压下胸腔内翻腾的血气，语声微哑："臣有不得不去的地方，要离开几日。"

他顿了顿，未对李羡鱼说出后半句话——若是十日后不归，便不用再等他。

他仅抬手，将李羡鱼的玉牌还给她："公主请尽快回到席上，勿再离开半步。"

"在这两个时辰里，发生什么事了吗？"李羡鱼将玉牌握紧，指尖与面色微微泛白，"临渊……你找到皇叔与明月夜勾连的证据了？"

宫灯已熄，竹林间漏进来的微弱月光并不足以让李羡鱼看清临渊面上的神情。

她提裙踏着满地的竹叶走近，可指尖还未触及临渊的袖口，他便再度往后退，似不愿令身上的血腥玷污她干净的裙裾。

寂静的竹林内传来他低哑的语声——

"待臣回返之时，再与公主解释此事。"他放低语声，"公主要小心摄政王。"

话音落下，他不再停留，迅速地将身形隐回暗处。

"临渊？"

李羡鱼面色微白，匆促地唤他的名字。

但回应她的，唯有"沙沙"的风吹竹叶声。

竹林深处已寻不见少年的踪迹。

月明星稀。

明月夜中又来了一名贵客。

身披墨色氅衣的少年避开众人，行至僻静处，抬手摘下面上的黄金面具，露出原本清丽的容貌。

在两壁明珠的辉映下，他凤目冰冷，看向手中面具的神情似有憎恶，但依旧利落地从怀中取出另一张面具更换。

两张面具，皆是他在摄政王府中所得，一张是寻常的黄金面具，另一张，面具左侧却多了一道火焰般的纹路。

他与李羡鱼皆想错了。

摄政王并未与明月夜勾连。

他，就是明月夜的主人。

临渊长指收紧，敛下眸底的冷意，戴着这张面具大步向内行去。

他的身高与摄政王的一般无二，他的身形却不似摄政王的那般魁梧，幸而时近冬节，他在宽大的氅衣内做些手脚，伪装一二，倒也令人不易察觉。

不多时，便有戴着银面的死士上前行礼。

"各处已将本月的账簿奉上，主上可要查阅一二？"

临渊并不开口，只略一颔首。

死士躬身，在前引路。

临渊紧随其后，跟着他步入明月夜内的一处暗室。

白玉长案上整齐地叠放着数十本账簿。

临渊上前，去翻第一本账簿。氅衣的袖口随之垂落，露出少年骨节分明的右手。他的手手指修长，肤色冷白，与摄政王久经沙场的手截然不同。

死士察觉有异，蓦地抬眼，眸底寒光乍起，当即去握自己腰畔的弯刀。

但临渊翻账簿的动作仅是个掩饰，右手早已握住了腰畔的长剑，他骤然转身，长剑出鞘，刺入死士的咽喉。

死士未来得及出声喊人，只瞪大了一双眼睛，喉咙里发出微弱的几声，便死不瞑目地扑倒在地上，溅了一地的猩红。

临渊不再耽搁，迅速地将长案上的账簿收起，又将所有的箱柜敞开，以最快的速度搜寻起其余物件。

他的时间不多，摄政王府的人很快便会前来。

此刻，李羡鱼也已独自回到席间。

摄政王却仍未回返。

正当她心神不宁地想要入席之时，王府的管家前来，赔着笑，向诸位宾客致歉。

"我家王爷不胜酒力，恐怕今夜无法再与诸位同欢，失礼之处还请诸位见谅。府内备有干净的厢房，可容贵客留宿。若有贵客想要回宫回府，王府内亦备有车辇。"

他的话说得极为客气，赴宴的也多是皇室子弟，自不会为这点儿小事与摄政王交恶，因此纷纷起身，告辞的告辞，留宿的留宿，倒也仍是一副宾主尽欢的情形。

李羡鱼自然不会在摄政王府中留宿。她遂站起身来，随着回宫的人潮往外走，还未行出多远，就被一名陌生的侍女拦住。

侍女向她福身，恭敬地道："公主，摄政王有请。"

李羡鱼听见皇叔唤她，正想领首，突然想起临渊说过的话来。

临渊让她小心自己的皇叔。

李羡鱼心弦随之绷紧，羽睫匆匆垂下，掩住了眸底的慌乱。

她问："皇叔不是宿醉未醒吗？"

侍女微顿，又对她道："王爷用了醒酒汤，此刻已清醒了几分，正唤公主过去。"

若是寻常时候，李羡鱼应当不会多想。可今日有临渊的提醒在先，她细想了想，也觉出不对来。

皇叔的书房离此处颇远，而从管家宣布散席到如今众人离席不过顷刻，这侍女怎么能得到皇叔酒醒的消息？

李羡鱼越发害怕。她努力平复心绪，尽量让语声听起来从容些："如今夜色已深，我留在皇叔的府里也不大妥当。等明日天明，皇叔睡醒后，我会再来王府向皇叔问安。"

她说罢，便转过身去，提灯往回走。

经过这一阵耽搁，离席的人流已与她相隔了一段距离。

李羡鱼便轻提裙裾，想加快步子跟上他们，还未抬步，几名从未见过的影卫便将她团团围住。

为首那人向她拱手行礼，压低了语声："公主，王爷让属下们问您一句话——您的影卫在哪儿？"

临渊？

李羡鱼听见自己的胸腔内"咚咚"作响。

她说了谎："今日是来皇叔府里赴宴的，我便没带影卫，只让他留在宫里等我。"

影卫目光遽然锐利，抬手对她做了个请的手势："奉摄政王令，请公主在府中留宿！"

李羡鱼前后皆是影卫，退无可退，便想启唇唤人，周围的影卫们对视一眼，箭步上前。

千钧一发之际，有男子清润的语声淡淡落下——

"因为何事要扣留孤的皇妹？"

男子语声温和，却掷地有声。

众人回头，见大玥年轻的储君银袍玉冠，踏夜色而来。

影卫们身形顿住，纷纷拱手行礼："殿下。"

为首的影卫上前回禀："殿下，公主身边的影卫拿了府里的东西，属下是奉命拿人。"

李羡鱼呼吸微顿。

她想：听他们的话，临渊似乎真的找到了皇叔与明月夜勾连的证据。她的皇叔，居然会支持那样一个视人命如草芥的地方吗？

她心绪紊乱。

李宴缓缓地道:"若真是如此,你们应当去缉拿这名影卫,捉到后若是审讯无误,便依《大玥律》秉公处置,"他皱眉,"而不是围着孤的皇妹。"

影卫迟疑,似还想说什么,李宴却已为此事下了定论。

他道:"大玥从未有过影卫犯错,却扣留公主的规矩。"

影卫们面面相觑,不知该如何接话。

李宴亦不为难他们,只侧首对李羡鱼轻轻笑了笑:"小九,回宫去吧。"

李羡鱼微愣,回过神来后,轻轻点头,紧跟他的步履。

影卫们忌惮东宫,没再拦她。

她跟着李宴走出摄政王府,一直走到回披香殿的车前,看见王府外的茫茫夜色,心绪才渐渐平复。

她福身向李宴行礼,诚恳地与他道谢:"多谢皇兄替嘉宁解围。"

李宴却伸手揉了揉眉心。他遣退一旁的人,有些头痛地问:"小九,你的影卫又做了什么事?"

李羡鱼有些心虚:"嘉宁也不太清楚。"她停了停,又轻声道,"但是嘉宁觉得,他这样做,一定有自己的理由。"

李宴轻叹了声,越发觉得头痛。

他最终没有多说什么,只是轻轻摇了摇头,便让身边的影卫前去备车,自己亲自送李羡鱼回宫。

千秋宴后,李羡鱼在自己的披香殿中等了整整三日,从隐约不安等到忧心忡忡。

终于在第三日的黄昏,她再也等不住,从箱笼里寻了小宫女的服饰与姜黄粉出来,想去东宫求一求皇兄,请他暗中差人寻一下临渊的下落。

她怕临渊真的落到了皇叔手里。

千秋宴那日,影卫们的举动如此反常,令她觉得临渊大抵是真的发现了什么不得了的秘密,若是真的被皇叔先寻到,恐怕是凶多吉少。

她这般想着,越发着急地去解领口的系扣,想要快些换好宫女服饰,好在日落前出宫,方解开两枚,便听长窗外悬挂的锦帘轻微一响。

数日未见的少年逾窗进来。

李羡鱼微愣,盛满忧色的杏眸微微亮起。她提裙小跑过去:"临渊,你总算是回来了。你这几日都去了哪里?皇叔他……"

她话音未落,语声却突然顿住。

她闻见了腥浓的血气。

临渊也已立在她的身前,低低地唤了声:"公主。"

李羡鱼抬起羽睫。

白日里落过雨,黄昏才停歇。

眼前的少年怀中抱着个三尺来宽的沉香木匣,玄衣湿透,乌发有些狼狈地散下几缕，鲜血顺着他的发梢滴落，被残留的雨水晕成浅淡的红色，随着他的步伐滴落，在明净的宫砖上留下一行触目惊心的血线。

即便早预料到临渊会带伤回来，但真的看见他浑身是血的模样，李羡鱼呼吸还是为之骤然停滞。

她轻咬唇瓣，忍住眸底的泪意，转身便要去唤月见。

"临渊，你等等，我这便让月见去请太医。"

她的话音未落，临渊却抬手，紧紧地握住了她的手腕。

"别去。"他启唇解释，"没有致命伤，也没有毒。"

有上次的教训，他留神避开了那些在夜色下泛着幽蓝色泽的刀刃，虽说也因分心而多受了些伤，但好在这些伤并不致命。

只要不致命，其余的，他并不在意。

李羡鱼却不同意。她咬唇："即便如此，你身上这些伤也要包扎。"

临渊低声道："臣出宫后，会去医馆包扎。"

李羡鱼微愣：他要出宫吗？

可是，临渊分明才回来。他甚至都没来得及解释，这些时日究竟发生了什么。

临渊眼帘低垂，不去看她。

鲜血顺着他的额发落下，沾湿了少年乌黑的羽睫。

他取出布巾，将指尖残留的血污拭尽，替她将领口的系扣一一系好。

他指尖有些冷，动作却是少有的细致，像是格外珍重。

许久，他收回手，轻轻合眼："臣今日来，是与公主辞行的。"

李羡鱼怔住。她下意识地抬起指尖，碰了碰手腕上那串漂亮的红珊瑚手串。

微凉的触感从指尖一直传递到心里，慢慢漾开，又在黄昏的光影里无声消散。

她语声很轻："可是，三个月的期限还没到，你……现在就要走吗？"

临渊语声低哑："抱歉。"他道，"臣不得不走。"

他接下来要做的事，令他不能留在大玥的宫中，尤其不能留在李羡鱼的身边，为自身的安危，更为李羡鱼的安危。

只要他不在此，之后的风波便与李羡鱼无关。

李羡鱼慢慢抬起眼来，轻轻望了他一眼，指尖微蜷，握住自己的袖口："那你之后，还会回来吗？"

临渊沉默良久，正要作答，外间却传来一阵急促的铁靴踏地声。

声音整齐而浩大，像有千军万马自李羡鱼的披香殿外过。

临渊霍然抬眼。

李羡鱼也听见了响动，往长窗外望去，心中越发惴惴。

她问："外头发生了什么吗？"

临渊剑眉紧皱："臣去打听。"

他语声未落，身形已迅速地隐入暗处。

李羡鱼在殿内不安地等着。

直至一盏茶的时间后，临渊回返。

李羡鱼小跑向他。

离别的愁绪被这突如其来的变故冲淡，她清澈的杏眸里此刻满是忧急。

"临渊，外头发生了什么？"她为他悬心，"是金吾卫们要来为难你吗？"

临渊同时启唇，蓦地问她："公主这几日可去寻过东宫？"

李羡鱼一愣，如实回答他："千秋宴才过去几日，我还未来得及去东宫谢谢皇兄。"她似乎意识到了什么，"这件事，是与皇兄有关吗？"

临渊目光如霜，语速极快地将事情讲清："东宫率兵围了摄政王府，要拿摄政王审问。金吾卫们奉旨前往，却不知是去帮谁。"

李羡鱼震惊得呆住了。

临渊反握住她的手，看着她的眼睛疾声追问："摄政王与东宫只能活一人。公主选谁，告诉臣！"

李羡鱼从未做过这样的选择——在两位血亲之间，选一人得活。

她杏眸睁大，呼吸也随之变得乱而急促。

临渊等了她一会儿，同时侧耳去听殿外金吾卫的动静，听到铁靴踏地声已远，双眉紧皱，语声愈疾："来不及了。"

他看向李羡鱼，似乎从她此前的话语中得知了谁与她更为亲厚，也似乎不欲让她为难，迅速地颔首："臣会为公主做出选择。"

话音刚落，他不再停留，一只手持剑，另一只手紧握住带回的那个沉香木匣，立刻将身形隐入夜色中。

他并未去被太子率兵包围的摄政王府，而是在夜色中展开身形，向宫中最为金碧辉煌的太极殿而去。

夜色深浓处，少年的目光锐利，如雪亮的剑光。

他确实从摄政王处拿到了东西，不仅是两张红宝石面具，还有摄政王这些年来招兵买马、储备粮草的证据。

其中明月夜内的几本账簿便是铁证。

但这三日，他皆在躲避明月夜与摄政王府的追杀，根本不曾去过东宫，遑论将证据转交给太子。

既然李羡鱼不曾说过什么，那必定是有人趁此时机，想要从中渔利。

对方若想扳倒摄政王，应当不会这般急切，那么刀尖多半是向着东宫。

思绪落定时，他已将至太极殿。

临渊察觉到此处守备森严，暗哨无数，便没有贸然进入，而是藏身于廊庑间的一道挑梁上，屏息细听远处太极殿内的动静。

太极殿内，灯火通明，皇帝披着件明黄的龙袍，带着周身未散的酒气，焦躁不安地在金殿内踱步。

就在方才，有人前来回禀，说是东宫率兵围了摄政王府。

他起初以为是叔侄不睦，府兵与府兵之间打一场，想着事后各自象征性地罚下便罢了，直至来人回禀，说太子动的是骁骑营与骁羽营的兵马，是两位将军亲自带兵，跟随太子围府。

皇帝才蓦地惊醒。

骁骑营与骁羽营是驻扎在京城的两支精锐之师，统领着玥京城近半兵马。

能号令他们的虎符，他一直牢牢地攥在自己手中，从未给过东宫。

但，东宫依旧能号令二营。

即便不用虎符，即便没有他的诏书，太子亦能让他们听命。

冷汗顺着皇帝的鬓角涔涔而下。

他霍然回首，抓住了承吉的肩膀，目眦欲裂。

"太子今日能领兵围摄政王府，明日便也能率兵逼宫！"他声色俱厉，"承吉，再去传旨，再多调些金吾卫前去增援，务必将东宫拿下！"

贴身伺候他的承吉汗出如浆，竭力劝道："不能啊，陛下。方才您已调了宫中泰半的金吾卫出去，若是再调人手，宫中值守的金吾卫恐怕都要不够用了。"

皇帝却并不理会。

即将失去皇权与皇位的恐惧牢牢地摄住了他的心脉。

他一把挥开承吉，勃然大怒："朕让你去！再调一半的金吾卫出去！将剩余的金吾卫都聚到太极殿前守着，其他宫室，不必再管！"

承吉不敢忤逆他，只好拿袖子揩了把脸上滚滚流淌的汗水，连连称"是"。

他正要去太极殿外传令，却听见殿外"咚"的一声闷响。

承吉心底发毛。

皇帝也霍然抬首，面色发白，一国之君此刻竟如惊弓之鸟，一把抓过身边的宦官道："承吉，快去看看！去看看，是不是东宫带人过来逼宫了！"

承吉战战兢兢地出去，再回来的时候，怀中抱着个沉香木匣子。他道："陛下，外头没有人，奴才只在廊里看见这个匣子。"

皇帝视线扫过匣子，骤然顿住。

"螣蛇，是摄政王府的徽记。"他厉声道，"十五、十七，快将它打开看看！"

他的语声落下，立刻便有两名影卫自暗处现身。他们拱手行礼，快步上前，将匣子拿至屏风后，验过无毒，亦无机关后，方将其打开，重新呈到皇帝跟前。

匣子里头并无他物，不过是十几本账簿上叠放着一沓书信与上百张收据。

皇帝狐疑地接过这些东西，一一看去。

顷刻，他蓦地瞪圆双目，扭头对承吉高喝："快去寻人，重新传令！"

摄政王府外，李宴骑在一匹军马上，望着夜幕下的摄政王府，神色凝重。

千秋宴当夜，有人递来一封密信，状告摄政王密谋弑君夺权，将在三日后率兵围城，并将其谋逆的罪证搁在东宫案前，其中附有摄政王这些年招兵买马的证据，与几名武将来往的书信，甚至还有那支私军的藏身之处。

事关重大，他不敢轻信，便暗中遣人查探，不料结果真的如密信中所言。

他的长随在京郊不远处的一座荒山上寻到了私军驻扎过的痕迹。

但那支私军已不知所终。

他立刻令人翻阅近日玥京城的出入记录，方知就在两日内，入城的人数激增，还有大批行商的马队流入。

他略一计算，发现入城的人数竟与京城中驻军的人数不相上下。

若是皇叔真有谋逆之心，后果不堪设想。

他想将此事回禀父皇，然而一夜之间，传密信之人服毒自尽，被严密看守在东宫中的罪证不知所终，父皇又酒醉不醒。

眼见着三日将至，他手中并无实证，无法回禀父皇，唯有以这种方式，来劝皇叔悬崖勒马。

至少，皇叔还能保住一条性命。

马蹄声响起。

李宴收回思绪，看向马上的长随："劝降书可交至皇叔手中？皇叔可有回复？"

长随在马上向他拱手："属下已用飞箭将劝降书送入，可摄政王并未回书。"

李宴沉默良久，最后合眼："最迟等到亥时。"

若是皇叔还不肯降，他也唯有刀兵相见。

摄政王府中，幕僚齐聚，而摄政王高居上首，目光炯炯。

他问："若是此刻起兵，胜算如何？"

为首的幕僚上前，一躬到底，艰难地出声："王爷，我们的人马分散在各处，仓促召回，不到十之三四。东宫却有骁骑营与骁羽营两军助阵。

"我们此刻仓促起兵，胜率并不及东宫的胜率高。"

摄政王起身，望向远处的皇城方向，鹰眸锐利，语声冰冷："那便等！"

东宫围府，这样大的阵仗，皇帝绝不会坐视不管。

若是他心生忌惮，令人将两军召回，今夜之战，己方胜算陡增！

突然，铁蹄声动地而来。

两方同时收到军报。

"殿下，金吾卫携旨前来，令您即刻收兵，前去太极殿中面圣！"

"王爷，金吾卫携旨前来，令东宫即刻收兵，前去太极殿中面圣！"

形势突然逆转。

李宴双眉紧锁，握着马缰的手指收紧。

这是从未有过的两难境地。

现在收兵，绝非良策，但他若是不收兵，便是抗旨。

骁骑营的将军压低嗓门劝他："殿下，将在外，君命有所不受！"

金吾卫统领却手持圣旨，高居马上，语声凌厉："太子殿下，您还不收兵，是真想谋逆不成？！"

骁羽营的将军看不下去，骂了句军中的粗话："放什么狗屁！来抓谋逆的成了谋逆，谋逆的反倒成了忠良不成？！"

金吾卫们神色越发紧绷，右手纷纷摁向腰间悬系的长剑。

李宴缓缓垂眼，握紧了催马的银鞭。

这道圣旨，他不能接，若是退兵，便是让谋逆的大军直入皇城及满城的百姓，置皇室的安危于不顾。

李宴睁眼，手中的银鞭挥向地面，带着一往无前的凛凛风骨。

那是储君应有的气节。

"秦将军、吴将军，动兵！"

即便是被诬谋逆，他也绝不能让叛军踏进大玥的皇城半步。

金吾卫们目光乍厉，拔剑出鞘。

寒光照亮夜色，眼见一场内战不可避免。

千钧一发之际，黑夜尽头，又一支轻骑急急而来。

当先的斥候声如擂鼓，手中高捧明黄圣旨："传陛下圣旨，摄政王意图谋反，杀无赦！"

金吾卫统领一震，旋即认出这是皇帝身边的近卫，立刻勒住了胯下的战马。

便连东宫及骁骑营与骁羽营两支精锐也为之一震，随即，将士们纷纷叫好，士气大振。

两方本要交战的军队合二为一，一同攻向眼前的摄政王府。

摄政王府。

摄政王持剑起身，穿上他的玄铁重甲，跨上乌黑神骏的战马，一如他十年前领兵挂帅，替大玥征战四方。

一支火箭呼啸着划过漆黑的天幕。

埋伏在摄政王府附近的军士得到号令，纷纷跨马持刀，冲向府门前的王师。

当夜，血流漂杵，是玥京城数十年从未有过的惨状。

军士们的鲜血将摄政王府前的地面染红，即便被一场大雨冲刷后，砖缝中仍旧不时渗出妖异的黑红色泽。

大雨如瀑，遮天蔽日。

宫禁之中，却有人在梧桐树下焚香听雨。

他手中持一枚鲜艳的红宝石，面前则是一杆金秤。

金秤两端的秤盘上，放满了同样色泽艳丽的红宝石。

这些红宝石大小近似，数量相同，红得近乎妖异，如同流淌在摄政王府前的鲜血。

此刻金秤正成相平之态。

雨水自梧桐叶间滚下，每一滴都令金秤为之颤抖，像是秤盘的承重已到了极限，再不堪重负。

他端详了金秤一阵，目光晦暗，脸上没有半点儿笑意，手中最后一枚红宝石仍旧往托盘的左侧放去。

此刻，有人自夜色中现身，向他拱手行礼。

"摄政王府前，已分出胜负。"

他指尖轻敲着手中最后一枚红宝石，低低地笑了声："胜的人是谁？"

来人答："东宫。"

他动作停住，手中即将落下的红宝石换了走向，被放到了右侧的托盘上。

平衡被打破，金秤彻底向右倾斜。

左侧的红宝石纷纷滚落，砸在满是污水的地面上，仿佛鲜血溅开。

"看来，最后一枚筹码，被人换了方向。"

他低笑出声，抬步走进梧桐树外垂帘般的雨幕中，黑靴踏过地上散落的红宝石，宛如蹚过一地的鲜血。

黎明之前，大雨停歇。

李羡鱼终于在窗前等来了归来的少年。

他像是还未来得及更衣，玄衣湿透，墨发滴水，身上的伤口却已在匆促间草草包扎过，至少已不再往外渗血。

李羡鱼捧着银烛灯小跑上前，抬起羽睫望向他，似想问，却又不敢启唇，最终只是递给他一方干净的绣帕。

临渊伸手接过，垂眼看着绣帕上面姿态轻盈的玉蜻蜓图案，低声问她："这三日中的事，公主想从哪里听起？"

李羡鱼迟疑了下，问道："临渊，你这几日去了哪里？昨夜又发生了什么事？"

临渊拿出两张红宝石面具递给她："臣在摄政王府中找到了这两张面具，独自去了一趟明月夜。"

李羡鱼伸手接过来，视线被其中那道格外不同的火焰纹路吸引过去："这是……？"

临渊答："这是明月夜主人的徽记。"

李羡鱼指尖收紧，金质面具冰冷的触感传来，令她的呼吸微顿。

她似难以置信，好半响方艰难地出声："皇叔……便是明月夜的主人？"

临渊道："是。"

李羡鱼轻轻咬了咬唇，努力忽略这件事带给她的冲击，继续问下去："你在明月夜里做了什么？"她道，"为何皇叔的影卫会说你拿了摄政王府里的东西？"

临渊答："臣拿了这两张面具，以及账簿。"他顿了顿，说道，"摄政王这些年来招兵买马、储备粮草，足以证明他有谋反之心的账簿。"

李羡鱼一震。她艰难地问："那昨夜……？"

临渊垂下羽睫。

"臣替公主做了决断。"他道，"臣将这些账簿丢到了太极殿外。

"当夜，摄政王意图谋反，东宫率兵围府，鏖战一夜，终于得胜。"

李羡鱼面色微白，倾身过来，紧紧地握住他的手腕，指尖颤抖如语声："谋逆是大罪，那皇叔……皇叔……"

临渊垂眼："摄政王暂且被宗人府收押，皇帝要亲自审讯。"

临渊没有说下去。他知道，李羡鱼比他更为清楚，谋逆是何等大罪。

审讯过后，摄政王终是难逃一死。

摄政王的族亲，甚至一些与摄政王过从甚密的皇室子弟也不能幸免。

李羡鱼往后退了一步，面色苍白，连连摇头："我不明白。为什么一夜之间会发生这样的事？为什么皇叔要建立明月夜这样的地方？为什么他要谋反？为什么皇兄与皇叔之间非要分出个死活？"

她拿手背捂着眼睛，哽咽地低声道："我想去东宫，问问皇兄。"

临渊沉默一瞬，说道："公主不若去问摄政王。"

他对李羡鱼伸手："若公主想去，便赶在晌午皇帝提审之前，再晚便来不及了。"

李羡鱼望向他，慢慢忍住了泪意，轻轻点了点头。

时近冬节，一场夜雨后，天气更是清寒。

宗人府前栽种的松柏上已结起了淡淡的霜花。

李羡鱼将自己裹在厚实的兔绒斗篷里，只露出一张苍白的小脸。她将自己的玉牌递给守门的金吾卫查验："我过来探望皇叔。"

金吾卫闻言愕然。

他在此当值十数年，还是第一次看到，谋逆这等大罪，还有人敢前来探视。

李羡鱼见他不说话，便又轻声问："是父皇不许旁人探视吗？"

金吾卫回神。

皇帝并未下这样的命令。

于是他对李羡鱼拱手道："公主请随我来。"

李羡鱼轻轻颔首，抬步迈过宗人府高高的门槛。

摄政王被囚禁在最深处的一间石室内。

他坐在一张石凳上，双手撑膝，脊背挺直，永不弯折，像是依旧是那名威仪赫赫的摄政王，而不是皇城内的阶下囚。

李羡鱼鼻尖微酸，取出一张面额不小的银票递给领路的金吾卫："我能与皇叔单独说几句话吗？"

金吾卫对她拱手，回避到出宗人府必经的过道上："公主还请快些。"

李羡鱼往石室行去，未到近前，合眼小憩的摄政王蓦地睁开鹰眸，目光锐利地看向她。

"嘉宁？"他皱眉，"你来宗人府做什么？"

李羡鱼忍住哽咽，低低唤了声"皇叔"。她垂着羽睫，语声很轻："嘉宁有许多事想不明白。"

摄政王注视着她，依旧是素日严厉的模样："那便问！"

李羡鱼将手探进自己宽大的斗篷袖口中，从里头拿出两张藏起的黄金面具递过去。

一张是普通的黄金面具，另一张侧面则有由红宝石镶嵌而成的火焰纹路。

她低声问："皇叔便是明月夜的主人吗？"

摄政王抬手接过，坦然承认："是。"

随着这一字落下，明月夜中的血腥杀戮似重新回到眼前，李羡鱼握紧了自己的袖口，面色越发苍白，"皇叔，您为什么要建立明月夜这样的地方？您为什么……？"

"谋逆"两个字，她终究无法说出口。

摄政王道："为了银子。"

李羡鱼愣了愣。她慢慢抬起湿润的羽睫："皇叔很缺银子吗？"

她想：她要是早知道便好了，一定会努力凑给皇叔的。

"缺，"摄政王道，"赈灾、修河堤、兴水利、筹军备，哪样不需要银子？"

他浓眉皱起，鹰眸沉沉："本王不去想法子让那些一毛不拔的权贵掏钱，难道还指望你那没用的父皇？

"等他喝完酒，睡完女人，建完宫殿，想起来给挨饿受冻的百姓、穿不起甲胄的战士拨银子的时候，这些人早死绝了！"

李羡鱼怔住。她愣愣地立了少顷，似乎从这些话里找到了为皇叔脱罪的希望，抬起眸来，小心翼翼地询问："皇叔，其实您并不想谋反的是吗？是父皇误会了您？"

她试图从皇叔那里听到，这只是一场误会，是临渊误会了他，是父皇误会了他。

摄政王注视着她，像是看出了她心中所想，蓦地抚掌，大笑出声。

在这般阴冷的石室中，他的笑声格外爽朗，他像是在笑她的天真，也像是在笑曾经一腔热血、赤心报国的自己。

"嘉宁，你的影卫没有给你看从明月夜中取走的账簿吗？"摄政王神情冷静，亲自让她认清现实，"最初的明月夜并不是这般，不过是个寻常的地下比武场罢了。只是这些年来，养兵马、屯粮草、买军备，明月夜里赚的银子渐渐不够填这个窟窿，唯有另谋他法！"

只是未承想，成也明月夜，败也明月夜。

最后让皇帝倒戈的，便是明月夜中存放的账簿。

李羡鱼听他亲口承认，却仍旧本能地摇头："皇叔，您已经是大玥最尊贵的摄政王了，为何还非要走上那条路？"

摄政王毫不避讳："居于人下久了，总会想着更进一步。"

更何况，坐在皇位上的，还是那样一名昏聩的皇帝。

他鹰眸骤寒，语声也转厉："更何况，本王不反，谁来反？指望心慈手软的东宫去弑父？还是，便这样看着大玥开国皇帝打下的基业在你父皇的手中毁尽？！"

李羡鱼像是被这般冷厉而直白的话语重击，面色愈白，踉跄着往后退了一步。

摄政王见此，便也不欲多言，只是重新皱眉合目，对她挥手，冷冷地道："你话已问完，赶紧回去，这里不是你该来的地方！"

李羡鱼却没有挪步。她面色苍白，指尖不由自主地轻握住腕间那串垂落的红珊瑚手串。

珊瑚珠微凉而光润，令她想起那名给她雕琢手串的少年。

他还未寻到自己的家人。

李羡鱼艰难地启唇："嘉宁还有一件事想问皇叔。"她低声问道，"皇叔，您知道临渊的身世吗？"

摄政王猛地抬眼看向她，目光比方才更为凌厉："嘉宁，你越界了！这不是你该关心的事！"

他语声刚落，不待李羡鱼再启唇，便厉喝出声："金吾卫何在？！"

这雷霆般的一声令守在走道上的金吾卫仓皇而回。

摄政王厉声道："还不送公主回去！"

这名金吾卫是他的旧部，摄政王一声怒喝，金吾卫便是浑身一震，刹那间忘了身处何地，仿佛如今还在军中，而眼前之人仍是那名军法严明、惮赫千里的主帅。

他眉心发汗，不敢耽搁，立刻箭步上前，向李羡鱼拱手："公主请回！"

李羡鱼不知自己是怎么走出宗人府，回到自己的披香殿中的。

在她的认知中，在她十五年所受的教导中，谋逆必定是错的，是被写进《大玥律》里，不可饶恕的大罪。

可是，难道让百姓们饥寒交迫，让将士们穿不起甲胄，让公主们像礼物一样被送到邻国去便是对的吗？

她答不上来。

她心神不宁地走过廊庑，迈进自己的寝殿里。

暖意扑面而来，李羡鱼收回思绪。她拢着自己身上还带着寒气的斗篷，轻抬羽睫。

这个时节，殿内还未烧地龙，临渊提前替她将熏炉点好，放在了离隔扇不远处。

暖意袭人。

临渊立在熏炉前。

他换了件干净的武袍，身上还带着沐浴后淡淡的皂角香气。

李羡鱼回过神来，轻轻唤了声："临渊。"

临渊应声，抬步走到隔扇前，执起李羡鱼冰凉的素手拢到自己的掌心里，将温度传递给她。

他问:"公主可问清楚了?"

李羡鱼轻轻点了点头,然后又慢慢摇头:"皇叔都告诉了我,可我仍然不明白。"

临渊道:"公主可以说与臣听。"

李羡鱼欲言又止。

过了很久,她才轻声道:"临渊,若是我说了,你会觉得我大逆不道吗?"

临渊平静地道:"不会。"

他将李羡鱼的玫瑰椅搬来,也放在那温暖的熏炉前,平静地等着她开口。

李羡鱼在椅上落座,垂眼理了理思绪,最终还是将宗人府里的事一一告诉了他。

她握着自己的袖口,语声又轻又低:"临渊,你觉得皇叔做错了吗?"

临渊往熏炉里添了一块白炭,回答:"有时并无对错之分,只是立场不同,得到的答案便不同。"

李羡鱼点头:"例如站在父皇的角度看,皇叔便是错的;但是站在饥寒交迫的百姓与穿不起甲胄的将士们的角度看,皇叔便没有错。"

她顿了顿,像是鼓起勇气,在只有他们二人的宫室里,说出了她想说的话:"错的是父皇。"

临渊添炭的动作停住,他抬起羽睫,深深地看向眼前的少女,语声渐渐放低,像是竭力不去惊扰一只即将振翅的蝴蝶。

他问:"公主站在哪边?"

在这样的问题前,李羡鱼却有些踌躇。她试着去征询他的意见:"临渊,我应当站在哪边?"

临渊没有为她做出选择。他伸手,在她的面前展开掌心:"无论公主做出什么样的选择,臣都会站在公主身侧。"

李羡鱼愣了愣。许久,她小心翼翼地将手放进临渊的掌心里。

临渊轻轻收拢长指,与她十指紧扣。

暖意于彼此的掌心中交汇,在这般寒冷的时节,比任何誓言都要令人心安。

李羡鱼牵着他的手,从玫瑰椅上站起身来。

她语声轻柔,却不再迟疑:"我想去太极殿前,替皇叔求情。"

李羡鱼行至太极殿前时,天穹上已落起细雨,令本就清寒的时节更添了几分冷意,像是不日便要落雪。

殿前的白玉长阶上已跪满了前来求情的朝臣,从装束上看武将居多,品级不一,皆是神情坚毅,视死如归。

此刻,殿门打开一线,御前伺候的宦官承吉从殿内出来。

他神情戚戚,正拿袖子擦着满头满脸的冷汗。

李羡鱼唤了声:"承吉公公。"

承吉闻声抬头，见是她，连忙放下袖子向她行礼："九公主安。"

李羡鱼颔首，轻提裙裾，踏着雨中微湿的玉阶拾级而上，在他的面前停住，轻声问："承吉公公，如今不是朝会的时辰，为何有这样多的臣子过来，跪在太极殿前？"

承吉面上一苦："还不是为了摄政王的事。"

李羡鱼微愣："他们都是过来为皇叔求情的吗？"

承吉拭着汗，连他自己都觉得不可思议。

谋逆这等大罪，常人避之不及，竟还有人敢前来求情，难道不怕圣上龙颜大怒，将他们一同下狱？

若说底下跪着的都是摄政王当年在边关征战时的旧部与一手提携的门客，有过命的交情，那太极殿里那位，又为何……？

承吉正思量，太极殿内蓦地传来一阵物件落地的"噼啪"乱响，伴随着皇帝急火攻心的怒喝："逆子！给朕滚！滚！"

李羡鱼愕然，连忙去问承吉："里面是哪位皇兄？"

"是太子殿下。"承吉汗出如浆。

今日清早，陛下召东宫过来，商议如何处置摄政王，不想太子却为之求情，如今惹得龙颜大怒，不知要如何收场。

可别城门失火，最后让他们这些伺候的下人遭殃。

他这般想着，又看向眼前的李羡鱼，连忙问道："公主今日可是过来向陛下请安的？"

李羡鱼轻轻点头。

承吉闻言，如蒙大赦，亲自带着她往殿内走。

一进殿门，承吉便低声将今日之事转述了一遍，又苦着脸央求道："公主，您多少也帮着劝劝太子殿下，切莫再提这件事了。如今陛下正在气头上，若是再这般下去，恐怕真要伤了父子间的和气。"

李羡鱼随他绕过一道锦绣画屏，正想启唇，冷不防一个甜白釉瓷瓶擦着她的鬓边飞过，落到墁地的金砖上，发出"呼"的一声巨响。

承吉的语声立刻顿住。

李羡鱼也因这突如其来的变故一惊，心"怦怦"作响。

她看清了殿内的情形。

满地的狼藉中，皇帝穿着龙袍高坐在上首，双目赤红，胸口急剧地起伏着，显然被气得不轻。

皇兄背对着她，跪在金座之前，衣摆上落满了碎瓷。

他向皇帝低首，道了句"父皇息怒"，并未因皇帝的震怒而退却，仍旧像曾经千百次劝皇帝勤政时一般，平和地劝着："皇叔戎马半生，战功赫赫，在武将中威望颇高，若是父皇以谋逆论处，诛杀摄政王一支，难免使民心浮动，边关动荡。

"儿臣恳请父皇，念在摄政王曾为大玥征战半生的分上，功过相抵，从轻发落。"

"放肆！"皇帝拍案而起，须发怒张，"朕才是皇帝！朕要谁死，他便不能活！"

他怒极，重重拂袖，将身侧的一应玉器统统挥落，双目赤红："谁敢再劝，便与他同罪！"

李宴低低地叹息，将大玥如今的处境剖析给他听。

"父皇，您数年来在各处修建行宫，广纳秀女，耗资巨大，户部的账上早已支不出银子。各处的军备，将士们的冬衣与粮草，都是走的摄政王府的私账，边关的将士们对此感激不尽。

"若是如今要诛灭摄政王整支，恐怕会寒了众将士之心，更会有人传出鸟尽弓藏、陛下诛杀功臣等流言，趁此生乱。"

如今的大玥便如被蛀虫蚕食的冬青树，唯余表面的光鲜，内里早已经腐朽不堪，再禁不起半点儿动荡了。

这应当也是皇叔屯兵已久，却迟迟没有率兵逼宫的缘由。

皇帝闻言，面色发青。

这些年，他醉生梦死，不理朝政已久，如今再度论政，竟在自己的儿子面前答不上话来。

这个认知令他的面色越发难看，正待龙颜大怒，他却听少女的语声怯怯而来："嘉宁向父皇请安。"

皇帝闻声转头，看见穿着兔绒斗篷的少女正福身向他行礼。

她身量纤细，面容乖巧，立在秀丽宽阔的十二座锦绣山河画屏前，便像是一朵绣在屏风上的木芙蓉花。

皇帝眯起眼睛，缓缓重复道："嘉宁？"

他对这个女儿的印象最浅，甚至都想不起她的母妃长什么模样，唯独记得一点，这是他所有公主里最为省心的一位。

教引嬷嬷们将她教得很好：乖巧、柔顺，懂得如何去守这宫中的规矩，她也从不会忤逆自己的君父。

他像是找到了台阶，目光炯炯地对她招手："嘉宁，你过来。"

李羡鱼依言抬步，走到他的金阶前，如他记忆中的一样乖巧。

皇帝越发满意，目光灼灼。

他从高座上起身，居高临下地俯视着李羡鱼，压着满腔的怒火，将摄政王之事说给她听。

末了，他的神色越发扭曲，他用通红的双眼死死地盯住她："嘉宁，谋逆，便该死。"

他厉声问道："朕说的可有错？！"

低垂的羽睫轻轻颤了颤，李羡鱼没有立刻作答。

她想起临渊说过的话来。

"有时并无对错之分，只是立场不同，得到的答案便不同。"

她站在父皇的立场上看，皇叔自然是大错特错；而她站在饥寒交迫的百姓与穿不起甲胄的将士们的立场上看，错的便是父皇。

这是一个两难的抉择，她不知道该如何作答。

她迟疑良久，在皇帝因她的沉默而神色越发阴沉冰冷，再度勃然大怒之前，她突然想到了自己。

若是，她站在自己的立场上呢？

李羡鱼想至此，微微一愣，却又像是拨开厚密的云雾，见到了从未见过的天地。

她想：她也应当有自己的立场，而不是跟随父皇的想法点头抑或摇头。

她轻轻松开攥着自己袖口的指尖，在皇帝的视线中缓缓跪下去。她跪在自己皇兄的身畔，纤细的脖颈微弯，纤长的羽睫随呼吸而轻颤。她的语声很轻，却不再迟疑。

她道："嘉宁想为皇叔求情。"

皇帝的双目骤然睁大，他怒吼出声："嘉宁！你可知道自己在说些什么？！"

李羡鱼轻轻点头："摄政王是嘉宁的皇叔，他的亲族也是嘉宁的亲族，嘉宁不想他们因此而死。"

皇帝居高临下地俯视着她，神情狰狞，正想说她幼稚得可笑，却又听她轻声道："嘉宁听宫里的老嬷嬷说过，大玥数十年来送了无数公主去邻国和亲，便是为了不生战事。"

"如今，嘉宁也不想因为皇叔之事而再起刀兵。"

若是再生战事，她的皇姐、皇姑姑们落在鸾车前的眼泪便会变得毫无意义。

皇帝脸色铁青，像是挨了重重一击。他双目赤红，高声咆哮道："你们都想忤逆朕！都想谋逆！朕要杀了你们！"

他拧身拔出一旁侍卫腰间的长剑，高举过头顶，向他们奔来，然而还未奔出几步，鲜血如箭，蓦地从他的口中喷出，溅湿了明净的金阶。

皇帝还握着剑，身子却仰倒下去，被守在暗中的影卫迅速地接住。

继而，殿内传来承吉撕心裂肺的嗓音："陛下……陛下——传太医，快去传太医！"

整个太医院的太医都被请来，于太极殿中为皇帝诊治。

李宴与李羡鱼则退到一旁的偏殿中，等着太医们前来回禀。

李羡鱼眼眶微红，还未全然自方才的惊吓中回神，语声微颤，带着点儿艰难与难以置信："皇兄……父皇方才是真的要杀我们吗？"

李宴沉默了一瞬，轻声安抚她："等醒转后，父皇便会打消这个念头。"

李羡鱼却仍是不安，低声问："嘉宁说错话了吗？"

李宴叹了口气。他将博山炉中宁神的沉水香燃起，又递给她一碗压惊的汤药，眸底有淡淡的无奈之色。

"小九，忠言逆耳。你不过是说了父皇不爱听的话罢了。"

李羡鱼微愣,又想起方才皇帝狂怒的模样,像是明白了为何数年前跪在太极殿前恳请皇帝上朝的臣子会被拖出去廷杖了。

原来,父皇是听不得逆耳的话的,无论是不是忠言。

她缓缓垂下眼睫,掩住眸底的难过之色,双手接过李宴递来的药碗。

腾腾的热气氤氲开来,模糊了视线。她正想将热气吹散,却听见垂落的锦帘轻微一响,殿外的寒气随之卷入。

李羡鱼抬首,见是太医院的陶院正步履匆匆,自外间进来。

李宴也看见了他,低声询问:"院正,父皇的病情如何?"

陶院正斟酌着答道:"陛下的病,是急怒攻心,血气上涌所致,原本没什么大碍,休憩几个时辰便好,可……"

他有些迟疑,看向一旁的李羡鱼,欲言又止。

李宴见他这般情形,也大抵明白了他要说些什么,便对李羡鱼道:"小九,太极殿中有孤守着,你先回去便好。稍后若有定论,孤会遣人去披香殿中通传。"

李羡鱼犹豫了一下,也怕父皇醒来还要提剑杀她,便点了点头:"那嘉宁便先回去了。"

她说罢,便将药碗放下,与侍女们一同往披香殿的方向去了。

待她的身影消失在廊庑尽头后,李宴便对陶院正道:"孤的皇妹已经离开,还请院正直言不讳。"

陶院正这才将方才不好说出口的话——说了出来。

"这原本不是什么大事,休憩几个时辰便好,可陛下这些年多用虎狼之药,房事又格外频繁,常常日御数女,身体积有内热,却又虚耗甚多,如今气血骤然上涌,更是伤及颅脑。虽然我等及时施针,但陛下恐怕也要多日才能醒转。且,陛下即便醒转,恐怕也会留下余症。"

李宴皱眉:"是何余症?"

陶院正迟疑着道:"陛下恐怕行动上……会有所不便。但究竟如何,还要待陛下彻底醒转后再论。"

李宴沉默良久,终于领首。

"此事我已知晓,你尽力医治便好。"

李羡鱼在披香殿内等了许久。

临近黄昏,方有宫人过来通禀,说皇帝是急火攻心,数日后便会醒转,让她不必忧心。

李羡鱼却无法将心放下。她坐在玫瑰椅上,看着满桌的晚膳,却始终没有食欲。

她伸手碰了碰少年的袖口,心绪低落:"临渊,皇叔的事难道只能这般,再无转机了吗?"

毕竟父皇因这件事勃然大怒、急火攻心,病倒在龙榻上。

等醒转之后，他必会更为恼怒，绝不会放过皇叔。

临渊垂眼，将手中剥好的芋头放到她的碗中："臣觉得，恰好相反。"

李羡鱼闻言轻轻抬起羽睫，杏眸里有了亮色："临渊，你是说还有转机吗？"她说着，又有些茫然，"可是，父皇明明这样生气……"

她的话音未落，隔扇又被人叩响。

外头传来竹瓷的声音："公主，东宫的长随说要见您。"

"皇兄的长随？"李羡鱼讶然放下筷子，应道，"我这便过去。"

此刻天光渐落，竹瓷便点起一盏风灯，引她走到披香殿的照壁前。

一名东宫的长随正在此等候，见到李羡鱼，便向她拱手行礼，正色道："传太子口谕，嘉宁公主言行有失，忤逆陛下，着罚俸三月，并自今日起，禁足七日，于披香殿中静思己过！"

李羡鱼微愣，随即明白过来。

父皇未醒，便是储君监国，代理国事。

静谧的黄昏里，她听见自己的心跳声急促，像是整日的担忧终于有了结局。

她福身领了皇兄的口谕，又抬起羽睫，在"怦怦"的心跳声里低低地问他："那皇叔的事……？"

长随拱手："摄政王谋逆一案查证属实，但念在其多年戎马功劳的分上，功过相抵，免去一死，着废为庶人，自玉牒除名，即刻前往关州，永世不得回京！"

李羡鱼杏眸亮起，悬着的心终于落定。她再一次福身，语声诚挚："多谢皇兄。"

长随同样躬身，对李羡鱼道："属下告退。还请公主在披香殿内静心思过。"

他说罢，拱手离去。

李羡鱼却没有回自己的寝殿里思过，而是将竹瓷遣退，独自行至一旁安静的游廊里，轻声唤道："临渊。"

玄衣少年自暗处现身，一双浓黑的眸子深深地看着她，像是已知晓她此刻所想，只是在等她开口。

李羡鱼也望向他，语声很轻，带着一点儿小心翼翼的征询："临渊，我能去送送皇叔吗？"

她还记得临渊与皇叔的仇怨，像是怕他因此生气，便又嗫嚅着道："如今明月夜已经关闭，皇叔他……也受到应有的惩罚了。"

往后，他不再是大玥高高在上的摄政王，而是黎民百姓中的一员，也会因百姓之苦而苦，因百姓之乐而乐。

临渊垂下羽睫。

就在李羡鱼以为他要拒绝的时候，少年向她伸手，没有半分迟疑。

他重新抬眼，落日的余晖照得少年眼眸如金。

"臣说过，会永远站在公主身侧。"

李羡鱼杏眸弯起，踮起足，轻轻伸手环上少年的脖颈。

临渊随之俯身，修长有力的手臂绕过她的膝弯，将她打横抱起，避开众人，往宫门的方向飞掠而去。

城郊十里亭前。
衰草丛生，黄土连天。
摄政王的家眷已先行离开，去往城郊的渡口。
唯独李羿本人还勒马停留在此处，望远处巍峨的皇城最后一眼。
金乌西沉，红霞漫天。
高耸的城门在他的眼前缓缓关闭，像是要将最后一缕余晖也闭于其中。
他握紧了手中的马缰，知晓自己终于到了离开的时候，离开这座捍卫了数十年的皇城，再不回头。
正当他策马转身之际，却听身后少女清甜的嗓音焦急地唤道："皇叔——"
李羿回头，见即将关闭的城门之间人影一闪。
身着武袍的少年抱着身材娇小的少女从其中飞掠而出。
风声"猎猎"，将少年半束的墨发与少女穿着的兔绒斗篷一同扬起，一墨一红，在漫天的晚云中迎风绽开，像是两面色彩鲜明的旗帜。
李羿视线微顿，素来冷厉的神情平和了些。他勒住即将扬蹄的骏马，对他们的方向高声唤道："嘉宁！"
临渊随即飞掠到他的身畔，将怀中的李羡鱼放下。
李羡鱼站起身来，匆匆地理了理自己的裙摆，因自己用这样的方式追来而面色微红，但仍旧对他轻轻展眉，露出唇畔浅浅的梨涡："皇叔，嘉宁过来送您。"
李羿从马上看着她，鹰眸沉沉，看不出喜怒。
他问："你还认我这个皇叔？"
李羡鱼连连点头。
李羿却蓦地冷下脸色，语声骤厉："现在是什么时辰，你还敢出宫！还不赶紧给我回去！"
李羡鱼仍旧有些怕他，往后轻轻缩了缩身子，却没有挪步。
她道："我送皇叔出了十里亭便回去。"
李羿瞪视她少顷，突然转首看向她身侧的少年，浓眉皱起，目光阴沉冰冷，说道："早知如此，当初在明月夜中，我便应当直接杀了你。"
李羡鱼一愣，而临渊也抬起眼来，目光同样晦暗冰冷，说道："现在也不迟。"
眼见着离别的气氛变得剑拔弩张，李羡鱼连忙将二人分开。
她将临渊往外推，轻声央求他："临渊，你去那边等我，一会儿便好。"
临渊看向她，薄唇紧抿，皱眉避到远处，背过身去，确保李羿与他都不再出现在对方的视野中。
李羿也翻身下马，牵马带着李羡鱼徐徐往十里亭的方向走去。

短短的十几步路,漫长得像是过了半生。

李羿短暂地想起自己少年时,鲜衣怒马、持刀上阵杀敌的情景。

那是他一生中最快意的时光。

此刻,半生的功名利禄都随骏马蹄下的烟尘远去。

离别之时,唯有她这名并不算亲厚的侄女过来送他。

李羿笑了声,终于在十里亭前停步。他回首,看向临渊避开的方向,冷冷地启唇:"薛茂案后,我查过他的身世。"

李羡鱼微愣,继而心跳得快了些。

"皇叔查到临渊的身世了?"她轻抬明眸,满怀希冀地望向他,"那……皇叔可以告诉嘉宁吗?"

李羿侧首,鹰眸寒气逼人:"明月夜中之人是在国境边缘的断崖下捡到的他。彼时他的身旁只有一匹死马、一张雕弓,唯一能证明身份的,便是他随身的玉佩。"

他解下马背上的行囊,将一个漆黑的木匣丢给她:"玉佩被摔得粉碎,但拼凑起来勉强能看出原本的纹路。你自己想好,要不要给他。"

李羡鱼慌忙地伸手,终于在木匣落地之前勉强将它抱住。

她秀眉弯起,杏眸明亮如星:"谢谢皇叔。"

李羿却不承她的谢,反倒厉声提醒:"他不是大玥的人!你若是将此物归还,他记起自己的身世,未必还会像现在这般护你。"

他语声骤寒,眸色晦暗:"甚至,他还会杀你灭口。"

李羡鱼微怔,握着乌木匣的指尖收紧。良久,她重新弯眉笑起来:"谢谢皇叔的提点,嘉宁记住了。"

李羿从少女的笑颜中读懂了她的选择。

他有片刻的走神,像是隔着她,隔着漫长的光阴,看见了自己的皇姐。

那时候,她也还年少,也喜欢穿红裙,笑起来同样眉眼弯弯,同样心善而轻信。

少顷,收回思绪,他猛地背过身去,翻身跨上马背。

催马之前,他短暂地回身,浓眉紧皱,鹰眸含威,最后一次以皇叔的身份,声色俱厉地警告她:"轻信于人,多半没什么好下场!一年后给我来信,你若是死了,我差人去祭拜你!"

说罢,李羿银鞭狠落。

骏马绝尘而去,再不回头。

李羡鱼站在十里亭前,捧着木匣,望向他离去的方向,弯起的秀眉渐渐垂下,眼眶微红。

关州苦寒,山长水远,这大抵是她此生最后一次见到皇叔。

夜幕沉沉,四面燃起华灯。

李羡鱼方从宫外回来,连衣裳都未换,便匆匆地将隔扇掩上。她杏眸微弯,将手里的木匣递向临渊。

"临渊，皇叔让我将它还给你。"

听见"皇叔"二字，少年本能地皱眉，但仍然接过木匣，抬手打开。

匣内并无他物，唯有一堆摔得不成样子的玉器碎片。

这堆碎片足有几十片，大小不一，这般看去，根本无法辨认出原本是个什么东西，临渊剑眉皱得愈紧："这是什么？"

李羡鱼也凑过来望了眼，因这玉佩碎成这样而微微愣了愣，这才明白过来，皇叔说的粉碎是什么意思。

回过神来后，她便向他解释道："皇叔与我说起，明月夜的人是在国境边的断崖下捡到的你。那时候，你身旁只有一匹死马、一张雕弓，还有随身的玉佩。"她指了指那堆碎屑，"这便是那块玉佩。"

临渊颔首，对李羡鱼道："公主先去歇息吧，臣将它拼起来便好。"

李羡鱼却没有睡意。她轻轻摇了摇头，对临渊道："我帮你吧。"

她说着，便拿了张红纸，替他将木匣里的碎片小心翼翼地倒了出来，又将长案上的银烛灯拨亮了些。

临渊没有拒绝，只是垂下眼，与她并肩在长案后坐下。

玉佩实在是摔得太碎，难以辨认，李羡鱼不得不将碎片拿到眼前，一片一片地看过去，再小心翼翼地与看着能够吻合的碎片放在一处。

这样烦琐而细致的活计做得久了容易犯困，李羡鱼便漫无边际地轻声与临渊聊天，好给彼此提神。

她道："过两日便是立冬，披香殿里会自己包饺子。临渊，你素日都喜欢吃什么馅的？"

临渊将两片吻合的碎片接起，放在一旁，答道："臣不挑食。"

李羡鱼应了声，又轻声道："虽说是这样，但终究是不一样的。自己包的饺子，总归比外头包的好吃些。"

临渊"嗯"了声，又听李羡鱼小声道："那……要不……你等立冬吃完了饺子再走吧。"

临渊动作微顿，继而淡淡地解释道："臣向公主辞行，是为摄政王之事。"

如今摄政王已经离开，玥京城里的风波也逐渐平息，那他们的三个月之约仍旧可以继续。

李羡鱼却没有因他的言外之意而高兴起来，羽睫低垂，声音有些低落："不是这件事，是……"

是因为皇叔临别时告诉她，临渊不是大玥的人。

那他若是想起自己的身世，便要回到自己的国家去了吧，那便会像皇叔一样，再也不能见到了。

她这样想着，拼凑玉佩的动作越发慢了下来，好半响才用蚊蚋般的声音道："没什么，我们还是先把这玉佩拼好吧。"

也许那时候，临渊的身世便有定论了。

临渊应声，重新垂眼。

窗外夜色转深，一轮明月悬挂在柳梢上。

红布上的玉佩也终于被拼好，虽布满了裂纹，但已能依稀看出原本的模样。

这是块镂刻成穷奇模样的玉佩，当中刻有一个"渊"字。

临渊伸手触摸，冰凉的触感自指尖传来，缓缓蔓延到四肢百骸。

继而，他的脑中一阵剧痛，像一块巨石砸开结冰的湖面，无数凌乱的画面自湖水中涌起——夕阳斜照，于承庆殿的重檐屋顶上洒下光辉如金。

他踏着夕阳的余晖，自殿外的白玉长阶上大步而下，锦袍黑靴，领口与袖口处都绣有蟠螭纹，看着冰冷尊贵，并不似他平日里的打扮。

在他的身侧，有人玉冠束发，着银白锦袍，仪态从容地拾级而上。

在与他擦身而过时，此人款款停步，那张与他有三五分相似的面容上神情温和。

"皇弟，今日是惊蛰，母后唤我来寻你，一同去她的殿中用膳。"

他短暂地停步，冷淡地拒绝："有劳皇兄替我向母后问安。"

"父皇遣我去边境犒赏三军，即刻启程，刻不容缓。"

他的皇兄轻轻笑了笑，语气淡了几分："父皇总是格外厚爱你。"

他皱眉："皇兄在说什么？"

皇兄便问他："你可还记得年前父皇赏下的玉佩？"

他颔首，随意地将悬在腰间的玉佩解下："诸位皇子人人皆有，皇兄不是也有一块？"

皇兄轻笑，也将自己雕成白泽模样的玉佩取下给他过目："确实是人人都有，但是，只有你的雕成了穷奇。"

穷奇，是胤朝的图腾。

都说天家偏爱长子，胤朝的皇帝却似乎从不避讳地偏心他的幼子。

临渊骤然自记忆中回神。他眸色晦暗，紧咬住牙关，忍住颅内仍旧隐隐发作的痛意。

他想起坠崖之前的事来了。

那时，他遵从父皇的命令，来大玥与胤朝交界的边境处犒赏三军，即将返程的时候，他的皇兄——谢璟同样来此，说是母后担忧，让自己前来接应一二。

他那时并未将皇兄的到来放在心上，直至当日午后，谢璟邀他去林中猎鹿。

密林之中，万箭齐发，想置他于死地。

少年牙关紧咬，眸如寒潭。

已经拼好的穷奇玉佩在他的掌中再度碎裂。

"临渊？"

隔着深浓的夜色，他听见李羡鱼轻轻唤了他一声。

"公主。"

临渊本能地应了声，回过视线，撞进一双清澈的杏眸里。

李羡鱼正担忧地望着他，身子向他倾来，柔软的指尖停留在他的眉心上："你怎么了？你面色这样差，是想起什么来了吗？"

临渊握着碎玉的长指收紧，一个"是"字到了唇畔，又被他硬生生咽下。

他骤然想起，大玥与胤朝并非友邦。

若是李羡鱼知道了他的身世，对她而言，并不是一件好事，往后被人揭出，便是通敌叛国的重罪，辩无可辩。

于是临渊重新将碎玉丢回匣中，低声道："没有。"

李羡鱼轻轻点了点头，缓缓收回指尖。她没有怀疑，只是软声安慰他："总会想起来的。"

她弯了弯眉毛，轻声道："兴许，等过几日，吃了立冬的饺子，你便想起来了。"

临渊应了声，对她道："臣要离开两日。"

李羡鱼讶然："你要去买什么东西吗？"

临渊羽睫垂下，掩住眸底的冷意。

他自然是去给他的皇兄准备一份大礼。

但他没有说明，只是向她保证："两日后的立冬，臣会准时回来。"

李羡鱼便也放下心来。她从长案后站起身来，伸手揉了揉自己因一直低头整理碎玉而有些发酸的脖颈，展眉莞尔："那我就寝去了。你也早些歇息。"

临渊想了想，主动问她："公主可要听话本？"他顿了顿，又道，"我还有好几本没来得及念完。"

李羡鱼却有些困倦了，摇头："还是不要了，你明日还要出宫。"

说罢，她便走进低垂的红帐里，换上寝衣，将自己团进锦被里，缓缓睡下。

合眼的时候，她朦胧地想着：等这几本话本看完，她便再与临渊去街上买些新的回来吧。既然他没有想起自己的家人来，便还会在披香殿里住下去，住好久好久，直到他们的三个月之约期满，或者，她嫁到呼衍去。

红帐低垂，烛影深深。

李羡鱼沉在自己的心绪中，平静地睡去。

翌日清晨，在李羡鱼醒转之前，临渊便已离宫。

他并未在长街上游逛，而是径自走到陋巷中一家还未开张的杂货铺子前，抬手重重地叩门。

屋里头旋即传来男人不耐烦的嗓音："谁啊？一大早的，还让不让人睡觉？"

继而，木门"吱呀"一声打开，里头探出一张挂满不耐烦的肥胖的脸孔，嘴还半张着，像是忍不住要再抱怨几句，视线落到临渊面上的时候，却如遭雷击般顿住。

"您……您……"他卡壳了两下，方如梦初醒，"您快里边请！"

临渊抬步进去。

木门重新合拢。

临渊在狭小的杂货铺里唤出他的本名："侯文柏。"

像大玥这等与胤朝接壤的邻国，胤朝不安插些细作，便如同在猛虎的榻边小憩，如何能安心？

他眼前的中年男人，便是胤朝在玥京城的细作之一。

且在他失去记忆前，这些细作一直是由他负责管辖。

侯文柏面上的神情更是激动，他压低了嗓音道："七殿下，您还活着？这段时日您音信全无，京城里都在传，说您去边关犒赏三军的时候被大玥的士兵伏击，不是被俘，便是已经被害。"

临渊冷哂。

看来谢璟未在断崖下寻到他的尸首，格外坐立不安，还特地令人放出他可能被俘的消息来，这样他即便能活着回京，亦有通敌的嫌疑。

但这个局并不难破。

他拿起铺内的纸笔，迅速地写下一封短信，以火漆封口："你即刻去遣可靠之人，将这封信递到我的长随手中，他自会知道该如何处置。"

他又冷冷地命令道："至于我还活着这件事，不可走漏任何风声！"

侯文柏双手接过密信，又问道："殿下不回胤京吗？"

临渊动作微顿，少顷淡淡地道："两日后，我自会启程。"

他说罢，不再停留，转身往外走。

紧闭的木门重新被推开。

清晨的风拂起他的衣袍，带来临近冬季的寒意。

少年持剑往前行走，修长的手指垂下，轻轻碰了碰悬在长剑上的那枚剑穗。

浅金色的日光里，他轻轻垂下羽睫，平静地想：他答应过李羡鱼，与她一同过完这个立冬。

卷十　雪中春

立冬前夜，落了整夜的雨。

天明后，披香殿里的路面上结起了淡淡的霜花。

李羡鱼的禁足未解，加之天气寒凉，她索性让宫人将披香殿的殿门都合拢，自己躲在寝殿里，倚着熏笼翻话本。

这本话本讲的是个卖花的姑娘和男狐狸精的故事，写得绘声绘色，新鲜而有趣。

李羡鱼两靥微红，正看得入神，忽有一阵寒风拂过，将她正看着的话本翻过几页。

李羡鱼"哎呀"了声，伸手将书页摁住，一抬眼，却见支摘窗外悬挂的锦帘被撩起，临渊自外归来。

二人视线对上。

临渊还未开口，李羡鱼倒是先绯红了脸，心虚似的将手里的话本直往后藏。

情急之下，她没能拿稳，话本从她的指尖坠下，眼见着便要落到熏笼上。

临渊箭步上前，手疾眼快地将话本接住。

视线垂下，他正好看到李羡鱼翻开的那页，里头写到卖花女郎与自己的闺中密友说着悄悄话。

"他是狐狸又有什么关系？纵使他有千年道行，我只消过去亲他一下，他照旧得对我俯首称臣。"

李羡鱼也看到了这句话，双颊"唰"的一下烧起来。她慌忙地伸手，从临渊手里将话本夺回来，紧紧地合上。

她磕磕巴巴地为自己辩解："我……我还没看到这页。"

临渊"嗯"了声，既不说信，也不说不信，只是问她："公主要臣帮着念吗？"

李羡鱼本能地要摇头，可又想知道后面的事，便犹豫地轻声道："你等等。"

她背过身去，躲着临渊，悄悄将方才那页翻开，顺着之前那行看下去。

话本里头写着——卖花女郎的密友刚走，化成人形的狐狸就溜进她的闺房里来，笑眯眯地对她道："既然如此，你为何不早些试试？兴许比天下最好的道士还要管用得多。"

狐狸话音落，女郎便开始亲他，从眼睛亲到嘴巴，又从嘴巴亲到耳朵，再从狐狸凸起的喉结上一路吻下去。

狐狸解开了衣裳，毛茸茸的尾巴缠着她纤细的小腿，尖利的牙齿咬住女郎垂落在肩上的乌发，又将她白玉似的耳珠衔到唇间……

李羡鱼双颊滚烫，"啪"的一声将话本合拢。

察觉到临渊的视线投过来，她匆忙地起身，将话本藏到自己的枕头底下，嗫嚅出声："还是……还是不要念了。"她努力转开话茬儿，"今日是立冬，我们还是先包饺子吧。"

临渊问她："公主会包饺子？"

李羡鱼羽睫轻扇："我会的，只是没有月见、竹瓷她们包的好看。"她说着，轻轻推了推他，"临渊，你去小厨房里将嬷嬷们备好的饺子皮与饺子馅拿来吧，我包给你看。"

临渊应声。

小厨房离寝殿不远，对习武之人而言，打个来回也不过顷刻，仿佛李羡鱼面上的热意方退，临渊便拿着两盆馅料、一碟擀好的饺子皮与两个空瓷盘进来了。

李羡鱼便也起身，在铜盆里净过手，又让他将东西放在长案上，自己则于长案后的玫瑰椅上落座，从小碟里拈起一块饺子皮来，攒起一大筷子馅料，认认真真地填入其中，用饺子皮裹好。

临渊垂眼，安静地看着她，看着雪白的饺子皮在她纤细的指尖上翻转了一阵，渐渐变成一个格外圆润的大肚饺子。

临渊思索了阵，隐约觉得有些不对。

他见过生饺子，那些饺子却与李羡鱼手里的不大一样。

李羡鱼察觉到他的视线，有些不好意思地道："我说过的，我包的饺子没有月见她们包的好看。"

毕竟，她不是经常包饺子，一年到头也就在立冬与年节的时候包上几个，权当玩闹了。

她这样想着，又问他："临渊，要是饺子不好看，你还吃吗？"

临渊应了声，也从碟中拿起一块面皮来："若是公主嫌烦，交给臣便好。"

李羡鱼讶然："临渊，你还会包饺子吗？"

临渊顿了顿。他从未包过。

哪怕是立冬与年节的时候，也都是御膳房做好了送到母后宫中，而这两个节日期间，各宫的妃嫔和皇子总是过来拜会，挂着半真半假的笑，说着半真半假的话。

母后与谢璟很擅长应付这些，而他只觉得心烦，每次还未入夜便远远地避开。

如今想来，时至今日，他还是第一次动手包饺子。

似乎包饺子也并不令人觉得讨厌。

于是他轻轻垂眼，低声回答："臣可以试试。"

李羡鱼莞尔，招手让他并肩坐下，大大方方地对他道："那我教你吧。"

她重新拿了块饺子皮，放慢了动作包给他看。

"便像这样，先将饺子皮摊开，再把馅料放进去，将饺子皮对折，像这样捏出褶子来……"

临渊将她方才的动作重复了几次。

但是二人的力道不同，他依着李羡鱼的动作，饺子不是破了，便是被捏扁。

"不是这样……也不是这样……"

李羡鱼看着他的动作，连连摇头，又耐心地反复给他演示了几次，见他始终包得不成模样，便将身子倾过去些，学着当初母妃教自己的模样，以自己的指尖覆上他的指尖，小心翼翼地拢着他的手，教他如何将一个饺子包好。

临渊动作微顿，抬眸看向她。

李羡鱼今日并未上妆，未施脂粉的面庞莹白，乌黑的羽睫轻轻地垂着，一双潋滟的杏眸此刻正专注地看着手中包到一半的饺子，而少年专注地看着她。

李羡鱼一如初见时那般清澈美好，沾了面粉的指尖柔软，像是蜻蜓落在他的掌中。

临渊放轻了指尖的力道。

饺子皮终于没有再破，少年包成功的第一个饺子在他们的掌心里渐渐成形，白白嫩嫩的，却又格外地胖。

"你看，这不就包好了。"李羡鱼弯眸，心情雀跃，又一连教他包了好几个。

等瞧着临渊包的饺子像模像样了，李羡鱼这才松开他的手，自个儿也拿了饺子皮，与他做起同样的事。

二人包了整整半日，你一个我一个地往白瓷盘里放各种模样的饺子，可算是在日落之前将将凑出两盘。

李羡鱼包了这么久，终于觉得肚里空空，便吩咐月见端去小厨房里煮了，权当晚膳前的小食。

饺子下水后熟得很快，前后不到一盏茶的工夫，煮好的饺子便被从小厨房里端来。

一同被送来的，还有一壶桂花酿的陈醋。

李羡鱼给自己添了一小碗饺子，其他的都盛在大碗里端给临渊。

这两盘饺子在刚包完的时候便不大好看，如今煮熟了更是奇形怪状，什么模样的都有。

李羡鱼挑了挑，从里头找出个略微顺眼的，攥起放入口中。

饺子的皮很薄，馅料也是事先调好的，虽然模样奇怪些，但味道极好。

李羡鱼小小地咬了口，便满意地轻轻弯起眉来。

临渊看向她，视线停留在她的笑靥上，辞行的话原本到了唇畔，又被硬生生咽下。

离别的事，他还是等日落后再与她提及吧。

两碗饺子很快便被吃完。

窗外的天光也渐渐变暗。

临渊将悬在支摘窗外的锦帘卷起，抬眼望向高远的天幕。

窗外湛蓝的天穹已被晚云染红，一轮金乌正徐徐坠入太极殿高耸的屋檐后。

此刻已是黄昏时分，到了他该离开的时候。

临渊垂下眼帘，终于在黄昏渐暗的光影中回过身去，向李羡鱼伸手："公主可想去别处走走？"

李羡鱼想了想，便也站起身来，轻轻将指尖放到他的掌心里。

"去哪里？"她说着，又有些为难，"可是，我如今正在禁足期，还是不去披香殿外好些。"

她若是被人瞧见了，会有些麻烦。

临渊收拢长指，与李羡鱼十指紧扣。他语声很低，带着些她听不懂的情绪："便在披香殿内。"

李羡鱼轻轻点了点头，随着他步出寝殿。

临渊却像并未想好要去何处，只是紧握着她的手，在僻静的游廊里与她并肩前行，不知不觉竟走过了大半座披香殿，到了后殿的小池塘边。

冬日里池水冰冷，养在池中的那条红鱼也像沉了底，任宫人们如何投鱼食下去，都极少浮出水面。

李羡鱼也走得有些倦了，便在八角亭里凭栏落座。她理了理被晚风吹得微乱的裙裾，仰脸望着眼前的少年："临渊，你要带我去哪里呀？"

临渊顿了顿，在八角亭中回首望向李羡鱼，不知是否是此刻光影暗淡的缘故，她只觉得他的眸色格外深浓，宛如深不见底的寒潭，波澜之下藏着她看不清的心绪。

他对上李羡鱼的视线，又缓缓垂下眼帘，低声道："臣有话要与公主说。"

他语声里的郑重，令李羡鱼愣了愣。她轻轻抬起羽睫，认真地望向他。

落日的余晖斜照进亭中，在少年的周身笼上一层耀眼的金晕，衬得少年腰背挺拔，眼眸如星。

静谧的黄昏中，李羡鱼清晰地听见自己的心跳声。

那声音轻盈而密集，像是夏日里雨打蕉叶的声音。

她在不知不觉间红了脸，指尖轻轻搭上腕间漂亮的红珊瑚手串，语声轻如蚊蚋："临渊，你要对我说什么呀？"

落日熔金，暮云合璧。

一轮金乌坠于太极殿赤红的琉璃瓦后，余晖渐淡。

李羡鱼坐在八角亭内的木质坐凳上，身前是即将退去的日色，身后是波光粼粼的小池塘。她在光影重重处微微仰脸望着他，双靥浅红，羽睫染金，纤细的指尖轻轻搭在自己腕间的红珊瑚手串上，语声绵软，带着少女情窦初开时的胆怯与羞赧。

八角亭外的池塘里，一条红鱼悄然浮出水面，吐出一连串细小的水泡。

临渊原本已至唇畔的话被硬生生咽下，他本能地向她走近，骨节分明的手抬起，却又不知往何处放下，最终唯有掩饰般地替她将被晚风吹得微乱的鬓发拢到耳后。

他听见自己低哑地出声："公主可愿意与臣一同离开？"

日影渐淡，夜风吹得李羡鱼的斗篷边缘春日飞花般扬起，她却忘了抬手拢下。

她语声很轻，像是风吹过草叶的声音："要去哪里？"

临渊低声答道："邻国。"

李羡鱼微愣，那双抬起的羽睫缓缓垂下，长睫上染着的余晖似星辰纷落。

她还记得皇叔与她说过的话。

临渊不是大玥的人。

如今，他想起了自己的身世，要回家去了吗？

而她，能与临渊一同回去吗？

她在心里悄声问自己。

答案从她的唇间落下，在这样衰败的季节里听起来格外冷清。

她的语声很轻，很慢，她像是想了许久才做出的决定："临渊，我不能跟你走。"

临渊垂在身侧的长指收紧，他语气果决，毫不迟疑："臣可以将公主带走，不会令任何人察觉。"

李羡鱼的羽睫密密地垂着，将眼底的雾气藏下。

她相信，临渊可以带她离开。

在之前出宫的时候，她也有无数次机会悄悄地跟着他离开这座皇城。

可是，她的母妃走不了，披香殿里的宫人们走不了。

若是她就这样跟着临渊离开，她的母妃、披香殿内所有的宫人，甚至她远在江陵的祖父，都会因此获罪。

李羡鱼最终摇头，忍住语声里的难过："临渊，我不能跟你走。"

临渊注视着她，眸色深浓。

他可以强行将李羡鱼带走，随时都可以，但是当他伸手，视线却落在她微湿的羽睫上时，即将触及她手腕的长指又收回，紧握成拳。

他语声低哑，终于妥协了："臣会回来的。"

李羡鱼抬起一双雾蒙蒙的杏眸望向他。

"那……你什么时候回来？"她依着临渊往常离开的时间问他，"是一两日，还是三五日？"

临渊却只是沉默。

李羡鱼也回过神来，觉出自己的天真。

毕竟国与国之间万里之遥，这么点儿时日哪里够呢？至少要三五个月吧，也许还要更久。

李羡鱼没有再问。她在暮色里缓缓垂下羽睫，看着八角亭里苍青色的石砖。

毕竟三五个月或者更久,对她而言,没有什么区别。

那时候,她应当早已嫁到呼衍去了,再不会回来。

她没有与临渊说这件事,只是努力对他弯了弯眉,尽量轻柔地道:"我会给你去信的。"

临渊颔首。他道:"公主若是遇到什么难处,便让宫人去清水巷中的杂货铺递话。

"掌柜会帮你。"

李羨鱼轻轻点头,没有说话,眼眶却越发红了。

更漏声迢迢而来,临渊到了该离开的时候。

临渊想转身,视线却一直落在她微红的眼眶上,无法挪步。

不擅长哄人的少年在原地立了良久,终于在她的面前垂手,指腹拂过她微红的眼尾:"别哭了。"

他剑眉皱起,旋即想起李羨鱼曾经哄他的方式,便启唇道:"臣也可以让公主咬回来。"

李羨鱼微愣,像是用了一点儿时间去思索临渊话里的意思,待明白过来,双颊蓦地绯红。

她还来不及拒绝,临渊就单手解开箭袖,将自己的手腕递到她跟前。

他腕骨分明,冷白的肌肤下筋脉隐现,显得手掌修长而有力。

李羨鱼面色更红。她想:她才不会做这样的事。

可拒绝的话到了唇畔又停住,她想:这大抵是她最后一次见到临渊了,而他说过,他不喜欢欠别人东西,若是她不咬回来,他会不会总惦记这件事?

思及此,她又想起了在藏书阁那一夜,临渊轻咬她耳垂的情形,面上越发地红,终于坐不住,从坐凳上站起身来。

她走到临渊跟前,抬起眼帘望向他。

少年身形颀长,她好像咬不着他的耳朵。

于是她启唇,语声里像是要透出热气来:"临渊,我够不着你。"她语声更低,面色愈红,"你俯身。"

少年深深地看着她,依言俯身。

李羨鱼便试着伸手环上他的颈,借着他的力道,轻轻踮起足。

可临渊的身量这样高,她仍旧够不到他的耳朵。

李羨鱼保持着这个姿势,觉得自己面上烫得吓人,像是再保持一会儿便要燃烧起来。

她赧于启唇让少年再度俯身,唯有退而求其次,红唇微启,雪白的贝齿轻轻咬上他凸起的喉结。

临渊的身形蓦地僵住。

李羨鱼没察觉他的异常,只是有些怅然地想:这样他们俩便算是两清了吧,临渊也会更快忘掉她。

她思绪未定，腰间便是一紧。

临渊有力的手紧握住她的腰肢，将她狠狠地揉进怀中。

他抱得这样紧，下颌抵在她的肩上，炽热的呼吸拂过她的颈侧，似乎要将她点燃。

李羡鱼杏眸微睁，像是一条突然被从水里捞起的红鱼，思绪一片空白，甚至都忘了挣扎，而抱着她的少年眸色晦暗，牙关紧咬，手上又添了几分力道，像是要将她揉进骨血里。

他后悔了。

他方才便不应该答应李羡鱼。

他应该直接将人掳走。

李羡鱼也回过神来，面上"唰"的一下烧起来。她伸手去推他的胸膛，指尖同样滚烫："临渊……"

她唤了一声少年的名字，语声是这样绵软，像是自己也不知该说些什么。

她为这份无措慌乱地转过脸，掩饰般道："你……你快放开我，会被人瞧见的。"

临渊松开了紧握着她腰肢的手，竭力克制着，往后退开一步，仅仅一步。

二人离得还是这般近，呼吸可闻的距离。

李羡鱼看见他的眸色格外晦暗，看着她的眼神又变得这样凶，像是要将她吃下。

李羡鱼听见自己的心"怦怦"作响，像是害怕，也像是有什么道不清的情绪在心里涟漪般漾开，又如浪潮般要将她淹没。

她捂着自己的心口，红唇微启，却没能说出话来。

临渊望着她，眸色愈来愈浓。他踏前一步，又强迫自己转过身去，不去看她。

"臣会尽快回来！"

临渊语声低哑地留给她这句话，便像是再也无法在亭中停留，立刻将身形隐入夜色中。

"临渊！"李羡鱼仓促地唤了声他的名字，提裙追出几步。

亭外，最后一缕夕阳的余晖收尽。

夜幕垂落。

寒风走过亭畔，将她绯红的裙裾扬起，又一缕缕带走了她面上的热意。

李羡鱼缓缓停住步子，轻轻垂下羽睫。

在满地的霜花中，她知晓，这个漫长的秋日终于过去了。

立冬过后，玥京城里的天气渐渐转寒。

御园内百花凋落，青石路面上的霜花一日浓似一日，连带着各处的宫人都不愿出来行走。

各宫门前静悄悄的，唯有三两名除霜的宫人拿着青盐走过。

唯独凤仪殿内依旧帐暖春深，惠风和畅。

宁懿拥着狐裘，斜倚在美人榻上，就着熏笼里的热气，吃着一碗夏日里才会用的冰碗。

离她的锦榻稍远处，是傅随舟的长案。

素日着的青衫换成了冬日的锦袍，此刻他正目不转睛地批阅着案上堆积如山的公文。

宁懿咬着一枚冻得稍硬的樱桃，眯眸看了他良久，鲜红的唇瓣微微抬起。她将樱桃核吐在碟中，伸手拍了拍卧在身旁的雪貂，玉指随意一指傅随舟的长案，对它轻轻笑道："去，把他的公文给我叼来。"

雪貂侧头，拿黑豆似的眼睛看宁懿，少顷似乎听懂了，便悄无声息地从她怀中溜下去，趁着傅随舟专注地批阅公文的时候，猛地蹿上他的长案。

傅随舟未曾防备，察觉之时当即摁住公文，但雪貂毫不退缩，四足一蹬，便从他盛墨的砚台里踏过，踩在他手中的公文上，狠狠地咬住他的衣袍。

傅随舟皱眉，立即将雪貂抓住，交给旁侧的宫女，但为时已晚，就在这一刹那，尚未写完的公文被印上数枚凌乱的雪貂足迹，显然不能再用。

宁懿远远地瞧着，像是被他的神情取悦到，轻轻笑了声。她自美人榻上支起身来，赤足踏着地上厚密的波斯绒毯走到他跟前，将案上的公文拿到手里，红唇微勾，笑得快意："既然都脏了，不若本宫替太傅烧了吧，也换个眼前清净。"

她信手拈起沾染了墨迹的公文，正欲丢进不远处的炭盆里，视线无意间往上一落，又缓缓停住了动作。

宁懿眉梢微抬，当着傅随舟的面将那卷被墨迹玷污的公文展开，细细地看了一阵，眼尾微扬，似乎在笑："本宫竟不知道，太傅什么时候还管上礼部的闲事了。"

傅随舟将剩余的卷宗理好，语声淡而平静："陛下如今尚在病榻上，无法亲政，多年积压的国事被一朝送至东宫，非朝夕之间能够处理周全。

"在其位而谋其事，臣身为太子太傅，自然要为此尽一份绵力。"

"本宫对是谁理政，是谁批阅礼部的公文可没有半点儿兴趣。"宁懿用戴着镏金护甲的尾指轻刮公文尾部的落款，"前些日写的公文，快马加鞭送到玥京城用了足足七日……他们何时入京？"

傅随舟垂目，翻出相应的卷宗："礼部已开始加紧准备，应当便是这几日的事。"

宁懿没有再问。她将身上随意披着的狐裘拢好，趿鞋便往外走。

傅随舟握着卷宗的长指微顿，他自长案后起身，淡淡地询问："公主想去何处？"

宁懿并未回头。她将眼前的隔扇推开，殿外的寒风涌来，刮得她鬓边的赤金步摇"琅琅"。

金玉相击声里，她语气轻蔑："太极殿与东宫不过两座摆设，本宫还能去何处？不过是找被禁足的皇妹叙叙旧罢了。"

她回过脸来，鲜红的唇瓣扬起："怎么？太傅也想同去？"

傅随舟停住步伐，语调一如既往地平淡："臣还有奏章要批阅，应当不能随公主前去。"

宁懿嗤笑了声。她从执霜手里接过被擦拭干净的雪貂，头也不回地走进殿外的寒风中。

披香殿前，霜花正浓。

李羡鱼安静地坐在临水的八角亭中，看着风中微澜的水面。

池中的红鱼今日依旧没有浮出水面，留在她身畔的，便只有怀中抱着的小棉花。

白兔不会说话，亭内寂静得似能听见风吹过水面的声音。

临渊离开后，她的日子仿佛又回到了白露之前，晴日去东偏殿看望母妃，雨日便躲在寝殿内翻话本，偶尔也会唤来殿内的小宫娥打打双陆，许是心不在焉的缘故，她总是输多赢少，没几日便输出去半匣子绢花。

在等待竹瓷采买的日子里，李羡鱼时常到这座八角亭内静静地坐上一会儿。

李羡鱼与旁人说，是去喂她养的红鱼，但宫娥每回到亭中为熏炉添炭的时候，都看见她望着水面微微出神，而身旁的那碗鱼食依旧满满当当，一粒也未曾动过。

晌午过后，从水上吹来的风愈寒。

月见穿着厚实的冬衣从亭外进来，将新灌的汤婆子递到李羡鱼手里，还未来得及开口，就被池畔的冷风扑了满面。

她本能地拢紧衣襟，苦口婆心地道："公主，这果然是入冬了，刚过晌午，便这样寒。您也快去殿内避避吧。水边风大，您若是被扑着了，可怎么是好？"

李羡鱼轻轻颔首，将身畔的鱼食尽数投进池里，又将小棉花放在温热的汤婆子上，抱着它站起身来。

"那就回寝殿吧。"她轻声道。

月见应声，将亭内燃着的炭盆熄了，带着李羡鱼往寝殿的方向走。

许是看出自家公主心绪低落，她一路上笑着与李羡鱼讲起最近披香殿里发生的趣事，从某位小宦官守殿门的时候捡到一只冻僵的麻雀，在火炉旁暖了一会儿，麻雀便又活了过来，扑棱翅膀飞到了梧桐树上，讲到殿内一位怀春的小宫娥背着旁人偷偷在袖口里绣粉色的合欢花，也不知道心上人究竟是谁。

若在平日，李羡鱼总是要忍不住追问两句。可今日，她只是微垂眼帘，就这般安静地听着，静默得连月见都有些慌神。月见正想着该说些什么来让李羡鱼高兴的时候，竹瓷步履匆匆地从月洞门前走来，向李羡鱼福身："公主，宁懿公主过来见您，此刻正在正殿花厅内用茶。"

"宁懿皇姐？"李羡鱼短暂地收回思绪，有些不安，"皇姐很少主动来披香殿的。"

她说着，似乎想起什么，略微慌乱地道："难道……难道是父皇……？"

难道是父皇此刻醒转，正因她此前忤逆的事龙颜大怒，要遣金吾卫来拿她问罪？

李羡鱼愈想愈是慌乱，便将怀里的小棉花与汤婆子一并塞到月见的怀里，转身匆匆地往正殿的方向走："我这便过去。"

月见慌忙地接住，赶紧跟上她。

二人步下游廊，穿过垂花门，绕过一道窄长的红墙，终于在正殿的花厅里见到了正用着茶点的宁懿。

殿外天寒风急，殿内炭炉与熏笼围绕，融融如春。

宁懿半拥狐裘坐在那里，一壁饮茶，一壁轻抚着怀中的雪貂，看着倒不似有急事的模样。

李羡鱼抬步走近，还未来得及启唇，宁懿怀中的雪貂便已经闻见了小棉花的味道。它兴奋地"吱吱"作声，身子微往下压，似乎随时都要扑向抱着小棉花的月见。

宁懿抬手摁住雪貂，掀起眼帘去看李羡鱼，红唇微勾，甜哑的嗓音里带着笑："本宫还以为你至少要一盏茶的工夫才到，没承想来得这般快……可真是难得。"

李羡鱼听出她话里的促狭，便先让月见抱着小棉花下去，远离雪貂的视线，这才轻声问她："皇姐今日来披香殿，有什么要紧的事吗？"

"也无什么要事。"宁懿意态闲适，"只是本宫听闻你被李宴禁足七日，成日在殿内郁郁寡欢，茶饭不思，便顺路过来看看你。"

她说着，顺手抚了抚李羡鱼的脸颊，眉梢微微抬起："你好像是清减了些。"

李羡鱼侧身避开她的手，轻声辩解："皇兄已经罚得很轻了。近日入冬，嘉宁没什么胃口，这才清减了些。"

"本宫只听过苦夏的，还从未听过苦冬的。"宁懿支颐看着她，那双妩媚的凤眼扬起，"还是说，你遇到了什么烦心事？"

李羡鱼红唇微启，心跳像是突然间漏了一拍。带着被看穿心绪的慌乱与赧然，她匆匆地侧过脸去，垂下羽睫，语声很轻地否认："没有，嘉宁过得很好，并没有什么不舒心的地方。"

宁懿睨着她，像是透过她瞧见了曾经豆蔻年华的自己。

这般年纪的少女总是藏不住心事。

虽未言明，但她依旧能够看出，李羡鱼心里藏着的，并不是她在傅随舟公文上看见的那桩事。

想来也是，几日前方送来的消息，传遍宫廷还需要一些时日，且披香殿里的消息总是来得特别慢，等李羡鱼得知的时候，想来那些蛮夷都快入京了。

不过她既然不知晓，自己倒也不必让她从现在便开始烦恼。

宁懿思及此，便抱着雪貂站起身来，慵懒地往殿外行去："你不愿说便罢了，就当本宫白走一趟。"

李羡鱼脸颊微红，终究还是提裙跟出来："嘉宁送皇姐。"

宁懿轻睨她一眼，倒也未拒绝。

二人走到正殿的照壁前，将要出殿门的时候，宁懿款款停步，伸手揉了揉李羡鱼雪白的脸，唇畔笑意渐浓："小兔子，你要是遇到什么难处，不如来凤仪殿里求本宫，好好地卖个乖，兴许本宫就答应了呢。"

李羡鱼抬起羽睫，话到唇畔却又咽下，最终仅轻轻点了点头。

宁懿轻笑了声，亦不再多言。她转身走过李羡鱼的身畔，迈过披香殿高高的门槛，走向宫闱深处。

李羡鱼站在照壁前目送她，直至皇姐的背影消失在红墙尽头。

朔风徐来，带得她臂弯间的披帛飘动，似小池塘里缓缓散开的涟漪。

李羡鱼轻轻仰脸，从朱红的殿门之间望向殿外遥不可及的天幕。

在来去自由的朔风里，她似听见了自己深藏的心事——临渊已离开整整五日。

如今他的快马应当已经过了银川。

他将回到他的家国，而她也会登上鸾车，永远离开这座养育她的宫廷。

秋日里的故事便这般永远留在秋日。

他们应当……再也不会见面了。

冬夜梦短，披香殿内的日子过得很快，仿佛她稍一合眼，便又是整整数日过去。

李羡鱼的禁足之期已过，她却依然没有出去游逛的兴致，仍旧留在披香殿里，斜倚着熏笼，将手中的话本又慢慢翻过一页。

窗外的明月渐渐攀至柳梢，狐狸与卖花女郎的话本也终于被她读完，重新放进箱笼里。

熏炉里的炭火渐渐没了热意，寒意从四面八方渗进来，像是要将她吞没。

李羡鱼心绪低落，不想唤宫人添炭，便拢紧了斗篷站起身来，往红帐里行去，即将走到榻前的时候，隔扇被人叩响。

"临渊？"李羡鱼心跳微快，本能地回过身去，轻唤出他的名字。

廊里却传来竹瓷的语声："公主，太极殿的青棠姑姑过来传信，说是陛下醒转，如今正唤您过去。"

李羡鱼这才想起，临渊已经离开整整七日。

她慢慢垂下羽睫，轻声应道："我这便过去。"

她抬步走到隔扇前，其上冰冷的雕花令她蜷了蜷指尖，想起了几日前太极殿里的情形。

她的父皇龙颜大怒，双目赤红，提着长剑要砍她。

如今父皇醒转唤她过去，是消了气，还是……越发生气了？

李羡鱼思及此，有些害怕地往后退了一步。

"我不想去。"她在隔扇后摇头，"你去回青棠姑姑，便说我感染风寒，病得起不来身了。

"若是……若是她们要遣太医来给我诊治，一定要请顾太医过来。"

竹瓷也觉得这样漏夜过来传唤似有些来者不善，便应声道："奴婢这便去回了青棠姑姑。"

她的脚步声远去。

李羡鱼便也匆匆地褪了斗篷，将自己团到锦榻上。

她想：自己至少躲过这一夜，等明日清晨，宫门开了，皇兄入宫之后，便会帮着劝劝父皇了。

她这般想着，又在榻上等了少顷。等到意识朦胧，将要睡去的时候，她又听见叩门声响起。

外间竹瓷道："公主，青棠姑姑让奴婢去寻太医来为您诊治，奴婢便去请了顾太医过来。"

李羡鱼松了口气。她道："你等等我，我这便起身。"

她说着，便将脱下的斗篷重新穿上，又将睡得微乱的长发理好，这才将隔扇打开。

着深青色太医服的顾悯之立在廊里。

今夜微寒，他便在太医服外多添了件鹤氅，神色温和，像冬日里的一株青竹。

"顾大人。"李羡鱼轻轻唤了他一声。

为了避人耳目，装出真的病倒在榻上起不来身的模样，李羡鱼便没有带他往偏殿里去，而是带他走进寝殿里，在屏风前一张靠背椅上坐下。

"顾大人，我并未染上风寒。"李羡鱼在长案对面落座，因深夜唤他过来而有些赧然，语声越发地轻，"我只是……只是不想去见父皇。"

顾悯之看向她。

不必诊脉，他便能看出李羡鱼不像是发热的模样，但心绪如病中一般低落，像是世上最有趣的事也无法让她高兴起来。

他便没有说起太极殿内的事再给她添忧，只是语声和缓地询问她："公主遇到什么烦心事了吗？"

李羡鱼羽睫低垂，摇了摇头，轻声道："没有。"

但她并不知晓，她此刻的心绪便像是写在脸上，尤其是面对医者时。

顾悯之轻垂眼帘："是公主影卫的事吗？"

李羡鱼被他说中心事，耳根微微一红，有些局促地想要辩解："临渊他……他……"她编不出个来龙去脉，唯有胡乱解释道："他家中有事，暂且回去了，可能……可能没几日便回来。"

话音尚未落尽，她便听见身后"嘭"的一声。

半掩的支摘窗被人重重地推开，雕花的窗扇敲在雪白的墙壁上，又受力弹回来，在半空中剧烈地晃荡。

冬日的风裹挟着凉意自大开的窗中呼啸而来，却抵不过少年如寒霜的目光。

李羡鱼讶然回眸，望见窗外月色如银，白霜铺地。

数日未见的少年手持长剑，越过窗台，阔步向她而来，那双本就黑沉的凤眼越发晦暗冰冷，像是在竭力压抑自己的怒气。

李羡鱼视线停住，听见自己剧烈的心跳声。她站起身来，提裙向他小跑过去。

临渊动作微顿，本能地停住步伐，抬手将奔他而来的少女揉进怀里，垂眼低声道："公主。"

李羡鱼双靥绯红，杏眸却亮得像星星。

"临渊，你不走了吗？"

临渊长指收紧，眼底厉色愈浓。

他并未骗李羡鱼。在与她辞别的当日，他便离开玥京城，赶赴万里之外的胤朝。

直至数日后，他突然收到细作传来的消息——呼衍即将来朝，欲求娶大玥公主为阏氏。

大玥未出降的公主不多，最适合的，便是李羡鱼。

无论身在何处，他都必须回来，但此刻显然不是说起此事的时候。

临渊收回思绪，蓦地抬眼，看向李羡鱼身后着深青色太医服的青年，握紧她垂落的素手，一字一顿地厉声道："臣回来守着公主。"

寒凉的冬日里，少年怀抱温暖，掌心滚烫。

李羡鱼双靥绯红，局促地伸手推他："你……你守着我做什么？"

她在披香殿里好好的，又不像珠宝玉器之类的物件，不看着便会被人偷走。

临渊不答，他的视线越过她，满是敌意地注视着她身后的地方。

李羡鱼在他的怀中转过脸去，对上顾悯之的视线，一张本来只是微红的小脸瞬间红透。

他们这……这也太失礼了些。

她这般想着，慌忙伸手去推临渊，努力地放轻语声，试图只让他一个人听见："临渊，你快放开我，顾大人还在这儿。"

临渊非但没有放手，握着她素手的长指反而收得更紧。他眸色晦暗，像是燃了一把暗火，语声却像带着霜刃，又冷又厉："臣从未听过大玥有让太医进公主的寝殿里诊脉的规矩！"

李羡鱼连耳根都红透了，语声也似要冒出热气："你想到哪里去了？今夜父皇召我去御前，我装病不去，顾大人这才过来，替我掩饰一二。"

临渊抿唇，并不答话，但终究松开了桎梏着她的手。

李羡鱼得了自由，便赧然地望向顾悯之，低声找补："顾大人，临渊不是有意的。"

顾悯之垂下眼帘，敛下眸底的深思之色。

"无事。"他语调平和，依旧神色如常地自药箱中取出脉枕，放在面前的长案上，对李羡鱼颔首示意。

李羡鱼便走过去，略微撩起衣袖，将皓腕搁于其上。

顾悯之在李羡鱼的腕上覆上丝帕，修长的手指搭在腕脉上，垂眼凝神，像是并未看见立在她身旁眼神不善的少年。

远处的银漏一滴连着一滴落下。

李羡鱼坐在二人之间的玫瑰椅上，渐渐有些坐立难安。

就在她眉心快要凝出汗珠的时候，顾悯之终于收回了长指，对她温声道："公主无恙。臣提前开些滋补的方子，公主每日服两服便好。"

他取过一张宣纸，低头执笔，将药方写好后递与她，又道："至于陛下那里，臣会说公主偶感风寒，不宜面圣。公主这些时日若无他事，切莫出门。"

如此，她既免去陛下疑心，也可不让自己的身体受寒。

李羡鱼抬手接过，轻声与他道谢："多谢顾大人了。"

顾悯之并不承她的谢，语调依旧温和："为公主诊脉原本便是臣的分内之责。"他轻垂眼帘，"公主若有不适，可随时传唤臣，无论何时何地。"

临渊骤然抬眸望向他，握着佩剑的长指收紧，凤眼寒光四射。

顾悯之并不他顾，像是并未看到临渊凌厉的神情，从容地自长案后起身。

窗外夜色已深，顾悯之自然没有继续留在公主寝宫里的理由，便轻声与李羡鱼告辞。

李羡鱼也站起身来，送他到廊庑里。

待顾悯之的背影消失在廊庑的尽头时，她方转身回了自己的寝殿。

隔扇方掩上，李羡鱼的皓腕便被人握住。

少年皱眉，一把便从她手里拿走了那张方子。

李羡鱼一愣，本能地踮起足想拿回来。

"临渊，你拿方子做什么？你看不明白的……"

临渊剑眉皱得更紧，修长的手臂抬起，轻易便将方子举到她够不着的高度。

"臣识字。"

他丢下这三个字截住她的话，便抬目往药方上看去。

"红枣、当归、阿胶、丹皮、生姜、桂枝，三碗水煎作一碗，早晚服用，直至无须此药。"

他皱眉："这是什么方子？"

他虽不是太医，但基本的药材还是认得的。

其中好几味都是补气血的药物。

李羡鱼身上并无伤口，何须服用这些？

他话音刚落，却见李羡鱼耳根微红，越发踮高了足去够那张药方，语声羞急："临渊，你快还我！"

临渊微顿，后知后觉地明白过来，耳后升起一线薄红。他立刻垂手，将方子还给了李羡鱼。

李羡鱼匆匆地接过药方，迅速地叠好，面上的红云未褪，又想起方才的窘迫，面上愈烫，索性背过身去，坐在玫瑰椅上，自顾自地往博山炉里添着香药，不再理他。

临渊在李羡鱼的身后立了会儿，见她依旧是气鼓鼓的模样，便垂眼从箱笼里拿了些话本递过去，问："公主可想听话本？"

李羡鱼拿着小银匙的指尖微顿，但她仍旧不转过身来，也不抬手去接，说道："那些话本我都看完了。"

临渊忖了忖，又问："公主当真不听？"

李羡鱼赌气地说道："不听。"

临渊应了声，随意拿过一本，在长案边她的对面落座，从第一行念起。

"书生寒窗苦读十年，一朝赴京赶考，奈何囊中羞涩，住不起客栈，唯有临时借宿于一座破庙之中……"

李羡鱼轻抿红唇，只当作没有听见，继续拨弄自己的香药。

临渊依旧平静地给她念着。

"庙内并无他人，唯有一尊佛像，既非观音，亦非如来，坐莲花台却生罗刹面……"

他平静的语声如流水"潺潺"而过。

直至夜色愈深，殿外寒风四起，他终于停下语声，起身合拢了支摘窗。

长案后，李羡鱼拨弄香药的动作早已停住，她在原地竖着耳朵等了一阵，不见他继续念下去，忍不住道："后来呢？"

临渊道："公主还在生臣的气吗？"

李羡鱼抿唇伸手："你把话本给我，我自己看。"

临渊依言将话本递来。

李羡鱼接过去，迫不及待地翻开，看了几行，却又放下："这不是我前几日看过的那本话本吗？"

这里头和临渊方才念的全不一样。

临渊答道："公主说这些话本都看过，臣便随意给公主讲了个从前听过的故事。"

李羡鱼愣住。她忍不住道："那……那你快接着讲呀。哪有讲一半便停了的？"

临渊抬眼看向她："公主可还在生臣的气？"他语声微寒，"因为顾悯之的事。"

李羡鱼回过身去，俏脸微红，语声很轻："顾大人归顾大人，你抢我的方子归抢我的方子。"

毕竟是这样私密的事，她之前两回可都是很小心地特意避开临渊的。如今却这样突兀地被他知道，她总觉得……总觉得有说不出的局促。

临渊的语声也为之一顿，继而，他也略微侧过脸去，避开李羡鱼的视线，低声辩解道："臣已经将方子还给公主了……"

李羡鱼微红着脸点了点头："那……便这样算了吧，我不生你的气了。"

她说着，好奇心重新占了上风，连声催促道："你快告诉我，那书生后来怎么样了？是被女鬼吃了吗？"

临渊答道："没有。"

他回过视线，将未完的故事继续讲给李羡鱼听。

夜色静谧，窗外呼啸的风声与少年低沉的语声相融，令人心生安宁。

李羡鱼抬手支颐，安静地听着，这些时日盘桓在心中的迷茫与怅然都像云雾般缓缓散去，只余下平和与安定。

这个故事不长不短，听到最后，正好到了她素日安寝的时辰，李羡鱼便站起身来，

299

回到低垂的红帐里去,将自己团进锦被里,轻轻合眼。

睡意渐渐袭来,在即将沉入黑甜乡之前,她梦呓般出声:"临渊,你离开的这几日……"

李羡鱼话至一半,已轻得近乎不可闻。

守在红帐外的少年掀起薄薄的眼皮,侧耳静听。

他听见李羡鱼在睡梦中轻声抱怨:"都没人给我念话本了。"

临渊薄唇轻抬,不禁失笑。

他想启唇告诉李羡鱼,往后想听多少话本都可以的时候,红帐后的少女又低喃了一句。

她说:"我很想你。"

窗外呼啸而过的风像是骤然间转为静默。

立在红帐前的少年本能地握紧手中的长剑,因这简单的一句话乱了呼吸。

他紧紧地合上眼,又睁开,修长的手指从剑柄上移开,又紧紧地握住李羡鱼送给他的剑穗。

剑穗下的流苏柔软而微凉,像李羡鱼垂落的乌发轻柔地拂过他的指尖。

他的呼吸骤然急促,方寸大乱,顷刻间,他在心中将这些年读过的书籍都仓促地回想了一遍,却并未从中得到答案。

最终,他还是遵从自己的本心,抬步步入李羡鱼的红帐里,在她的榻前俯下身去,垂首轻轻咬了咬她纤细的指尖。

红帐深处,少年低声回应:"臣亦同样思念公主。"

翌日清晨,李羡鱼被一阵异样的感受惊醒。

她立刻坐起身来,红着脸让临渊回避,匆匆地对殿外唤道:"月见、竹瓷,你们快过来。"

今日是月见在外当值。她快步进来,轻车熟路地从箱笼里取出干净的寝衣与月事带,伺候李羡鱼换上。

好在李羡鱼事先有所准备,此刻倒也不算狼狈,很快便收拾干净,重新躺到干净的锦榻上。

每月此时她都分外畏寒,如今入冬了更是如此,即便到了榻上,仍旧拿厚实的兔绒斗篷将自己严严实实地裹住,还在膝上加了一张波斯绒毯。

月见则替李羡鱼点了个炭盆,对她道:"公主等等,奴婢这便让小厨房熬些红枣汤来。"

李羡鱼面颊微红,从袖袋里拿出那张方子递给她:"这是顾大人开的方子,你让小厨房一并熬上吧。"

月见拿过方子,应声去了。

李羡鱼团身在锦被间,却又没有困意,渐渐便觉得有些无聊,便倚着大迎枕坐起身，轻声对梁上唤道："临渊。"

临渊应声，自梁上而下，问："公主可是想听话本了？"

李羡鱼轻轻点了点头："你有什么有趣的故事，先给我讲讲吧。"她弯眉，"过几日等我身子好了，我们再偷偷溜出宫去，买新的话本回来。"

临渊注视着她，敏锐地询问："公主可是身体不适？"

李羡鱼下意识地道："当然呀，只要是女子，多少会……"

她说着，才想起临渊是男子，想来是不能感同身受的。

她脸颊微红，声如蚊蚋般道："我只是有一点儿肚子疼。"

临渊确实没有体会过。少年剑眉微皱，像是有些不解。

李羡鱼也不想他一直问自己月信的事，便绯红着脸，悄悄转开了话茬儿："临渊，你还有没有其他没讲过的故事？"

临渊深深地看向她，见她面上没有明显的痛色，这才颔首："臣看过的话本不多，但还有几本未给公主讲过。"

说罢，他重新启唇，给李羡鱼讲了一个书生与牡丹花精的故事。

这依旧是个十分有趣的故事。

李羡鱼杏眸微眨，渐渐听得入神，直至药被熬好，递进寝殿里来。

李羡鱼还想听下去，便让月见退下，自己端着药碗，一壁小口小口地喝着，一壁让临渊继续说故事。

临渊却停住，视线落在李羡鱼手中的药碗上，皱眉询问："这服药是什么味道？"

李羡鱼想了想，轻声答道："有些怪，但是不算太难喝。"

她形容不出来，便舀起一匙，递到临渊唇畔："你尝尝。"

临渊低头，尝了一口。

红枣带来的甜味很淡，大多还是药味的苦涩。

他本能地皱了皱眉。

李羡鱼不免莞尔。她轻车熟路地从身旁的八宝攒盒里拿出一枚杏脯递给他："你吃了这个便不觉得苦了。"

临渊接了，却未吃。他问："公主每个月都要喝？"

李羡鱼轻轻摇头："不是每个月都要喝，我只是入冬后的这几个月会喝些，以免寒气侵体。"

她说着，似乎又想起什么，语声微顿，一双羽睫低低垂下。

玥京城的冬日总是这般寒，不到十一月便要开始落雪。

每年这个时候，雅善皇姐的病便会越发严重，连太医都束手无策。

李羡鱼不放心，捧着药碗放轻了语声："过几日，等我的'病'好了，我想去流云殿探望雅善皇姐。"

临渊应声："那日臣也会出宫一趟。"

既然决定回来，他自然不会坐视呼衍带走李羡鱼，该做的准备要尽早提上日程。

但他并未明说,只是道:"臣回来的时候,会给公主带话本。"

李羡鱼望向他,欲言又止,好半响,才低下头去,挡住微红的双颊,蚊蚋般轻声道:"那……你记得多带些狐狸与卖花女郎那样的,少带些志怪话本回来。"

她为自己的要求编造出理由:"夜里看那些话本,我会睡不着的。"

临渊便也想起那本有关狐狸的话本。

他未告诉李羡鱼,在她熟睡的时候,自己已将那本话本读完,并不觉得有什么不妥,只要不像那本《金瓶梅》那样便好。

他这般想着,便答应下来。

李羡鱼嫣然一笑,因即将到手的话本而忍不住雀跃,连带着将前日里输给小宫娥们半匣绢花的事都忘到了脑后。

她道了声"那你可别忘记呀",便又端起碗,将碗里的汤药一口气喝掉。

临渊抬手,将方才那枚杏脯递来。

李羡鱼轻轻咬了一口,甜蜜的滋味便在唇齿间漫开。她弯了弯秀眉,将自己团进柔软的锦被里。

暖意袭来,让她觉得眼前的这个冬日似乎也没那么难熬。

这一日她过得安宁而平静。

太极殿中再没有传来父皇要召见她的消息。

直至翌日清晨,太子李宴亲自来披香殿中看她。

得到消息的时候,李羡鱼正倚在熏笼旁从头看那本狐狸与卖花女郎的话本,听见皇兄过来,连忙慌慌张张地将话本藏起,匆促地梳好妆后,便去正殿里见他。

路上,她忐忑地问前来传话的竹瓷:"竹瓷,你说,皇兄是不是过来兴师问罪的?"

皇兄是不是得知了她装病的事?

竹瓷迟疑地摇头:"似乎不是公主说的这样,太子殿下还为您带了礼物来。"

李羡鱼微微讶然:"礼物吗?可是,今日又不是我的生辰。"

她话音方落,正殿的殿门已在眼前。

李羡鱼便止住语声,理了理自己的裙裾,抬步进去,轻唤了一声:"皇兄。"

李宴坐在一张八仙桌旁,手中端着茶盏,却许久未饮用,闻声,便将茶盏搁下,低声唤道:"小九。"

他垂眼,敛下眸底的情绪,抬手让长随将礼物递去:"孤今日去了趟民间,买了些宫中没有的物件,你若是喜欢,便留下吧。"

李羡鱼抬眸往长随手中的木匣里看去,里头确实装了许多小物件:九连环、陶响鱼、空竹、小陀螺,还有许多她从话本里都没看过的东西,一样比一样新奇有趣。

李羡鱼拒绝不了这些,便让竹瓷将木匣接了,莞尔轻声道:"谢谢皇兄。"

她语声刚落,又不免好奇:"今日是什么特殊的日子吗?皇兄怎么突然送嘉宁这么多东西？"

李宴垂眼，并未正面作答，只是低声道："你喜欢便好。"

他停了停，又问她："小九，这几日，你可有想去的地方？"

李羡鱼轻轻点头，也没有瞒他："嘉宁想去流云殿探望雅善皇姐。"

如今玥京城里入了冬，她也不知雅善皇姐的身子如何了。

李宴沉默了阵，终于是颔首："若是得空，你也可去凤仪殿看看宁懿，抑或是……其他皇妹。"

李羡鱼弯眉："皇妹们那里嘉宁也去过，只是这几日天寒，便怠懒了些。多谢皇兄提点。"

至于宁懿皇姐那儿……

她想了想，又低头看了看竹瓷手里那一匣子礼物，还是本着拿人手短的心理乖顺地点头："皇姐那儿，嘉宁也会过去的。"

李宴缓缓颔首。他起身，心绪沉沉地抬步往外，与长随一同离开了披香殿。

李宴离开后，李羡鱼便抱着那一匣子小玩意儿回了自己的寝殿，心情雀跃地一件件拿出来给临渊看。

"这件是铜钱老虎，这件是陶响鱼……都是小时候母妃给我做的。

"还有空竹与小陀螺，等天气好些了，我们去庭院里玩。"

临渊立在她身畔，视线停留在她的笑靥上。

李羡鱼此刻正在为收到了皇兄的礼物而高兴，并不知道这些礼物意味着什么。

他沉默良久，没有在此刻说破。

他垂下眼帘，避开她的视线："公主，臣今日要出宫一趟。"

待事情处理妥当后，他再与李羡鱼提起，应当更为妥当。

李羡鱼也想起了方才太子皇兄说过的话，也想去流云殿看看雅善皇姐。

她遂将木匣放下，又从袖袋里拿了出宫的玉牌给他。

李羡鱼将玉牌放进他的掌心里，笑着叮咛道："那你记得多带些话本回来。"

临渊离开后，李羡鱼也未在披香殿内久留。

仅一盏茶的工夫，她便拿了整整一食盒的点心，带着月见与竹瓷去流云殿看望久病的雅善皇姐。

今日天寒，流云殿内的熏笼与炭盆格外多，光是北面临窗的位置便整整齐齐地放着五个，烘得殿内温暖如春。

李羡鱼穿着厚重的冬衣，很快被热得眉心生汗，遂将身上的斗篷解下，交由月见她们拿着，自己则提着食盒走进寝殿里。

寝殿内，雅善皇姐裹着厚重的狐裘斜倚在榻上，面色如雪，唇色苍白，望着似乎比秋季时还要虚弱许多。

见她过来，雅善有些吃力地扬唇对她笑了笑："天这样寒，你怎么过来了？"

李羡鱼走过去，在雅善皇姐榻边的玫瑰椅上坐下，将食盒打开，语声轻柔地道："披香殿小厨房做了新的点心，我带来给皇姐尝尝。"

雅善轻轻颔首。她已无力起身，便只是低声回答："你先放在那儿吧，等我好些了便尝尝。"

李羡鱼点了点头，将食盒放到一旁的长案上。

此刻，长案上已放了不少物件。

除那口显眼的皮影木箱外，还有许多有趣的小物件：铜钱老虎、九连环、磨喝乐、鲁班锁……比起她今日得到的，只多不少。

李羡鱼下意识地问："皇兄今日也来看雅善皇姐了吗？"

雅善轻轻摇头："未曾。"她语声很轻，"是我闲来无事，让浮岚将曾经送我的物件都拿出来看看罢了。"

李羡鱼想起，浮岚似乎是皇姐影卫的名字——她从未见过。

于是她轻应了声，视线落在其中一只纸鸢上。

那只纸鸢被做成燕子模样，双翅上绘有精致连绵的祥云纹，灵巧生动，即便只是搁在那儿，都像是要随风飞起。

李羡鱼不由得称赞道："这只纸鸢也是皇姐的影卫送的吗？这只纸鸢比我在宫里见过的都要好看。"

雅善苍白的面上浮起些笑意，她像是有些怀念。

"这是浮岚在我十六岁生辰时送我的。她亲手打的竹骨，绘的纸面。她说等我好了，我们便一起去御园里放纸鸢。"她垂下眼帘，语声里似乎有淡淡的怅然，"不承想，这只纸鸢至今也未能用上。"

"你若是喜欢，便拿去吧。"

李羡鱼连连摇头："那皇姐便更应当留着它。"

李羡鱼重新坐回雅善的榻边，替她拢了拢狐裘边缘，语气认真地说道："等来年开春，皇姐的身子好转后，这只纸鸢一定会用上的。"

雅善轻轻笑了笑，却没有答话。

身子是她自己的，自然没有人比她更清楚。

起初，她成日里咯血，底子早已虚耗透了，连太医院最好的太医都束手无策。

就当她以为自己即将离开的时候，还是母妃买通影卫司的司正递了药来。

吃过药后，倒是不再咯血，但她清楚，自己的身子并未好转，那药也不过是拖延她离去的时日罢了。

她思绪未定，远处的隔扇被人轻轻叩响。

有宫娥语声轻柔地回禀："公主，奴婢给您送小食过来。"

雅善应道："进来吧。"

一名绿衣宫娥随之提着食盒进来，先是对李羡鱼福身行过礼，又将食盒里装着的点心一碟碟地放在离她们颇近的一张剔红高案上，这才躬身退下。

雅善略看了看，对李羡鱼道："我近日午膳用得少，她们便总是在这个时辰送小食过来。"

"我病中没有胃口，你替我尝尝吧。"

李羡鱼轻轻点了点头，便从中捧起一碗看起来最是好看的樱桃酪来。

红色的樱桃衬着雪白的酥酪，像是梅花开在雪上。李羡鱼拿小银匙轻舀一匙，放入口中，香甜的酥酪便化开，而蜜渍过的樱桃酸甜可口，中和了酥酪原本的甜腻，只余清香满唇齿。

李羡鱼吃了小半碗，这才停住手里的银匙，若有所思地问雅善："皇姐，这樱桃酪，还能再给我一碗吗？"她秀眉微弯，露出颊畔的梨涡，"我想拿给临渊尝尝。"

雅善莞尔，便又唤了那绿衣宫娥进来，吩咐她再去小厨房里做一碗一样的樱桃酪。

李羡鱼则坐在雅善皇姐的床畔，与她聊起近日看过的几本有趣的话本。

雅善安静地听着，偶尔也问上几句，倒是不再像往日里那般，未说上几句话便咯血了。

李羡鱼看在眼里，心情渐渐雀跃起来。

她想：兴许明年春日的时候，她便真的能与雅善皇姐一同去御园里放纸鸢了。

一本话本讲完，守在殿外的宫娥亦轻叩隔扇："公主，樱桃酪做好了。"

李羡鱼回过神来，发觉自己已在流云殿里停留许久。既然樱桃酪做好了，她便起身向雅善皇姐告辞。

"皇姐，嘉宁先回去了，改日再来看你。"她笑意盈盈，语调轻快，"过段时日，宁懿皇姐宫里的鹤望兰便要开了，那时候，嘉宁去讨一枝过来给皇姐插瓶。"

"去吧。"雅善柔声叮嘱，"出流云殿的时候记得添衣。"

李羡鱼轻轻点头，提起空了的食盒迈过寝殿的门槛。

那名绿衣宫娥还等在寝殿外。李羡鱼便让她将樱桃酪放进空荡荡的食盒里，自己则披上来时穿的斗篷，步履轻盈地往披香殿的方向走。

她想早些回到自己的寝殿，让竹瓷她们将樱桃酪拿去小厨房里温着，这样临渊回来的时候便能吃到好吃的樱桃酪了。

她步履轻盈，经过廊前的一面白墙时，有两名小宫娥说话的声音从墙上镂空的花窗里传出。

"你可知道内务府最近都在忙些什么？公主寝殿里的银丝炭都快不够用了，催了他们好几次都不送来。"

"我依稀听过几句，似乎说是有贵客要来，整个内务府都在加紧准备。"

"什么贵客能比公主还要紧？"

"我想想……似乎……似乎是一个外族，好像是叫什么呼衍的……"

庭院内霜花满地。

窄长的白墙后，花窗内，两名小宫娥依旧轻声细语地交谈着，而李羡鱼在花窗外愣愣地立着。

冬日的风呼啸而来，渗入她的领口、袖口，寒凉彻骨。

李羡鱼呼吸一颤，手中的食盒无声地坠于廊前的宫砖上，里头装好的樱桃酪滚落，碎开一地的香甜。

时值正午。

清水巷内的杂货铺却并未开张。

紧闭的门扉后，杂货铺的掌柜正恭恭敬敬地向一名少年行礼。

"殿下，属下已按照您的吩咐，将在玥京城附近的细作尽数召回，隐在皇宫内的细作也已一一联络。"

临渊问道："其中可有精通易容者与身材娇小的女子？"他抬手，在自己的胸口比了比，"这般身量，以武功卓绝者为上，容貌不论。"

侯文柏应声："有。细作中有精通易容者，而死士中亦有这般身量的女子。属下今日便可将人寻来。"

临渊道："寻来后，先按兵不动，待明日呼衍入宫，与呼衍和亲的人选定下，若是嘉宁公主，便于送嫁当日，在玥京城外埋伏，务必寻到合适的时机，以死士将鸾车上的公主替换。

"待鸾车驶出大玥国境后，死士即刻假死脱身。"

临渊抬手，将一张画像递给他："这是公主的画像。"

侯文柏双手接过，头一回发觉，自己似乎并不懂得这位自己跟随了数年的殿下。

以殿下素日的行事手段，必然选择在鸾车出城后，立即截杀呼衍使队，以此挑起大玥与呼衍两国的战事。

这也是他能想到的，殿下中途回返的唯一缘由。

但是，替换、假死，这便是将大玥撇清，将原本的计划破坏。

难道……殿下是为了那名公主？

侯文柏被自己的想法震住，半晌没能回神。

临渊冷冷地问："有何不妥？"

侯文柏迟疑良久，最终决定顺着自己方才的想法，试探着问道："属下还有一事不解——若是殿下想将人带离，如今亲事未定，宫中戒备不严，是最好的时机。属下可一路护送，直至大胤境内，想必大玥也只能作罢。"

毕竟以他目前探知的情报来看，如今的大玥已是外强中干，摇摇欲坠，自顾尚且不暇，绝不敢因一名公主而与大胤再动兵戈。

临渊皱眉："她不愿跟我走。"

他能想到的缘由主要有两个：一是为大玥不与呼衍开战，二是李羡鱼不想牵连自己的亲族。

那他唯有以这样的方式，让大玥的嘉宁公主在和亲途中彻底"死去"。

届时呼衍理亏在先，无法因此发兵。

李羡鱼的家人亦可等事态平息后，假死被带出大玥国境。

侯文柏越发震惊，久久不言。

直至临渊冷冷地看向他，冷声命令："此事不容有失！即刻去遣人布置！"

他这才猛然回神，仓促地拱手应声："是，属下这便前去准备。"

冬日的日头总是格外短。

临渊不过在清水巷中待了两个时辰，离开的时候便已是黄昏时分。

倦鸟归巢时分，临渊赶至长街，拦住了一个正准备返家的书摊摊主，将他摊上的话本尽数买下，随后便踏着最后一缕暮色返回披香殿中。

彼时，宫中已是华灯初上。

临渊打起窗外垂落的锦帘，如常逾窗进去，见寝殿内光线昏暗，并未掌灯。

李羡鱼独自坐在熏笼旁，手里拿着本并未翻开的话本，羽睫低垂着，不知神思何属。

临渊抬步向她走近，将新买的话本搁在她手畔的长案上。

"公主。"

李羡鱼回过神来，轻轻抬起羽睫望向他，一双纤细的秀眉如常弯起："你回来了。我在小厨房里给你留了糕点，你要不要过去尝些？"

临渊却没有挪步。他将视线落在李羡鱼微红的眼眶上，眼底的颜色微显晦暗："臣离开的时候，有人欺负公主了？"

李羡鱼连连摇头："没有。"她试着找个理由，"我只是……看了本伤心的话本。"

临渊看向她手中并未翻开的话本，问道："话本中写了什么？"

李羡鱼察觉到他的视线，有些心虚地将手中的话本藏回箱笼里。

"我都已经看完了，还是不提它了。"她说着，又拿了他新买的话本过来，轻轻翻开一页，"我还是看看新买的这些吧。"

临渊取过一支火折，将放在长案上的银烛灯点亮。

他向李羡鱼伸手："臣给公主念。"

李羡鱼轻应了声，将手里的话本递给他。

临渊于她的身畔落座，翻开封皮，从第一行字缓缓念起。

这本话本讲的是梁祝的故事。

这个故事太过著名，以至李羡鱼没听几行便认了出来。

她轻声提醒："临渊，这个故事我已经听过了。"

临渊应声，将手里的话本合拢，换了一本新的。

李羡鱼却站起身来，将身旁新点的银烛灯熄灭："我还是不听了。"她羽睫低垂，指尖轻蜷，"好多话本最后的结局都不好。"

就像梁祝，经历过这么多事，最后也没能相守，只是双双变成了蝴蝶。

临渊隔着夜色望向她，似乎也看出她心绪低落。他忖了忖，重新向她伸手："公主可有想去的地方？"

李羡鱼想要摇头，可拒绝的话到了唇畔，又被她悄悄咽了下去。

她想：这也许是她最后一次与临渊出去游玩了。

等她与呼衍的亲事定下后，金吾卫们便会将披香殿守得严严实实的，那时候，她便哪里也去不了了。

她这样想着，终究轻轻抬手，将指尖放到他的掌心里。

"我想去一趟御膳房。"她道，"我今天打翻了一碗很好吃的樱桃酪，想去御膳房里看看，能不能找到一样的。"

御膳房离披香殿颇远，加之还需要避开值夜的宫人与巡查的金吾卫，二人过去免不了要用些时辰。

待李羡鱼遥遥望见御膳房前的石雕时，已是星月低垂。

临渊将李羡鱼放在一座隐蔽的假山后，给她做了个噤声的手势，便将身形重新隐入夜色中。

李羡鱼便在假山后安静地等他。

不到一盏茶的工夫，临渊回返。

他并未多言，只是换了个持剑的姿势，垂手将李羡鱼的素手拢进掌心里，带着她往御膳房前走去。

夜里的御膳房十分安静。

原本守在隔扇前的几名小宦官此刻已横七竖八地倒在地上，看着像是被打晕过去的，大抵一时半会儿不会醒转。

李羡鱼小心翼翼地绕开他们，将紧闭的隔扇推开，等她与临渊进去后，又悄然合拢。

御膳房内并未掌灯，光线晦暗。

临渊便带她行至一盏长信宫灯处，以火折将宫灯点亮。

御膳房内的情形随之展现在李羡鱼眼前。

此刻早已过了膳时，灶火已熄，但案上整齐摆放着无数名贵的食材。

鹿茸、熊掌、海参、鲍翅……山水八珍，一应俱全，显是为呼衍来朝做足了准备。

李羡鱼看了眼，便将视线挪开，松开临渊的手，去找她想要的樱桃酪。

在山珍海味里转了一圈，她没有从中找到做好的樱桃酪，倒是找到了做它的原料。

她一只手拿着罐蜜渍樱桃，另一只手拿着一碗还未蒸过的酥酪，转首望向身后的少年，试探着问他："临渊，你会做樱桃酪吗？"

临渊沉默一瞬，低声道："臣可以做些简单的食物。"他顿了顿，又补充道，"仅能果腹。"

李羡鱼羽睫轻扇，明白做樱桃酪大抵是不能了。

于是，她退而求其次，重新在那堆山珍海味里找了找，寻出一些干净的生芋头来。

她道:"临渊,那你会烤芋头吗?"

临渊应声,将那些芋头接过。

冬日严寒,御膳房四面的长窗却都敞开着,"呼啦啦"地往里透风。

李羡鱼便与临渊一同将灶火点起,取暖的同时,将洗好的芋头丢进灶台里煨着。

许是炭添得多的缘故,芋头熟得很快,外皮也被烤得焦黑。

但等焦皮被剥去,芋肉被放在碗里,仍旧是洁白如玉的一团,还腾腾地往外冒着热气,用御膳房里现成的白糖一蘸,又香又糯。

李羡鱼一连用了几个,觉得身上像是有了些暖意,原本沉重的心绪也像是轻盈了些,算得上不虚此行。

她将盛芋肉的碗放下,又担心外头的小宦官们会突然醒来,便伸手轻轻碰了碰临渊的袖口,轻声细语道:"我们回去吧。"

临渊领首,将剩下的东西收拾了,带着她起身往外走。

经过几个酒坛的时候,李羡鱼步履微微一停。

"等等。"她将视线投过去,有些好奇,"临渊,你说里面装的是什么酒?会不会比披香殿里的更好喝些?"

临渊随之停步,替她将酒坛上的封口打开:"公主若喜欢,可以带些回去。"

他的话音未落,一股浓郁的酒香扑面而来。

李羡鱼细细地闻了闻,认真地分辨道:"似乎有桂花的味道。这酒应当是秋日里酿的桂花酒。"

临渊见她似有兴趣,便找了两个并不起眼的酒壶过来,为她顺走了两壶。

李羡鱼抬手接过酒壶,抱在怀里,唇角轻抬:"我们快回去吧,等回了披香殿再尝。"

临渊遂带着她自御膳房中离开。

二人踏着月色,顺着来时的路,重新回到披香殿中。

夜路迢迢,待二人回到披香殿时,夜色已转为深浓。

但李羡鱼依旧没有睡意。

她带着临渊去了趟小厨房,将温在小厨房里的几碟点心都拿出来,并那两壶酒与两个玉盏一同装在食盒里,又悄悄牵起临渊的手,带着他沿着游廊往前走。

临渊将食盒接过,问她:"公主现在可是要回寝殿?"

李羡鱼却摇头:"我想去八角亭里。"

她想了想,为自己半夜不睡的行为寻出个风雅的名字:"赏月饮酒。"

临渊抬眼看向天穹上的月色。

如今已是月末,月亮并不圆满,只弯弯的一道,像李羡鱼纤细的秀眉。

他薄唇轻抬,低声问她:"公主还会饮酒?"

李羡鱼点了点头,说道:"往常年节的时候,我都会用些。"

临渊没有阻拦。他带着李羡鱼行至八角亭中,将点心放在石桌上,又提壶给他们一人斟了一盏。

李羡鱼接过他递来的酒盏,看着盏中澄明的酒液,微微出神。

文人们总说:"酒能解忧,一醉解千愁。"

她在不开心的时候尝过几次,醒来以后,便能将前夜的事情全忘了。

若是这次她多用一点儿,是不是也能将在雅善皇姐宫室外听见的话都忘记?

她这般想着,便将玉盏执起,浅尝一口。

御膳房的桂花酒不像她小厨房酿的那般清甜,入口有些辛辣。

李羡鱼忍了忍,终究还是咽了下去。

临渊望向她,见她的神色有些勉强,便抬手,欲将她面前的玉盏拿走:"公主若是不习惯,便罢了。"

李羡鱼却执意要喝。她拿着玉盏不放,还示意临渊再给她添酒:"我多喝几盏,便习惯了。"

临渊垂眼,给她添了半盏。

李羡鱼很快喝完,又将空空的酒盏递来,证明似的道:"你看,我能喝的。"

临渊看向她,见少女脸颊柔白,并无酒醉时的红色,便重新垂眼,再为她添上半盏。

李羡鱼便这样半盏半盏地喝着,渐渐觉得身上似乎有了暖意,而眼前的一切也像是沉在温水里,随着水波微微晃动。

她持着空盏,困惑地微微蹙起眉来,对坐在她对面的少年轻声道:"临渊,你能不能……不要一直摇晃?"

她看得都有些眼晕了。

临渊皱眉,自石凳上起身:"公主醉了。"

他伸手,想将李羡鱼抱回寝殿,可指尖方触及她的皓腕,她便挣扎着往后躲开。

她摇摇晃晃地站起身来,连连摇头,说道:"我不想去。"

临渊箭步走近,伸手扶住了她,以免她站立不稳摔倒。

李羡鱼却挣开了他的手,跌跌撞撞地走到八角亭边缘,将自己团到坐凳上,抱着一根亭柱不放。

"我想留在这里。"

她语声哽咽,原本清澈的杏眸里水雾浮动,将纤长的羽睫沾湿后,又雨滴似的连绵坠下。

临渊目光微凝,原本将要握住她皓腕的长指重新垂落,抬步行至她身侧,放轻了动作替她拭泪。

"是谁惹公主伤心?"他动作温柔,语声却冷,"臣可以替公主杀了他。"

李羡鱼却不说话了。她侧过脸去,看向月色下波光粼粼的小池塘,被泪水沾湿的羽睫低低地垂着,思绪散乱如池中的水波。

她也不知道究竟是谁惹她伤心。

是父皇，是呼衍的使臣，还是当初定下公主和亲这个规矩的古人？

良久，她只是轻轻摇头，抱膝将自己缩成一团。

"没有人惹我。"

临渊垂眼。

夜色里的八角亭随之静谧，唯有亭外风声呼啸而过。

此亭临水，亭内又未设炭盆，夜风一起，便分外寒凉。

临渊解下他身上的氅衣将李羡鱼裹住，平静地启唇："臣会在此陪着公主。"

他的语声低沉，在这样清冷的冬夜里无端令人觉得心安。

背对着他的李羡鱼慢慢松开了抱膝的素手，轻轻转过身来，抬眸望向他。

少年依旧是初见时的模样。

他眉如墨画，眸如寒星，身姿英挺如手中的长剑，而持剑的手修长有力，骨节分明。

她杏眸轻眨，泪眼朦胧间想起许多旧事，想起临渊给她绣荷包，与她玩藏猫，带着她在夜里出行，在明月夜中紧握着她的手，告诉她不用惧怕。

可是，这些终究要过去了。

她这一嫁，万里之遥。

她即便变成蝴蝶，也飞不回来了。

李羡鱼鼻尖微酸，却没再落泪。

她想：如果这是她最后一次见到临渊，那至少应该留下一个开心的回忆，就像初见那日，他答应跟她回宫，做她的影卫时一样开心。

李羡鱼这样想着，便侧过身来，攀着他的肩膀，从坐凳上半支起身来，半跪在坐凳上，双手环过他的颈，看着他的眼睛。

这还是李羡鱼第一次这样近地从高处看他。

映着天穹上银白的月光与身后波光粼粼的池水，李羡鱼越发觉得他的眼睛好看——形状美好，眼尾修长，瞳孔如夜色般浓黑，却又清晰地映出她的影子，像是晴夜的湖水、雨日的天穹。

在清晰的心跳声里，李羡鱼悄悄低头，亲了亲他的眼睛。

月色皎洁，水光潋滟，而她杏眸微弯，于池光月色间，对他绽开一个明净的笑颜。

"临渊，我很喜欢你。"

八角亭里，风声骤静。

李羡鱼裹着临渊宽大的氅衣，双手环在他的颈间，满怀期待地望着他，言笑晏晏，梨涡浅浅，像是在等着他的回应。

她是这样天真而纯粹，似池里的红鱼轻摆鱼尾，在冬日的水池中游过，全然不知自己在少年平静的心湖里掀起了何等的滔天巨浪。

临渊眼眸如夜，听见心中有一根名为理智的弦终于崩断。

任何回答在此刻都显得平庸。

311

他没有启唇，却抬手紧握住她纤细的手腕，继而毫不迟疑地向她逼近。

李羡鱼没有防备，环在他颈间的素手滑落，酒醉后本就不稳的身子随之往后跌坐。

她启唇想要惊呼，预料之中的疼痛却并未传来。

临渊单手护住了她的后脑勺，原本持剑的右手松开，托住她单薄的脊背，令她险险地坐在八角亭中的坐凳上，身下垫着她那件厚密柔软的斗篷，单薄的脊背离身后坚硬的亭柱不过寸许。

李羡鱼羽睫轻扇，鲜红的唇瓣微启，还未从这变故中回神，清冷的香气便已欺近。

桎梏着她的少年俯首，吻上她微启的红唇。

突如其来的吻像是夏夜里的雷雨，来得这般声势浩大，如一张罗网将她紧紧地笼罩其中。

李羡鱼杏眸微睁，所有的思绪像是都在一瞬间被抽离。

少年的吻毫无章法，却又这般热烈。他遵循着自己的本能，狠狠地吻过她鲜红的唇瓣，轻咬她的唇珠，在她最柔软的唇珠上辗转，像是在寻找猎物致命的破绽。

唇齿交缠，李羡鱼缺氧似的仰头，感受到更为强烈的酥麻触感从唇瓣上一直蔓延到心口。

她从未经历过这样的情形，不知该如何回应，而醉后的身子又是这般绵软无力，腰身塌下，后背轻轻抵上朱红的亭柱。

亭柱上微凉的触感传来，还未冲淡唇间的烫意，临渊护在她脑后的掌心便蓦地添了几分力道。

他长指垂落，紧扣住她的后颈，停留在她脊背间的手同时收紧，丝毫不让她逃离。他合眼掩住眸底的暗色，更深地吻下去，闯入少女微启的红唇，撬开她的牙关，本能地向她索取更多。

李羡鱼两靥绯红，清澈的杏眸里笼上水雾。

她在这个凶猛急切的吻里败下阵来，心跳紊乱，呼吸急促，面色愈来愈红，渐渐被掠夺得快要没有喘息的余地。

直至她真的像是要窒息，临渊才终于抬首，放过了她。

他松开紧扣着她后颈的手，转而将她紧紧地拥在怀中。

李羡鱼倚在他坚实的胸膛上，隔着一层薄薄的衣料听见他急促有力的心跳声。她羽睫低垂，喘息微微，身上披着的氅衣拢不住，顺着她的双肩缓缓滑落。

临渊本就浓黑的眼眸越发晦暗，他将托着她脊背的手随之往上，感受到少女精致的蝴蝶骨随着她的呼吸起伏着，像是要在他的掌心里绽放。

他越发用力地拥紧了她，将下颌抵在她的肩上，语声低哑地反复唤她的小字，像是要将未尽的欲念平息。

李羡鱼将微烫的小脸埋在他的臂弯里，在夜色里轻轻回应了他。

"临渊。"

她想：这样应当便是喜欢吧，像话本里说的一样，喜欢一个人，就去亲亲他的眼睛，他会回应你。

她鲜红的唇瓣抬起，浅浅的梨涡里盛满笑意，浓醇如甜酒。

她轻轻抬手，环抱住临渊劲窄的腰身，感受着他身上的热意与他的喜欢、他的回应。

那壶桂花酿的酒意在月色间上涌，将少年低哑的语声，将天上的明光与她身旁的水色一同变得模糊。

李羡鱼羽睫低垂，在他的怀中沉沉睡去。

天上流霜，映入并未掌灯的寝殿，在洁净的汉白玉宫砖上投下薄纱似摇曳的影。

临渊将怀中熟睡的少女放在锦榻上，修长的手指从她的领口落下，替她解开身上厚实的兔绒斗篷放在春凳上，又拉过锦被，将她裹在其中，缓缓掖好被角。

李羡鱼醉后睡得很沉，当厚重的妆花锦被落在身上时，低垂的羽睫也只是轻轻扇了扇，并未醒转。

临渊低首，专注地看着她，从她乌黑的羽睫到微红的双颊，再到被吻过后越发鲜艳欲滴的双唇。

他不由得抬手，碰上她的唇瓣。

柔软的触感从指尖传来，旖旎的气息回卷，令他原本平稳的呼吸再度变得急促。

他的手指垂落，指腹拂过她玉白的颈，停留在领口的系扣上。

玉制的蝴蝶扣精巧脆弱，禁不住他半分力道。

临渊掌心收紧，凤眼色泽渐深，如醉春夜梦境。

庭院内银白的月色照来，在他的身后交织如网。

风吹梧桐的"沙沙"声里，他俯身轻轻咬住她垂落的乌发。

榻上的少女依旧沉睡着，在梦境里轻轻地唤他的名字。

"临渊。"

临渊蓦地找回理智。他迅速地起身，将挂在金钩上的幔帐挥落。

红帐垂落，如帘幕相隔。

临渊退后数步，转首看向庭院上方的夜幕，迫使自己将思绪转移。

呼衍来朝迫在眉睫，侯文柏仓促准备，也不知有几成胜率。

其实此事原本有另一种处置方式。

他可以让侯文柏带领细作假托胤朝使队的名义进京，以他的名义，与呼衍抢人。

但这样并不明智。

一旦这些人被识破，他仅凭留在玥京城附近的细作与死士，极难全身而退。

且胤朝使队前来玥京城的消息无法掩藏，其余不在他麾下的细作得知后，必会八百里加急将情报送往胤朝京都。

届时，他的皇兄，乃至整个胤朝的皇室便会知道他还活着的消息，可谓打草惊蛇，后患无穷。

他长指收紧，握住了腰间的佩剑，想借铁器冰冷的质感将这个念头压下。

长剑倾斜，剑柄上悬着的剑穗随之拂过他的手背，柔软而微凉的触感像少女蜻蜓点水般吻过他的眼睛。

临渊呼吸骤停，忍不住再度抬步，走进那道低垂的红帐里，看向锦榻间的少女。

李羡鱼仍旧安静地睡着，羽睫低垂，两靥微红，未施脂粉的小脸白如羊脂，如初见时那般清澈美好，胜过大玥最名贵的红宝石。

指尖抬起又垂落，他强迫自己紧合上眼不去看她，却仍旧抵不住脑海内汹涌的念头。

他想起了当初在明月夜中的事。

多少次命悬一线，他终究是活了下来。

此事再凶险，也凶险不过他当初在斗兽场里赤手空拳地面对五匹饿了三天三夜的灰狼。

可理智告诉他，绝非如此。

最坏的打算，是他带着李羡鱼一路杀出大玥的国境，刚入胤朝境内，又被谢璟的死士伏击，一路追杀，直至胤朝皇城。

若是往常，他会毫不迟疑地选择最稳妥的计划；今日，他却迟疑了。

李羡鱼假死被他带走，如同和他私奔，即便前往胤朝的都城，消息也难以藏住，届时纵然他严令旁人不许议论此事，可悠悠众口，大家便是不当面非议，亦会在背后指摘，而李羡鱼本不该承受这些流言蜚语。

他想：若是可以，他想以胤朝的名义，以他的名义，堂堂正正地向大玥求娶李羡鱼。

不是和亲，而是他胤朝的七皇子谢渊，以国礼求娶大玥的嘉宁公主李羡鱼。

思绪落定，他便不再迟疑。

他重新睁眼，看向熟睡中的少女，修长的手指垂落，轻轻执起她方才落在锦被上的素手，与她十指紧扣。

他决定，待明日天明，李羡鱼醒转，便告诉她实情，然后问问她，愿不愿意跟他回胤朝，愿不愿意……嫁与他。

深浓的夜色中，少年的耳根冒出一线薄红，他轻轻侧过脸去，看向窗外还未破晓的天空，乌黑的羽睫缓缓垂下，掩住了眸底复杂的情绪。

他今夜并未饮酒，却在清醒中沉沦。

一夜更漏漫长，仿佛过了数日那么久，玥京城中的天幕才渐渐亮透。

许是昨夜酒醉的缘故，李羡鱼今日睡得格外香甜。

直至日光从窗畔挪到她的枕沿，她方渐渐自睡梦里醒转，轻轻睁开了杏眸。

今天是个晴日。

冬日里少有的温暖的日光从半敞的支摘窗里照进来，于坐在她榻沿上少年的身侧镀上薄薄的一层金晕。

光明洞彻处，少年身姿挺拔，容貌清丽。

"临渊？"

李羡鱼愣了愣，还以为自己睡得有些蒙了，便又抬手，轻轻揉了揉自己的眼睛。

眼前的幻影却并未散去，反倒低低地应了声："公主。"

他素日低沉的语声此刻有些沙哑，他像是等了她整夜。

李羡鱼越发茫然。她趿鞋坐起身来，拿起放在春凳上的斗篷裹住自己，微微仰脸望向他："临渊，你在等我吗？"

她语声绵软，还带着些久睡初醒时的迷惘："有什么要紧的事吗？"

临渊蓦地抬眼看向她。

李羡鱼坐在锦榻上，素手拢着件厚实的兔绒斗篷。领口雪白的风毛挡住了她小巧的下颔，她那双潋滟的杏眸重新变得清澈明净，不染纤尘。

他敏锐地察觉到了什么，警惕地问她："公主可还记得昨夜的事？"

李羡鱼羽睫轻扇，顺着他的话仔细地想了想。

她想起，昨夜临渊带她去御膳房，在其中烤了芋头给她吃，离开的时候，还顺走了两壶桂花酿，然后，他们回到披香殿里，她带临渊去了八角亭，在亭内赏月饮酒，之后……

之后发生了什么，便像是镜中花，水底月，在记忆深处缥缈朦胧，唯余浅淡的影子。

她想了一阵，还是决定直接从临渊这里得到答案。

临渊应该会告诉她的。

李羡鱼这般想着，便弯起杏眸，语气轻快地问他："临渊，你说的是什么事呀？"

一夜未睡的少年抬眼与她对视，乌眸沉沉。

将要出口的话被他硬生生咽下。

心中几番挣扎后，他终于无法容忍，霍然抬手，紧握住她纤细的皓腕。

李羡鱼没有料到他会蓦然靠近。当冷香罩下时，她本能地别开视线，双颊红云密布："临渊……你……你做什么呀？"

临渊没有立刻作答，他的视线在李羡鱼鲜红的唇瓣上停留，眸色晦暗，浑身洋溢着危险的气息。

李羡鱼本能地往后闪躲，双颊愈烫。

就当她以为临渊要咬她的时候，少年微微侧过脸去，语声低哑地提醒她："公主说，喜欢臣。"